南方文學評論

黄永玉

第五辑

卓今〇主编

刘启民〇执行主编

湖南文艺出版社
HUNAN LITERATURE AND ART PUBLISHING HOUSE

图书在版编目（CIP）数据

南方文学评论. 第五辑 / 卓今主编 ; 刘启民执行主编. -- 长沙 : 湖南文艺出版社, 2024.4
ISBN 978-7-5726-1848-2

Ⅰ. ①南… Ⅱ. ①卓… ②刘… Ⅲ. ①中国文学－当代文学－文学评论－文集 Ⅳ. ①I206.7-53

中国国家版本馆CIP数据核字(2024)第088020号

PUBLISHING & MEDIA
中南出版传媒

南方文学评论·第五辑
NANFANG WENXUE PINGLUN DI-WU JI
主　　编：卓　今
执行主编：刘启民

出 版 人：陈新文
出版统筹：谭菁菁
责任编辑：黄　晓　陈小真
责任校对：胡伟英　徐　晶
装帧设计：弘毅麦田
湖南文艺出版社出版、发行
（湖南省长沙市雨花区东二环一段508号　　邮编：410014）
网址：www.hnwy.net
湖南省新华书店经销
长沙超峰印刷有限公司印刷

版次：2024年4月第1版
印次：2024年4月第1次印刷
开本：970 mm×670 mm　　1/16
印张：22.25
字数：320 千字
书号：ISBN 978-7-5726-1848-2
定价：58.00元

本社邮购电话：0731-85983015
若有质量问题，请直接与本社出版科联系调换

目录

【网络文艺观察】 / 166

【古典诗学阐释专题】 / 203

【中外文艺理论新探】 / 276

【《家山》评论小辑】

编者按：

刘启民

王跃文的长篇小说《家山》，是近年来湖南文坛的重磅作品。王跃文以自己的家族命运为蓝本，以湖南大湘西沙湾村的巨变命运为依傍，来呈现中国走向现代的皇皇百年历程。静水流深的文学风格、涵溶深厚的历史伦理、土雅交融的文学语言，都让《家山》呈现出与过去的乡土或历史小说相当不同的文化质地来。

本期《家山》评论小辑收录了四位青年评论者的文章。几位评论者的治学路径各不相同，因而得以从不同的探照视野出发，对《家山》小说做出了精彩、独到的评论。罗帅是现代文学专业出身，遂能以小说文本中出现的报章为符码，考察现代的公民认同与国家想象如何在小说中经由不同类型的报章抵达乡村社群，激发乡民在地方生活中建构出自我和家国的现代认同。王修豪有较深厚的哲学阅读史经验，遂对《家山》中的沙湾村做了存在论意义上的文化考察，对文本中内蕴的环境诗学和历史想象做了深入的分析。李玉新是新锐的青年批评者，从自身的历史感出发，他敏锐捕捉到了《家山》中所蕴藏的对话的、建设的和日常的历史伦理，在他看来，这是一种朝向21世纪的历史感知方式，与过去的历史书写拉开了距离。草树是作家，对文学语言的质感要更敏感，在他看来，

《家山》真正呈现出了中国传统文明的圆融通达，并将这种文化的形态落实为语言象征世界的建构。

什么是好的文学互动？在编者看来，作家提供真正意蕴丰厚又踏上时代脉动的文学作品，批评者从自己的文化经验出发，各自提供独有的视角、见地，必是良性文学互动的重要标准之一。本期《家山》评论小辑，就是我们构造良性批评互动的一种尝试，它的丰富、精彩，自待读者去发现。

《家山》中的传媒符码

——王跃文的家国情怀与历史想象

罗　帅

王跃文的新作《家山》以家乡湖南溆浦的漫水村为原型，通过沙湾陈氏家族几代人的衣食住行、婚丧嫁娶等，勾勒出恬淡质朴的山村景观与人文风貌，乡土中国那种生生不息、亘古不变的面向跃然纸上，受到读者与论者的广泛认可[①]。然而在故事发生的20世纪20—40年代，农村不可避免地受到中国现代化进程的影响，教育变革、科技发展和政治军事角力等大事时时波及沙湾，其安宁稳定的表象下暗流涌动。论者普遍以“理性力量”“改良实验”概括沙湾的改革，讨论焦点放在“兴学校”与“修水利”两大主线故事上[②]。沙湾的革新多亏了扬卿、邵夫、齐峰、贞一等人对新式教育与水利工程不遗余力的追求，以他们为代表的“新青年”们先后走出乡村，或求学，或参军，吸收现代文明的物质与精神成果，并反哺家乡，步履不停地求新求变。

① 相关评论和研究成果如卓今《沙湾的两股理性力量及人物群像图——王跃文的长篇小说〈家山〉社会觉察力分析》(《中国当代文学研究》2023年第4期)，谭桂林《百年变局中的民心之向——评〈家山〉中乡土想象与历史叙事的诗学重构》(《中国文学研究》2023年第2期)，龙永干《生生不息的民族史诗：论王跃文的〈家山〉》(《南方文坛》2023年第4期)，何平《乡村家族长篇小说的奇与正——〈家山〉论》(《小说评论》2023年第4期)，王瑞瑞《传统创生与主体重塑——评王跃文长篇小说〈家山〉》(《当代作家评论》2023年第4期)等。

② 见卓今：《沙湾的两股理性力量及人物群像图——王跃文的长篇小说〈家山〉社会觉察力分析》，《中国当代文学研究》2023年第4期；谭桂林：《百年变局中的民心之向——评〈家山〉中乡土想象与历史叙事的诗学重构》，《中国文学研究》2023年第2期。

小说中另一值得注意的现象就是频繁出现的现代报刊字样，则充当其返乡后了解国家大事、社会信息的主要渠道。既有如《大公报》《申报》《中央日报》《新华日报》等现代报刊史上的要刊，也有《激流报》《呼声报》等虚构的地方报纸。为什么一部旨在构筑家族史和地方志的小说会出现大量传媒信号？能否将其当作符码来把握？

书中人物阅读报刊的情节共有 25 处，人物转述或讨论新闻内容的情节则更多，其中 11 次涉及两次国共冲突，8 次报道抗日战争及周边新闻，其余 6 次分属税制改革、兴办学校、都市文明等话题。作者侧重引用有关国家大事的“硬新闻”，既由客观的传媒内容所决定，也未必不有以报纸等史料展开小说宏大叙事、重构历史现场的用心①，反映出其强烈的家国情怀。王跃文的着力点不在于辨析这些报纸的种类、立场、规模，而是在严谨摘录的同时，把这些报刊统一看成现代传媒的象征和标志，一同放在更高的家国和历史语境之下，使其成为一种传达作者立场的“符码”。考察 20 世纪 30 年代“前现代”湖南乡村中现代新闻与消息传播的具体方式、途径和速度确实是令人着迷的话题，但更不能忽略作者主动调用的传媒资源，其选取的报刊种类、摘录的内容、具体的语境，背后究竟有什么用意？这些同样值得梳理和追问，也是本文的重心所在。

一

报刊在小说中的“初次亮相”颇有意味。邵夫返乡探亲，向父亲佑德公讲述北伐战果，普及“天下为公，世界大同”的革命理念，借机以“男女平权”为由，劝说佑德公同意妹妹贞一离家去长沙求学，佑德公则把儿女头脑中“稀奇古怪”的思想都“归罪”于报章影响：

> 邵夫还未开口，佑德公就把几种报纸放在桌上，说：“你看看，她看的是什么东西！也不晓得这些东西是哪里来的。”

① 县志、家谱、报纸等史料确实启发作者构思小说家族与国家“一明一暗”双线结构。见王跃文：《文学笔法即人间态度——我写〈家山〉的体会》，《文汇报》2023 年 3 月 22 日。

邵夫翻看着桌子上的《湘报》《大公报》《湖南公报》，这些都是他熟悉的报纸。

佑德公说："这些东西我都读了，文章都头头是道。一个做女的，管这些事做什么？贞一心野了，都是读这些报纸读出来的！"[①]

贞一把不能走出沙湾的自己比作蟢子，"只能守在自己的网子里，到老到死"[②]，也侧面印证了报纸开阔乡人视野、增长见识的作用。正因为如此，邵夫、贞一和佑德公等报纸读者，可谓沙湾有识之士的代表。佑德公耕读传家，向子女转述先祖为国出力的种种故事；邵夫 15 岁只身前往长沙求学，三年后从军，以"家国天下"为己任，信奉孙中山的革命理想；贞一受哥哥邵夫和报刊的感召，向往沙湾之外平等、自由的世界，也踏上了外出求学的道路。[③] 正因为如此，佑德公一家才会成为村人眼中"沙湾的招牌"[④]。包括修根、扬高、扬卿和齐峰，现代报刊的读者群大都是类似的当地绅士或新派人士。报刊既是他们了解沙湾之外事物的途径，也是其身份、地位乃至权力资本的象征。

主要阅读《激流报》《呼声报》等本县报刊的扬高、修根等人，大都担任乡镇公职，虽然也称得上士绅阶层，但性情保守，从未在沙湾之外长期学习生活，不关心外部世界的变化，文化水平与眼界相对较低，更依赖地方报刊所传达的信息，并在口口相传过程中，造成信息"变形"：

修根进了佑德公屋，递上《激流报》，讲："福哥，只怕又起长毛了！"

佑德公接过报纸，看到老大一行黑字：省垣马日铲共[⑤]。

① 王跃文：《家山》，人民文学出版社，湖南文艺出版社，2022，第 74 页。
② 王跃文：《家山》，人民文学出版社，湖南文艺出版社，2022，第 71 页。
③ 王跃文：《家山》，人民文学出版社，湖南文艺出版社，2022，第 72—76 页。
④ 王跃文：《家山》，人民文学出版社，湖南文艺出版社，2022，第 24 页。
⑤ 王跃文：《家山》，人民文学出版社，湖南文艺出版社，2022，第 83 页。

对修根等人来说，太平军的“造反”和共产党的“革命”没有实质区别，因而将报纸上“马日事变”的报道误读为“杀长毛”。新闻之所以被误读，与沙湾口耳相传和道听途说的传统不无关系。各种报刊汇集于沙湾祠堂这一舆论中心，便于新闻进一步发散；村人也惯于围绕祠堂口传大小见闻，扬高就是典型。他本是沙湾农会委员，后又担任保长，对乡里邻舍的大事小事都了如指掌，时常敲着锣、操着高腔、站在祠堂八仙桌上召集村民，传播乡间消息，读到当地报纸时，也积极主动转述，一定程度上可谓消息与传闻的“集散地”。佑德公受县长李明达之请，就赋税改革一事进行商议并亲身试行，《激流报》的报道则将佑德公说成主动倡议，一经扬高之口，更夸大为“佑德公的名堂”“搭帮佑德公打劝”，进一步扭曲了实情。佑德公、扬卿、齐峰、邵夫等人则大不相同。他们一方面主要选读《申报》《中央日报》等权威性大报，另一方面也能对新闻内容进行思考甚至质疑，同时又不热衷于大肆宣扬，更看重消息的真实与否，散发出理性色彩。

二

可以说，费孝通所阐明的乡土中国“口耳相传”传统通过扬高等乡绅传承[①]，与佑德公等开明人士象征的“权威”和“真实”的现代信息，共同构成了报刊登场的具体语境。而报刊施展身手的空间环境也值得关注。沙湾的报刊收纳于当地祠堂。除此之外，祠堂还兼及容纳集会、办理乡塾和小学等作用，报刊事实上就储存在小学内，随时都有乡民进入祠堂（学校）阅读，并选择是否向其他人转述[②]。

身处“祠堂”这一“教育—传播”复合空间之中，报纸在无形之中成了

① 费孝通：《乡土中国 生育制度 乡土重建》，商务印书馆，2011，第 12—24 页。

② 第 19 节开头便提到扬卿第一时间读到邮差送往祠堂的《呼声报》（第 283 页）；第 27 节交代了佑德公特意前往学校读报的情节（第 422 页），第 30 节引述长沙“文夕大火”新闻时则重复记录佑德公这一习惯（第 469 页）；第 31 节，佑德公读到激烈战事的报道，为了让福太婆担心儿女安危而隐瞒不述；到了第 38 节，年轻的云枝在祠堂读报后，向年迈手眼不便的佑德公转告新闻（第 578 页）。

这两大功能的“容器”，放大了信息的传播速度、广度、深度，小到邵夫回乡训练民兵、佑德公自封投柜等事务，大到国军“剿共”、全面抗战等大事，短时间内都能见诸报端，传于乡间地头，甚至深入人心。1927 年佑德公参与“赋从租出”规划一事登于《溆流报》，直到 1941 年仍有人记恨[①]，影响不可谓不深。同时，叙述者对报纸种类和内容的择取，以及人物的反应都干预着传播，客观上起到教化地方的作用。佑德公“自封投柜”的消息刊于《溆流报》，沙湾因此保住了“模范村”的称号。扬高和修根等主事人喜上眉梢，登门道贺；几天后，联络各村的毛坨慕名而来，请佑德公在控告县长的书据上签字。佑德公不以为然，悟出“登报不是好事”，日后反复告诫晚辈[②]。整件事经过传播而迅速发酵，使得佑德公戴上了乡风模范的高帽；后者反倒对报纸的影响保持警惕，意识到其中的风险，可谓报纸教育功能的另一面向。抗战胜利后，佑德公因出谷劳军又一次登报，仍警惕于传媒“奉承”的副作用，倒是齐峰一句“登报对鼓舞民众有好处”[③]，更能代表报纸淳化乡俗之效；朱克文主动参加代工队，作为表率上了《呼声报》，使乡民对其义举赞不绝口，也是这一宣传教化作用的写照。作者在“兴学堂”这一情节线上着墨较多，部分研究者也察觉到这一用心，指出：“现代报刊、电报的信息化变革，祠堂改作学校，其作为信息中心的功能被取代。”[④] 随着沙湾小学建立，祠堂的重心自然偏向了现代教育，但收集、扩散信息的功能并未消失，而是连同教化功能转移到报刊之上。

在祠堂、学校等多重空间载体衬托下，报章信息颇有“好风凭借力”之势，不仅在村中急剧扩散，也悄无声息地带来了另一套时空话语。沙湾有两大“时间度量衡”，一是农时，二是辈分。农时标记年轮循环的自然节律，辈分记载历史脉络赓续。作者常常通过描写农作物或耕作畜牧，体现时间的

① 王跃文：《家山》，人民文学出版社，湖南文艺出版社，2022，第 551 页。
② 比如第 16 节结尾告诫贞一（第 238 页），第 38 节提醒克文（第 583 页）等。
③ 王跃文：《家山》，人民文学出版社，湖南文艺出版社，2022，第 583 页。
④ 卓今：《沙湾的两股理性力量及人物群像图——王跃文的长篇小说〈家山〉社会觉察力分析》，《中国当代文学研究》2023 年第 4 期。

流淌。一句“快要打禾的时候”，便交代了齐峰的返乡之期；邵夫回乡休假，则正值“禾苗开始发蔸，风吹起来田野里就像飘着无边无际的绿缎子”；当“禾穗开始灌浆，就不准在田里放鸭”，就意味着又到盛夏之际[①]。用农耕活动标记时间，既符合农业社会的生产习惯，也是自然时序的生动呈现，就像桃香看到屋檐燕子回窠，便知走过一轮四季。“虫老一日，人老一年。人一世，虫一生，都是一回事”[②]，同以漫水为原型的中篇小说《漫水》中，有余的这番话恰如其分地描述出时间和生命体验。对血脉和辈分的重视，是沙湾人感受时序与代际的一贯方式。人们往往以辈分相称，而非名字。佑德公远比扬卿、扬高年长，却仍执叔侄称呼[③]；《漫水》中村民长期以娘娘、婶婶、嫂嫂等辈分称呼有慧阿娘，竟因此忘记其名[④]。尊血统、好讲古，沙湾因而得以保持传统。佑德公向子女讲述父亲敬远公的故事，实际上就是回顾晚清以来沙湾的重大变迁；放公老不厌其烦地向桃香重复陈、朱两家祖上之事，不知不觉梳理出了沙湾从明朝开始的简史[⑤]。

就空间层面，沙湾绕水依山，龙王溪、红花溪于四周环绕，与万溪江遥相呼应，缓缓流入沅水，齐天界、凉水界等山丘矗立于侧，相对区隔于周边，村人的日常活动也都不出此地，四跛子往武冈送货已是出远门，引得桃香和月桂等日日跂望。至于省城长沙，也只是略微提及，更不用说南京、重庆、上海等遥远都市。

报纸依托的时空观则是精确的、理性的、现代的，与沙湾熟习的经验的、自然的时空观迥然有别。大众传媒的时间标记也许卸不下本雅明口中“同质而空洞的”色彩[⑥]，但公元纪年、精确到日、定期出刊等特征与沙湾时间产生碰撞，客观上确实将后者卷入现代时序内。《家山》似乎有意淡化传媒时序，

① 王跃文：《家山》，人民文学出版社，湖南文艺出版社，2022，第130、69、303页。
② 王跃文：《漫水》，湖南文艺出版社，2018，第10—11页。
③ 王跃文：《家山》，人民文学出版社，湖南文艺出版社，2022，第21页。
④ 王跃文：《漫水》，湖南文艺出版社，2018，第11页。
⑤ 王跃文：《家山》，人民文学出版社，湖南文艺出版社，2022，第79、60页。
⑥［德］本雅明著，张旭东译：《历史哲学论纲》，收《启迪：本雅明文选》，生活·读书·新知三联书店，2008，第275页。

不乏“又过去十几日”“一日夜里”“一日”等模糊表达[①]，然而“马日铲共”“江西‘剿共’”“长沙会战”等报道则指向了1927年、1928年、1939年等，客观上打断和介入了原有的时间流，带来异质性的现代时间，也意味着沙湾在保留传统的同时，进入了现代历史脉络。报章上反复出现长沙、江西、南京等现代城市，对沙湾而言无疑是一种地理区位感受上的更新，扩大其“感受边界”的同时，也能展示诸如新女性的“学生头”等“文明成果”，激发村民对都市文明的想象[②]。报刊扩大了沙湾本来时空体系的外延，将现代的时空观念嵌入其中，使村民不知不觉地认可现代社会秩序，对沙湾的转型起到潜移默化的影响。

三

报刊对社会转型的顺利引导，首先建立在“真实性”和“时效性”的基础上。在沙湾语境下，《申报》《中央日报》等真实存在的大报无疑比《激流报》《呼声报》更有资格成为“代言人”。这集中表现于抗日战争的报道上。

抗战线索贯穿《家山》后半部分，其开端是第19节扬卿与有信从《大公报》上获取的信息：

> 有回，有信读着《大公报》，突然问：“陈老师，中国同日本打起来，打得赢吗？”有信的目光射过来，硬硬的就像两柄剑。[③]

《大公报》自1931年9月20日首次跟进报道“九一八事变”后，便源源不断刊载相关文章，沙湾祠堂订阅的《申报》也在同一期辟版刊文[④]。本节前段叙述春节故事时已交代为甲戌年，亦即1934年，此时才借报刊渠道引

---

① 王跃文：《家山》，人民文学出版社，湖南文艺出版社，2022，第83、186、283页。
② 王跃文：《家山》，人民文学出版社，湖南文艺出版社，2022，第88页。
③ 王跃文：《家山》，人民文学出版社，湖南文艺出版社，2022，第300页。
④ 参阅《望国民镇静以救国难！》《本报记者谒张谈话》《张副司令电告全国》等，1931年9月20日天津《大公报》第10120号；《日军侵占长春》《沈阳日军占据北宁铁路》等，1931年9月20日《申报》。

出抗战一事，用意显然在于突出传媒的“真实性”而非“时效性”。自1939年长沙会战情节起，作者借佑德公、云枝等人之眼，即时引入《中央日报》，除去偶有的词句出入，与原文完全一致。对读小说第31节所引用的1939年9月23日、24日《中央日报》，与9月22日《中央日报·长沙》《中央日报·贵阳》的《赣鄂湘北激战》、9月24日《中央日报·贵阳》的《湘北我昨两路迎击 敌死伤达三千余人》等报道，便一目了然①；第35节对《中央日报》长沙保卫战报道的摘录，亦与原文基本无二②；1945年日军投降、战争结束的消息，也是经由《中央日报》进入沙湾，激发全乡的欢腾与泪水。

跌宕的战局与峻急的国势，随作者严格引用的报刊原文应运而生，完整的抗战过程如在目前。反过来，佑德公、齐峰、云枝等沙湾人透过传媒窗口对前线情景的感受与想象，建立在对抗战报道“真实性”和“时效性”的信任之上。这份信任事实上也对沙湾人产生了潜移默化的影响，使得其“国家有事，匹夫莫辞”的朴素情怀逐步转变为现代国家意识。起初，佑德公等老一代沙湾人难以理解报纸的意义，甚至视其为引诱邵夫、贞一离乡的洪水猛兽③。但也正因牵挂在外的子女，佑德公开始主动读报，进而逐步了解国共从合作到破裂的大致经过，加上自己与两党人员的亲身接触，孕育出对共产党革命人士的同情与亲近感。本尼迪克特·安德森所指认的印刷和传媒对于构筑共同体的意义已经毋庸赘述④，阿尔都塞所谓传媒看似反映现实，“而实际上是构建现实”的论断⑤，亦可谓其同调。佑德公及沙湾人对报纸的接受

① 参见王跃文：《家山》第494页；《赣鄂湘北激战》，1939年9月22日《中央日报·长沙》《中央日报·贵阳》；《湘北血战歼寇三千 水陆进犯之敌被击退》，1939年9月24日《中央日报·重庆》；《湘北我昨两路迎击 敌死伤达三千余人》，1939年9月24日《中央日报·贵阳》。

② 王跃文：《家山》，人民文学出版社，湖南文艺出版社，2022，第553页；《长沙东北外围血战我军完成包围战线》，1942年1月2日《中央日报·贵阳》。

③ 王跃文：《家山》，人民文学出版社，湖南文艺出版社，2022，第74页。

④［美］本尼迪克特·安德森著，吴叡人译：《想象的共同体：民族主义的起源与散布》，上海人民出版社，2005，第30—32页。

⑤［英］尼克·史蒂文森著，王文斌译：《认识媒介文化：社会理论与大众传播》，商务印书馆，2001，第64页。

过程，可以看作大众传媒介入湘西传统社会的缩影，其基础是现代传媒的“真实性”神话，建构的则是现代国家形象和中国革命征程。扬卿、齐峰、瑞萍等沙湾新生力量一方面通过读报知晓准确的社会新闻，另一方面与沙湾之外保持联系，因而有能力判断报纸倾向及信息真伪，不会照单全收，对传媒的建构作用更为自觉。从这个意义上来说，自现代报刊出现以来，沙湾就难免会与外界产生瓜葛，改变自身相对凝固纯洁的传统生活方式，汇入中国社会现代化的历史潮流。

四

考察《家山》中传媒符码的意义正在于此。《中央日报》等媒介为沙湾持续营造关于外部世界和“国家”的具体想象，同时也构成了建构乡村社会“国家”意识和想象的重要环节，使沙湾（包括原型漫水）得以把自身与“中国”这一共同体联系起来，国家和自我认同感油然而生。因此，尽管叙述视点几乎固定在沙湾内部，小说仍然能形成“烟火日常”与“百年中国的风起云涌”交织的双线叙事结构，一方面是一部生活气息浓郁的地方性小说，另一方面则溢出了一般意义上的诗性书写和风俗白描，表现出作者着力打造的“中国故事”气象①。

但更值得注意的是，作者并非单纯站在当时的官方立场来理解“国家”。抛开刊物规模、宗旨和内容等的区别，《激流报》《呼声报》《中央日报》《大公报》《申报》都在不同程度上充当了外部世界，尤其是官方意识形态的代言人，其建构的“国家”形象，也符合主导阶级的需求。从这个角度看，扬卿、齐峰、瑞萍等人对报刊信息的辨析，既反映了他们对“现代”和“国家”的感受方式，同时也是他们对官方意识形态的主动回应。当报纸上出现革命者的消息时，这一姿态尤为显著：

扬卿把《中央日报》《大公报》放在一旁，先看《呼声报》，

① 王跃文：《文学笔法即人间态度——我写〈家山〉的体会》，《文汇报》2023年3月22日。

见登的“剿共”消息，背上登时冒汗……扬卿手微微发抖，回头看见齐峰不声不响立在背后。他把报纸递上，齐峰没有看，铁青着脸，轻声说：“我立在你背后看了。”

佑德公说：“我在《中央日报》上看到，红军不是在江西被打走了吗？”齐峰说：“福伯伯，你不管这些。我也是听到消息。他们要是驻沙湾，肯定是要到你屋来的。住进来的是军官，都是读书人。”福太婆早惕得一身筛糠，说：“你福伯伯平日读报纸，都说他们走到哪里强到哪里啊。”齐峰说：“放心，我听得多，不是这样的。你屋宽敞，只把前面院子让出来就是了，他们不会到里头去。也不会久住，十天半个月就走的。”

下了楼，瑞萍嘱咐善仙几句，就同扬卿、有吉出门进城去。路上，有吉流着眼泪，仍是气鼓鼓的。瑞萍说：“有吉，报纸上的话是诬蔑你爸爸。你爸爸不是匪，他做人做事堂堂正正。共产党在北方正节节胜利。战争看似军事争锋，最终是民心较量。”①

《家山》中的诸种传媒符码编织了一张多元语义网，地方与国家、革命与保守、历史与想象等多种话语在其中胶结，左右冲撞，四处奔突，使《家山》成为内部空间开阔的文本。然而，小说叙事并未纠缠于这张大网，反倒顺势流淌下去。这得益于叙述者对于多种话语不动声色的主动选择。对报纸的认知和评说折射出齐峰、瑞萍的革命立场，也暗示了他们的革命者身份，实际上也就是叙述者的立场，与报纸背后的官方语境产生了拮抗。这让人很自然联想到另一位湖南作家沈从文的长篇小说《长河》。在《申报》《大公报》等现代报刊影响下 20 世纪 30—40 年代湖南乡土社会的面孔，以及作者的国家想象和认同，是两部作品的共同话题。区别在于，沈从文秉持一贯的“乡下人”姿态，把传媒视为湘西世界的异质成分，传达出对“现代”冲击下“传

---

① 王跃文：《家山》，人民文学出版社，湖南文艺出版社，2022，第 283—284、368、596—597 页。

统”社会摇摇欲坠的忧虑，质疑乃至挑战了传媒本身的权威。不难看出，传媒在《家山》中的形象则不尽相同。对沙湾人而言，报刊传达真实有效信息的职能不容置疑，可以说是他们与外界联通的最主要渠道；报刊以不同姿态频繁现身，既是叙事者认可其权威性的体现，同时也扮演了传统社会现代转型通道的角色，发挥一般“信息”意义之外的叙事效能。

换言之，《家山》中遭受质疑的不是传媒符码所象征的“现代”价值，而是部分报刊指代的国民政府意识形态。抗战期间，乡贤蔡耿甲被国民党暗杀，《呼声报》谎称“遭遇土匪，不幸罹难”，被齐峰和邵夫看穿，两人与县长许东山谈话，得知县长夫人靳若水是主事《呼声报》的秘密共产党员，女儿则从延安寄来《新中华报》《今日新闻》《中国工人》等革命刊物[①]。《呼声报》归沙湾政府掌控，在共产党员靳若水主掌下，尽管对当局的秘密行动仍讳莫如深，但对于重庆谈判，能通过转载《新华日报》《大公报》的文章，呈现《中央日报》等官方媒体所回避的政局真面孔[②]。显然，作者认可的是《呼声报》《新中华报》《新华日报》等蕴含左翼力量的刊物，革命立场也由此彰显。沈从文创作《长河》时，站在20世纪40年代历史现场，逼仄的时局和现代的焦虑催促他寻找一条出路，然而文化视野和意识形态的局限，则让他难以在复杂局面下提出想象性的方案。湘西的前进方向与国家形象胶着一体，已经不是沈从文能通过小说解决得了的。王跃文立足时下，则无须为这一难题苦恼，因为中国现代历史进程已经给出了明确的答案，他需要做的便是按照革命正史来筛选史料、组织故事。沙湾的现代转型因而不像沈从文笔下的湘西那般充满矛盾、挣扎和回旋，而是自然、顺畅、不着痕迹，就像评论者说的那般充满诗意与诗性[③]。

这股“诗意的乡愁”与“中国故事”的宏大叙事相遇，并不像新文学开

① 王跃文：《家山》，人民文学出版社，湖南文艺出版社，2022，第545—550页。
② 王跃文：《家山》，人民文学出版社，湖南文艺出版社，2022，第592页。
③ 夏惠慧、张建安：《诗性叙事与诗意世界的建构——评王跃文长篇小说〈家山〉》，《当代作家评论》2023年第4期。

创的乡土文学那般充斥着“传统—现代”“乡村—城市”“野蛮—文明”的剑拔弩张，反而多了几分融洽。沙湾深厚的礼治底蕴、质朴的民风民俗、稳固的宗族秩序等“传统”因子，保障水利、学校等“现代工程”得以顺利施展；而佑德公等乡绅对于“良心”的坚持，扬卿、邵夫等新派人士革新家乡的热情和干劲，则从“现代”层面激活了“传统”。“变”与“不变”相互包孕，成全了作者从乡村日常生活中挖掘民族史诗的构想。

面对乡土天地变换，若干湖南乡土作家对“变”与“不变”体认深切，从自身经验出发，在小说中探索乡土的出路。黎锦明的《尘影》通过记叙农民运动，呈现出乡土所面临的“重压”与自觉反抗[①]，侧重于“变”；沈从文也有写出沅水流域“平凡人物生活的‘常’与‘变’”的抱负，然而“乡下人”的视野使得他眼中的“现代”大都是华而不实的“奢侈品”和空洞无物的“公文八股”和“交际世故”，偏向于“常”。在他们笔下，所谓“常”（传统）与“变”（现代）并不平衡。从这个角度说，《家山》汇聚了百年湖南乡土文学的两道文脉：一是沈从文、韩少功等代表的文化乡土书写脉络，一是叶紫、黎锦明等引领的革命视野乡土叙事。作者调和了乡土情怀与现代立场，同时认真研读县志、文书、报刊等材料，重回历史现场，以客观的态度还原 1927—1949 年沙湾乡土的人情与世情。“沙湾的故事波澜不惊又静水深流”，在保留了乡土气息和地方色彩的同时，又浓缩了现代中国历史进程。引报章入小说本就是中国小说现代转型的起点之一，王跃文继承了这一文学传统，借新闻来表达国家意识，委婉隐曲地寄寓自己对家乡史和民族史的想象，别出心裁地建构起一明一暗两条小说线索，实现了“日常叙事”与“中国故事”的贯通。

（作者单位：湖南省社会科学院文学研究所）

① “重压”为鲁迅语，见鲁迅：《〈尘影〉序言》，收黎锦明：《尘影》，开明书店，1927，第 2 页。

评《家山》：伦理、环境与历史叙述

王修豪

一、两种道德

在《家山》塑造的沙湾村，佑德公是最有名声与势力的乡绅之一。扬卿则是一位留日归国的水利专家，同时担任沙湾村新式学堂的老师。一位名叫克文的年轻人是他的一名学生，刚刚上任县里的三青团干事。在第三十七章，扬卿和克文这两位沙湾村的新式青年借用佑德公家的天井，举办了一场演说，以鼓动村中青年加入三青团。这是那场演讲的情形：

> 开会那日，沙湾村的青年人到了八十几位，列队立在天井里。克文请佑德公坐在中堂屋门前的椅子上，他和扬卿立在佑德公左右。克文先讲，他介绍了三青团是个什么组织，什么样的青年才有资格加入三青团，三青团员应该干些什么。①

尽管佑德公坐在正中，运作这场演说的却是那两位青年。扬卿和克文挪用了佑德公与他家天井的权威性形象和空间场景，偷换了村民心中道德与权力秩序的中心，假装自己所说的“新”事物也属于那不容置疑的威严传统。文本没有交代事先两位青年和佑德公的商议过程，佑德公对此事的态度也还是未知。那么，接下来佑德公的发言就对我们理解他的想法至关重要：

---

① 王跃文：《家山》，人民文学出版社，湖南文艺出版社，2022，第 571 页。

> 扬卿和克文扶着佑德公立起来，老人家的铜烟筒是不离手的。佑德公笑笑，说："我眼睛很雾了，耳朵还行。刚才克文讲的，我都听见了。他讲得好！我也没什么讲的，大家好好做事做人，莫负天地良心。"[①]

佑德公强调自己眼睛的老化和"耳朵还行"，既是谦逊，也是把话语权让给两位青年。他说"讲得好"，又悄悄地重新抓住了被自己的上一句话抛出的权威，表示对三青团一事的肯定。问题在于，佑德公接下来对于这种肯定态度的解释看似素朴有实，实则充斥一种无力。孔力飞通过历史学的研究认为，辛亥革命后的中国现代化过程，在现代与前现代文明之间，制造了一种不断扩张的断裂。[②]现代化以城市的、西方的文明作为基础，制造出一批新的城市精英，其与承继晚清传统的乡村本土精英之间，存在着文化对峙。[③]而这种对峙在20世纪的急剧扩大，几乎"排除"了双方基于某种共同的伦理价值而统一的可能性。[④]佑德公勉励众人"好好做事做人，莫负天地良心"，是搬出自己熟悉的农村伦理，与扬卿和克文的道德语系相较起来自成一体，颇为不同。佑德公作为沙湾的地方乡绅，显然受过一些传统儒家教育。宋明理学鼓励地方的精英除了准备科举考试，还应该通过自我的道德探索，成为当地的"先觉者"，"自愿"地身体力行个人的道德准则，以引导地方成为"自我督查"的伦理社群。[⑤]佑德公在科举制度废除后，自觉地继承沙湾村伦理领袖的身份，显然是这样一种儒家思想在乡绅中的延续。在这种伦理话语中，佑德公天然有着于地方事务中维系传统儒家美德的责任。而

① 王跃文：《家山》，人民文学出版社，湖南文艺出版社，2022，第572页。
② Kuhn, Philip A. Rebellion and Its Enemies in Late Imperial China: 1796—1864: Militarization and Social Structure. Cambridge: Harvard University Press, 1971:223—224.
③ Kuhn, Philip A. Rebellion and Its Enemies in Late Imperial China: 1796—1864: Militarization and Social Structure.Cambridge:Harvard University Press, 1971:224.
④ Kuhn, Philip A. Rebellion and Its Enemies in Late Imperial China: 1796—1864: Militarization and Social Structure. Cambridge: Harvard University Press, 1971:224.
⑤ Bol, Peter K. Neo-Confucianism in History. Cambridge and London: Harvard University Asia Center, 2008: 218—219.

抛开对民国历史上三青团成立的真实目的的探讨，克文的论述着力于让青年加入三青团，有组织地帮助沙湾村的抗日亲属做农活。根据费孝通的理论，中国农村是以“利用亲属的伦常去组织”的“绵续性的事业社群”为单位，去实践社会和伦理的结构。[①] 与之相对，在西方现代社会，无论家庭还是个人，其面对的是国家这个无形的团体。克文组织的青年劳动是让年轻人成为“对国家有用的人”，直接运行于“优待抗属家庭”这一类国家叙事，而非服务于各自的亲属与氏族，因而被村里人说变成了“傻卵”。[②] 克文所说背后的一种从上至下的驱动力，是将年青一代的沙湾村人从“旧”美德体系中，也即佑德公的说教所属的话语中剥离出来，并在民族主义式的愿景中，使其活动和生产直接服务于民族国家。换言之，沙湾青年人的抗属代工队一旦成立，其中成员的劳动将不再运作于传统的“绵续性的事业社群”，而是国家，这个村民无法看见和理解的新团体。因此，克文推行的政策，正是隶属于构建民族国家的历史叙事。克文与扬卿对此没有展现出足够的理解。其与佑德公所动用的话语实际上不可避免地存在不小的矛盾张力。

透过这潜伏着的无可调和因素的张力，或许可以窥见《家山》的伦理与文化想象。佑德公和克文等的差异，似乎的确符合孔力飞所述的，传统乡绅与从城市返乡的新式现代精英的分裂。为阐释的方便，暂且粗略将佑德公的道德理想划入农业的、前现代的，或者隶属于叙事中沙湾村传统的话语；而将克文的伦理与政治图景放入现代的，特别是新民族国家建构的话语。当然，这种划分不是严格二分化的归属，而自有其流动性和互文性。这一段文本的细读为我们透露了两方对于互相话语缺乏理解。一方面，佑德公对新式青年事业的反馈的确是正向的，但这不代表他真正地站在民族国家的立场。他更多的只是履行传统农业社会精英的道德职责，为自己的村落或氏族做考量。然而他似乎认为，只要为一个具有普遍性的“天地良心”负责，现代伦理便和前现代伦理做着同一件事情，而无所谓形式上的区别。同时，克文、扬卿

① 费孝通：《乡土中国 生育制度》，北京大学出版社，1998，第 40—41 页。
② 王跃文：《家山》，人民文学出版社，湖南文艺出版社，2022，第 564 页。

等也没有表现出对现代社会的构图有足够的认识。中国的现代性内在地含有对以佑德公为代表的农业道德话语的重组乃至颠覆。克文们卷入的那场现代国家革命，很大程度上基于在“新”与“旧”的论争中对“旧”的否定，因此其发展将必然以某种程度地抹去旧伦理体系为代价。而即使是在“新”中沿用“旧”的，“旧”美德也往往在民族主义式的想象中，处在一种被挪用的状态中，失去其原本的形态和意义。这正是中国现代性的一种内在矛盾。在叙事中，克文等青年一代显然没有表露出对这种代价的任何考量，好像一切顺其自然，便不会有一方真正的牺牲。然而沙湾村的日子就在这种互不理解中过了下去，并作为一个整体性道德的载体，在革命的胜利中，走向了大欢乐的结局。一来，双方如此缺少理解对方的愿望和倾向。二来，全部文本展现出来的，是对一个共存着两种话语的和谐景观的肯定，这似乎是矛盾的。

由此，佑德公演说的无力似乎也可以有两种解释：一是，他从来没有真正理解过三青团及背后的民族国家事业；二是，他听懂了三青团一事，也对建立现代国家的事业有了一定了解，只是他认为，其根本上与传统农业文明可以不相抵牾，至少通过某种道德观念的缝合便能统一。我是倾向于后者的。这就是说，对于我为佑德公和克文等作为伦理话语的容器划分的两个领域，《家山》用一种整体论表明它们指向的永远是同一个东西，也便不存在任何根本性的悖论。这是佑德公的看法，同时也是全部文本、文本叙事者乃至作者自己的看法。从这个角度来说，佑德公是最接近文本意图的角色，也就为我们提供了解读《家山》野心所在的一个完美视角。

《家山》对两套伦理体系的同一性的认识，充斥着先秦儒家思想的底蕴，似是为“君子和而不同”[①]（《论语·子路》）给出的一套现代解释。在佑德公的文化想象中，这种“和”之所以成为可能，是由于相信自己从某种农民本位视角出发看到的同一性。对于乡村道德系统与儒家思想之关系，贺仲明认为前者除了以后者为“基础”之外，也在内部生成了更灵活的“小传统”。[②]

① 《论语》，陈晓芬译注，中华书局，2016。

② 贺仲明：《乡村伦理与乡土书写：20 世纪 90 年代以来的乡土小说研究》，人民出版社，2017，第 2 页。

儒家哲学在农村的伦理实践中，自然已经偏离了先贤们的论述本身，而成为一些变形的碎片。对于不识字的平民，儒家思想也许从来都不存在，而仅仅执行一些规则性导向的、由各类告示宣示的道理。而对于佑德公，无论其儒家理想是多么“农业”和“本土”，他毕竟是村中为数不多的几位识字的人，更不必说他作为沙湾村伦理领袖的自我认同与实际社会地位。当第一次听见从外面回来的儿子阐述孙中山的政治理念，佑德公就以小时候读的《大同》一篇作为比对，做出自己的判断。[①] 因此，佑德公的伦理观是“文化”的，暴露在被文字托在水面上的斗兽场，不可能不被知识和话语所侵蚀塑造。即使一再向人强调自己身份认同中农民身份的优先级，佑德公实际上很难做到真正的“农民视角”。佑德公把前现代和现代的伦理都归于“良心”，并统一于农民自身的利益。然而“良心”即使是善的，其实践过程也很难保证总是对农民“好”的。佑德公如此坚信两者的合一，与其说是意图以某种一元论，将追求最佳利益和美德之间的鸿沟一笔勾销，不如说是将一切潜在的相斥因素统一于一个“历史”的必然性。对佑德公来说，只要善和“好”在最终极的理想状态中是同一的，其在每一个共时性的时刻也具有相同的同一性。同理,《家山》想象的农民视角叙事，也归属于这一遵循必然性的历史观。因此，《家山》的叙事视角与其说是农民视角的历史记录者，不如说是自上而下的历史述说者与文化想象者，是带着必然性历史观念的史诗叙述者。

二、环境的诗学

暂且抛开《家山》的伦理与文化想象，我们回到审美感受，回应《家山》的乡村诗学。《家山》的确塑造了一个乌托邦式的整体论世界，这个世界弥漫着乌托邦之美。无论中国经历怎样颠覆性的变革，作者都相信沙湾村中存在一种自足之美，使沙湾的过去未来都在大潮之中屹立。选择将故事放置在被作者认为是“承上启下”的民国时期，正是要以《家山》演绎一种跨越时

① 王跃文：《家山》，人民文学出版社，湖南文艺出版社，2022，第 75 页。

间的普遍性存在的可能性。因此我们暂且将目光聚集于《家山》乌托邦的内部“空间”。白安卓从比较文学的视角提到，“空间”在当代思想中的一种新的思考方式，即相对于把空间视作笛卡儿坐标中一个“几何式的、网格化的、同一性的”坐标，将空间看作具有自己的“质地”和本土性的“不规则性”，并被“居住于其中的物体影响”。① 我的讨论正是基于这样一种非笛卡儿坐标系式的空间概念，把沙湾村当作一个乌托邦内部的“空间”，包含了此中种种人与自然、环境和文化的互文性，以开启接下来的讨论。

《家山》中关于自然生态的描写格外动人。飞鸟、植物、星夜和沙湾村民以一种奇妙的方式神秘地交互，和谐地共同存在。沙湾村是一块怎样的土地？生活在城市里的小孩来到沙湾村，由沙湾村保长扬高的儿子修岳带着离开家，走过长长的沙地和万溪江的河滩。修岳是这样向那些孩子介绍沙湾村的边界的：

> 修岳指着对岸的山说：“山背后又是山，越来越高，背后最高的就是齐天界，山上好多野物。”②

即使有父母的指令，这些尚未进入社会规范的孩子在玩耍中也不由自主地闯出生活的边境，进入未知的世界。可是那天的冒险就在此停在齐天界的脚下。当沙湾人试图通过所在的地理环境去领会一个形而上的终极存在，人们目所能及的尽头仅仅是一层高过一层的山峰。于是属于沙湾人的超越性领域，只能是山脉中最高的一座，被称作齐天界。扬卿为这些城市小孩做的沙湾介绍里，还提到了齐天界上的“老虫”。③ 除了连绵山林中人们所说的“刘家”④，沙湾人清楚地知道，野兽出没的齐天界并非都是人类的领地。沙湾的

① Bachner, Andrea.New Spaces for Literature: Can Xue and Hélène Cixous on Writing. Comparative Literature Studies, Vol. 42,No.3 (2005):156. http://www.jstor.org/stable/40247490.
② 王跃文：《家山》，人民文学出版社，湖南文艺出版社，2022，第 333 页。
③ 王跃文：《家山》，人民文学出版社，湖南文艺出版社，2022，第 348 页。
④ 王跃文：《家山》，人民文学出版社，湖南文艺出版社，2022，第 408 页。

人类文明仅仅占据着茫茫山脉中的一小块地而已。沙湾人对齐天界反复的注视，也在重复地确认自己与这一边界的纠缠。扬卿一个人在家看书的时候，窗外“可以望见白茫茫的齐天界”[①]；县长李明达心怀治国理想却遭诬陷，不得不离开沙湾时，与扬卿深夜辞别，“望着压满大雪的齐天界”[②]；当佑德公女儿贞一终于搬到了二楼的更大的房间，争取和沙湾村男人们一样的生活地位的时候，那房间“窗户大些”，也能“望得见远处的田野和齐天界”。[③]齐天界装点沙湾村人的窗户，作为一个先验性的存在承载了一代又一代的目光，同时塑造着那些目光背后的个体和《家山》的书写。

历史学者大卫·保罗在清朝边境史的研究中，发现清政府在管理边境地带时面临的挑战，并非仅仅源自与中原地区迥异的文化构成，而更受制于当地的“环境”这一决定性因素。[④]保罗的研究提供了一种对“人类中心”视野的反思——我们常常忘了人的文化、身份认同和历史是依赖于环境，而非只是源自人类行为的自发体。这或许是一个深刻于农民本能意识中的认识，却在文化的历史中一再被忽略。将故事放置在边陲山区时，《家山》的作者非常清楚这一点。故事中的沙湾人心中也许没有“环境作为前置因素”的文化式推论，但沙湾山水外于人的先验性，已经通过世世代代生存经验的沉淀，被雕刻在沙湾人对齐天界的凝视当中。齐天界和天空一样规定着沙湾人的生存世界。齐天界上的老虫时时刻刻潜伏在山林中，更不必说为沙湾人供水的万溪江，决定农业收成的风雨和土地。

环境的先验性仅仅提供给《家山》的场景描绘之美一个前提条件。作者尊重沙湾的绝对存在，在对这个乌托邦空间内部的描写中，环境很少沦为任人支配的对象，或人的思想的奴隶，也非人的内心世界附庸式的点缀。在沙湾村，人与生态的关系是互相歌唱，物我之间总是神秘地响应，带来一种

① 王跃文：《家山》，人民文学出版社，湖南文艺出版社，2022，第 189 页。
② 王跃文：《家山》，人民文学出版社，湖南文艺出版社，2022，第 193 页。
③ 王跃文：《家山》，人民文学出版社，湖南文艺出版社，2022，第 211 页。
④ Bello, David A. Across Forest, Steppe, and Mountain: Environment, Identity, and Empire in Qing China’s Borderlands. Cambridge: Cambridge University Press, 2016:2—3.

被现代文明遗失的审美经验。

村中与齐天界关系最紧密的，或许是打虎匠之女桃香一家。对于沙湾人出于恐惧对老虎编出的那些传说，桃香“听着只是笑”。[①]小说没有配上一张精确标出每户人家地理位置的地图，可对每家每户基于某种“强度”[②]的书写，却清晰地展现出其各自“空间”的相对性。桃香家给读者的空间印象，是在村落的边缘，紧傍大山，与其他户隔着些距离。小说第一章也正是由桃香家的故事，引入对沙湾自然景观的描摹。从某一年起，一只燕子飞进桃香家，在茶堂屋一角筑了巢，桃香就开始在每年的春天守候着燕子。而当燕子终于再次飞进了家门，桃香“心上噗噗地跳，暗暗着急”，乃至“双手合十，就像敬菩萨”。[③]这种有求必应，人类意识与自然中万物的相通，文中处处可见。事物的响应带来和谐和丰腴之美，也叫人意识到事物外于人的自主存在。当读者感受到那燕子的绝对存在，看见它们像回应一首山歌一样唱出回响，便往往怀着敬意接受这种审美体验。

当然，响应也可能是凶兆。当桃香迎来了燕子，处在物我对唱的情境之中，却听见沙湾村与隔壁舒家村打架的消息。住在舒家村的外甥德志正在桃香家里吃饭，听到两村起了冲突，起身要走。桃香和丈夫四跛子劝德志留下，防止他卷入械斗。燕子巢却在此时跌落，不偏不倚地砸在德志头上。桃香莫名地紧张起来，她感到不祥，脱口而出将燕子巢的掉落说成这种不祥的预示。四跛子并不接受这种直觉，以求实的男性视角给出解释，说不过是“几年的老巢，掉也该掉了”[④]。随后，四跛子也卷入争斗，在不得已的情况下，杀死了自己的亲外甥德志。《家山》中，像这样以自然事物作为兆头的情节还有不少。村中向来流传乌鸦“早叫财，夜叫喜，半日期间叫灾星”。[⑤]四跛子杀了人，桃

① 王跃文：《家山》，人民文学出版社，湖南文艺出版社，2022，第 2 页。

② Bachner, Andrea. New Spaces for Literature: Can Xue and Hélène Cixous on Writing. Comparative Literature Studies, Vol. 42, No.3 (2005):156. http://www.jstor.org/stable/40247490.

③ 王跃文：《家山》，人民文学出版社，湖南文艺出版社，2022，第 8 页。

④ 王跃文：《家山》，人民文学出版社，湖南文艺出版社，2022，第 10 页。

⑤ 王跃文：《家山》，人民文学出版社，湖南文艺出版社，2022，第 34 页。

香在去打官司的路上遇见早叫的乌鸦，打赢了官司；佑德公拜访县长，看见了那半日叫的乌鸦，以为凶象。警备司令随手拿着枪就把那乌鸦打死了，预示着他所代表的国民政府的溃败。乌鸦的叫声作为一种兆头，是沙湾自然法则的显现。作者相信，无法领会和尊重这一点的国民政府只能走向崩溃，并以随后的故事给予证明。可见环境作为兆头，像齐天界那座大山一样和沙湾村民相对而视，并不服从于人的权力结构，而自有其存在之道。对于沙湾人，其威严与亲密并存，这种关系是儒家“天人合一”理想的一种乡村述说。

《家山》将人与生态的关联写成了一首诗、一曲农业文明的抒情歌谣。这个乌托邦空间的塑造还借助了一种被现代性抛下的时间概念。要理解这种时间观，我们首先必须审视现代性的时间观念是怎样的，及对其的批判。本雅明在《历史哲学论纲》中提到了“同质而空洞的时间”①一词。他认为，要破除一种“被压迫者的传统”在现代的延续，我们需要检视这种传统背后的历史意识。②这种历史意识实际上将历史看作一个处在“雷同、空泛的”时间中的结构。③与此种时间观相反，本雅明呼唤一种“分分秒秒都可能是弥赛亚（Messiah）侧身步入的门洞”的时间。④

基于此，查卡巴拉提和本尼迪克特·安德森两位学者分别提出两种对现代时间的批判。查卡巴拉提认为，现代科学面对着一个无神论的世界，而正是基于本雅明所说的“同质而空洞的时间”，将自己产生的世俗语言当作一种新的“神”，即一种新的普遍性。⑤查卡巴拉提指出，这种假定的普遍性

① ［德］瓦尔特·本雅明：《启迪：本雅明文选》，张旭东、王斑译，生活·读书·新知三联书店，2008，第 275 页。
② ［德］瓦尔特·本雅明：《启迪：本雅明文选》，张旭东、王斑译，生活·读书·新知三联书店，2008，第 269 页。
③ ［德］瓦尔特·本雅明：《启迪：本雅明文选》，张旭东、王斑译，生活·读书·新知三联书店，2008，第 273 页。
④ ［德］瓦尔特·本雅明：《启迪：本雅明文选》，张旭东、王斑译，生活·读书·新知三联书店，2008，第 276 页。
⑤ Chakrabarty, Dipesh. Provincializing Europe: Postcolonial Thought and Historical Difference. Princeton: Princeton University Press, 2000:73—76.

指向不同语言之间的可翻译性，导致欧洲中心的理论被偏颇地套用在例如印度国家的研究中。[①] 查卡巴拉提的理论提示我们，语汇和理念的形成已自有其特殊性，而现代性中对普遍性的追求扎根于一种时间观念中。安德森从对民族主义的探讨中，提出我们对事物的想象同样基于现代时间的“同质而空洞”，将彼此毫无关联的事物根植于同一个“稳定的移动在历史中”的“社群”。[②] 在安德森的“想象的共同体”中，万事万物因此有着同质性。相反在中世纪的时间理念中，因为没有空无的底色和线性时间的因果观，事物成了每个人纵向的对上帝的想象。[③] 因此总是相互不一，富有生命力。这种前现代和现代时间的对比，对于我们把握《家山》神秘悠远的乡村时间至关重要。

《家山》的环境描写，既是源自“同质而空洞”的时间的现代视角，也是基于对前现代时间下，事物呈现的独一无二可能性的理解。两种时间同时存在于同一描写中而浑然一体，只能归功于作者的诚实。在历史的跌宕起伏中，沙湾的农田始终是生命的归属和向往，承认这一点的人，无论作者自己还是沙湾农民，在面对那片土地时只能产生一种抒情。这种抒情是诚挚的，它暴露人对沙湾土地和生活的感受，这感受的原初并不基于“同质而空洞”的时间底座，但它也无法掩饰将沙湾统归入现代文明“大潮”的渴望。一个抒情的人，是一个情难自禁而自由歌唱、舞蹈的人，只有在其身上，两种时间和两种文明的同一性歌唱才有可能。

在第十一章，负责催租的乐输委员向远丰进村推行县政府的新税赋政策。向远丰请求修根带他去见佑德公，修根将他带到了田里：

> 一路上，修根扛着锄头，不太说话。收完禾的田垄上，禾蔸

---

① Chakrabarty, Dipesh. Provincializing Europe: Postcolonial Thought and Historical Difference. Princeton: Princeton University Press, 2000:75—76.

② Anderson, Benedict. Imagined Communities: Reflections on the Origin and Spread of Nationalism. London: Verso, 2006:26.

③ Anderson, Benedict. Imagined Communities: Reflections on the Origin and Spread of Nationalism. London: Verso, 2006:23—24.

上长出青芽，麻雀在田里飞飞落落。一些农人在田里忙着，都是整地等着栽油菜的。几个伢儿提着鱼篓或罐子，低头在半干的田里捉泥鳅。也有担柴下山的，农闲正好砍足过冬柴火。自佑德公放了口，豹子岭上的干柴都还没有担完。山上松林里的鹭鸶慢慢少了，它们开始往南飞，明年春上再来。①

修根的沉默，将人的主体性消隐，呈现人与土地的抒情对话。沙湾村的农田在这段描写中飘逸空灵。向远丰和背后的国民政府谋求与地方土地的直接联系，那片田园却脱钩出来，自成一种境界，成为外在于人事纷扰的主体。那境界由这样几个事件呈现出来：鸟兽禾苗自在地生长；成人观察着土地，适时地劳作；小孩捉泥鳅。每件事物并非空无时间中单纯的线性排列——那种排列令事物因处在同一平面而彼此没有区别——而是各自独立地发生，无法替换。换言之，鸟兽、成人和小孩的动作不是简单的现代意义上的“同时”进行，而是各自一一地非线性地展开。而这每一个展开都是绝无仅有、不可复制的。本雅明认为，现代对艺术品的无限复制使事物的“灵晕”不再能被触及。② 而我以为现代性中复制事物之美的欲望和“同质而空洞的时间”观念难解难分，后者使前者成为可能，前者对后者推波助澜。从这个意义上来说，这段对沙湾村农田的描写，在某种程度上还原了农村视角对环境的感受，其内含的前现代视角将环境中的本原性和特殊性解救出来，重现了沙湾世界的“灵韵”。

实际上，这段描写同时依赖于现代时间的空无与前现代时间的具体。“飞飞落落”的写意只有在“空”的时间中书写才能够实现，尽管那时间并不“同质”。佑德公允许农村人上山砍柴和鹭鸶的离去，这两个“过去”的事情导致了一个现在或未来的果，即没有担完的柴和明年鸟的归来。这个因果的推演成为一个普遍性的存在。而这种写作装置以具有现代时间视角的写者和读

① 王跃文：《家山》，人民文学出版社，湖南文艺出版社，2022，第173—174页。

② ［德］瓦尔特·本雅明：《启迪：本雅明文选》，张旭东、王斑译，生活·读书·新知三联书店，2008，第236页。

者作为前提条件。可是这并不意味着这一系列的审美对象是完全同质的，它们的呈现依然具体而独特，并非基于空无时间的自我重复。对过去未来的统筹背后仿佛是一个静止的、仿佛来自“天”的视角。这个试图同时包含农业时间和现代时间的视角默然看向一切，将古往今来看作一体。两种时间观念的统一，依赖于面对乌托邦式的沙湾空间诚实地抒情，将其缝合成一个整体。为此如果要说作者究竟以什么弥合两者间的裂痕，便是一种节奏、一种格律。读者阅读对沙湾的刻画也许需要将其朗读出来，动用自己的听觉，从句式的长短变化与用词的声调感受其用力所在。《家山》对沙湾的描写，遵循的是诗歌的法则，叙事者化作抒情诗人，以包容两种时间意识的胸怀，吟唱那块自足的空间。

三、历史的想象

《家山》毕竟是一部长篇小说，吟咏的纯净在家族史的庞大叙事中难免受到冲击。可是文本一再循环重复诗歌式的抒情，以不断肯定沙湾空间在历史中的绝对存在。为此，讲故事，就成了无限延宕的文学装置，以展现沙湾式农业文明自发的力量源泉。沙湾的农民叙事自然不是线性的编年史，而是口口相传的故事。讲故事与听故事，在农民自己的日常生活空间中不断地发生。从一个民族国家的现代视角重塑“一段”乡村史，面临着对农民语言进行征召与归化的危险。幸运的是，作者尊重了农民的叙事方式，在抒情的绝对面前发掘了讲故事的魅力，避免其被现代话语简单地覆盖与吞噬。叙事者除了写一桌美味的湖南农家饭菜时，忍不住干脆现身文本，直呼“想着就流口水”[①]之外，多数时候都避免以一个叙事者的身份直接进行主观性的述说。首先，故事与故事的切换总是在上一个故事节奏变化穷尽的时候开启下一个故事，不会出现叙事者的声音对其进行转换。其次，沙湾的风土人情总在故事的内部展开。沙湾抬轿子的规矩、社交规则、宗族家法，都隐藏在一个又一个故事里，叙述者尽量避免直接对其进行解释，这在小说的前半部

① 王跃文：《家山》，人民文学出版社，湖南文艺出版社，2022，第140页。

分尤其多见。最后，当叙事进入抒情诗的境界，小说往往也以一个突发事件，径直进入下一段叙事。桃香终于等到燕子在家筑巢以后，和谐自然的抒情境界——“纺车吱吱地响，燕子亮亮地叫”和舒家坪斗殴事件的叙述连接在一起——“饭只吃在半路上，酒才喝干三碗，听得有人敲锣打喊：‘舒家打架来了！舒家刀刀枪枪杀过来了！陈家壮丁快到祠堂去！’”[①] 其间没有来自叙事者的介入。一个抒情境界直接切入一个戏剧性场景，这两者间依然遵循组织诗行的原则，试图将众多故事最终糅合在同一抒情节奏中，这样的结构在文本中不断出现。

可是，故事和诗歌毕竟是两种文体结构，尽管作者以故事的连绵延宕抒情感觉，我们还是看到一种外部力量闯入只属于吟唱者的沙湾。这也正是《家山》十分明白的：乡村外部的现代国家叙事在激昂地推进，而沙湾不得不做出反应。因此，在连绵不断的“故事长诗”中,《家山》实际上有更大的野心。作者不仅希望诚笃地吟唱沙湾的环境美学，还要从沙湾村民身上召唤一种道德主体，以抵抗时代变迁的洪流。

前文提到，佑德公似乎是继承沙湾传统伦理的一个“典型人物”。《家山》全文共有 45 章，行文到第三十章，抗日战争已经打响。佑德公的儿子不仅长年在外行军，还迟迟没有子嗣，女儿也去省城读书，做了“新女性”。此时沙湾经历了数次打着革命名号的外来者，已经充分嗅到了这一次“新社会”行将真的来临，不同于以往的朝代变更。人们也就意识到传统道德的效用与正当性正不可逆地流失。村里的规矩向来是进村者要下马而行，做了保长的扬高却“骑着灰毛高头大马进村”。[②] 佑德公的权威也在暗中消散。当听到女儿在外通过自由恋爱，嫁给了一位军官，他突然决定为此大摆酒席。远方的女儿注定缺席，佑德公却一丝不苟地操办起酒席的全部步骤细节。他在村中久违地亲手写请帖、做封筒。在酒席上，他迎来了自己的抒情时刻，举杯向四邻。佑德公罕见地直述自家的美德成就：“我儿劭夫和郎女都在抗日战场

① 王跃文：《家山》，人民文学出版社，湖南文艺出版社，2022，第 9 页。
② 王跃文：《家山》，人民文学出版社，湖南文艺出版社，2022，第 429 页。

上，我这八十老头又是担心，又是欣慰！”[①] 他行使威权，以劝酒呼吁众人进入他的同一个抒情时刻。

佑德公呼唤的那种情感，实际上是他要召唤的儒家道德结构中的重要一环。除了宋明理学勉励地方士大夫自发探索与实践道德理想，我们不妨把《家山》放置在先秦儒家的视域中进行检视。在先秦的儒家伦理中，仁也许是最核心的概念。尽管抽象，仁却是可以培养的，并可以由具体的行为得到实现与加强。《论语》中说："颜渊问仁。子曰：'克己复礼为仁。'"[②]（《论语·颜渊》）礼是实现仁的具体的可实施的行为。对于先秦儒家，尤其孔子，礼并不仅是社会规则和伦理规范，更是与现代人有相当距离的"仪式"。本雅明对"灵晕"的论述，正是将艺术的源头放置在宗教仪式中，阐述那被遗失的原初性。[③] 村民的仪式中，每件事物的展开和人的互动，同属被遗失的前现代时间观念。因此，佑德公亲身演绎的这场酒席，是重现古老的仪式，以召唤先秦儒家的核心伦理概念。这正是《家山》的道德和审美理想。作者用第三十三章的全部篇幅，书写了村中另一位乡绅逸公老儿的葬礼仪式。每一道程序都以描写沙湾环境同样的浓重笔墨，细细铺陈。叙事节奏放缓，一字一句不紧不慢地展开人事细节，将其中每一个动作都从空无和同质中释放出来，刻画沙湾原初的美与道德。

不过，《家山》不是对先秦美德的一次回归，而是以当代视角，尝试将其完美嵌入现代民族国家的叙事中。要做到这点，《家山》以家族史的形式，选择触及孔子为现代论述留下的空白位置，证明"仁"是源于并符合个人的自发情感。参考李海燕对中国情感话语建构的梳理，将个人的内心假定为一个包含着"真实"情感来源的空间，是一种现代的发明。[④] 人物面对情节的

---

① 王跃文：《家山》，人民文学出版社，湖南文艺出版社，2022，第 482 页。

②《论语》，陈晓芬译注，中华书局，2016。

③［德］瓦尔特·本雅明：《启迪：本雅明文选》，张旭东、王斑译，生活·读书·新知三联书店，2008，第 238—239 页。

④ Lee, Haiyan. Revolution of the Heart: A Genealogy of Love in China,1900—1950. Stanford: Stanford University Press, 2007:11.

变化而不断做出行为和选择，并最终展现其真正的“内心”，正是现代小说突出的功能之一。而《家山》认为，只有心灵与“仁”相统一的人，才能由衷地、自发地并真正有力地支撑起一种美德。从这个意义上来说，《家山》的家族史诗正是要通过一段作为整体的“历史”，从人物挖掘出作为美德核心的“仁”的正当性来源，以解决儒家理想在现代文明的冲击下得以保存的可能性问题。

可是，当我们把眼光转向《家山》作为一段历史叙述的全部文本，人物的走向与其说提供了“仁”的自发性的证明，不如说仅仅追随一种必然性，而被切割成两个“阶段”。我们看扬卿的故事。第一阶段，扬卿从日本学习水利工程回来，作为村里已经接受现代“启蒙”的新青年，满心只怀揣着新国家事业，与沙湾格格不入。因此他独来独往，对沙湾的旧秩序看不顺眼，常常“嘴上敷衍着，心上却甚是悲凉”。[①] 扬卿站在启蒙者的角度，对沙湾高高在上地心怀批判。他与农业文明的不相容之大，使他成为一个活在自我营造的镜像中的人，一个人在房间里说话，听着自己的回音。到了第二阶段，他却摇身一变，同时成为旧道德和新国家革命两者的支持者，乃至公共场域的执行者。两个阶段的转折是在扬卿被县长点拨，而决定投入县里的水利工程事业时。水利的兴建不仅大大施力于乡村，也是新国家建设重要的一环。和本文开头佑德公的谈话类同，扬卿在“利”和“好”的层面找到了沙湾旧道德与新国家文明的桥梁，甚至两者伦理话语的一致性。此后，扬卿一边继续支持村中新式青年的国家建设事业，另一边充当起沙湾传统道德的维护者。如同佑德公仿佛沙湾美德的化身，扬卿承接了《家山》对新一代沙湾人英雄主义的期待。他常常带着佩剑，无论在田垄还是学校。而在第二次“启蒙”之后，扬卿终于在国家与沙湾的同一性下找到了实现英雄主义抱负的事业。在这个转变中，我们很难看到带有现代“真实性”的情感来源。尽管可以说，扬卿本身是一个在儒家传统下习惯隐藏自己情绪的男子，但依然可以从他动

① 王跃文：《家山》，人民文学出版社，湖南文艺出版社，2022，第 31 页。

情的时刻管中窥豹。事实上，作者也对扬卿的爱情故事投入了不少笔墨。扬卿与同为新式青年的女性教师史瑞萍相爱并最终结为夫妻。扬卿与史瑞萍的前两次动情的场景都有第三者在场。直到扬卿听史瑞萍带着村中学生合唱《踏雪寻梅》，他第一次情动到难以自持而落泪。打动扬卿的实际上有两重来源，扬卿既是为了歌词内外的师生融洽之美、为自己为了事业投注的热情而感动，也是为歌唱者史瑞萍而情动。扬卿与史瑞萍的自由恋爱被确保发生在传统的儒家道德范围内。其中，个人的热恋很少会脱离对美德的附庸地位，而被单独述说。使人“情动”的一定同时也是对美德体系的实践，绝不偏离。

可见，尽管情感与道德的统一，的确在某种程度上提供了沙湾道德中“仁”的现代性来源，情感和道德却同时被更为根本的历史必然性所统筹。《家山》相信这种必然性依然是源自沙湾的自发本源。让我们回到不识字的女性桃香，这个打虎将的女儿无意透露了沙湾农民的一个法则：“娘讲字是踩不得的，踩了遭雷打；娘讲饭也是踩不得的，踩了遭雷打。”[①] 对于沙湾的农人，文字和米饭一样被放置在那不可触犯的、绝对的超越性领域。文字是什么？梅维恒在对中国文学本体论的梳理中提到，中文的传统中，“文”的基本含义是“范式”，而“文学是对一个文明范式的反映”[②]。从这个意义上来说，沙湾的农民崇尚着一个绝对的“范式”领域。如果说《家山》的历史叙述已经有了现代时间观念，带有过去、现在与未来的线性概念，那么其“模式”来自过去，由自身的历史作为佐证，也将未来吸收进来。如果儒家道德已被遗失，《家山》相信其在现代社会的显现和归来也同属于必定的、“范式”的范畴。说到底，《家山》是一部关于拒绝失落的小说。它对乌托邦式的，前现代与现代文明的整体论如此肯定，也对失落文明的召唤充满信心。沙湾村的高山阻隔了外界，那“娘井里的水”却“流入儿井，从儿井又流到天井，

① 王跃文：《家山》，人民文学出版社，湖南文艺出版社，2022，第 56 页。

② Mair, Victor H. The Narrative Revolution in Chinese Literature: Ontological Presuppositions. Chinese Literature: Essays, Articles, Reviews (CLEAR) 5,no.1/2 (1983):20.https://doi.org/10.2307/495656.

从天井流出老宅，通到万溪江，如此绵绵滔滔，川流不息，直奔长江、东海”。[①] 叙事最终以塑造历史的野心，带着现代时间观念中对未来、对“新”的强烈信心，试图包裹着前现代的田园牧歌，一同走向想象中的超越。在第四十六章的结局中，这一野心也正是由现代性想象中最具代表性的一种——革命——所完成。可是，越是强调沙湾的强韧，沙湾永恒失落的过去却越显得遥远而触不可及。正如前文所述，这种想象的缝隙，或许在于《家山》竟然最终不可能真正为沙湾人的农民说话。当然，我也不认为沙湾的答案可以问一个“真正”的农民，那也是不存在的。无论是知识分子还是农民，谁敢保证自己使用文字记录的历史必将逃离“文”的魔掌？在“文”的眼皮底下，作为文化建构者的当代小说家不得不面临这个现代性的牢笼。

（作者单位：湖南省文学评论学会）

① 王跃文：《家山》，人民文学出版社，湖南文艺出版社，2022，第 699 页。

柚树与新枝

——王跃文《家山》论

李玉新

走进“家山”，首先遇到的是一棵柚子树。小说第一节由“乡约老爷”桃香和四跛子的房屋写起，柚子树位于“西边屋角下”，从那里望下去，“望得见西边青青的豹子岭”，麻雀会“叽叽喳喳登在”树上，“慢慢偏西”的“日头”也会搭在树上。王跃文有意无意间反复提及的“柚子树”，使人想起两句载入中国现代文学史的经典对话：“湖南的柚子呀！湖南的人头呀！”“这样便宜的湖南的柚子呀！”[①]

这两句对话来自现代文学史第一个十年中杰出的乡土小说家王鲁彦，他并非湖南人，却为民情所动，在代表作《柚子》中刻画出长沙地方军阀血腥屠杀的恐怖和围观者的麻木冷血，蕴含鲁迅等“五四”一代作家“国民性批判”的启蒙视角。事实上，整个《家山》第一节关于乡村原始性械斗的描写，均可被视为这一批判视角的展开。在这一意义上，《家山》第一节几乎是另一篇重要乡土小说《惨雾》的重写，其对乡民好勇斗狠个性的刻画和对乡土宗族与血缘伦理冲突的描写，与《惨雾》如出一辙。许杰是与王鲁彦同期的乡土小说家，在他的代表作《惨雾》中，刚从一个村庄嫁到另一个村庄的香桂姊，目睹丈夫和弟弟在械斗中同归于尽，因而发疯。[②]在《家山》中，和姐姐嫁到不同村庄的桃香，同样不得不面对丈夫在械斗中杀死外甥这一意外结果——

① 钱理群等：《中国现代文学三十年》（修订本），北京大学出版社，1998，第52页。
② 许杰：《惨雾》，商务印书馆，1931年。

“舅舅骂了一句朝天娘，反手取下背上的马刀，一刀就把外甥儿剁了”[①]。

然而，随着阅读的深入，我们很快就会发现《家山》对鲁迅一代愤慨却简单化的批判视角有所辩证。痴迷小脚的桃香不仅没有因为惨剧发疯，反而以强大的生命能量压倒一众男人，凭借公堂之上的一番“四六八句”，替沙湾打赢人命官司，被尊为“乡约老爷”。《家山》起始，通过这一复杂辩证的人物形象，更新了启蒙视角下麻木迟钝的单一化乡民形象；桃香的生命活力，又使人联想到湖南作家叶紫笔下满口“妈妈的”的野性农民[②]。及至通读整部小说，我们便会明白，《家山》的乡土叙事模式不仅不同于“五四”一代批判视角下的乡土小说，也不同于现代文学史第二个十年书写农民觉醒、鼓吹革命的叶紫等人，而且与当代民族志书写范式相比，有着截然不同的特质。要之，沙湾的柚树，自有新枝。

一、由对话取代对抗[③]

先来看一段《家山》中的对话：

> 贞一笑笑，说：“有喜，我是想说，我们乡下太封闭，太愚昧，太落后了。人和人是什么关系，人和国家是什么关系，人和社会是什么关系，我们乡下人都不知道。我们知道家谱，不知道国家，不知道世界。宗法制度是落后的东西……”
>
> 有喜的眼睛鼓得老大，贞一突然就不说了。她觉得自己有些好笑，同有喜讲这些不着边际的话。有喜说：“满姑，我晓得你肯定读了好多书，你讲的话我一句都不懂。……”[④]

① 王跃文：《家山》，人民文学出版社，湖南文艺出版社，2022，第14页。
② 叶紫：《丰收》，大众书店，1946。
③ 杨庆祥曾呼唤一种“对话式”的诗歌写作，用以取代“对抗式”写作。参见杨庆祥：《重启一种“对话式”的诗歌写作》，《诗刊》2015年第7期。
④ 王跃文：《家山》，人民文学出版社，湖南文艺出版社，2022，第87—88页。

知识分子的“太封闭，太愚昧，太落后”和乡民的“不懂”构成了现代以来经典的启蒙批判写作模式。苛刻说来，“五四”一代作家的写作行为和作品本身，常暗含知识分子的优位感，呈现知识者对无知者的单方面解惑，强调知识者与无知者之间的对抗，强调无知者的愚昧和启蒙的艰难。鲁迅、王鲁彦、许杰等小说家，不同程度上共享了这一写作模式。1925 年之后，中国共产主义运动有所发展，马克思主义者逐渐认识到工人阶级之外的社会阶级身上广泛的革命性和革命潜能，农民的革命性被高度评价。启蒙逐渐演化为马克思主义者与群众间的双向启蒙，形成一种“互动—召唤机制”。[①] 知识分子因而加深对不同阶级的理解和情感投入，从他们身上获取能量和品质，叶紫等左联小说家笔下富有力量感和革命性的农民形象即是这一转变的明证。及至新时期，历史伤痛催动激进的精神反思，启蒙与救亡、文明与愚昧、封建与现代的二元对立思维模式重新占据主导地位。于是，我们在《白鹿原》等民族志书写中，更多看到的仍是文明现代与愚昧乡土的对抗冲突。在把握这一写作谱系的基础上，继续阅读《家山》中的这段对话，会感到十足惊喜。

> 贞一问问爷娘身子好不好，又问问家里阳春好不好，再问：“有喜，我晓得家里每年都雇好几个人卖鸭仔，也常有人到家里进货，怎么还要你担着鸭仔出来卖呢？”
>
> “满姑，这中间的名堂你在书上是读不到的。”有喜嘿嘿一笑，“开抱棚就要晓得鸭仔行市……一担鸭仔担出来卖，回去交账多少都凭良心。你自己晓得行市，人家怎么交账你心上就有数了。福公公请哪个不请哪个，心上都是有数的。人家来进趸的，要么是买零的，你心上也要有数。”
>
> 贞一哈哈一笑，说：“我爹还是个老狐狸啊！”[②]

① 贺照田：《启蒙与革命的双重变奏》，《读书》2016 年第 2 期。

② 王跃文：《家山》，人民文学出版社，湖南文艺出版社，2022，第 88 页。

“满姑，这中间的名堂你在书上是读不到的。”“我爹还是个老狐狸啊！”——王跃文刚刚延续传统模式铺陈了知识分子和乡民的“懂”与“不懂”，就立刻调换二者的位置，以乡民的“懂”衬出知识分子的“不懂”。由此，二者间的对话互动，取代了单方面的宣传、灌输和激烈对抗。这么说并不意味着新旧对抗在《家山》中完全消失了，而是说小说更多在和谐平缓的氛围中，呈现出乡土社会本身的魅力和复杂性以及旧乡土在新文明之下迟缓但有力的演变。毕竟，“人心都是肉长的，慢慢会好起来的”[①]，未必总会是生死相搏和“暴风骤雨”，而以新旧对抗结构小说，推进情节发展的作品已有太多。在《家山》中，对话美学对对抗美学的取代存在诸多面向，本节仅简要提及人物塑造和结构模式两方面。

在人物塑造上，《家山》刻画出诸多复杂辩证且不断发展的人物，以此重写了现代文学史上的经典人物形象。贯穿小说叙事主线的人物陈扬卿，甫一出场，便使人想起鲁迅笔下的魏连殳[②]和吕纬甫。留过洋的扬卿回到沙湾照顾父母，与整个村庄的气氛格格不入，面对扬高替村子打官司的请求，不仅直接拒绝，还逆反般地表示“可以放火把我家窨子屋烧了”，且当天在日记中记下“乡人愚昧，可叹可悯！”[③]消沉绝望之处，与鲁迅笔下孤独无助的知识分子无异。然而《家山》中的人物总会随着时间发展变化，在同道中人的劝说下，扬卿摆脱不问世事的状态，不仅为全县谋划水利，还竭力支持沙湾开办学堂[④]，印证了那句“人心都是肉长的，慢慢会好起来的”。《家山》中使人想起祥林嫂的小配角翠玉，她一出场便被交代“克”死了丈夫和儿子，祖婆议论说其眉毛太青，是克夫命相，年青一辈的雪安偏说城里女儿家眉毛都要画成这样，祖婆并未反驳或责骂，而是“笑笑，说：‘我看，反正是

---

① 王跃文：《家山》，人民文学出版社，湖南文艺出版社，2022，第379页。

② 谭桂林的文章提到了陈扬卿与魏连殳形象的相似及不同。参见谭桂林：《百年变局中的民心之向——评〈家山〉中乡土想象与历史叙事的诗学重构》，《中国文学研究》2023年第2期。

③ 王跃文：《家山》，人民文学出版社，湖南文艺出版社，2022，第24、33页。

④ 同样不同于叶圣陶笔下致力于教育改革却沉痛受挫的倪焕之。

时代变了。'”[1] 其同样被聘为帮工，不见呆滞，反显出机敏细心。此外，王跃文偏爱塑造充满性格张力的人物形象，譬如因循守旧但充满生命能量的桃香、投身革命却接受纳妾的劭夫、痞性和侠义并存的五疤子。充满矛盾张力的性格并未像以往小说中常见的那样，给这些人物带来苦难或悲壮，而是被处理得冲淡平和。这里呈现的既是对人性的信心，也是一种妥帖自然的美学趣味。王跃文的人物塑造在提醒读者，他者如此复杂，不必苛求，不如多些宽容和体谅，恰如作者借陈劭夫之口所说，“好比人的命运，不能搘一拳就定死了，不公平。应该不断给人选择的机会”[2]。

在结构模式上，《家山》最使人印象深刻的是，完成了对鲁迅“看 / 被看”模式的重写。鲁迅将“看 / 被看”模式与启蒙批判结合，生产出农民的愚昧麻木和知识分子的乏力无奈。此后文学史上近似题材的写作，或多或少都脱不开这一模式的影子。当代的民族志书写，同样受到这一模式影响。一个明显的表征是，在《白鹿原》话剧中，“看 / 被看”被具象化为一群置身暗处、面目不清的村民，他们站在“道德”制高点上，对剧中主要人物的所作所为，进行观看和点评，与此同时，观众同步观看、品评村民的观看行为，生成一种强烈的反讽感。在《家山》中，乡民之间的“看”与“被看”依旧存在，但这种“看 / 被看”更多的时候不再是乡民在自我满足的基础上，对他者“不正常”行为的鉴赏和咀嚼，不再裹挟着吃“人血馒头”的凝重和残酷。

> 逸公老儿屋里从没有过穿草鞋的人，扬卿如今出门都是竹笠草鞋，肩挎米袋，手里刀剑。沙湾人像看西洋景，说：“陈老师穿草鞋，稀奇！”沙湾人平时说话，喜欢用自己村里的典故。说到享不起的清福，或不稀罕的好事，就说：坐得黄包车，颠得屁股肿。说到事情多，或麻烦多，就说：修根老儿赶麻雀，东边起来西边落。如今又多了个典故：陈老师穿草鞋，稀奇。[3]

① 王跃文：《家山》，人民文学出版社，湖南文艺出版社，2022，第 348 页。
② 王跃文：《家山》，人民文学出版社，湖南文艺出版社，2022，第 216 页。
③ 王跃文：《家山》，人民文学出版社，湖南文艺出版社，2022，第 145 页。

"陈老师穿草鞋""坐黄包车""赶麻雀"，这些或少见或新奇或滑稽的事情，吸引了乡民的注意，但这种注意并未流向无休止的凝视和议论，而是被固定化为无害的"典故"，成为沙湾话语体系的一部分。不仅是乡民在无所顾忌地使用"典故"，"典故"的当事人同样乐于使用它们，甚至予以自嘲。尖锐且沉重的对抗消失了，取而代之的是一种轻盈温顺的和解。

在当代社会语境下，有必要再一次强调《家山》对话式书写方式的意义。中国近代以来近百年的对外抵抗史、对内斗争史，使知识分子不得不面对救亡、革命和启蒙的迫切需要，因而他们的小说作品特别是涉及乡土的作品往往贯彻着一种对抗式的美学。这一对抗式的美学在特定年代发挥了不可或缺的作用，却在当代存在流于概念和先验的风险[①]。另一方面，在当代文化结构中，经常出现一种父权文化的踪迹。管理者对权力地位深感自信，以父亲般的威严对被管理者发号施令，被管理者被单方面要求接受领导和教育，更有甚者主动寻求驯服；个体则习惯于说教和指摘，提出自以为绝对正确的"建议"，在网络时代演化出无穷尽的网络暴力。这一现象未必是启蒙文化的结果，但可以从启蒙文化中得到解释——启蒙文化中最重要的自我启蒙面向被忽略了，在轻易获得表达的权利之后，每个主体都觉得自己处于有知者、进步者的地位，亟待"启蒙"自己之外的无数落后者。这并非当代中国社会独有的问题，而是现代性降临以来的普遍"隐忧"，查尔斯・泰勒为此指出"人类生活的一般特点是其根本意义上的对话特性"，并提示我们需要将个体的生活理解为连接着其过去和未来计划的"故事"，尊重其中的"具体性、对话性、时间性"。[②]也就是说，如果对当代生活依旧怀有信心和勇气，就必须重视主体之间的"对话"，对他者保持足够的宽忍和体让，摆脱单方面的

① 王跃文称："我发现当代中国人，特别是年轻人，对于中国乡村的理解，是被一批文学、影视作品误导了。"参见张艾宁、李晶：《王跃文谈〈家山〉创作：十年打磨，日日掩泣》，《出版人》2023 年第 2 期。

② ［加］查尔斯・泰勒：《本真性的伦理》，程炼译，上海三联书店，2012，第 41、127 页。

启蒙欲望和对抗式的启蒙方式。在这一意义上，以对话的方式取代对抗，是《家山》在乡土民族志书写谱系上生产出的最重要的“新枝”。

二、日常书写和生活的真实

在《中国小说史略》中，鲁迅将明代小说分为两大主潮，其中之一为“世情小说”，以《金瓶梅》《玉娇李》为代表；又将清代小说分为四派，其中有“人情派”一派，以《红楼梦》为代表。[①] 无论如何被区分和命名，中国传统小说特别是明清小说的一个重要面向是对日常生活的描摹刻画。然而自晚清“小说界革命”始，小说文体被紧密关联于社会改革，启蒙、救亡和革命的现实需要极大压抑了小说传统的日常面向。特别是在当代的历史民族志书写中，对抗式的书写方式关联着宏大叙事和悲壮美学，日常生活的情态和雅趣往往被忽略。在对话式的美学之下，《家山》对乡土的刻画与此截然相反，日常书写占据了重要的位置。

此处举小说中的两段描写以作楬橥。小说第九节写乐输委员向远丰代表县政府到沙湾同扬高、修根和齐树商量征税一事。在以往的民族志小说中，涉及捐税的叙述往往倾向于突出政府的贪腐和农民的反抗，譬如《白鹿原》对“交农事件”的描写。但在《家山》这里，王跃文不仅没有着重书写与征税相关的血与火，反而就此铺展开沙湾微妙的人际关系和交往方式。同向远丰分开后，修根几次拒绝扬高一起去见佑德公的提议，自己却偷偷去见佑德公；“向远丰见齐树目光有些怪，晓得他的意思了……”“向远丰说话的时候，一直笑脸盯着齐树。齐树好像明白了什么……”“齐树趁向远丰低头让狗，朝桔红悄悄做了样子。桔红心上明白……”；向远丰在齐树家睡着，齐树夫妇不知如何是好，只得让五疤子去放牛，五疤子一边赶牛一边“喊着：‘出去！该死的，出去！’”……王跃文不动声色，以含蓄代直白，化有意为无意，精彩细致地呈现出人际往来的种种微妙之处。这比模式化的斗争书写更有难

① 鲁迅：《中国小说史略》（修订本），人民文学出版社，2007。

度、更富趣味，也更接近生活的真相。如王跃文自己所说："作家编故事是很容易的事，而写好水波不惊的烟火日常是很难的。杀人放火本身就是惊悚的、吸引人的情节，但油盐柴米、生老病死才是生活真相。"①

人情世态是一方面，风情意趣是另一方面。在小说第二十二节，《家山》写逸公老儿的儿子扬甫、扬屹两家回到沙湾过年，为扬卿举办婚礼。王跃文写到祖孙三代其乐融融的玩闹日常，写到年节和婚礼的各种风俗和流程，譬如剪纸、守岁、写喜联、舞龙灯，对习惯了 20 世纪 30 年代苦大仇深描写的读者来说，实在有新鲜的质感。尤其是写舞龙灯一处，逸公老儿对孙子善林"没有科学道理"的说法正色道："……你们讲的德先生、赛先生都是好先生。但是，人过日子不要凡事都问科学。舞龙灯就没有虫灾，公公从小就不相信。但是，过年舞龙灯热热闹闹的，又有什么不好呢？你们不是很喜欢吗？"② 这自然使人联想到巴金《家》中的一段描写，"一班人同时拿了五六筒花炮前前后后地对着玩龙灯的人射，使他们没有地方躲避。这个办法果然有效。龙虽然仍旧在拼命乱滚，但是火花却一团一团地射到那些赤裸的身上，有的马上落下地来，有的却贴在人身上烧，把那几个人烧得大声叫。……他们身上的肉已经变了颜色，火花一来便发出细微的叫声，而且一直在抖动。这时候观众更满意地笑了"③。相比巴金含有明确批判目的的"烧得大声叫"与"更满意地笑"，王跃文冷静的"评论"还原了传统礼俗合情合理的一面。使人印象深刻的另一处，是对题喜联的描写。兄弟父子间几番吵闹玩笑，终于逸公老儿、兄弟三人和瑞萍都写了一番喜联。其中的才华高低、情感流露、自信与推让，使人想起《红楼梦》中类似的场景，譬如第十七回至十八回的"大观园试才题对额"，第三十八回的"林潇湘魁夺菊花诗"④。通过对舞龙灯和题喜联的两段描写，王跃文一方面"安抚"来自沙湾之外且充满"攻击性"的"赛

① 王跃文、王雪瑛：《从地域故事，到一个时代的中国故事——关于王跃文长篇小说〈家山〉的对话》，《文汇报》2023 年 5 月 15 日。

② 王跃文：《家山》，人民文学出版社，湖南文艺出版社，2022，第 343—344 页。

③ 巴金：《家》，人民文学出版社，2008，第 129—130 页。

④ ［清］曹雪芹、无名氏：《红楼梦》（上），人民文学出版社，2008。

先生”，认同其存在，但拒绝以其观照一切，另一方面则将传统文化、礼俗中的生态推向台前，呈现出乡绅之家的日常生活和精神世界。

在摆脱宏大叙事和悲壮的美学之后，叙事笔触落实于日常生活，呈现生活的情态和意趣是一方面，另一方面则是切实刻画出生活的琐屑繁杂，往大里说是乡土社会的运行机理，往小里说是“油盐柴米、生老病死”。

王跃文意识到了对抗式美学重复且低质的生产带来的概念化和先验认知风险，因而在复原当时的乡土生态上耗费了大量功夫，“可以说我写《家山》就像写博士论文一样，以史笔为文。我写的是 1927 年到 1949 年期间的乡村生活，那个时候农民与土地之间的关系、乡邻之间的关系、地主和佃户之间的关系、县政府官员的行事方式，这些东西我都做过认真的研究，读过大量的史料，也读过大量研究专著”[①]。这尤其表现为《家山》对捐税问题的描写，实在使人耳目一新。在以往的小说中，捐税往往被抽象化为压迫和反压迫的引线，并被死板地结构于革命叙事。谁能想到，捐税问题中竟然还有佃户和地主的区别？佃户只用交租，不用交田赋，甚至可以把土地转租出去当二地主？而所谓的地主，可能反比佃户还穷？甚至有地主嫌佃户懒，要亲力亲为维护田产？这并不是说王跃文对捐税问题的描写更接近历史真实，也不是说更能代表整个中国乡村社会的状况，但一定可以说，这最接近真实生活的运行逻辑。因为生活绝不可能表现为简单片面的二元对立，强硬的概念和提纯违背现实，且会损害我们的现实认知能力。

比捐税更细微，但同样紧密关联于乡土日常的，是草鞋这一细节。小小的草鞋，竟然在《家山》中出现了 71 次。我们想象田园风光或乡民挥汗如雨，想象乡绅教化道德或残酷剥削，想象乡民昏昏碌碌或奋起抗争，但似乎从没想象过，乡民每天劳作耕种，穿的是什么样的鞋子。草鞋既是小说人物身份与情感倾向的象征物——穿草鞋的县长李明达不同于穿皮鞋的乡长向远丰，穿皮鞋的留学生扬卿也不同于穿草鞋的一般沙湾人——又是乡村艰

① 张艾宁、李晶：《王跃文谈〈家山〉创作：十年打磨，日日掩泣》，《出版人》2023 年第 2 期。

辛劳苦的标志：如果不是王跃文的细致刻画，谁能想到沙湾的“大地主”佑德公还要亲自打草鞋呢？而大户与小农家境的差异，居然会表现在稻草鞋与麻草鞋的不同上。把捡来的腊肉吃得有滋有味的四跛子一家，打不起麻草鞋，又要出远门，只好在稻草里掺布条，在冬天用棕皮包脚。如果不是经过漫长时间的资料沉淀，如果不是用乡民的眼光观察、体味，恐怕看不到也写不出这么精细的乡土生活场景。

诚如贺绍俊所言，《家山》采取的是“乡村立场”[①]，是立足本乡本土的写作。只有从本乡本土出发写作，才能在强大的宏大叙事传统和悲壮美学惯例面前不为所动，才能既为乡土风习留出充分的表现空间，又不将其表现为对奇观的窥探，才能将笔触落实于乡村日常生活，并刻画出那么多难以想象的生活细节。由此呈现的乡土日常书写方式，和对话式的美学一道，成为《家山》在历史民族志书写谱系上的重要生产。

三、以“建设”重述历史

离开“家山”之前，我们又一次遇到了那棵柚子树——曾在小说第一节和第十七节出现的“柚子树”，在小说最后一节又一次出现。至此，柚子树贯穿整篇小说，构成一个关于乡土传统的隐喻。尽管王跃文在这棵柚树上生产出了种种新枝，但柚树终究是柚树，不可能完全脱离 20 世纪上半叶中国社会激烈的风云变幻。只是说，在对话美学和日常书写等不同于以往的书写方式之下，王跃文生产出了同一历史进程的别样侧面。

在《家山》开头，朱达望的酒后胡言引发了沙湾和舒家坪的械斗。械斗中，外甥发疯似的攻击舅舅，直言“今朝没有舅舅外甥，只有陈家舒家！”[②] 以至于被舅舅砍死，闹出人命官司。我们可以在小说中多次发现这种对于本乡本土利益的极度维护，或者说小农社会的封闭落后。即使是形象偏于负面的扬高，在维护红军家属利益、绑人顶替壮丁、抵制征税等方面，也都以维护

① 贺绍俊：《〈家山〉：以乡村志彰显湘楚魂》，《文艺论坛》2023 年第 3 期。
② 王跃文：《家山》，人民文学出版社，湖南文艺出版社，2022，第 13 页。

沙湾本村的利益为出发点。但到了小说结尾部分，沙湾的本乡本土想象演变成对整个国家民族的想象，连讨人嫌的五疤子都主动参加了救亡队伍。特别是在小说尾声，两个村落的对抗一跃成为两岸血亲的呼唤，“想象的共同体”显得格外伟岸。那么，王跃文是如何处理这一传统与现代之变的？救亡的热情难道仅仅是抗日宣传的结果？

在看似偶然的械斗原因背后，小说交代了更深层次的缘故，“这回沙湾同舒家坪打架，虽说起头只是为一句话，老根子其实是世世代代的仇怨。两个村子为争青龙坝的水，打架从明朝打到清朝，从清朝打到民国，已经打了五百多年”[①]。这很容易让人联想到湘籍作家韩少功《爸爸爸》中因械斗而几乎灭村的鸡头寨和鸡尾寨，两个村寨的争斗同样源于水土资源。沙湾和舒家坪之所以没有在小说中演变为鸡头寨和鸡尾寨，是因为红花溪水库的建设从根本上解决了水源问题，同时也是因为本乡本土的建设，将村落结构到了统一的共同体想象之中。

沙湾的建设主要表现为沙湾国民小学和红花溪水库。依靠全村合办的小学，不同于旧私塾，给沙湾新一代带来文明程度、知识水平提高的同时，也在传播着现代民族国家的全新意识形态。小说从反面呈现了这一新旧差异：听说有信执意当兵，扬高“心想有信这么傻，都是读书读多了。自己儿子修岳明年高小毕业，再不送他读书了。又想伯爷逸公老儿一屋人，不是书读得多，哪会那么傻呢？”[②]尽管如此，扬高还是抵不住儿子修岳“脱种”。这是直接一面，间接一面是“有信不读书了，却隔三岔五到祠堂来读报纸。学校订了《中央日报》《大公报》《申报》《呼声报》”[③]。读报的不只学生，还有已经毕业的年轻人和学生家长。重要的不仅是报纸内容可能引起的思想变化，还有阅读报纸这一行为本身所包含的意义。本尼迪克特·安德森提示：报纸在一天中的特定时刻被消费，阅读者确信自己在进行阅读的同时，无数他者在进行着

① 王跃文：《家山》，人民文学出版社，湖南文艺出版社，2022，第 24 页。
② 王跃文：《家山》，人民文学出版社，湖南文艺出版社，2022，第 462 页。
③ 王跃文：《家山》，人民文学出版社，湖南文艺出版社，2022，第 300 页。

同样的阅读行为，关于外部世界的共同体想象因而被建构起来，“虚构静静而持续地渗透到现实之中，创造出人们对一个匿名的共同体不寻常的信心，而这就是现代民族的正字商标”[①]。相比小学，水库的建设耗时耗力，几乎贯穿整部小说。水库由灌区内的五个村子共同参与建设，虽然技术手段落后，无法有效检测地质，也没有水泥，只能用三合泥和岩石筑坝，但终归建成，永绝干旱。这里呈现的首先是现代化建设的重要发展，然后是水库建设、维护和应用带来的凝结作用。在想象一个更庞大的共同体之前（或同时），各个村落的乡民在时代变革潮流之下，首先感受到了一个小共同体的切身意义。

《家山》耗费大量笔墨书写的小学和水库建设，在乡土文学的写作谱系上，至少具备两方面重要意义：一是在民族志小说极为重要的历史呈现方面，《家山》以建设取代了摧毁和对抗。以往的民族志或民族史诗，为了更紧密地结合 20 世纪的中国历史，往往将历史事件结构为小说的重要组成部分，大量铺陈宏大历史在书写对象身上投影出的血与火。在《家山》中，当然也有杀红军家属、抓壮丁、暴力抗税等接应历史的冲突描写，但它们全部被拆解为小说的局部，或者说被设置为暗线，沙湾的自我建设特别是水库建设则取代它们成为小说的主线。对乡土建设的大量铺陈，突破了模式化的传统书写方式，为乡村现代化程度的提高和乡民观念的转变填充了更加扎实的内容，并为乡土历史与国族宏大历史的结合开辟出了更为新鲜的表现角度。另一方面，近现代以来中国从传统走向现代的演变过程，往往被视为西方入侵的结果，《家山》通过对沙湾建设的书写，某种意义上将这一“被动”过程转换为了“主动”。柯文曾经批判过三种西方中心的研究模式：“冲击—反应”模式、“传统—近代”模式和帝国主义模式。这三种模式将中国近现代的发展或停滞视为被动受到西方影响的结果，并以西方模式为唯一可能的发展模式。不过，尽管在西方有西方中心到中国中心观的转轨，中国却曾因为民族主义等多重原因

① [美] 本尼迪克特·安德森：《想象的共同体：民族主义的起源与散布》，吴叡人译，上海人民出版社，2011 年，第 31—32 页。

仍旧“坚持外来因素的极端重要性”[①]，这在诸多民族志小说中有不同程度上的表现。《家山》对沙湾现代化建设的“主动”书写，凸显出本乡本土和民族国家自身的生命力和开拓性，背后是一种视野更加开阔、更加自信的民族主义。

结语

如果我们可以从启蒙、革命与救亡的时代需要中发现既往乡土小说与民族志书写的意义，那么我们同样可以从和平、建设和发展的时代主题中发挥出《家山》的意义。要理解《家山》“新枝”的全部意义，就不能仅仅将其理解为一种书写方式的新变。还应该意识到，这些“新枝”同时意味着“新知”，在以对话的、日常的、建设的方式重新叙述历史与现实的同时，它们可能指向对自我与外部世界的全新理解，可能意味着社会交往方式的新的可能性。20 世纪的战争与革命过去了，它的遗产或许仍旧有效，但 21 世纪需要新的应对方式，需要交往和对话的理性，需要对个体生命全部苦乐与真实的关注。

（作者单位：中国人民大学文学院）

① ［美］柯文：《在中国发现历史——中国中心观在美国的兴起》，林同奇译，中华书局，2002 年，第 210 页。

《家山》的叙事艺术和象征建构

草树

《家山》是著名作家王跃文新近出版的长篇小说。小说叙事时间长度跨百年，主要是以民国初期到第二次国内革命战争为背景，描述了沙湾村陈姓九家和朱姓一家最多有五代人的家族历史和命运，从日常生活入手，折射了中国百年历史大变动中乡村社会的风云变幻，打破了宏大叙事和“以我为主”的叙事模式，以田赋制度、兴修水利以及国共两党从第一次国内革命战争、联合抗日，到第二次国内革命战争的诸多历史维度，通过沙湾村几个家庭的子女在动荡岁月个人命运和时代的关联，形成了对政治、经济、文化和大量地方性知识的日常切片，构建了一幅百科全书式的历史长卷，特别在深刻而直接地呈现汉文明代代相传的传统血缘和精神文化形象的维度上，表现出冷静的现代性反思，它在某种意义上比革命故事的波澜壮阔，有着更加深闳而富有质感的艺术魅力，同时给我们在当下这个中西政治文化剧烈碰撞、对立，充满不确定性的世界，提供了一个古典世界观视角。

据说《家山》是作者在读王氏家族家谱时受到触动，经过大量田野调查，对方志、历史和新闻档案等深入研究，历时 10 年写成。从王跃文以往的小说创作对比来看，艺术上最大的变化在于打破了写作主体的“唯我主义”，即全知叙事，就像小说最初的命名“家谱”到“家山”的改变——家谱拘囿于个人，而家山形成了一个人文地理的宇宙结构。它不断转换叙事焦点，实现了去“典型人物”化和去浪漫化，或者说，语言视角的自觉限制和转换，以日常生活的细节和场景为语言的活动场所，真正建立了以日常生活为语言本体的小说叙事学。这显然是一个飞跃，是肇始于 20 世纪五六十年代后现代主义“去中心化”文艺思潮的一个成功实践。质言之，写作主体的位移改变了观看世界的方式，不是以主体或“我”为焦点透视世界，或者以写作主体的全知全能去建构小说的结构，而是以日常生活为本体，建构一种巴赫金“众声喧哗”意义上的对话模式。

日常生活是无意义的，正因为它无意义，却成为意义丛生的历史的有力支撑。我们甚至可以说，脱离了日常即是脱离了当下，一切都悬空了。上帝视角势必带有文化观念渗透和言听视想的习惯模式的影响，甚至受到某种集体无意识的潜意识裹挟。王跃文从日常生活入手，专注于观看和倾听，在语言的能指轨道实现多视点叙事，标志着他在写作观念上实现了一次重大的自我变法，即从彰显主体性意志驱动的全知叙事转向一种视角接受自我约束并不断转换的多点透视，其本质是去中心化，实现类似巴赫金所谓的“复调”或“众声喧哗”。而叙事焦点的转场则遵循语言学的原则，由语言能指唤起或聚集，达成一种浑然天成的语言景观。当然，这样的语言学自觉在小说的后半部分有所改变，但是并不影响它前半部分出色的语言表现。

《家山》最大的特色是方言的运用。它体现了作者某种返回原初语言现场的信念。一些方言，比如“阿娘”，可能会给不懂溆浦方言的读者带来困惑，即便湖南本土读者，一时也很难理解，但是它在具体的语境中展现了它的意义，比如从“阿娘”到“抬阿娘”，读者可以从娶亲的场景中理解“阿娘”的意思。这有点类似维特根斯坦的语言观念，语言的意义是在语言行动中产生的。而它和小说中的革命话语、公文话语以及白话文之前的雅语，形成了一种既有变化又有传承的对话。除了方言的大胆而坚决的运用形成小说独特的语言风貌以外，对传统建筑的结构和形象的象征建构，则使得小说实现了深藏不露而又意味深长的诗性形式，比如放公和四跛子两家之间的月牙门和佑德公家天井里的娘儿井。我们不妨称之为深度意象，并尝试分析它和人物的内在关联和精神上的诗意象征。

> 放公老儿家就在四跛子隔壁，原是各有院子和大门，通着一个月亮门。如今两个院子的围墙早就没有了，只有月亮门仍拱在残垣上。月亮门额两面，一面刻着“清风”，一面刻着“明月”。从四跛子屋这边望见的是清风，从放公老儿那边望见的是“明月”。①

月亮门是中国传统建筑的院落之间最常见的通道门，又称月洞门，从其名称可以推知其式样，如同一轮明月，它是正圆形的。中国大型住宅中有跨院、东院或西院，这种部位常常选用月洞门。另外，在中式园林中，也广泛采用月洞门，供人们观景与往来，给人们别有洞天、新奇而美的感受。苏州园林中月洞门很常见，如沧浪亭的“周规折矩”月洞门。一面的月洞门额刻着“折矩”二字，另一面刻着“周规”二字；往返有规，进退有矩，取自《礼记·玉藻》“周还中规，折还中矩”之意，此月洞门在五百名贤祠东，意思即五百名贤皆能恪守儒家的礼仪法度。月亮门象征圆满、完美、圆融，尤其圆融之道，源于中国古代哲学思想，特别是儒家认为人和自然、人和人相互依存，存在紧密的联系，强调个体应该追求内在的和谐，并扩展到社会和自然中。王跃文对放公和四跛子家之间的月亮门设置是意味深长的，一方面它符合中国传统民居的基本事实，一方面从放公屋那边望见的是“明月”，意味着时世移变使他一生努力付诸流水的放公老儿，看见四跛子有儿有女的圆满，内心仍有着慰藉，而四跛子屋那边看见的是“清风”——“清风”象征了放公的无欲无求、膝下空虚，也可以说是传统之道的隐喻：无所在又无所不在。“放公老儿听讲总统不招武举人，气得扳断了梭镖把子。他骂了几天朝天娘，仍常年在屋里练打功。”放公面对理想的破灭，仅此而已，并没有沉沦，仍能独立自足、自在。放公没有子嗣，小说在表现放公这一精神困境时，有着生动的描写：“放公老儿快七十岁的人了，粗起嗓子仍像打雷。他一身好打功，平时却是半句重话都不讲的。活到七十岁，他只发过两回脾气。四十岁那年，阿娘没生个一男半女，他有日吃着饭突然把碗摔得粉

① 王跃文：《家山》，人民文学出版社，湖南文艺出版社，2022，第 7 页。

碎，骂道：‘屋里打烂碗的人都没有一个！’”孟子曰：“不孝有三，无后为大。”意思是不娶无子或娶而无子，断绝香火，没有后代祭祀祖先，这是最大的不孝。放公一代，包括他的下一代，是有着深厚的儒家传统观念的。“正是那年，他亲老大做主，把自己儿子扬龙抱给放公老儿。”这是一种传统的、特殊的解决方案，我们也可以说，这是中国文化的独特之处：圆融。放公一房借此延续香火，其实也是一种精神的传承，四跛子继承了放公的武艺，也真正把放公当作自家的前辈。中国文化传统里独有的这一种风俗，实际上是“中庸之道”的产物，是儒家伦理中一种特殊的自我圆融之途。放公身上凝聚了中国传统美德的圆融，不是非此即彼的现代主义。我们不能不看到作者对传统文明的重构，具有对现代性的深刻反思，现代主义无限扩大了“我”的执念，二元对立不能调和，而古典文明本体论的圆融在这里有着生动的具象，无论是月亮门，还是放公，前者虽然院墙拆除了，它依然“拱在残垣上”——很难找到一个比它更精确的意象来描述古典文明立在现代文明废墟上的困境；而在月亮门和放公之间，个体和人文景象的关系处于并置状态，但是又有微妙的关联，其语言能指和精神气质的内在关联显然指向了圆融，尽管不是那么圆满，也许在放公看来他的人生也圆满了，因为他虽无子嗣，但是他的精神血缘却得到了传承。在《家山》第十六章有一段意味深长的描述：“从齐明两岁起，桃香就老是讲古给他听：‘明儿啊，你祖公老儿是大财主！中堂屋的老对子，都是十乡八里财主人家送的！，老屋的门窗雕着花鸟鱼虫，都藏着吉祥的意思。有马，有蜂，有猴的，喊作马上封侯；宝瓶里插着三把戟，喊作平升三级；石榴和蝙蝠雕在一起，喊作多子多福。齐明喜欢窗格上雕的马，总想扳一个下来当玩的。有回，齐明想扳下一匹马，娘看见了，骂了几句，告诉他：‘明坨，你不要学祖上那个败家子。祖公老儿留下的东西，只有这些雕花了。当年雕这些东西，费了好多银钱你晓得吗？……祖公老儿花了血汗钱的东西，你要爱惜！’”[①] 这本祖上的“古经”，都是桃香这个大脚、没有文化却精通民间智慧的女人听叔公老儿讲的。这是文明赓续和传

① 王跃文：《家山》，人民文学出版社，湖南文艺出版社，2022，第239—240页。

承的路径。这条根植中国乡土的日常生活的小路，被沥青路和水泥路取代了，那里只有汽车的聒噪和小四轮的叫卖声。这条小路淹没在荒草中，只有语言能够重新清除那些荒草中通过重构记忆和经验接续文明的链条。

月亮门作为一个语言位置，因为院墙的拆去呈现的断裂状态而"锋利"（海德格尔在《在通向语言的途中》称德语中"位置"一词还有矛之尖端的意思）[①]，它的聚集效应远不限于此，不限于桃香、四跛子和放公之间。四跛子跟从放公学打功，沉默寡言，身手不凡，但是在一次宗族之间的械斗中却打死了自己的外甥。虽然能言善辩的桃香在法庭上赢得了官司并获得"乡约老爷"的美名，但是这一拘囿于落后的封建家族思想和面子观念造成的不可挽回的悲剧，没有因为四跛子逃脱法律的惩罚，他们就心安理得，相反这成了四跛子和桃香两口子的精神伤痛。四跛子的姐姐打他，他不还手；四跛子被喜英姐姐泼了一盆洗面水，湿着衣裤，冻了大半天才回来，"身上有些虚。想起被自己砍掉的外甥，四跛子泪水忍不住流出来了。……桃香说：'四跛子，喜英姐只怕十年没生了，只怕是没生的了。我肚子里要是个长把把的，赔给喜英姐。'四跛子头都没抬，只说：'赔吧。'"[②]姐弟两家的生死仇凝成的死结，就以这样朴素的方式解开了。这是圆融通达之境。像月亮门一样，中国文化里永远会有一条通向圆满的通道，当"此和彼"对立、断裂，从"此"中仍可以生出一个"此和彼"。墨西哥大诗人帕斯曾经盛赞东方文化，"东方思想没有经受对'彼方'、对同时是'是'又是'非'的事物的恐怖。西方世界是'非此即彼'的世界，东方世界是'此和彼'共存的世界，甚至是'此即彼'的世界"[③]。从月亮门到四跛子和姐姐一家独特的和解方式，在中西方文化剧烈碰撞的当下，《家山》呈现的中国传统文明的圆融通达，不单是一种历史的观看，也是真正的"语言的观看"，且坚守了一个沉默的位置，"妙存默中"，小说的诗意赋予具体的语言形式，其象征意蕴是生成的而不是给予的。

① [德]海德格尔：《在通向语言的途中》，孙周兴译，商务印书馆，2008，第29页。
② 王跃文：《家山》，人民文学出版社，湖南文艺出版社，2022，第68页。
③ [墨]帕斯：《弓与琴》，赵振江等译，北京燕山出版社，2014，第83页。

围墙拆去了，传承并没隔断。只是我们发现那一道拱在残垣上的月亮门，处在一种越来越孤立无依的处境。这一道月亮门是传统的象征，饱含着作者在现代性视野下对传统文化的深沉的眷念，当然更多的是忧虑。而它的微妙在于，作者并没有给予月亮门任何意义，它是作为语言场域中一道人文景观出现的，但是上面的“清风”“明月”显然饱含着作者对传统文明的深刻理解，那“清风”仿佛是无处在又无处不在的传统，四跛子正因为仍“看见”“清风”，他失手不得已打死了外甥，心存愧疚，最终将自己阿娘怀的孩子送给姐姐，结束了亲姐弟两家的冤仇。这当然不是西方文化的二元对立可以解决的，只有中国的传统才有“执其两端，得用其中”“冲气为和”的智慧，它深入一个民族的血液，最终化为一种朴素直接的解决方案。矛盾化解的最终结果是圆满，又何尝不是传统文化的圆融使然。而由于有了四跛子、桃香，更有齐明和月桂，放公当然看到的是“明月”，是圆满，他没有子嗣却得以善终，当然也是家族、民族和传统的圆融使然。

一道拱在残垣上的月亮门。这是一个精湛的意象。面对当下，我们不难感觉到作者对传统逝去的深深忧虑，尽管写作主体是沉默的。它的象征意蕴不是给予的，而是生成的。它的词与物的建构模式不是判断、定义和类比，而是依托一种毗邻性的空间美学，是一种感通兴会，完全不同于现代主义“以我为主”的命名方式。它的诗意是从日常本体生长出来的，在形式上独立自足，但封闭而又敞开，形成一个开放的语言结构，其诗性是多义的，文本是可写性的。

娘儿井是《家山》中另一个重要的意象——

> 菜园角上有棵古樟树，树下是自家方方正正的水井，井底泉眼上白沙微微翻滚。井水漫过井沿流出来，汇到旁边低了两尺的圆池里。祖上把上面的方井叫娘井，把底下的圆池叫儿井。吃水吃娘井的，儿井用来洗菜洗衣。肥水不落外人田，儿井的水从暗道流过窨子屋三进天井。一进天井最大，天井东边是中堂和正房，

> 神龛上供着家神。二进三进天井小些，紧紧的两个好院子。三进天井的四边阳沟一年四季清水流，又汇到祠堂门前的大塘里。大塘是祖公老儿一担一担挑出来的。五黄六月，窨子屋里有清水流过，也没那么热。天气太热了，就把大天井出水口半塞着，水就把天井泡着。快断黑时再把水放干，窨子屋里就清凉清凉。[①]

这是《家山》中对佑德公家的描述。佑德公陈修福是沙湾一个德高望重的长者，虽然按照当时五代人“远扬修齐有”的辈分排序，他只是陈家的修字辈，但几十年做人做事的好口碑和教子有方，让他成为一个真正的乡绅乡贤，甚至比及辈分高、从前清县令退下的逸公和一身武艺的放公，有过之而无不及。整个沙湾乃至全乡、全县，重要规制的制定、执行，重大事件的应对、处理，无一不请他出山坐镇。佑德公无疑是传统文化的集大成者，他的为人处世无不合乎儒家的礼数，处理重大危机深得“中庸之道”的精髓。比如处理沙湾陈家和舒家坪的新仇旧怨，他私下拜访舒家坪的桂老儿，带点礼物，双方约定好各退一步，各自做工作，尤其将两人私下协商的事瞒去，终于解决了舒家坪和沙湾的两族人面子上的事，化解了潜在的冲突。这是中华文明传统中特有的智慧，“和而不同”或“和而不流”，西方文化的二元对立思维很难有这种中和的智慧。佑德公有封建家长作风，送儿子读书，儿子却去“吃粮”，在他看来自古以文取仕，跑去当兵是大逆不道，所以儿子即便在外做了官，他也让儿子进门就跪在堂屋里的祖先面前。

家风严格，当然也有点古板。他并不迂腐，女儿贞一要去长沙读书，追寻新潮流，富婆婆死活不肯，最终还是他松了口。他言而有信，即便儿子在外面公事缠身不能回来完婚，他也不肯失信于人，他以雄鸡代替儿子去接亲，这一节写得最是诙谐有趣、活色生香，轻喜剧的谐谑从侧面呈现了佑德公多少有些过于老套，却令人敬佩之余又不免觉得好笑，也可爱。由此可以看见，作者不是一味地颂扬传统文明，而是戴着一副批判的眼镜的。

① 王跃文：《家山》，人民文学出版社，湖南文艺出版社，2022，第70—71页。

面对白色恐怖，他甘冒风险，毅然决然安排部署和转移营救村里 11 户 50 多口红军家属免遭国民党疯狂屠戮；面对洪灾毁田无收、衙门强征税赋，他不再做“自封投柜”的纳税楷模，而是痛斥苛政，敢于斗争，“带头抗税”。佑德公是沙湾“仁义”的化身，但他世事洞明，精明老练，通晓人情世故，达公几个儿子闹着分家，达公陷入了困境，他却说：“达公老儿，我说句真话只怕你不听。我说分家好。儿女各有各的算盘是好事，合在一起就是打小算盘。家大分灶，树大分杈。……”可见德佑公思想开明，这样一种旷达，更多得益于一种古典的世界观。当然，佑德公在计算地租田赋时，也体现出他的精明，他并不是一味地大公无私，他有胸襟气度，但也不是一个不食人间烟火的人，而是一个活生生的人，正是性格的多面，生成了一个鲜活的人物形象。我可以从佑德公的行事风格中，发现古老的传统文明的精华，就像他家的娘儿井，有礼数规矩和基本原则的方正，有注意策略讲究妥协照顾双方的圆融，圆融基于方正，而方正成就圆融，如果说这是人道，那么娘儿井则象征着天道，在佑德公这里，是真正天人合一的。矛盾最尖锐的时候，佑德公寻求的解决之道，就像大热天把天井的出水口半塞着，“水就把天井泡着。快断黑时再把水放干，窨子屋里就清凉清凉”。

湘黔地区的民居代表窨子屋的结构，既对应了中国文化的心理结构，也是中国宗法制社会的伦理结构的准确象征，它的核心是方正和圆融，感发和汇通，封闭而又开放。“方正”一词最早出现于《管子》,《形势解》一篇说道:“人主身行方正……行发于身而为天下法式者，人唯恐其不复行也。”这里的方正就是用来形容人性格刚直、正道直行，自此之后，“方正”一词便成为一种固定用法。《论语》中“政者，正也”和“其身正，不令而行；其身不正，虽令不从”均表明了为政者自身行为方正的重要性，对于什么是政治，孔子更是用一个“正”字概括。《孟子》中亦有“正己而物正”的说法，意谓自身方正，所行之事就能正直。方正自汉文帝时起还成了古代制科之一，以举止德行是否端方刚正作为取士的主要标准，如唐代有“贤良方正直言极谏科”，清代有“孝廉方正科”。佑德公在沙湾辈分不是在世的陈氏家族中最高的，却是宗法制社会的代表人物，德高望重，为人大度，教子有方，它在沙湾村的最高地位不是来自权力，而是来自他的为人处世和教子有方建立的威望，他身上体现的精神特征即是深厚的古典传统的“方正和圆融”。娘儿井和佑德公一家形成相互依存的关系，是存在的场域，也是佑德公精神品格的象征和传统文明的隐喻，方圆之间的潺潺井泉也象征着道法自然、天人合一的文明之光的生生不息。

王跃文没有将娘儿井和传统文化的方正和圆融做出类比，而是将娘儿井和佑德公作为同一个场域的存在者，各自独立自足又相互融合，这表现出他完全从现代主义的唯我论中脱离出来，而是以一种后现代主义或者古典世界观看待世界，将人和物、语言和世界作为平等的主体看待，主体与主体之间的存在间性是生成的，而不是预设的，这样的象征建构看上去是不经意的、不着痕迹的，其实显示着作者深邃的洞察力和高度的专注，尤其是开放包容的世界观和谦逊坦诚的态度。

《家山》取得的艺术成就是多方面的。月亮门和娘儿井仅仅是它建构一个语言的象征世界的一个侧面，以此作为话题纯属抛砖引玉。这是一部史诗般的作品，其艺术的丰富性足以引出更多有意味的话题。让我以其中一个写佑德公家天井的场景结束此文——

> 天气热得猪打栏，有喜下半日就把三个天井的阳沟半塞了，天井泡凉了才把水放干。佑德公和有喜都坐在大天井，就着月亮打草鞋。容秀坐在茶堂屋纳鞋底，点着桐油灯。福太婆坐在天井对角扇蒲扇，免得打草鞋的稻草灰飞过来。贞一坐在娘身边，抬头看星星。院子里安安静静的，满耳是墙外的蛤蟆叫。[①]

（作者单位：湖南师范大学文学院）

① 王跃文：《家山》，人民文学出版社，湖南文艺出版社，2022，第154页。

【《大湖消息》评论小辑】

编者按：

刘启民

2022 年，沈念的《大湖消息》荣获第八届鲁迅文学奖散文杂文奖，这是湖南文学莫大的荣幸。散文集以深情的笔触，书写了洞庭湖的众多生灵，江湖儿女、草木鱼鸟，生存于洞庭湖一带的生命，都交织交融于作者深远的情愫之中，形成了一种动人的“大湖美学”。

本期《大湖消息》评论小辑收录了四位批评家的评论。陆丽霞带来了一篇学院派批评，她提炼出《大湖消息》中重要的文化范畴“山水”，通过分析作品中作者重铸的多重“山水”意蕴，来展现其建构出的诗性境界与文化意境。杨厚均则是贴切精致的文本细读，他以散文集中的同名长篇散文《大湖消息》为对象，渐次深入地分析了散文的多层意义，语言之中常有诗性的表达和美学的机锋闪现。斤小米是作家，她以创作出发来设问，以《大湖消息》为例证，去探讨伟大文学作品的要素——“跟才华相比，来自心灵深处广大而真诚的悲悯永远是第一位的。”孙利娟带有诗人的气质，作者在文化史的背景中，考察了《大湖消息》中飞鸟意象的书写方式，由此把握了作品中的生态意涵。

值得注意的是，本期《大湖消息》评论小辑的四篇文章无论是问题意识还是评论风格，都相当不同。是的，我们的评论栏目希望纳入更多质、更丰富的评论力量进来。真正好的文学从来都是门而不是墙，它面向所有人，而所有人都有其权利来一展自己的见解，来在批评中倡明、丰富原作的意义。本期《大湖消息》评论小辑，即是我们的一次举义。

“山水”的再造与“世界”的重构

——读沈念的《大湖消息》[①]

陆丽霞

湖南作家沈念的《大湖消息》获得第八届鲁迅文学奖散文杂文奖。散文集以非虚构的形式展开，主要书写了洞庭湖畔的人与物。它以“水”为中心分为上下两篇，其中上篇是《所有水的到访》，下篇是《唯水可以讲述》。散文中的“我”既是曾长期生活在湖南洞庭湖畔的青年，又是候鸟考察队的编外人员，还是非虚构散文中的叙述者，因此此次洞庭湖之游对“我”来说既是“旧地重游”，又是重新对洞庭湖的地理与人文进行知识化与情感赋形的过程。所谓的“大湖消息”可以说是作品中作者向世界讲述的洞庭湖畔的故事，尤其是那些湖、人、物之间的爱恨情仇，也可以说是洞庭湖不断地向作者乃至如作者一样往返于故乡与他乡的游子传递的故乡消息。在散文中，作者塑造了洞庭湖的多重面向，其中的“水”不仅是实体意义的洞庭湖之水，更是凝聚着历史与文化的人文之水以及作为历史的见证者、世界性交流的参与者之水。在山水与人的多重叠影中，过去、当下与未来汇聚于此，作者对“世界”更为深入的思考也蕴含其中；作者试图借书写唤醒人们重建人与自然和谐共处、守护一江一湖碧水的意识。

① 本文系国家社会科学基金青年项目“美国中国现当代文学研究史”（22CZW042）阶段性成果。

（一）文化意义的“山水”

中国文人的“山水”书写历史源远流长。无论是文人对待“山水”的态度还是他们书写“山水”的方式，都是文学研究者重点关注的对象。在中国古代文化中，“山水”既是自然之景，也是某种精神的象征。先秦时期，孔子面对春秋时期礼崩乐坏、朝不保夕的社会现实，谈到“知者乐山，仁者乐水”。他以岿然不动的山与应变自如的水传递出对“仁”与“智”的精神追求；智者、仁者借得山水的尺度观天地、观历史、观人文，从而度量历史之道与人生之不朽。老子的“人法地，地法天，天法道，道法自然”、庄子的“天地与我并生，而万物与我为一”的齐物论思想为中国文人对待“山水”提供了新的哲学视角。魏晋南北朝时期，战乱频繁，玄学盛行，文人多偏爱“自然”，尤其喜欢远离纷扰枯燥的世俗生活、追求在宁静的山水之间“清谈”。这一时期，文人往往喜欢将自己的感情自然化，将人生扩展到自然深处，如晋代陶渊明将山水田园视为与官场相对的世外桃源，推崇“采菊东篱下，悠然见南山”的生活。唐代以来，中国文人更是纵情于山水之间，借外在景物抒发幽深的情感。叶嘉莹认为“‘仕’与‘隐’是唐代诗人的一个情意结，这些极为复杂的入世之情与出世之意，更多时候是体现在对于自然景物的描写之中”。[①] 山水田园诗人在中国古代文学中占据重要地位，他们都爱写山写水，如北方的王维在终南山、辋川别墅等地修道，多以“空山”之景传达对超越日常喜怒哀乐的空灵宁静之境的追求；南方的孟浩然观物取景、触景生情，如在《望洞庭湖赠张丞相》中刻画出洞庭湖“气蒸云梦泽、波撼岳阳城”的恢宏气象，并借诗歌表达欲求仕用的迫切愿望。[②]

到近现代社会，“山水”则往往被“风景”所取代。所谓的“风景”不是一个自在之物，而是现代发明的产物，是必须经过人这一主体的发现才得以存在之物。日本学者柄谷行人在《日本现代文学的起源》中讲道，“nation也非仅以市民之社会契约这一理性的侧面为唯一的构成根据，它还必须根植

① 叶嘉莹：《古诗词课》，生活・读书・新知三联书店，2012，第140页。

② 叶嘉莹：《古诗词课》，生活・读书・新知三联书店，2012，第146页。

于如亲族和族群那样的共同体所具有的相互扶助之同情心（sympathy）”，“而作为多民族国家又不可能诉诸‘血缘’，故只好诉诸‘大地’”。[①] 人们往往通过“风景”的发现或通过赞美崇高“风景”来表达对共同体的想象。因此，在现代文学中，内面人、风景、民族—国家往往是共生的。他还认为“所谓风景乃是一种认识性的装置，这个装置一旦成形出现，其起源便被掩盖起来了”。[②] 在中国现当代文学史上，民族—国家同样是作家的重要议题。此时，山水、土地、故乡、乡土、农村往往缠绕在一起，这些地方既可能是滋养作家写作与身心之处，也可能是作家构建的“乌托邦”或者“恶托邦”，他们往往借此以传达对现代与未来的想象。不同视野下，作家笔下的故乡呈现出不同的精神面向。如鲁迅将鲁镇描写成现代的“他者”，在这里有如闰土、祥林嫂等人；沈从文则试图借助乡土去重新塑造中国新的精神品质与普遍人性，他的笔下有纯净美好的“边城”世界，有纯洁的翠翠、三三等善良天真的姑娘。在赵树理、柳青等作家笔下，对土地及其附着在其上的伦理秩序的改造成了重要的议题。20 世纪 80 年代，受到外部世界的冲击与西方文学等的影响，乡村及乡村生活成了作家笔下的“挽歌”。寻根作家往往怀着怀旧的伤感叹息着“最后一个渔佬儿”（李杭育的小说《最后一个渔佬儿》）等，借此完成对传统生活与文化的招魂。而在先锋文艺中，高粱地（莫言的“红高粱系列”作品及其改编电影《红高粱》）、黄土地（改编自柯蓝的《深谷回声》的电影《黄土地》）、红灯笼（苏童的小说《妻妾成群》及其改编电影《大红灯笼高高挂》）成了传统乡村的重要意象，是“前现代”的象征符号，也是记忆的仪式；这些古老的意象经由文学改编的电影在全球市场上流通，成为某种文化资本。新世纪以来，一方面随着中国乡村振兴、城市化的不断深化，中国作家不断书写乡村经济的变迁、乡土社会人伦关系的变化过程，试图通过书写中国新的“山乡巨变”，建构起沟通城市与乡村的精神桥梁；另一方面，作家在面

① ［日］柄谷行人：《日本现代文学的起源》，赵京华译，中央编译出版社，2017，中文版作者序（2003）第 5—6 页。

② ［日］柄谷行人：《日本现代文学的起源》，赵京华译，中央编译出版社，2017，第 15 页。

对现代化发展过程中人对自然的过度开发与破坏等问题，渴望重新审视人与自然的平等关系，希望借文学重新唤醒人们从行动上去守护青山绿水。

生于20世纪70年代的湖南作家沈念，既经历了中国乡村社会的巨变，又受到现代文明发展中生态文明建设的召唤。在《大湖消息》中，他以“山水”作为主角，将社会发展的变迁史、人与自然和谐共处的精神融为一体，努力重塑中国古典的山水美学，并将其汇入了当代“大湖文学”①中。《大湖消息》在文学布局上，上篇写到山水所在之处的动植物，如候鸟、麋鹿、江豚、黑杨等，下篇以山水作为见证者，见证了江边的江湖社会。作者试图重新激活中国传统山水与人的关系，使得人与万物重新回到天人合一的境界。

在《大湖消息》中，“水”既是地理意义的洞庭湖，也是经过历代文人的精神赋形，最终成了文化意义上的“水”。作者从《水经·湘水注》、唐诗宋文、清代的《洞庭湖志》等档案记载中勾勒出洞庭湖的变迁史。这种变迁既是原因又是结果。散文中写到洞庭湖逐年的“瘦身”有其自然原因，也有人为的因素；洞庭湖的变化导致候鸟、麋鹿、江豚等物种的变化。洞庭湖山水还塑造了当地人的生活习惯，山水的变化也会影响到当地人的命运；而当地的人并没有把山水视为自然改造对象，而是将其看作如人一样有自己脾气的独立之物，对它的馈赠保持感恩之心，对其惩罚也甘愿承受。因此，作者在书写洞庭湖上的人与物时，不是直接以进步主义的眼光对捕杀动物者进行极力的批判，或是对追求神秘之命的人进行暗讽，而是试图在人、湖、物的相互对话之中建构起万物有灵的世界。

作者引用中国古代关于洞庭湖的诗歌、民间故事来呈现人文山水，如“北魏郦道元《水经》作注指出湘、资、沅、澧，‘凡此四水，同注洞庭，北会大江’，盛弘之《荆州记》中描绘，‘巴陵南有青草湖，周回百里，日月出没其中’”；“‘刘海戏金蟾’‘东方朔盗饮仙酒’‘舜帝二妃万里寻夫’的民间传说都源于

① 据沈念在采访中自述，2022年“3月份在北京开研讨会的时候，徐则臣（作家、《人民文学》副主编）提了个‘大湖文学’的概念，说这本书是大湖文学的一个代表作”。见《鲁奖得主沈念：大湖有我们共同的消息》，《潇湘晨报》2022年9月4日。

此”；李白、杜甫、孟浩然、刘禹锡、韩愈等诗人曾在洞庭湖畔漫行、涌动，以诗歌记录了当地建筑的历史与湖的生命细节。①“洞庭湖”在文人的笔下反复吟咏、在民间传说中不断传颂，便逐渐形成一种具有文化标志的意象，进而成为所谓的“记忆”的载体。正如宇文所安认为中国断壁残垣与典籍所凝结的文化符号，使得后世的写作者通过书写它们来与前代的写作者形成对话，在这种对话中达成默契，形成一条回忆的锁链，“把此时的过去同彼时的、更遥远的过去连接在一起，有时链条也向臆想的将来伸展，那时将有回忆者记起我们彼时正在回忆过去”②。在《大湖消息》中，作者以浪漫主义的诗意般的语言构筑一个诗性的山水天地，也就是以“水”勾连起森林、天、人、动物、植物等万物，使得山水中的万物成了一种信仰与梦想，如“候鸟在洞庭湿地上连接的不是乌托邦的理想，而是人类诗意栖居的现实和田园梦想”③。读者在阅读这些文本意义的山水时，将自己的生命与历史上的人物生命叠合，从而使得所谓的“外在山水”与“内部风景”叠合，异时性的人与事经过“山水”这一文化空间相聚，如此，洞庭湖山水成了后人的精神家园。

作者将山水还给山水，让山水回到“自然”的位置，回到它作为精神主体的世界；作者通过书写山水，读者通过阅读文本中的山水，在精神上实现了连接，从而呈现历史的延续性与现代的内生性。

（二）作为见证者的“山水”

“山水”无言，却以其“变”与“不变”的品格见证时间的流逝与历史的兴衰。古人常用“山水”的时间感取代历史感，从而使得文字更具有沧桑感。如在《论语》中，孔子曾说“逝者如斯夫，不舍昼夜”，他以流水不舍昼夜的流逝来书写时间的一去不复返。曹操在《观沧海》中，以海上万物的生长、

① 沈念：《大湖消息》，北岳文艺出版社，2021，第255—256页。

② [美]宇文所安：《追忆：中国古典文学中的往事再现》，郑学勤译，生活·读书·新知三联书店，2004，第22页。

③ 沈念：《大湖消息》，北岳文艺出版社，2021，第48页。

日月星辰的运行来表现自己壮志未酬的时间紧迫感。苏轼在《赤壁赋》中写道："盖将自其变者而观之，则天地曾不能以一瞬；自其不变者而观之，则物与我皆无尽也，而又何羡乎！"他以"变"与"不变"的双重视角审视人与天地，从而道出了"一瞬"与"永恒"的辩证关系。赵汀阳在《历史·山水·渔樵》认为"山水与历史的对照性意味着道与事的互相解释和互为索引。既然渔樵既知山水又知俗世，在自然与社会两界的临界线上跨界生活的渔樵就最有理由成为山水历史观的代言人"。[①]在他看来，渔樵是山水之友，识得山水之象，既不远人又具有超越性，因而成为文人笔下重要的历史观察者。如明代杨慎在《临江仙·滚滚长江东逝水》中写道："白发渔樵江渚上，惯看秋月春风。"他借渔樵之眼看历史的风云变幻与是非成败。在《大湖消息》中，作者也试图透过洞庭湖动植物、捕鸟者、渔樵之眼见证社会兴衰与历史沧桑。

《大湖消息》的上篇写到了洞庭湖畔的候鸟、麋鹿、江豚、黑杨等。它们的变化与人类社会活动息息相关，也见证了人类历史的变迁。在《大湖消息》篇中，作者讲到留鸟、候鸟、迷鸟："候鸟是最具责任感的父母，它们要保证繁殖育雏期是在最有利的季节环境里发生"；"一只迷鸟的经历足以写出一部风雨颠沛的长诗"；"恋家的留鸟不懂飞往他乡的乐趣，是故乡的忠实守候者"。[②]作者花大量的笔墨描写候鸟的生活习性与人类对候鸟的保护，正如他所言："恢复和谐、平衡，就是守护一江一湖碧水的奥义。大自然最别致的笔触是那些空中的候鸟，候鸟是懂得这种奥义的。"[③]候鸟见证了洞庭湖的"瘦身"，更见证了人的观念的变化。如散文集中写到20世纪六七十年代当地有专门的"合法"的捕鸟队，八九十年代人们开始意识到保护自然的重要性，当下立法不断介入野生动物保护等。

作者认为万物都有自己的历史，因此在写一个物种时，他都会习惯性地对其进行溯源，以此建立起一种历史感。如写麋鹿时，作者追溯到一个多世

① 赵汀阳：《历史·山水·渔樵》，生活·读书·新知三联书店，2019，第101页。
② 沈念：《大湖消息》，北岳文艺出版社，2021，第12页。
③ 沈念：《大湖消息》，北岳文艺出版社，2021，第57页。

纪前麋鹿的迁徙，认为：“它的身体就是一面镜子，显影着朝代的没落、西方文明的介入。有关战争、迁徙、对抗和征服，都在这面‘镜子’里有着清晰或隐晦的痕迹，其背后何尝不是一种人类史的建构和地方性叙事。也正如我的乡友、前卫艺术家毛晨雨所感受到的‘成全’：‘麋鹿回归它的宿命之地，成全了我对自然之神性的想象空间。’”[①]在写江豚时，作者会从《说文解字》《魏武四时食制》等对江豚的记录追溯它的历史，并且借助当地动物保护管理站老朱的视角审视江豚的变化，从而通过江豚的变化审视当地人对待这一动物的看法，认为“变与不变，也都是活着之上”[②]。在《黑杨在野》中，作者则细致地记载了20世纪90年代当地村民为了经济利益而引进“外来户”黑杨，但是随着人们认知的提升，人们认识到黑杨给湿地带来的环境破坏，于是开始管理黑杨并且最终清退它们。“残存的大树根，是它们曾经来过的记忆。人们让它留在那里，不是怀念，而是对生活与命运的警示。”[③]

散文集的下篇则写到了山水与人的相互交融。在传统文化中，天、地、人往往为一体；而到了近代社会，随着理性主义的不断兴起，人试图成为自然的主宰者、阐释者，这也导致人距离最初的神性世界也越来越远。现代社会，尤其是现代媒介与现代消费主义的介入，人类不断创造所谓的“第二自然”，生产者甚至将“自然”人工化、商品化，通过创设特殊符号或者赋予其特殊的意蕴以方便为其明码标价，如房产开发商将“山水田园”看作高品质生活的象征，并且将其作为销售商品房的重要噱头。对符号价值的追求使自然变得更加模糊，人与自然之间的关系也更加疏离。《大湖消息》重新恢复自然的神性，他不再将自然之物看作人类活动的背景或者看作经由人的凝视而形成的“风景”，而是与人共生在这个世界的客观存在。水塑造了人，也滋养了人，“水，给了大地灵性、厚重、声名，也给了人刁难、悲痛、漂泊”。以水为生的人，如渔民老朱、匡爹等人，他们生活在洞庭湖畔，山水

① 沈念：《大湖消息》，北岳文艺出版社，2021，第72页。
② 沈念：《大湖消息》，北岳文艺出版社，2021，第100页。
③ 沈念：《大湖消息》，北岳文艺出版社，2021，第143页。

的晦暗朝夕、阴晴雨露都印刻在他们的心中，形成一张张“山水地图”。“水养活了所有漂在水上的渔民。每天看水的喜怒哀乐、浩瀚无边，这也养成了渔民豪爽的性情，天不怕地不怕，水是他们的工地，也是他们的大床。”[①] 在山水之间，万物有灵，动物也会通人性、懂感恩。如在《大湖消息》篇中，老鹿曾是以猎鸟闻名的打鸟队长，在一次偶然中救了一只鹤，没想到这只鹤竟然知恩图报，在被放飞之后又回到了老鹿身边并且救了他的孙女。作者以老鹿与鹤的故事来呈现动物的深情与人类对待动物态度的变化。[②]

曾有学者研究认为，有一种社会化的山水空间叫“江湖”，它是官方体制外的另一种社会体制，即民间自发形成的社会体制。[③] 散文中，洞庭湖山水也见证了这个空间的发展。在这个空间的人遵循内在自我的规则生活。他们在长期与自然的相处中，对“命运”一说深信不疑，也从“山水”中获得了活下去的力量。散文以“我”的在场，即一种“置身事内”的方式，抒情的笔调，重塑关于生命起源的想象与命运的神秘性。如在“云彩化为乌有”中，老人的孙子因为市里医院的延误而导致脑损伤，出现了智力问题，面对这样的困境，老人认为这就是“命”。在巨大的苦难面前，他从山水自然中获得乐观力量，“他想起小时候听老人说过，看到水变的云，再大的苦难都会化为乌有，生活重新开始。一笑泯悲愁”[④]。在《水最深的地方》篇中，谭亩地在面对儿子被村里几个社会青年谋杀时，也是借“命”之名默默承受，在山水、飞鸟虫鱼中重获活着之上的信心。同时，对于洞庭湖畔的人来说，讲故事是维系彼此之间关系的重要纽带，也是他们日常生活的重要消遣之一。在讲故事之中，他们似乎获得了对世界与生命的理解，“讲述他人的故事来证明自己的人生”[⑤]。承受丧偶、丧子之痛的谭亩地不动声色地向外面的人讲述自己的故事，他由春景讲到放牛，由牛舐犊情深讲到父子分

① 沈念：《大湖消息》，北岳文艺出版社，2021，第 108 页。
② 沈念：《大湖消息》，北岳文艺出版社，2021，第 38—42 页。
③ 赵汀阳：《历史·山水·渔樵》，生活·读书·新知三联书店，2019，第 88 页。
④ 沈念：《大湖消息》，北岳文艺出版社，2021，第 211 页。
⑤ 沈念：《大湖消息》，北岳文艺出版社，2021，第 240 页。

离，由树木的生命联想到了人的生死，从年复一年南来北往的飞鸟谈到对“活着”与孤独的理解。在客观化的讲述中，他将个体的生命融于更为广阔的宇宙，从而获得了超越个体悲欢离合的宁静。而对于作者而言，他往往借助客观叙述者之口描摹出生活在洞庭湖畔的人们的日常生活细节。在面对环境破坏者如毒鸟人等人时，第三人称客观叙述者帮助读者更为立体地审视这些生活的全貌，使读者尽可能地去理解其中人物的行为动机，从而对其抱有同情之心而不是单纯充当道德评价者。作者还有意识地模糊虚构与非虚构的界限。散文最后部分写到“我”为田野调查编号建档，“每个人的档案里有真实履历，也添加了道听途说无法证伪的故事”。当“我”因为这般建档的严谨性与老金探讨时，老金回答“真伪并不重要，湖洲上的每一根草，是真实的，拉长时间维度，也可能是虚构的”①。散文穿梭在虚与实之间，使得读者能够突破时空的限制，在历史长河中审视万物的处境。而在面对人与自然的矛盾时，作者同样是在漫长的时间延长线上去审视这一问题，认为它们是历史性的、世界性的，是持续的、绵延的，“历史和人解决不了的，大自然会自我修正”②。

在散文集中，作者让山水成为历史的见证者，如赵汀阳所讲：“历史中的每件事情都关乎欲望、情感和意志，所以历史的当事人都有情地看待历史之事，而山水却置身事外，是借得道的尺度的超越参照系，山水历史观因此具有辽远的时间深度和广大的空间包容性，其时间深度意味着目光十分深远而致近乎无情……山水意象是形而上之道的形而下化，同时又是历史经验的形而上化，于是，山水历史观以道透视历史，同时以历史显现道，这就是青山与青史的对照互证结构。”③

（三）向世界敞开的“山水”

① 沈念：《大湖消息》，北岳文艺出版社，2021，第252页。
② 沈念：《大湖消息》，北岳文艺出版社，2021，第103页。
③ 赵汀阳：《历史·山水·渔樵》，生活·读书·新知三联书店，2019，第99页。

“现代世界”不是封闭的，而是敞开的；中国文学不仅是一种地方性的文学，更是世界性文学的重要部分。因而，当代作家在创作时，非常注重在本土性与世界性之间寻找一种平衡。《大湖消息》不仅是描写洞庭湖畔的故事，更是呈现“世界中”的中国故事。

首先，关于故乡的书写，如果散文中的“我”只是“离家—归乡—离家”的知识分子，那么所谓的书写可能会陷入以现代之眼去凝视古老故乡的处境，或者陷入对故乡的怀旧情绪之中。而作者在散文开篇《大湖消息》中巧妙地给“我”安排了另一重身份，即越冬水鸟调查小分队的编外人员。“一年一度的越冬水鸟调查，任务是观测当年飞抵这里过冬候鸟的种类与数量，进行鸟类保护宣传，兼顾观察湿地生态变化。”[①] 作为带有科学性质的工作者，“我”需要以更为客观的视角去观察与审视洞庭湖；也正因为这一层身份，在湖边生活多年的“我”第一次真正进入洞庭湖的腹地。散文中，作者通过行走路线图、地理标志等插图，如“洞庭湖三府一州八县四大水入湖全图”“大湖消息·行走路线图”“孤岛与故道”等，给读者呈现洞庭湖的客观知识，增加“我”在洞庭湖实地考察的真实性。在调查过程中，“我”不仅会阅读《中国鸟类图鉴》等专业书籍，还需要实地观察，并且时常会与身边成员以及前来保护区的年轻博士、管理站的工作人员、森林公安工作人员等交流。散文通过记录这些点滴，为读者提供了诸多有关当地物种的知识。如“我”聆听了鸟的声音，了解了每只鸟都有自己的声音，并且观察到天鹅的不同飞翔姿势；在与林博士的交流中，“我”掌握了候鸟飞翔的物理知识、观鸟的网站等；在与当地管理站工作人员的交流中，“我”了解到自 20 世纪 60 年代以来当地人对于候鸟态度的变化；散文还借候鸟保护工作人员老高之口，梳理了保护区工作的历程与《中华人民共和国刑法》关于野生动物保护规定的变化，等等。

其次，中国当代乡土文学多刻画地方性的方言与风俗，试图以此重构具

① 沈念：《大湖消息》，北岳文艺出版社，2021，第 4 页。

有地方性的文化世界。如韩少功《马桥词典》的方言、莫言《红高粱》的高粱地、苏童《妻妾成群》的红灯笼都在试图重构“地方”。而沈念的《大湖消息》虽通过视觉、听觉、嗅觉等多种感觉描写了洞庭湖独特的地理风貌，但散文更强调洞庭湖畔与外部世界的流动、互动。在上篇中，动物的迁徙与植物品种的变化都与外部世界息息相关，如黑杨作为外来品种，它的风靡与退场与全球环境变化下国家政策变化以及人类的科学认知水平密切相关；麋鹿经历劫掠、饲养、回归过程，在作者看来“在某种意义上它变成了一个符号，这个符号讲述了历史生态链中的中国现代性故事，也是对‘地方中国’的一种叙事”。[①] 作者还从动物的迁徙看到全球气候变化等，这些都呈现出洞庭湖并非一个封闭的世界而是世界物种循环、世界故事中的重要一环。在下篇中，作者多次写到外地人进入这个相对封闭的村庄，他们呈现着洞庭湖山水与外界世界相互勾连。如在《致江湖儿女》篇写到两个外来女子，一个是湖北洪湖女人，另一个是河北唐山女人。前者为了逃避“被侮辱”而落难到洞庭湖畔，被当地的捕鱼者许飞龙救起来，最后两人结为夫妻。但是许飞龙却没有逃过命运的诅咒，在海浪中丧生。许家的善良与女性的韧性让她带着丈夫的美好期待坚强地活下去。而后者则是自己主动找到洞庭湖畔红旗村的；因为她在纸厂食堂做临时工受到欺负时，红旗村的他出手帮助了她，所以她要上门感谢。她与恩人在接下来的相处中暗生情愫，并一起将生活过得有滋有味。在面对大是大非时，他们不畏父亲的权威，站在父亲的对立面，支持当地人清理破坏“物种多样性”的黑杨。作者写出了洞庭湖畔“江湖儿女”的为人处世不会局限于自己的小天地，而是试图抵达更为广阔的人性之善与正义。

作者从地方通往世界，从有限的生命延伸至无限的价值，在不断的折返、对话中，“地方”也获得了更广阔的意义。

结语

① 沈念：《大湖消息》，北岳文艺出版社，2021，第71页。

当代世界发生了巨变，无论是传统的“乡”还是“土”都发生了巨大变化，对新一代作家而言，一方面乡村劳作经验与生活的体验的缺乏，让他们与乡村产生了巨大的隔膜，另一方面在流动的现代社会中，原有的固定生活不断受到冲击，因此他们不断召唤乡愁，重构乡村想象。一部分作家试图为了标记某种价值理念而将乡村自然景观化，借由这种编码的方式达成与读者之间的情感融通。在中国传统文化中，山水与田园、自然与乡村紧密联系在一起，人、景、情的融合乃是中国古典重要的美学形态。因此，不少作家试图从古典传统中寻找到精神养分。《大湖消息》以“洞庭湖”为据点，试图赓续中国古典山水人文精神，完成对诗性世界的重塑。作者不是以主客二元的方式去看待山水与人之间的关系，而是转向更为和谐的关系论，即更重视在“你中有我、我中有你”中构建人与自然的关系。作者打开“山水”的多重面向，使得山水不仅回到自然状态，更是成了重要的记忆载体。山水塑造人，也见证了人类历史的发展。在山水与人的相互尊敬与融合中，作者试图让读者真正理解敬畏自然、敬畏生命。

（作者单位：上海师范大学教育学院）

大湖腹地的质感与灵魂深处的诗意

——沈念长篇散文《大湖消息》阅读札记

杨厚均

沈念的长篇散文《大湖消息》主要写他自己作为一个越冬水鸟调查小分队编外人员深入洞庭湖腹地的所见所闻所感。尽管作者本身就出生并成长于洞庭湖畔，但这一次深入还是让他有了脱胎换骨的感觉，一次写作，便是一场洗礼，正如作者自己所说："每一次折返，都是一次发酵、一段情话、一种碰撞，更是很深程度上的灵感激发。"①

一

《大湖消息》为我们呈现出一幅以鸟为中心的洞庭湖腹地罕见的近距离生态景观。

历史上关于洞庭湖的生态叙事尽管十分丰富，但基本上是以水为中心而展开。也许在古代，湖洲地面积并没有现在这么大，也许因为古人对鸟的科学认知没有今天这么详尽，又也许因为这些叙述者不过只是洞庭湖的匆匆过客，他们对洞庭湖更多的只是一种远望，他们笔下的洞庭湖只不过是一个"六经注我"式的写意的洞庭"远景"，虽然也有过"气蒸云梦泽，波撼岳阳城"或者"若夫淫雨霏霏"的震颤与惊悚，但仍然没有脱离"游目骋怀"的审美趣味，仍然是一种远望。《大湖消息》不同，作者说："《大湖消息》于我则

① 教鹤然：《沈念：将属于江河、湖泊的时光温柔挽留》，《文艺报》2022 年 11 月 9 日。

是一次挑战，面对湖洲之上的生命，我的书写视角是多维的。鸟不只是属于天空，鱼不只是属于流水，植物不只是属于洲滩，人不只是属于大地，它们所组成的生命有机系统，任何一个环节的塌陷和破坏，都可能导致系统的紊乱。”[①] 这里的洞庭湖是近距离的，是立体的，是一个充满了质感的存在。

《大湖消息》聚焦于鸟的叙述。历代诗文中关于洞庭湖水鸟的精彩描述比比皆是，“雁引愁心去，山衔好月来”“沙鸥翔集，锦鳞游泳”无不给人留下愉悦与遐想，但《大湖消息》给我们带来的是完全不一样的鸟的消息，传达的是一种迥异的审美趣味。在这里，与鸟关联的首先不是叙述者自己，而是大湖的消息，正如作者所言，“大自然最别致的笔触是那些空中的候鸟”，鸟是大湖消息最可靠、最真实的传递者，作为洞庭湖生态链中的最关键的一环，水的消息、各种植物与微生物的消息，甚至泥涂的消息，当然最重要的是生存其中的人的消息，莫不与鸟的生存息息相关。作者让我们认识了那么多鸟的种类，了解了那么多鸟的生活习性和品格，鸟的生存状况，鸟的飞翔，鸟的寻觅，鸟的挣扎、逃离甚至死亡。洞庭湖湿地的历史与现在、单纯与复杂、美好与丑恶就这样在我们面前一一裸露呈现，娱人耳目，也刺人耳目：

> 水天一色的远方，候鸟并非想象中那般密集。流线型的体廓，飞羽和尾羽组合成的飞翔利器，鸟十分享受它的飞行特权，也使得它为人所喜爱。灰蒙蒙的天空，一群豆雁星点般撒落，在轻快掠起的飞行中，发出波纹般的微光。偶有形单影只的头上一撮凤凰般艳丽色彩毛羽的凤头䴙䴘、琵琶形长嘴的白琵鹭在近一点的洲滩边优雅踱步。几只针尾鸭夹着如箭镞般翘起的“拖枪”尾巴，混迹于一群肥大的罗纹鸭中。黑色的椋鸟群，像个紧攥的拳头，在惊马奔逃般的甩身中，总有几只掉队的同伴，沮丧地看着

① 杨道：《鲁奖散文奖得主沈念：生长地是写作的根据地》，《海南日报》2022年11月7日。

高高飞走的队伍，给天空镶上流动的黑边。还有几只麻灰色羽翼的苍鹭……

在这短短的一段文字中，作者如数家珍地一口气提到了七种候鸟的生活习性，这是只有在洞庭腹地才能看到的鸟的世界。有飞翔的美丽、踱步的优雅，也有掉队的沮丧。特别是这种掉队的徒唤奈何的沮丧，直击人类落单者的痛点，令人唏嘘。《大湖消息》的文字里，总是有一种暗暗的忧伤：

到了湖上，总会遇到候鸟，有时候天空都要被它们的声音倾覆。嘶鸣、欢叫、嘀咕，跟随着飞翔的坠降、攀升、旋转、追逐，如旋涡般缠绕在一起。声音在天空留下一道道曲度不一的弧线，鸟飞远了，边缘锐利的余音还在半空儃回。在鸟的世界里，没有犹疑，没有后知后觉，敏感的听觉系统一旦预测到警报，就会毫不犹豫地飞离，留下一片惊慌失措的嘈杂和几片扇翅落下的轻盈羽毛。

与鸟相关的是泥泞。泥泞意象是《大湖消息》关于洞庭的重要意象。泥泞是天堂，也是陷阱：

泥泞是湿地的常态。脚下的小路坑洼不平，人、车、摩托碾过的印辙交错，细细察看还可辨识出大鸟的爪痕。被人避开的地方，泥泞深厚，表面上看并无异样，若一脚踩下去，会深及膝盖，黏稠的泥浆像是湿地分泌出来的霉菌，又像是被踏平的八爪鱼，挣扎着在地上攫紧、吸附、摊展，吧唧、吧唧。这是令人恶心的响声。但有的候鸟喜欢，有很多虫螺藏身泥浆，它们只需要睁大眼睛寻找就可以美餐一顿。

这是我至今所见关于泥浆的生态意义上的最直接也是最精彩的描述。

作者多次提到伴随着整个考察之旅的那只蒲滚船，它已经不只是一种交通工具，当地人发明的这种在湿地泥泞中行走自如的“长相奇怪”的家伙，以一种最贴近洞庭湖的方式把人交给洞庭，并成为湖的一部分。它是一个象征。它翻起的层层淤泥，将鸟的秘密、大湖的秘密一一打开：

> 长相奇怪的蒲滚船是湿地特有的交通工具……轰隆声一路把寂静刺破。船轮滚动激起焰火般的泥花，拖船走过的地方留下一条“道路”，隔一段时间就会悄然消失。驾驶者是七星湖的原住民，他熟悉这个季节湖里的路况。有些沼泽地段，蒲滚船和再老练的渔民也不敢放肆，荒野之地，一旦陷入泥潭，叫破嗓子也没人回应。
>
> 蒲滚船加速向湖心挺进，船后溅起的泥浆飞起老高，进入视野的天鹅数量暴增。几十只天鹅组成的群落跑进我们的眼中，它们弓着几近直角的颈，悠闲且优雅地静卧水上。

没有人不能到达的腹地，那些被我们忽略的深藏的近乎原始的人和事，随着这只蒲滚船，一点一点向我们敞开：

> 搁浅冬眠的渔船，是湖上最大的“鸟”，像“老等”一样守着冬天的时光。剩下的少数渔民利用冬闲清理渔具，他们把“地笼王”这种长长的网兜埋伏好，碰运气收获些春节年货。
>
> 一条小木船孤苦伶仃地停靠在一片水域。慢慢靠近，那个穿着旧棉袄的老男人，站在船头，缩着脖子，双眼迷惑地看着我们“飞撞”过来。

总之，《大湖消息》挑战我们关于洞庭的常识，为我们呈现出一个异质而立体的大湖景观。

二

不只是一种外在的立体的质感，《大湖消息》为我们撕开了一道裂缝，在裂缝的两壁，我们分明能触摸到发生在大湖深处人与自然冲突间痉挛、扭曲的纹路，这是一种更为内在的质感。

即使在人烟稀少的腹地，人对自然的挤压、攫取，依然让人惊心动魄，到处都是残酷的战争硝烟。伴随着一种内在的忧伤的笔触，作者一开篇就把我们带入一个“异常”不安的氛围之中：

> 那个早晨有些异常。霜冻尚未化开的旷野寂寥无声，风锋利得像冰碴，从房屋、树篱、林子里跑出来。一只没看清模样的飞鸟，像刺眼的光扫过，轻拍翅膀，沿村庄的边界飞过长堤，隐约留下几声尖细的呼叫，向南飞去。

“刺眼”的飞翔和“尖细的呼叫”里，已经埋下了算计与厮杀的伏笔。

事实上，原本只是调查越冬水鸟的小分队，第一天就“压根”没想到与“毒鸟人”相遇了。关于“毒鸟人”的叙述贯穿了叙述的始终，由“毒鸟人”带来的湖的“消息”由此挥之不去，对“毒鸟人”的抵近观察与揣度，也成为作者挥之不去的叙事情结。“毒鸟人”的身后是一场不为人知的人与自然的艰难而惨烈的战争：

> 我们压根就没想要遇见他。还有被拔光羽毛的两只豆雁、一只天鹅。那些没来得及彻底清理干净的黑色毛碴，撒遍它们身体的每一寸肌肤，直杵杵地照晃着我们的眼睛，让人无论如何也难以联想起它们飞翔时的美丽和自由。
>
> 我们意外地遇见一只天鹅浮卧浅水面，细长的脖颈失去了往日的柔软而变得僵硬……船从死去的天鹅身边驶过，老张弯腰把

> 它捞起，在捞起的一刹那，我的心一沉，跟着天鹅的脖颈往下垂落。死亡的阴影吞噬了它生前的荣光。我们这一天美好的心情自此晦暗密布。
>
> 那些中毒浅、尚未死亡的天鹅，嘴流涎水、眼泪滴淌、瞳孔缩小，抱在怀中能感受到肌体如风吹枝杈般的震颤。
>
> 我们经过一处浅水洼地，一个穿长统靴的渔民在妻子的协助下，正在引排洼地积水，一长溜儿渔网像怀抱一样截住出口，体形细小的死鱼密密麻麻漂浮在网围水面。这种令人深恶痛绝的枯竭式捕捞，渔民心安理得。

我们也许已经通过各种媒介对洞庭湖生态失衡的种种触目惊心的情形有所了解，但大多是一种场景的展示，《大湖消息》却是一种呈现、一种亲历，"毒鸟人"就在叙述者的身边，"护鸟人"也在身边，各种鸟也在身边，飞翔的和死亡的都在身边，各种复杂的交织甚至纠缠，隐藏在大湖腹地的真实，就这样梦魇般朝我们袭来。

三

面对人与自然的残酷的战争，不做简单的判断和廉价的谴责，而是深入社会、历史乃至人性的腹地，直面拷问，发出悲悯同情的声音，这是《大湖消息》的深刻所在。作者以"柔性的语言、沉重的社会实践、深刻的灵魂拷问，真实而恳切地记录大湖的生态万象、人与大湖的生死故事"。①

《大湖消息》的笔触是细腻的、绵长的，但都是在深广的社会、历史的经纬中展开：历史的变迁、人类的活动，大湖的今天以怎样的方式存在？是必然还是偶然？是恒定还是变化？如何对待人的生存权利？我们到底能改变什么？

---

① 卓今：《鸟兽率舞 万物生长——沈念非虚构作品〈大湖消息〉分析》，《当代作家评论》2022 年第 4 期。

所有的战争都是发生在这片因围湖造田而致湖面日益缩小湖洲日益扩大的区域，对此，作者一开始就发出了“谁之过”的严厉质问，但作者并没有给出非此即彼的答案。他也给不出答案。面对自然本身的变化，人的生存，人与自然的争夺，总归是一个“结”，没谁能一下把这个紧紧缠绕的“结”打开：

入湖泥沙淤积量大于湖盆构造下沉量，日积月累，平衡状态被打破，湖泊变洲滩，洲滩变垸田和湖田，人进水退，与水争地，插秧插到水中央，大湖萎缩加速。那些水中小岛或者成了半岛，或者早化身一片田野。那些研究者的术语，在精测地图上，变成的是滨湖堤垸如鳞。围绕洞庭湖面积引发的争议，自二十世纪七十年代起就没有停止过。

谁之过？

就是在第二次到达洞庭湖，欣慰于退耕还湖环境整治的成绩的同时，作者仍然抛出了一个新的问题：随着三峡大坝的蓄水，洞庭湖的水患是解除了，可是水更少了，湖面更小了，要向长江“借水”了，缺水的洞庭将会是怎样的一个生态？作者转引了环境保护区副局长老高的一首改写柳宗元《江雪》的悲凉诗句进行了描述：

洲滩鸟飞绝，湖泊禽踪灭。空留镇江塔，独守洞庭雪。

这是一个已经超出了候鸟保护乃至洞庭湖环境保护的话题，是一个更大的生态话题。老高的悲凉，其实也是作者的悲凉。

作者多次涉及历史上的围湖造田和捕鸟运动，同样地，有悲痛，有谴责，但更多的是反思，一种深入具体历史语境的反思：

自二十世纪二十年代开始，热情参与围湖造田的人们，像蚕

> 一般细细密密地啃噬着洞庭湖这片巨大的桑叶。千里湖洲，百里沃野，顺水而来的开荒者，赤膊吊胯，或者一担箩筐挑着儿女和全部家当，跟着春天一起到来，插根扁担在金子般的泥地里，三天就能“发芽”。这是当地人对开荒年代的形象比喻。

在这短短的描述里，除了对当年洞庭生态遭到破坏的惋惜，是否也包含着对当年围湖造田人的那份热情、豪迈与喜悦的某种同情？

20世纪50—70年代，捕鸟是一种合法甚至鼓励的行为，作为参与其中的个体，他们是否有罪？他们何以知罪？作者这样写道：

> 过去冬天抵临的候鸟，比现在更多，但对于人而言，在那个连生存下来也困难的年代里，它们只是肉食、皮毛和工分。当地一个叫“老鹿”的猎人，在二十世纪六七十年代，曾带领村里的打鸟队，一铳猎杀一百八十七只白鹤，这份记录从此无人打破。那是一场声势浩大的屠杀，白羽飘飞，血溅成河，但物资匮乏年代的人们从没意识到自己的罪行，而是欢欣鼓舞。与饿肚子比起来，人们宁可背负所有的罪。

是谴责，还是同情？我一直以为，对“毒鸟人”的不断抵近观察，是这篇散文中最能戳击人心的地方，看似不动声色的描述，实在是对人性的一次小心翼翼的触碰。这是一个可嫌又可怜的老男人，他的所有的愚昧、麻木都归于其内心世界的荒芜：这是一个被社会所遗弃的感受不到任何温度的人——

> “那间房子已经荒芜。”他突然冒出的这句话指向不明，然后任凭我们怎么问也不启齿。也许他有过一间曾属于自己的房子，却失忆般丢掉了详细地址。

这些哀求之词一时让我变得恍惚，眼前的这个老男人经历的悲催生活，毫无温度，连一只鸟也比不上。

这是一个人性深度异化的人。面对这样的一个灵魂，“我”能指望什么？是否还能唤醒？如何唤醒？“我”没有给出明确的答案，叙述中，“我”和“他”始终保持着一种若即若离的距离，是一种靠近，一种发自人性深处的悲悯，又似乎是一种逃离，一种无可奈何的逃离。有人说沈念的小说是一种尴尬书写，散文则是温情书写，其实沈念的散文中同样存在着一种尴尬，面对“毒鸟人”，沈念时而靠近，时而逃离，这里的“恍惚”本身就是一种尴尬。论者关于沈念小说尴尬书写的结论同样适用于沈念的《大湖消息》：“尴尬作为一种精神状态，不仅仅属于个体的心理感受，还与社会、文化、历史、哲学等因素融汇在一起。尴尬给人的直观印象和精神根柢就是生存困境。”[①] 尴尬内在着一种拷问。

四

沈念有着记者和作家的双重身份，如果说作为一个优秀的记者，他为我们呈现出一个充满质感的大湖的话，作为作家，所有的近距离观察、思考，都可以视作自我的一次切近，他以诗的方式演绎着自我精神的蜕变。《大湖消息》既是一部真实的洞庭湖生态报告，更是一首深沉的抒情长诗。

《大湖消息》以第一人称内视角切入，将略显柔弱的个体置于广袤永恒的自然之中，大与小、有限与无限、善良与丑恶、历史与现实、生存与发展等诸多充满张力的对话内化为个体的情感体验。略微低沉缓慢的叙述语调，像是一种自言自语，在这里，有飞翔的优雅与沉重，有行走的执着与艰难，有霁霭亦有雾霾，有辽远的平畴亦有崎岖的泥沼，有死的悲悯也有生的欢欣。

他这样描述第一次在湿地过夜的心情，充满了深入大湖腹地的兴奋与

① 刘长华：《论尴尬书写与沈念小说——来自平凡人生和日常生活中的应对窘境》，《中国文学研究》，2022 年第 3 期。

好奇:

> 目光投入野外，黑暗狂潮般涌来，瞬间吞没我看得见的一切。……天空发出幽幽的蓝光，寂静凝固，我听到自己的心跳，仿佛旷野里群鸟低飞，传来深深浅浅的墨绿色鸣叫。

和所有的诗人一样，他也喜欢写鸟的飞翔。但沈念的飞翔是一种对飞翔真正理解之后的飞翔。正如有研究者所说的那样:“与以往一些动物书写陷入拟人化不同，沈念没有渲染和夸张动物语言的情感内涵，他对动物声音情感性的感知建立在自身对动物习性的了解的基础之上。”① 这是他笔下天鹅的飞翔:

> 任何鸟的飞姿都是无可挑剔的。这份向往首先源自人的缺陷。飞翔的天鹅让人怦然心动，在翼和尾的协助下，踏波助跑，完成凌空、滑行、穿越、翱翔等赏心悦目的一连串动作。天鹅飞行时基本上是鼓翼、滑翔、翱翔三种方式交替，它宽大的双翅快速有力地扇击，翼尖向前向下挥动产生推力，起到类似机翼产生升力的作用。其实它的每一片初级飞羽，如同一个螺旋桨，推力大于阻力时，它的飞行就获得加速，仿佛一架从厚厚云层中破空而出的飞机。它的力量从收紧的翅膀里爆发出来，如同海面上迎浪而行的鱼鳍，激荡的浪花四溅，变成满天云霞，空中的白色精灵，被渲染成移动的金色斑点，散出模糊却透明的光，让人感受到一种沉静之美。

力学的分析和内心的诗意如此和谐地交织在一起，在对候鸟的观察中作

① 王瑞瑞:《身体意识与生命本体诗学的建构——评沈念散文集〈大湖消息〉》,《文艺论坛》2022 年第 6 期。

者窥见宇宙生命之澄明之境。除了天鹅，他笔下鸟的飞翔是如此丰富多彩，他笔下的诗意又是如此绚烂多姿。他从迷鸟的经历中，真正理解当年语文老师所说的“一只迷鸟的经历足以写出一部风雨颠沛的长诗”的含义，真正理解《荷马史诗》中英雄奥德修斯的伟大，并进一步悟出这样的人生哲理：

忘记故乡，不也同时拥有了另一个故乡吗？

他从一只独立的白鹭那里，感到一种远行的渴望与冲动：

我看到过一只站在野外的白鹭，那一刻，神圣仿佛降临，它像一位长相清癯的神父，为了未尽的救赎，独自站在荒芜之中，毫无惧意，除了等待，只有等待。

所有候鸟的一生都会等待一次万里飞行吗？

所有的诗意都源于对自然灵性的理解，源自人与自然灵魂的共鸣。

作者讲述了一个老鹿的故事。老鹿与白鹤“飞飞”的故事我看到过很多版本，多为传奇式或者感恩式的叙述，但沈念的叙述，是一种灵性的诗的叙述——老鹿的前身也许就是另一个“毒鸟人”，因为他曾经也是一个以猎鸟闻名的打鸟队队长，禁猎以后，他依旧以偷猎为生。直到有一天，他与一只白鹤相遇：

二十世纪九十年代初春天的一个黄昏，这位以猎鸟闻名的打鸟队长从野外归家，在芦苇丛中偶遇一只受伤的白鹤，低啭的痛苦哀鸣，让那双长满硬茧的拿枪的手无端地抖动起来。特别是对视中白鹤眼神里的恐惧和绝望，突然勾起一种痛彻心扉的震颤。……他放下了手中的枪，心中的震颤让他改变了主意。他怀抱白鹤回家，点燃酒精灯，给自己的刮须刀消毒，又缓慢地切开白鹤受伤的部位，取出嵌入体内的铁弹珠。……看到白鹤渐渐柔和的眼神，一个鲜活的被挽救的生命，他混浊的心情顿时澄净下来。

之后，他放下了铳枪，细心照顾白鹤，他给白鹤取了一个名字“飞飞”，“飞飞”痊愈了，他带着不舍放飞了“飞飞”。不想第二年秋天，带着伤疤印记的“飞飞”又飞回来了：

激动的他没有想到，一只鸟如此懂得人间的情义。他也在那一刻解答了那个久久缠绕心中的关于人与自然相处的问题，只要人停止杀戮动物，给它们自由安定的空间，它们很快会忘记曾经发生在自己身上的血腥经历，而与人重归和睦。

就这样，老鹿由一个远近闻名的“猎鸟者”成为一个家喻户晓的“护鸟人”，经由和一只鹤“通灵”，老鹿完成了他人生的华丽转身。这一个故事显然也感动了作者，“我记得当老猎人拿起那杆锈迹斑斑的猎枪回忆往昔的‘神勇’，颤抖地讲述与白鹤之间的深情往事时，眼睛里扑飞着闪亮的泪光”，“那泪光如一条经历伤痛后的受洗之河，日夜流动”。

从老鹿的故事，作者获得了关于人类自我拯救的近乎神谕式的启示：在人之上，有更为伟大的灵魂，一旦与之相遇，人类便能获得真正的拯救，走出算计、厮杀和战争，真正的美好的生态不只是环境，是环境背后的灵魂的交互。

“毒鸟人”有与自然伟大的灵魂相遇的那一刻吗？对他的恶行，我们当然要阻止，要打击，也许还要温暖和关爱，但我们更期待他能有一次灵魂上的顿悟，老鹿有，“毒鸟人”也会有，因为，大自然伟大而美好的灵魂就在每一个人的身边。这也许正是《大湖消息》真正的诗意所在。在结束这一次腹地调查之际，作者有这样一段近乎总结的表述：

> 候鸟在自然界最大的危险敌是人，人对鸟的伤害应该被挂在天幕昭示，但鸟总以宽宥之心，压制愤怒、恐惧，也不像希区柯克导演的电影《鸟》中群起而攻击人类，它们淡然回避，躲到云朵、树林、山川、河流之上，把身体和灵魂交付大自然。它亲近友善的人们，不带任何仇恨飞向迁徙之路。候鸟在洞庭湿地上连接的不是乌托邦的理想，而是人类诗意栖居的现实和田园梦想。

由此，我们可以认为，《大湖消息》的旨意不在披露，也不在谴责，而在打开。所有的悲惨都是为了唤醒，通过唤醒而换取一种人与自然灵魂的相遇。随着生态的改善，这一种相遇将变得越发可期。当作者在 2021 年盛夏再次来到洞庭湖，见闻生态环境的巨大变化时，作者获得了人与自然灵魂相遇的欢愉体验：

> 候鸟照亮清朗的天空，不同色彩的羽翼编织永难抵达的梦境。从七星湖走远的夜晚，我经常睁开眼睛寻找一条入眠的通道。鸟惊艳的飞翔姿容，在眼前展翅、俯冲、盘旋，挥之不去。所有的候鸟都有自己的语言，与人类语言共通的表达。好几次在梦的边缘疾行，一阵阵清越的鸣叫，飞向从蜿蜒地道渗透过来的微光，一闪一烁之间，仿若我在旷野深呼吸时的心跳，感伤中夹带着微微的喜感，也是望向未来时的欢悦与欣忭——
>
> 喀哩，喀哩……

《大湖消息》是一次生态考察之旅，也是一次严峻拷问之旅，更是一次诗意发现之旅。

（作者单位：湖南理工学院中国语言文学学院）

多维视角里水洗的忧伤

——从《大湖消息》看作家的一种使命

斤小米

绪论：考验一部作品的两个要素

当我们说起文学时，我们在说什么?

我们说一个伟大、经典、能够代代相传的作品，最不能缺少的品质；我们说爱与悲悯，跟才华相比，来自心灵深处广大而真诚的悲悯永远是第一位的；我们说作家直面娱乐至上的时代，敢于在娱乐之外，拥有对时代的阐释力；我们说作家的责任担当与文本焦虑，也说写作对于时代呈现的有效性；我们还说一个写作者最重要的能力是能否穿透日常经验的表层，抵达生活深处，具有问题意识。

无论是托尔斯泰、狄更斯、雨果，还是马尔克斯、海明威、莫言，当我们谈起他们时，他们的作品以极其典型的情节与场景表现，借助人物与时代紧密的贴合，产生力敌千钧的磅礴之力，推动社会变革，透析真实的人性。

当我们说到文学的最高层次，即作品的情感传达与思想格局，技巧、语言、结构等，都成了到达目的地的匆匆过客，尽管在通往终点的过程中它们必不可少，也无法掩盖它们只是手段的事实，只要所写的对象分量够重，作者借此表达的思想够笃定且独特，原始质朴的表达一样能够完成，甚至还会被冠以“大巧若拙”之誉。因此，文学的终极，是更重视一个作家的叙事目标与叙事指向。是更看重个人悲欢的传达，还是将万物悲欢纳入己怀替之书写，一个写作者是单薄轻盈还是深刻厚重，决定了作品的高低。

其中，因悲悯而产生忧患意识，因忧患意识而提出问题，因问题而产生对所忧思的问题的正向引领，是经典作品长久存在的根本原因。写作从来不存在百分之百的自由，如何在不自由的环境里尽可能自由地书写，靠的是作家的胸襟。历史证明，在特殊的时代背景之下，很多有功力的作家陷入了套路化的写作，这样写起来轻松高效，安全“节能”，而超越套路的写作，是对麻木、退化、偷懒的抵抗，是从生活中捕捉独特发现的能力，是艰难甚而低效的。

如此多的要求、束缚，已经将写作者层层包裹，文体选择又成了最后包裹着的一层布。对于大部分作家而言，小说显然要方便一些，小说的虚构为写作者提供了创新的舞台，而散文，这一消耗性极大的文体，则更强调现场性、真实性与情感投入，它非常考验写作者面对大量素材时对自我情绪的客观化、冷静克制的处理。散文作家塞壬曾说：“倾诉这个东西，如果写成小说，就好像是在讲别人的事情。诗歌也不适合，诗歌的凝练性和张力太强，不适合一泻千里娓娓道来。写我自己的经历，写我对这个世界的感受，这个文本只能是散文。”

倾诉不是喋喋不休的家长里短，更不是不顾一切的情感宣泄，而是选择剪辑之后，对陌生化经验的处理，将思考通过深邃的语言，呈现于读者的眼前。

简而言之，**写什么，考验作家心性；怎么写，体现作家才华**。深怀大地忧思与众生悲悯的心性，选择第一手陌生化而又具有典型意义的材料，更有巧妙的构思与自成一格的语言加持，即可成就一部伟大的作品。

沈念的《大湖消息》便是一部这样的作品。他曾说，“面对湖洲之上的生命，我的书写视角是多维的。鸟不只是属于天空，鱼不只是属于流水，水不只是属于江湖，植物不只是属于洲滩，人不只是属于大地，它们所组成的生命有机系统，任何一个环节的塌陷和破坏，都可能导致系统的紊乱”。他选择的写作对象体现了个人的责任意识，厚重却不枯燥的写法，体现了他的文学才华，二者在这本书里得到了较高程度的统一。

第一维视角：大湖的书写者——乡愁呼唤灵魂的回归，决定文学的选择

丹纳在《艺术哲学》一书中这样说，“分析一部作品的时代、环境、种族，是最典型的文学外部研究”，换言之，知人论世，是研读一个作品必不可少的途径。

就像鲁迅写江南鲁镇的愚昧封闭，陈忠实写陕北白鹿原上的贫瘠干涸，莫言写高密东北乡的炸裂凶猛……一个作家写作的根总在他的出发之处——家乡。沈念的家乡在洞庭湖畔，这里的水不似江南的缠绵细密，也不似大海的无边咸涩，大湖之水，疏阔润泽，涵澹澎湃，一望无际的淡水湖泊引得无数文人墨客为之倾倒，“气蒸云梦泽，波撼岳阳城”“吴楚东南坼，乾坤日夜浮”“袅袅兮秋风，洞庭波兮木叶下”……这本来就是一个有着深厚文化底蕴的地方，可千百年来，为它而写的诗歌多，小说与散文少，水墨山水多，作家文字少，湖洲深处的故事，口口相传，神秘悠远，呼唤懂它的人去书写它的传奇。

沈念在《大湖消息》系列作品之前，小心珍藏着对家乡的情感，极少从“湖”的视角写小说与散文。酝酿到一定程度，才肯像一瓮甘醇老酒一般捧出。在这瓮老酒里，有洞庭湖带给他的独特的气质，那就是大湖之水的安静从容、厚德载物、大气开阔、忧思深沉。

从 2015 年开始，沈念多次跟随越冬水鸟调查小分队，离开长沙，离开安逸的工作环境，回到家乡洞庭湖腹地，这里有童年时曾十分向往的无限未知，这里无数的沟港湖汊写满水的故事。长大之后我们才明白，只有在路上，才会不停地思考，才能与我们所热爱的一切同呼吸共命运。凯鲁亚克在《在路上》中写道：“我们非去不可，在到达之前，永不停止。”这一年的行走让沈念意识到洞庭湖的巨大变化，“大湖瘦了”的忧伤裹挟了他，使他此后多次回到这里，深入腹地探访，并决心书写这里。他知道，这是他作为大湖儿女的责任。

忧伤从湖开始，没有终点，因为他发现，“《水经·湘水注》中是‘广圆五百里，日月出没其中’”，“浩浩汤汤，横无际涯”的洞庭，已经瘦了，“广袤的湖洲湿地一片苍茫，齐整裸露，草苇疯长，坑洼与水沟交错，牛脚踩出一个个坚硬的脚印，小路上泥辙结冻，像伸向湖心的铁轨”，他发出了“水去了哪里”的追问。水在减少、消逝，这一情况这些年日渐严重，经过2022年夏秋的干旱，洞庭湖裸露了它几乎到底的肚腹。只要是曾亲历过湖水丰润的人，无法不为它面积的逐年缩小而担忧，这不只是自然学学者的事，肩担道义的作家自觉地承担了追问其改变的原因的责任。“谁之过”，“入湖泥沙淤积量大于湖盆构造下沉量，日积月累，平衡状态打破，湖泊变洲滩，洲滩变垸土和湖田，人进水退，与水争地……”写作风格一向温和的沈念，从发现大湖的瘦身原因开始，就无法继续温和下去。没有痛，就不可能做出改变。

在超过20年的写作锻炼之后，乡愁激荡起对这片土地上生灵万物的关注，大湖的消息传达到大地深处，视野一朝打开，洞庭湖在更多的视角里次第延展开悲欢离合的故事。

大湖里的生灵、风，与大湖同呼吸共命运的渔夫与农民，对大湖进行不计后果的掠夺的毒鸟人与捕猎者，受大湖恩惠而自愿守护它的护林人……他们有着各自的忧伤，这些忧伤通过沈念停留在水上的眼睛，通过水洗的乡愁，静静地流淌成了《大湖消息》里干净而深沉的文字。

第二维视角：大湖的守护者——忧伤于生命的脆弱与美好的消逝

如果没有对大湖真挚饱满的爱，它的守护者不可能倾尽心力不计报酬地为之付出一生。在沈念的笔下，这些人以“老张”“小余”“老高”“老鹿”这样的称呼出现，可能是为减少他们个体的光芒，而强调其符号性，也可能是他们并不想凭某一个具体的名字出现在读者面前，对于他们而言，守护大湖，是义不容辞的责任，是理所当然要做的事，是日月经天，江河行地，而目睹大湖中生命的脆弱，以及曾经美丽而丰富的湖泊变得日渐消瘦，他们拼尽全力守护，延缓衰退的步伐，但力有不逮的忧伤也不可避免。

“湖所承载的那些气象万千的美好，伴随候鸟的漂泊、流浪、冒险而变得破碎与脆弱”，洞庭湖湖滩肥沃，适合植物生长，繁盛的草丛、树林，丰美的水草，是鸟类栖息的绝佳场所，这里有种类繁多的鸟，鸟的数量自然也非常多，鸟类美丽的毛羽和灵动的身躯使捕猎者兴奋不已。不计后果的捕猎给鸟儿造成不可逆转的伤害。为了保护生物的多样性，一些与鸟结缘的人自愿站出来保护鸟儿。

第一代护鸟人老鹿，一开始是有着“神枪鸟王”之称的猎鸟人，凭一铳打得湖洲“簌簌的泥土和苇花漫天飞舞”“哀鸿遍野”一战成名，原本最可能成为禁猎对象。然而，他的父亲死于一只白鹭扳动手铳扳机，湖洲以其神秘，给了老鹿严肃的警告。手铳被政府没收后，一只曾被他救治过的白鹤救了他落水的孙女。这些魔幻现实主义小说里才能看到的情节，确确实实出现在老鹿的生活中，使老鹿从此下定决心做了这湖洲最忠实的护鸟人。他死去之前每晚做噩梦，梦见他“变成了一条鱼，披着鳞甲，发出白光……长脚的水鸟，……逐着我，尖嘴啄在我身上，鳞甲一片片掉落，像从身上撕下皮肉，像是铁子子一粒粒打在身上”，他在年老之后的护鸟生涯里忏悔以往的残忍，也忧虑着没有了自己守护的湖洲上的鸟儿。

第二代护鸟人老张，第三代护鸟人小余，无不经受着“护鸟的艰苦、打击毒鸟人的艰辛、湿地环境不为人力所能改变的艰难”，但因为深爱着这片大湖，听得懂鸟的絮语，空中的风和湖水的密谈，自然也更能看到这片湖水将要面临的危机，忧虑重重，无暇顾及个人的享受甚至安危了。在与毒鸟人的斗智斗勇中，他们面临巨大的危险，但他们从不后退。

除了护鸟人，还有护鱼人。靠山吃山，靠水吃水，靠大湖，生存的重要依赖点肯定是湖中的鱼。但枯竭式捕捞将使湖迅速贫瘠，但捕鱼人管不了那么多，饮鸩止渴也得饮。人的贪欲，使守护任务艰巨。

至于守护洞庭湖稀有物种麋鹿的李新建，忍受着无边的孤独，在湖洲中心喂养看守着麋鹿一家，几进几出这个平时无人光顾的孤岛，不仅出于对步态优雅矫健的麋鹿的喜欢，更是一种责任，因为他深深知道，在生态系统之中，麋鹿在此地的繁衍生息，是检测洞庭湖是否宜居的重要指标。“麋鹿的涉足之地，都会留下路的痕迹，而那些若有若无的痕迹，像塞壬的美妙声音，吸引着他无法抗拒地栽进深海”，因为热爱之物为稀有之物，其生存的艰难，未来岁月何去何从，无不使这位护鹿人心怀忧思。

至于江豚的守护者老朱和小吴，即使用尽浑身力气也解决不了“历史的问题”，“水土流失、江湖淤积、竭泽而渔等引发的鱼类资源萎缩、江豚候鸟生境变糟这些现实疑难，变成了曾经生长在这座孤岛上的悲伤与哀鸣”。

他们都是大湖儿女，热爱这片湖洲，这片水域，深深知道生态平衡的重要性，亲证生命的脆弱与美好的消失，现实让他们满怀忧伤。他们的忧伤，呼唤着后代前赴后继地珍视与守护这神秘大湖。

第三维视角：大湖的掠夺者——忧伤于对杀戮与报应的恐慌

敬畏生命，敬畏自然，神秘的湖洲借助洞庭神灵的传说，在过去许多年里，保全了自己，随着水域扩大、丰盈，洞庭湖吸引了更多的鱼、鸟、鹿、豚，吸引了风和云，更吸引了各种各样的人，其中就有天性残忍者，他们无畏无惧，轻视生命，罔顾法律，利用现代的极端手段，有的将剧毒农药呋喃丹放在鸟儿出没的地方，有的织巨大而细密的网放在鱼儿洄游必经之地，有的背着猎枪随时随地随手虐杀，“插天网、下滚钩、放铁夹、布套索、电击、枪灯”，他们竭尽所能地对大湖疯狂掠夺。

一桩毒鸟案的惨状，“现场遍地白羽，鸟睁开的眼睛就如同雪地上踩出的黑洞洞般的脚印”，而候鸟的南渡北归，本身就是死生契阔的相守，生离死别的演出。鸟儿轻盈的身姿、坚贞的性格、自由的灵魂，为何打动不了毒鸟人的心？作为食物的鱼儿，使在大湖里生活的人们有所依靠，它们应该得到起码的尊重。可为何这些掠夺者如此贪得无厌毫无同情怜悯之心？“大自然中秩序的破坏者，最乐意制造这种混乱、盲目和无序。”

十恶不赦背后的真相，是什么呢？

是无法在大湖里的生活中找到出路的困境吧？是潜在的良知对残忍杀戮的谴责？抑或是对未来大湖报复自己的恐慌？“毒鸟人的夜晚一路走得惊慌失措，次日清早，他撇开夜梦的不祥，拾回了欢喜的‘猎物’”，“毒鸟人心满意足地回到船上，准备点火烧水，钳净鸟羽，对候鸟生命的睥睨，让他毫无罪恶之感”，他们似乎将“人性本恶”演绎到了极致，他们在无法找到更好的生存之道之前，宁愿选择对无辜且无反抗能力的鸟和鱼进行杀戮，因为这是最轻松便捷的途径。

以“何老四”为代表的掠夺者们配不上“忧伤”这样深沉高贵的词语，作者借助的恰恰是他们的无恶不作、毫无悲悯、得过且过。但大自然宽恕一切，赐予他们人类共通的情绪。因为犯罪者受到自身的反噬，往往是十分痛苦的，即使后来由猎鸟人转为守护者的老鹿也难免在被鸟啄食的幻境中死去，更何况那些不择手段大批量虐杀的毒鸟人，利益使他们铤而走险，但湖洲的神秘与生命的惨状不可能让他们无动于衷。

作家李颖这样写道：“即便是写‘毒鸟人’的时候，他也没有站在道德制高点上去一味批判，而是深入勘测人性的良善与罪恶，他向人问询毒鸟人的下落，且不能忘却他衰败的眼神。”

第四维视角：大湖的共存者——忧伤于命运的无常与个体的渺小

大湖除了空中的鸟、水里的鱼、地上的林、林中的鹿，还有与这一切共存的人。普通湖洲百姓，不是大湖消息的背景板，而是主体，没有他们，大湖就失去了灵动的眼睛，没有他们，大湖也只可能回到远古的蛮荒。

靠着大湖生活的人，其命运也与大湖息息相关。湖水会养育人，自然也会伤害人、吞噬人，老子纵然说了“上善若水”，水“善利万物而不争”，但也说了至刚至柔皆莫过于水。依赖水生存的渔民、苇民，不管是原住民还是外来人口，见证大湖的云彩、苇荡、风浪、江豚、水鸟、鱼群，见证收获与灾难，幸与不幸，用跌宕起伏的生活书写大湖的传说。在《大湖消息》的下篇《唯水可以讲述》里，沈念通过形形色色的故事，传达大湖的悲欢，表现与大湖共存的人们的欢喜与忧伤，这些共存者“渔樵于江渚之上，侣鱼虾而友麋鹿”之时，“寄蜉蝣于天地，渺沧海之一粟”，“哀吾生之须臾，羡长江之无穷”，但他们沉浸在个人的渺小与命运的无常里，参不透造化的规律，也只能将自己的忧思如同那夜赤壁之下的箫声，“托遗响于悲风”了。

随父亲从湘西大山深处来到大湖苇荡割芦苇的少年，“对墙上、屋角悬挂和堆放的渔网、鱼刀、鱼叉、鱼篆、鱼夹恋恋不舍，他很想跟着这些渔具去捕一次鱼”，这份迷恋被大湖知道后，在一个暴雨凄厉的夜晚，永远地留在了这里，不理父亲和姐姐撕心裂肺的哭喊；从湖北洪湖因机缘巧合嫁给湖洲汉子许飞龙的漂亮女子，在享受了几年湖洲给予的静好光阴后，就被大湖的汹涌暴躁夺走了丈夫与还没出生的孩子，却孤独而倔强地不肯离开湖洲，用剩下的光阴去感受大湖密集的声音，“如同湖上风卷巨浪，芦苇枝头压低，满树银杏鹅黄落地，她感应到的是世间苦难在身体里挣脱捆缚的锁链，迸发出咔嚓咔嚓的呐喊”；为了阻止造纸厂的废水污染深爱着的大湖，他冒着丢掉工作的风险，偷偷用几个麻布袋装的石头堵住废水出口，使废水淹没车间，生产车间因水无法循环而停运，他的傻使他收获了一个美丽聪明的唐山女子的爱，他的“笑”也因此而深刻起来，“世界是不是也是在这样的壳上，被一只巨大的蜗牛驮着，在圆形的时间通道里缓缓爬行”；从狂风恶浪中救起了 17 条人命的他，却唯独救不了儿子昆山的命，或许这是大湖对他“逆天而行”的报复？“昆山之死，像荆条捆缚全身，在那些命定的时刻抽打着他。”还有儿子被沉尸水下的谭亩地，湖洲的故事凄悲而抽搐，“湖上谁个人的一生，不是到处潜沉着悲辛”。渺小的个体与八百里洞庭共存，江湖儿女的命运注定将不可避免地写满忧伤。

第五维视角：大湖的脉搏——忧伤于未知的危险与必然的困境

大湖跳动的脉搏，是水，是伴水而生的生物，它们曾经在长久安宁的岁月里，静静地经历自然的生死轮回，这是属于他们秘而不宣的欢喜。就像《瓦尔登湖》的四季之美，洞庭湖野蛮生长，展现着大地与湖水结合之后的自由灵动。

采桑湖的秋冬，“夜晚打上霜的树篱，在薄雾飞散的晨光里，发出白珊瑚色的光，给村庄添了些冷清。再过些时间，太阳出来后，树篱上挂着的晶亮水珠，如同发光的玻璃球。田野是湿漉漉的，在阳光照耀下，就像大地上被遗落的一颗闪烁的大珍珠”；春风湖的雾，“没有风，雾就不动，像是舞台上垂下来的一块大幕布。雾起之后，看不到路，到处都一个模样，湖区的村庄原本就长得极其相似”；风是大湖最神秘的客人，“风是从水底下升起来的，也是从那些根系发达的芦苇的空心里吹出来的。因为芦苇抱得紧紧的，抱成一大片，风奈何不了它”。

人类眼中荒芜的地方，恰恰是鸟儿的天堂，这些色彩艳丽、姿态美妙、品类多样的鸟儿，将湖水与天空点缀得分外灵动。候鸟本身就是传奇，“飞翔的天鹅让人怦然心动，在翼和尾的协助下，踏波助跑，完成凌空、滑行、穿越、翱翔等赏心悦目的一连串动作”，“黑尾塍鹬全身是泛绿的棕色，喙嘴尖长，长腿伸展，疾飞时像一柄刺破空气的长剑。腹部的薄薄花纹，如一片狭长的绿叶”。除了美妙的身姿，湖洲的天空还会被它们的声音倾覆。深蓝色的苍穹，柔软月光之下的鸟飞翔低鸣，这是何等清爽的视觉享受。悠然吃草的麋鹿，奋然跃起的江豚，一望无际的苇荡……湖洲之上的一切，将大自然的丰饶神秘演绎得淋漓尽致。

生生灭灭，原本无所谓悲欣。一旦有了人的参与，一旦人的贪念占据上风，忧伤不可避免地弥漫于湖洲。连年少雨，围湖造田，大湖萎缩严重，黑杨林种植吸尽土地的营养与水分，生灵们生存环境日渐恶劣；捕鸟、毒鸟、网鸟、网鱼、电鱼，它们逃无可逃；……追逐利益的手段使得动物数量急剧减少，洞庭湖物种消失的速度令人触目惊心。“湿地、滩涂减少，土地坼裂，像一双双泪已流干无法瞑目的眼睛。而苔草、辣蓼这些过去茂盛的草本植物，被黑杨、意杨发达的根系驱赶远离，那些雁、鹤也因食物缺乏继而销声匿迹”，至于其他身躯更大一些的动物，行动更为笨拙些的，其生存之境也可想而知。

“这个‘结’包裹着形形色色的利益，还有各式各样的桎梏、伤害、遗忘与抛弃。湖所承载的那些气象万千的美好，伴随着候鸟的漂泊、流浪、冒险而变得破碎与脆弱。”未知的危险与必然的困境使大湖的脉搏跳得不再有力，大湖换氧能力减弱，血液奔流速度变慢，其活力自然也大不如前，日复一日，年复一年，恶性循环一旦开始便很难停止。

忧伤，从一只迷航的鸟、一条失怙的鱼、一匹懵然的江豚、一只逃跑的麋鹿的眼中，从呼啸的风、凝滞的雾、枯瘦的水的眼中，一丝一缕地缠绕在这片湖洲上。

尾声

作家写什么，是胸怀气度与责任担当，怎么写，是才华与能力。《大湖消息》固然离不开作者的写作才华，但最重要的还是他的心灵选择。一旦回到当年出发的地方，爱与悲悯点燃了整个胸腔，所有的“文本焦虑”不复存在。对大湖过往的美好回忆，对大湖现状的沉重忧思，使他的文字如同大湖的水流淌，环绕着他耳闻目睹、热爱着的这片湿地。他必须为它发声。这是使命，也是担当。但他不仅用自己的眼睛看，也借助大湖的人、鸟、鱼、鹿、豚、林、天、风、雾去看，他们的眼与他的眼交会相通，他感受到了无边的忧伤，如同电影《绿里奇迹》里的科菲。

一个伟大的文学作品，必须是这样的：

有不能不写的使命，有为众生发声的勇气，有真实书写的担当，有推动社会改革进步的野心，有足够驾驭这一切的才华。

所幸，《大湖消息》都有。

（作者单位：湖南省益阳市一中）

“歌唱的飞鸟”

——《大湖消息》中的生态书写

孙利娟

“夏天的飞鸟，飞到我窗前唱歌，又飞去了。”“水里的游鱼是沉默的。陆地上的兽类是喧闹的，空中的飞鸟是歌唱着的……”[①] 泰戈尔《飞鸟集》带给读者的“飞鸟”是歌唱着的，是轻快的，载着人类想象的诗意，然而关于“飞鸟”意象有没有更为沉重的书写呢？ 2021 年出版的生态散文集《大湖消息》，获得 2022 年第八届鲁迅文学奖，作家沈念便在其中书写了一场有关飞鸟死亡之旅的故事。这部作品的素材来源于作家沈念 20 多年来在洞庭湖周边的生活[②]。沈念从水边来，想从水中“创作”一个未来，并“尝试以超越单一的人类视角”[③]，将被人类忽视的记忆重新唤起，从而引起人对生存状态的共情、对生命勇毅的敬畏、对生命本质的沉思。本文基于对文本整体分析，将着重从沈念刻画的洞庭湖“飞鸟”意象方式以及他讲述故事的方式来解读，作者如何通过对“飞鸟”意象的书写来把握对洞庭湖生态史的书写。

一、候鸟迁徙：人对自然的沉思

鸟这一意象一直渗透在我国的诗歌发展中，从《诗经》中的“关雎”、

① ［印］泰戈尔：《泰戈尔散文诗全集》，冰心、郑振铎等译，兰州大学出版社，2003，第 156 页，第 162 页。

② 刘建勇：《鲁奖得主沈念：大湖有我们共同的消息》，《潇湘晨报》2022 年 9 月 4 日。

③ 沈念：《大湖消息》，北岳文艺出版社，2022，第 260 页。

庄子笔下的“鲲鹏”、陶渊明的“羁鸟”、杜甫的“鸟惊心”、范仲淹的“塞下雁”到现代诗歌中闻一多的《孤雁》、艾青的《水鸟》、泰戈尔诗集《飞鸟集》等，以鸟入诗的例子浩如烟海。《诗经》最早以比兴方式用鸟意象入诗歌，表达求偶之情，从古体诗到后来的近体诗、现代诗，鸟意象或表达人类对自然的崇拜之情，或表达对自由、自然的喜爱，或表达思乡之情、黍离之悲、凌云壮志等等。鸟这一意象既是自然神性的象征，又是人类对诗意、诗性想象的承载之物。鸟在中国文化中承担了丰富的文化意蕴，它们又在人类生活中随处可见，与人类生活息息相关。沈念《大湖消息》的开篇选择对“飞鸟”意象的书写，作为其承担着主题作用的开篇，既是对中国传统文化资源的回溯、挖掘，也是以“飞鸟”观照现实，重新赋予自然以神性的特质，从而引起人对自然的敬畏之情。

《大湖消息》，此题目既是这本书的开篇，也是这本书的书名。沈念选其作为自己的书名，是因为“大湖”具有地域性，而“消息”具有传递的动作性，具有当下性，又贴合候鸟迁徙的动作意蕴。沈念在其书写中描述了三种类型的鸟：留鸟、候鸟、迷鸟。他将古希腊神话英雄奥德修斯比喻成“迷鸟”，迷鸟因为路途的风雨颠沛而改变迁徙习性，从而拥有多个故乡。候鸟的南飞北归，意味着节气变化，同时这也是一场为了生存的迁徙之旅，这场迁徙如史诗般庄重，古今中外多少人为这场景仰头沉思？某种意义上，鸟的迁徙也和人类的迁徙史不谋而合。人类为了自身的生存，最早从非洲向西亚、东亚各个大陆方向迁徙，最终分布在地球每个方向的角落里。沈念在写鸟的同时其实也在写人，鸟与人有着共通的可贵品质，人在观鸟的同时也在审视自身。鸟的善良、自由、美丽、担当、钟情、韧性等宝贵品质，当被它们的翅膀承载着飞向远空时，也是同时将人类的这些美好期望飞往充满神性的空间。沈念将这些感悟、哲思，用干净、优美的修辞，巧妙地融于对鸟美好形象的书写里，构成一种富有意蕴的审美空间。

候鸟这一形象也观照了作家自身经验，沈念在数次往返故乡的经历中，以不断返场的方式，重审每个生命。所以他深刻地认识到洞庭湖生态流域的共同体命运，他在书写中将候鸟迁徙到此的悲剧命运呈现出来，由点到面，将自然史、社会史、生态史和文化史融为一体，从而达到一个高度概括却又生动的文本效果。洞庭湖作为候鸟迁徙的中转站，本是为候鸟提供能量补给与休息的地方，却成了布满重重危机的鬼门关。鸟经历了从 20 世纪六七十年代村里专业捕猎队的围剿，到后来禁令的出台，人们开始偷偷放呋喃丹毒鸟、用土枪偷偷打鸟、用捕鱼的迷魂阵缠死鸟等活动。除了人为的猎杀，人对自然的改造也影响了它们的生存环境。从 20 世纪 20 年代开始，人们热情参与围湖造田，人与水争地导致洞庭湖从汪洋大湖变得支离破碎，后来兴起的植黑杨林之风，更是将这支离破碎的湖地抽干，使得鸟类的食物消失，这些鹤、雁等候鸟的漂泊、流浪和冒险变得脆弱竟至销声匿迹。

候鸟的消失也意味着洞庭湖流域生态系统的被严重损害，沈念将人遭遇环境危机反噬的结果呈现出来，居住在周边的人年年受洪灾恐惧，人意识到危机严重性，于是国家开始加大环境保护，从 1978 年来生态文明建设政策的提出到新时代以来将生态文明建设放在日益突出的地位，习近平总书记的“绿水青山就是金山银山”，生态文明建设成为考核经济发展质量的一个指标，也是建设美丽中国的必然要求，除了国家层面，社会个体层面也不断有人开始自主加入保护队伍，成为留守洞庭湖边的志愿者。人性在危机里复苏，洞庭湖的危机同样在人的自省与努力里得到了恢复，这一场对危机的拯救也是一场人对自身、对社会、对自然之间关系的思索，这是一场重回东方精神文明之旅。

这些有关精神文明的思索，沈念将其设置在了与鸟相关的人物上，一个是猎人老鹿。在 20 世纪六七十年代，老鹿一铳能杀死 187 只鹤，他却走上了护鸟先锋的道路。事情起因是一只受伤白鹤的恐惧绝望突然勾起了老鹿的痛彻心扉的震颤，于是他救助了这只白鹤，从此以后老鹿再也没有拿起过他的猎枪。这只叫“飞飞”的白鹤，救助后的第三年又把它的伴侣带到了老鹿家，通人性的飞飞还“救了”老鹿落水的孙女，这段人鹤情的佳话在渔民之间口口相传。

第二个人物是何老四。在物资匮乏的20世纪六七十年代里，这些迁徙的候鸟既为当地人提供了食物又为他们提供了收入。从物资匮乏年代进入对美好生活有需求的年代里，物资匮乏已经成为过去式，但依然有人在追求野味，餐桌上一只天鹅的价格被炒到1000元，所以有人不惜违背法律，铤而走险。臭名昭著的何老四猎鸟团伙捕猎了22000多只野生鸟，这些人让“一条穿越饥寒、寻找温暖的千年鸟道，成了候鸟的死亡之旅”①。

最后一个人物是毒鸟人，与何老四相反，他既不是以鸟交换金钱也不是以杀鸟为乐趣，而是仅为杀几只鸟改善一下伙食，他毒杀的几只鸟是为了帮助自己过冬。沈念通过这三个鸟与人之间故事的书写，将人的悲哀、人的善良、人的矛盾、人的贪婪暴露无遗，但他笔下的鸟儿总是以宽宥之心回避着人们，从来不会主动攻击人类，“它亲近友善的人们，不带着任何仇恨飞向迁徙之路。候鸟在洞庭湖上连接的不是乌托邦的理想，而是人类诗意栖居的现实与田园梦想”②。

沈念悄然道出鸟与人之间的真谛，与生灵和谐相处是人在自然中应该有的状态，鸟的美好不仅是自然之美，也是生活在这片大地上的人本拥有的美。“人与湖上万物的距离，被风吹走了，那些候鸟向我们走近，它们扇动翅翼，像一条新的地平线，在荒凉、空旷和苍白中拔地而起。”③这些飞翔的、优美的候鸟为人类提供了食物，提供了打猎的乐趣，提供了诗意的想象，也将失落的传统之美，如人对诗性的向往、人对自然与生命的敬畏、对秩序和谐之美的追求、对善与爱的向往，重新带回人的心中。如同湿地保护工作者老张的祖父辈，看到死去的大雁都要挖个土将它们埋了，这种对自然的敬畏、感恩、喜爱之情，随着生态环保的大力整治，已经重归人心，人与自然关系变好了，中国人与自然和谐相处的传统又重新回归。在《大湖消息》结尾部分“光”中，人对鸟的生命的思索，对鸟的来路、去路的思索，对鸟的

① 沈念：《大湖消息》，北岳文艺出版社，2022，第47页。
② 沈念：《大湖消息》，北岳文艺出版社，2022，第48页。
③ 沈念：《大湖消息》，北岳文艺出版社，2022，第39页。

语言的思索，其实是对人类漫长文明的思索，只有人与自然和谐相处，这所带来的生命之光、文明之光才能像鸟彩色的羽翼一样，带人飞向深邃里，照亮人类黑暗前行的路。

二、故事笔法：观鸟经验的重构

洞庭湖的历史悠长而复杂，面对如此广阔的素材库，作者如何通过对“鸟”的书写来把握对洞庭湖生态史的书写，无疑是一个挑战。沈念在对故乡进行无数次返场之后，他对洞庭湖有了更深刻、更超脱的认识，他将返场故乡后的生命体验与情感体验用现代性叙事方法，重新讲述出来，他试图打破文体间的界限，如小说、散文、非虚构之间的界限，力图在整体性的把握之下，把情感体验带给读者，给他们带来新的阅读体验，从而引起读者的共鸣与思考。作家沈念将 20 多年积累的素材全都揉碎了，将自己的经验与书写对象经验全部重铸，经过艺术加工融进叙事里。

在文本的目录上，可以看见其精心的结构安排。第一篇《大湖消息》由“湖、鸟、影、夜、静、风、毒、飞、鸣、逝、痛、光”12 个小部分构成。故事的开篇缘起是 2015 年，作者跟随水鸟调查小分队，对洞庭湖展开一年一度的越冬水鸟调查，却抓到了毒鸟人这样一个结果。12 个小部分总体上大致按照毒鸟人作案发展时间作为行文线索划分的，“痛”和“光”部分是作者 2021 年再次回到洞庭湖，在内容层面上与五年前毒鸟人事件，同时与洞庭湖过去生态情况构成现实、历史的对比，也同时在结构上呈现出一种时间上的呼应，从而引发出人诗性的感叹与思考。

12 个小部分的布局有开端，有铺垫，有高潮，有结尾，是一种故事讲述方式。抓获毒鸟人是观鸟过程中的一个偶然事件，完全是一个小篇章的长度，但是沈念却通过倒叙、停顿、插叙、补叙、虚实结合等叙事方式，将毒鸟人事件无限延宕，赋予其事件哀悯、残酷、无奈、谴责等意味，也将洞庭湖地理状貌的变化，人的围湖造田历史，种植黑杨林运动，湿地工作者与渔民，偷猎人斗争的故事，猎人老鹿等故事穿插在行文叙事中。

沈念注重情境氛围的塑造，通过对感官的运用，使得情节氛围声色俱全。如在作品开头，作者通过心理感官描写，通过比喻、拟人等修辞手法，将抓到毒鸟人的一些情节隐匿，直接将抓捕到毒鸟人的结果置于行文开端，刻画了一位凄惶的毒鸟人形象。通过毒鸟人的话语设置出一个悬念，进行故事的倒叙，以行动的路线，随着所见的场景，进行穿插叙事，例如乘船到洞庭湖面上，便引出一段洞庭湖变迁的故事，接着再引出关于人水斗争的矛盾，然后关于这矛盾所引发的候鸟危机等，叙事逻辑上是呈递进状态的。行文叙事中关于鸟的科普穿插在故事情节发展中，鸟或成为自然风景描写对象，或成为主体书写对象，或成为哲思寄托对象，这种手法使其褪去科普知识的硬讲解，富有意趣。行文到“影”这一部分时，鸟的形象刻画，对其羽衣、声色、性灵的描写已经非常充分了，所以当毒鸟人出现时，他残忍地毒害这些鸟时，前面有关鸟之美的描写在这里就显示其力量，鸟有多美，它们的死就有多让人惊颤与愤怒。这样的阅读效果，无疑是作家注重情境氛围塑造的结果。

“静”这一标题表面上是前部分标题“夜”的特征，它书写的内容却是洞庭湖生态书写中人与自然矛盾最突出的一部分，这样的结构安排无疑会成为文本张力的一部分。湖边渔民生计的艰辛，他们的性情与风口浪尖息息相关，生存的危机加重了他们对自然的过度索取。物资匮乏年代大肆地杀鸟；求经济增长年代疯狂地种植黑杨林，这些黑杨林可以迅速榨干洞庭的湿地；渔民在湖面上进行枯竭式捕捞，于是这里的生灵偃旗息鼓了，这不是自然的静，而是一种死寂。“风”是行走在自然中时，自然给人的感受，这是标题对人感官的调动。风也是鸟飞行的借力，鸟凭风飞，所以沈念在这一部分里重点刻画了鸟飞翔的姿态，它们飞翔的姿势让人怦然心动，因为人向往飞行，而这源自人的缺憾。这里作者花了篇幅对鸟进行科普，对鸟，特别是各种鸟飞翔的姿态进行形象刻画，不过也是有故事穿插其中，使得科普变得有意味。这些关于鸟飞翔的场景是作者通过“施华洛世奇”望远镜观察到的，望远镜又是行文叙事的一个扣子，在下一部分还会出现，所以这 12 个小部分不是割裂的，总是通过各种各样的小扣子连接起来。

“毒”这一部分是通过“施华洛世奇”望远镜这一线索与前部分相衔接的，写的是对毒鸟人毒杀鸟的残酷现场，作者用其绝望、愤怒、无奈的话语描述这一现场，是对人类进行责问，是对人类贪婪进行批判。而“飞”这一部分借同行人老张的嘴讲老鹿“人鹤情”的故事，是一个温暖的、引人思考的故事。到“鸣”则借毒鸟人悲哀的呜咽转到对鸟叫声的书写上，并在其中插叙作者小时候听鸟叫的故事，使得故事充满了声音的灵动之感。“逝”则是鸟的死亡，从飞之优美到鸣之悲惨再到逝之惨烈，这里讲了 2011 年的猎鸟大案，这个犯罪小团伙猎捕了 22000 多只鸟，在作者离开七星湖的第三天还查获了一伙毒鸟团队，作者在文中说：“‘鸟去湖空，是迁徙，也是消逝。’我再次深刻洞悉这句话的含义。”[①] 作者在这里表达的不仅是悲伤，也是其深切的忧患意识，这情感的流露同时又是行文水到渠成的一个结果，在这里，情境氛围中关于感情的铺垫得到了一个出口。

接下来“痛”这部分中则是具体讲上部分的特大毒鸟案件，也讲了生态危机反噬后，国家痛定思痛，做出挽救政策：“退田还湖、退耕还林、平垸行洪”，但也指出了对三峡大坝这一工程的忧虑。因为有了三峡大坝，洞庭湖无洪水忧虑，但在旱季时却要到长江去借水，这是一种人与自然相争的矛盾。在结尾“光”这一部分则是生态保护运动成果的展览，是一系列危机得到解决的展示，是给人欣慰、希望，让人有力量为了人与自然的美好相处而继续奋斗的部分，这一部分也与新时代精神相观照，历史与现实互照，使得文本呈现出多维的层次。“光”部分结尾也是富有诗意，用鸟的飞翔与鸣叫的象征，升华了这一篇的主题，留下情感回旋空间，给人启迪。

综上所述，沈念找到素材内含的关联，经过精心的布局安排，将这些素材、经验重置并层层相扣，达到既有故事性又有纪实性的叙事效果，同时又因为沈念自身的文笔，作家的情感关怀的浓度使得这篇《大湖消息》具有丰厚的意蕴。沈念通过鸟之羽、鸟之飞、鸟之鸣、鸟之善及湖之水、风、夜、

① 沈念：《大湖消息》，北岳文艺出版社，2022，第 48 页。

土和人之悲、人之恶、人之悔、人之善等，将洞庭湖生态流域的乡土人情、自然地理、历史现实、文化政治高度融为一体，给当下生态文学的写作注入了新鲜血液。

三、以鸟入现实：反思与回归

《大湖消息》书的上部分叫“所有水的到访”，第一篇《大湖消息》在所有篇目中，是篇幅较重、结构布局最为精心的一篇。沈念将视角聚焦于“飞鸟”这个群体，主要讲了候鸟在洞庭湖越冬却遭遇了毒鸟人的故事。候鸟的危机是与整个生态系统相连的，每一个环节的危机都是相扣的，人自然也处于危机这一环节中，人自省与努力治理使得洞庭湖的候鸟危机得到解决，其实这也是人面对现代性冲击之后，对自己精神危机的攻坚过程。下一篇《麋鹿先生》《故道江豚》《黑杨在野》同样抓住危机这一叙事切口，虽然内容侧重点不同，但都是从危机到危机得到解决这一叙事模式，表现了新时代以来生态文明建设的艰难与胜利。

《大湖消息》的下部分“唯水可以讲述”的叙事主体是人，因为体察湖边渔民生计的辛苦，所以作家的笔触是温和的，批判是体恤的，他揉碎了在水上讨生活的各色渔民的故事，将他们的故事重新讲述，赋予其故事温度与力量。沈念将笔墨放到湖区许多既普通又不寻常的人身上，他们或父子在风雨中分离，或丈夫捕鱼遭遇暴风雨而沉没湖底，或是父子救人，子却死于救人过程中等故事。有些人的故事例如老鹿、崔百货，他们在上部一些篇目里有过提及，但在下部中作者详细展开。作者对这些人的经历进行更深入的挖掘，更动人的叙述。沈念从被讲述人的视角、从他们的心理、从他们的感受，以虚构的真实，试图传达出湖边这些人在艰难困苦中，在死亡面前，他们的承受、开拓与超越，给人以震撼、感动与共情。沈念在《大湖消息》中抛弃以往生态文学写作的硬科普、硬叙事，他以写作主体充沛的情感，将自然与社会、人文与科学的书写高度融为一体。

作家以在场的方式，跟随田野调查团队，无数次深入洞庭湖腹地，将笔墨聚焦于湖边的一草一物，以平等的姿态对待万物的生灵，正因为如此，他笔下的每一个生灵才都富有诗性。不同于写景抒情的自然文学，沈念对自然的书写呈现出了更多的面向，他将虚构与非虚构写作之间的界限弥合，从而将一种情感真实的体验带入文本中，也许虚构与非虚构的界限在文学的书写中本就是互相缠绕的，即使是见证人的记忆也会出差错，沈念认识到了这一点，所以他在叙事技巧的使用上才会如此大胆，他将书写的对象经验统统整理到自己的艺术加工里，偶尔会出现与人物身份、背景、学识不相符合的诗性话语，或者为了情感体验的真实，出现过于主观解读人物的情况，反而让人对这情感真实存有怀疑。如何在虚构与非虚构的界限里找到一种更好融合的方式来表现情感体验，是一个写作者需要解决的技术问题。

生态文学写作最终要指向人内在精神观的重建，沈念的书写跨越了历史、现实、社会、自然、人性等诸多层面，探究人类与环境之间的复杂运动，从而在对危机的书写中呼唤一种有关“取之有度”“道法自然”“天人合一”的中国传统与哲学，他将一种“敬畏”“感恩”“坚毅”“博爱”的人性重新带回人的情感体验里。同时他也在自己的书写中塑造了一批时代新人，如 80 后七星湖站长小余，甘做寂寞洞庭湖边的守卫者，经验老到的护鸟长者老张，长年与毒鸟人斗智斗勇，守护江中江豚的老朱、留守孤岛的小吴站长等，在这些人身上，中国的智慧、哲学与传统人道主义精神奕奕闪耀。当政治经济与环境保护相冲突时，到底该如何选择成了一道难题，也成了地方环境保护者的心病，基层保护者害怕政府出于经济的考量会牺牲掉环保的发展空间，但这问题是没有答案的，悬念的答案交与文本的读者，生态文学的作用在于，它不仅要提供生态故事，也要提供情感滋润与价值思考。

沈念在其现实主义立场的写作中，富有历史自省意识，他以充满哲思、诗性的笔调，牵引读者的情感经历了一场重温与反思。沈念的书写让人重温中国传统智慧与精神，这是中华民族生生不息精神之根本；他的书写让人反思现代工业文明，反思人急功近利的获取方式，反思人的生存发展和自然复杂关系，这种反思结果指向生态文明建设应该回归中国传统，但这种传统又有新发展，这是在工业文明里，人与自然和解的又一种相处模式，它是中国新时代社会里具有政治保证、法制保障、价值目标、政策取向的生态文明建设。

这一本书从上部到下部，由水到水，上善若水、水生万物等关于水的哲学存于中国人的精神和文明命脉里，沈念通过对水边系列生灵的书写，将中国哲学挖掘出来，给予生态危机解决出口。《大湖消息》的书写聚焦现实也不忘回溯历史传统，其实生态危机也是中国在现代化进程中遇到的危机的体现，积贫积弱的中国人民在现代化面前捉襟见肘，于是铆足了力气不惜一切代价以经济建设为中心，至此带来了一系列的社会问题，乡土文明开始衰落，城市内核也变得苍白贫瘠。这些问题成了社会前进发展的巨大阻碍。所以漫长的华夏文明如何在现代化进程中自立，如何面对现代化进程中科技带来的人性的衰落，如何面对各种混乱价值观的冲击，又如何保持中国人固有的传统同时又不能与发展脱节，这是迫切需要解答的现实问题。同时现代化进程中的这些问题也是众多写作者需要面对的，他们在迁徙、流动又归乡的过程里，他们或许成为留鸟、候鸟、迷鸟，但人总有一个精神的故乡，他们又该如何确立自身的写作身份与立场呢？沈念将自己定位为“湖边儿女”，觉得自己有义务书写自己的故乡，他找到了自己的写作者身份与立场，那么从这种意义上来说《大湖消息》也是对众多写作者传达出了警示：未来的写作者到底应该以何种身份与立场来安放自己的文学故乡？

（作者单位：上海大学文学院）

【当代写作新动态】

科学家形象、“崇高”精神与现代民族国家的“科学”想象

——以科技报告文学作品《中国北斗》和电视剧《功勋》之《孙家栋的天路》为中心

陈雅琪

绪论：从文学作品中的科学家形象说起

澳大利亚新南威尔士大学的罗丝琳·海恩斯女士1990年发表了一篇题为《文学作品中的科学家形象》[①]的论文，全面地梳理了西方文艺作品中科学家形象的问题。她将文艺作品中的科学家形象归纳为五类：一是邪恶的炼金术士，以《浮士德》为例。二是愚蠢的科学家，比如《格列佛游记》中进行无意义研究的拉格多科学院的科学家。三是感情淡漠的研究者，最有代表性的是玛丽·雪莱的《弗兰克斯坦》。四是手足无措的科学家。这些科学家并非有意作恶，但他们的研究导致了对人类社会的破坏。当他们发现这种可怕后果时，感到束手无策。五是作为英雄、冒险家或救世主的科学家。法国作家儒勒·凡尔纳的不少作品中的科学家就可归入这一类。以上五类科学家，只有一类是正面形象，其他类型即使不是纯粹的反面形象，也属于非正面形象。

① [澳]R.D. 海恩斯著，郭凯声译：《文学作品中的科学家形象》，《世界研究与开发报导》1990年第5期。

与西方文学作品中的科学家形象不同，中国文学作品中的科学家形象基本都是正面的，几乎没有邪恶的科学家形象。虽然是正面形象，但科学家在事件中的作用和影响力并不突出。与西方文学中刻画的邪恶、疯狂科学家形象相异，中国科学家形象普遍表现为具有高尚和崇高的精神。有研究指出："新中国成立初期，我国的科学家形象普遍地集中于使命担当和爱国奉献，20世纪六七十年代集中于信念坚守，20世纪八九十年代则关注独创精神和家国情怀，21世纪以后关注科学品格和社会形象。"① 总而言之，这些都不与知识结构和专业技术能力相关。

不同时期科学家形象的建构与当时的政治、经济和社会背景息息相关，受到诸多历史环境因素的影响。此外，科学家形象与媒体传播有着重要的关系，一般而言，公众主要是在大众传媒中获得科学家信息。由于报告文学作品和影视作品与新闻传媒有着密不可分的联系，本文选定这两类题材作为研究对象，通过对新时代报告文学作品《中国北斗》和主旋律电视剧《功勋》中的科学家形象进行分析，以揭示文本和影视中科学家形象构建的社会历史成因。

纵观中国现当代文学尤其是新时期以来的文学发展，反映科技题材和描写科学家的作品总体而言是比较少的，表现在科技报告文学② 文体上，则是以塑造科技知识分子形象为主。科技知识分子是与人文知识分子相对而言的，李靖炎在《科技知识分子——决定未来的中坚》一文中认为："科技知识分子，狭义地说，指的是掌握了大量的专业科技知识，并深入地加以发展（科学家）、加以应用（各类技术专家，包括医护人员），或加以普及（教师等）的人，但是在今天，实际上还应包括那些掌握了大量科技知识，并用以进

① 李红林：《让公众看到更立体的科学家》，《中国科学报》2020年6月2日。

② 谭平：《李鸣生与科技报告文学》，湖南大学硕士论文，2007年。谭平将"科技报告文学"定义为表现科技题材、反映科技知识分子的报告文学流派。新时期以来报告文学的发展中，科技报告文学这一流派往往以科技知识分子、科学技术事业的发展（科技人物、科技事件、科技界）为书写对象，传播科学知识、科学思想、科学精神，具有弘扬主旋律和体现鲜明时代特征的社会价值诉求的特点。

行各种管理工作和其他工作的人。”①

新时期科技报告文学的第一次热潮以 1978 年徐迟发表人物报告文学《哥德巴赫猜想》为开端，引起极大的社会反响。一时间，在政治压迫下依然保持如痴如醉的钻研精神，解开哥德巴赫猜想谜题的数学家陈景润的形象几乎家喻户晓。由此，在社会上和文学界掀起了“科学家热”，涌现出一大批表现知识分子正面形象的报告文学作品，比如理由的《高山与平原——记数学家华罗庚》(1978)、黄宗英的《大雁情》(1978)、柯岩的《奇异的书简》(1978)、徐天德的《星云灿烂满蓬蒿——记著名数学家苏步青教授》(1978)、陈祖芬的《她有多少孩子》(1978) 和《祖国高于一切》(1980)、邓加荣的《记人口学家马寅初》(1980) 等。

第二次则是 20 世纪 90 年代以来在国家“科教兴国”“科技强军”战略的号召下，以国防高科技题材为主的创作热潮。代表作有彭继超等的《中国两弹一星实录》、李忠效的《核潜之勋陈右铭》、张建伟和邓琮琮的《中国院士》、王宏甲的《智慧风暴》等。这些作品充分展现了钱学森、邓稼先、陈右铭等科学家及其团队对新中国国防建设做出的贡献以及背后不为人知的传奇事迹。“如果说 70 年代知识分子题材报告文学主要关注知识分子的命运和价值的话，到 90 年代，知识分子题材的作品已上升到国家、民族生存和发展的高度。”② 这一时期的报告文学，多是放眼全球，在和平与发展的世界主题下，将人物放在民族振兴的大格局中来考察，突出改革创新、锐意进取的时代精神和中国人百折不挠、自强不息的民族精神。

新世纪以来的科技报告文学更是接续了 20 世纪 90 年代的旗帜，描写重大科技工程特别是航天工程的作品层出不穷，重要的作品有《大国重器》《仰望星空》《中国北斗》《中国机器人》《国家责任》《粲然》《中国南海的冰与火》《中国超算》《中国速度》《大机车》《太空双子星》《C919，飞向蓝天》等。从作

① 李靖炎：《科技知识分子——决定未来的中坚》，《炎黄春秋》2005 年第 12 期。
② 尹均生：《大河奔流、沧桑巨变的恢宏诗卷——新中国报告文学 50 年（下）》，《广播电视大学学报（哲学社会科学版）》2000 年第 1 期。

品名称便可以看出，这一时期的文学作品，通过描绘国之重器也即从物的视角来塑造造物之人——航天、导弹、国防建设等各战线乃至当代整个高科技领域的科研工作者群像。其中，本文重点讨论的是由龚盛辉创作的荣获第八届鲁迅文学奖报告文学奖的优秀作品《中国北斗》。授奖辞如是说："龚盛辉的《中国北斗》是中国科技工作者自立自强、攻坚克难、勇毅前行的壮美画卷。"①

一、科学家形象：现代化主体的建构

从改革开放以来科技报告文学的发展史来看科学家形象的书写，经历了从个人到集体、从政治性到专业性、从单面到立体的变迁。

首先，新时代报告文学突破了以往单纯地为某个科学家立传的格局，系统全面地展现了上到顶尖科学家、科技管理者，下到普通军官和士兵的集体画像，视野更开阔，规模更宏大，题材内容更宽泛。与徐迟在《哥德巴赫猜想》中塑造的陈景润单个科学家的形象比较而言，龚盛辉的《中国北斗》则是将北斗卫星研发团队一众科研工作者的形象展现在读者面前。其中包括颇有建树地提出"双星定位系统"的陈芳允院士、北斗一号卫星定位系统总设计师孙家栋、副总设计师李祖洪、北京卫星导航中心总工程师谭述森，也有青出于而蓝胜于蓝的高新科技研究院的年轻博士王博士、欧博士、庄教授、小吴等。作者在讲述他们的故事时甚至都没有点出他们的全名，只是以简单的称谓作为代替，因为比个人利益更重要的是集体利益和国家利益。从陈景润到北斗卫星研发团队，从个体知识生产到集体知识生产，报告文学作品中的科技知识分子作为一个新兴群体正在崛起，特别是"自主创新、开放融合、万众一心、追求卓越"的北斗精神更是成为民族精神的典范。

值得一提的是报告文学作品《中国北斗》和电视剧《功勋》之《孙家栋的天路》中对于总设计师孙家栋形象的故事生成和文化形塑。《中国北斗》

---

① 中国作家网：《第八届鲁迅文学奖授奖辞》，http://image.chinawriter.com.cn/n1/2022/1121/c448023-32570851.html。

以孙家栋的一句话贯穿故事始终——“国家需要，我就去做”。这句话在文本中共出现了三次，第一次是在孙家栋从苏联学成归来被分配到航天部门做总体设计，第二次是他面对从“卫星专家”到“生意人”的角色转换，第三次则是在他 75 岁时再度被任命为嫦娥一号工程总设计师。他的人生和命运的关键时期都是以国家利益为先，个体需要是放在集体之外的。而电视剧聚焦的一个主要问题是孙家栋接受中国第一颗人造地球卫星的发射任务后如何组建和带领团队。北斗卫星导航系统有卫星、运载火箭等数个系统，有 300 多家单位、数以万计的科研人员参与建设。因此，工程大总体是其中的神经中枢。电视剧侧重表现作为团队灵魂人物孙家栋“协调与妥协的艺术”以及与人打交道的能力。剧中来自不同科研领域的科研人员都有不同的性格，孙家栋组织了一场篮球赛，让十八勇士团结起来，并在每一次危机处理中增强了团队的凝聚力和合作精神。文学文本和影视文本在此相互支撑、相互补充，也使孙家栋这一人物形象更为丰富和立体。

其次，对陈景润和孙家栋这类科研英雄形象的塑造经历了从政治性到专业性的变化。要追溯科学家形象书写的变迁，不得不重新审读 1978 年 3 月 18 日邓小平在全国科学大会开幕式上的讲话：“在二十世纪内，全面实现农业、工业、国防和科学技术的现代化，把我们的国家建设成为社会主义的现代化强国，是我国人民肩负的伟大历史使命。”“四个现代化，关键是科学技术的现代化。没有现代科学技术，就不可能建设现代农业、现代工业、现代国防。没有科学技术的高速度发展，也就不可能有国民经济的高速度发展。”“我们要在短短的二十多年中实现四个现代化，大力发展我们的生产力，当然就不能不大力发展科学研究事业和科学教育事业，大力发扬科学技术工作者和教育工作者的革命积极性。”[①] 在这个表述中，“科学”成为“现代化”的重要任务，充分调动科学技术工作者的主观能动性又成为大力发展“科学”事业的重中之重。因此，《讲话》指出，“建设宏大的又红又专的科学技术队

① 邓小平：《邓小平文选》（第二卷），人民出版社，1994，第 85—89 页。

伍”成为摆在面前的严峻任务。《讲话》要求正确理解“又红又专”，认为只要是为社会主义的科学事业做出贡献，就是红的表现，就是“红与专的统一”。此外，《讲话》还为科技知识分子进行了定性，认为知识分子属于为社会主义服务的脑力劳动者，因此也是劳动人民的一部分，是工人阶级的一部分。这就明确了科学家在政治身份上的正当性。

1978 年 1 月，徐迟的报告文学《哥德巴赫猜想》发表于《人民文学》。2 月 17 日，《人民日报》全文转载。《哥德巴赫猜想》的重要性在于，它成为时代转型的一个症候，这又意味着科学家不再是“白专道路”的典型，而成为新时代的重要建设者。在徐迟笔下，陈景润的“专业性”即代表“政治性”。黄平认为：“《哥德巴赫猜想》之所以对于新时期极为重要，在于通过塑造陈景润这个典型，将‘政治的人’转换为‘专业的人’。”具体来说，是将“文革政治”的“政治的人”，转化为“改革政治”的“专业的人”，因此成为“当代文学的‘去政治化’”的“一个标志性的时刻”。[①] 张泰旗、李广益认为，在黄平这里，“政治的人”被驱逐了，“专业的人”成为“改革政治”的主体。从这个意义上来说，黄平的所谓“去政治化”实质上意味着“现代化”的“去政治化的政治”。[②]

再回到孙家栋形象的塑造，电视剧《功勋》突出的一个主题是科学家在那段特殊时期保持科学态度和坚持科学精神的不易。当毛主席像章影响了卫星发射的重量和安全性时，孙家栋冒着被“扣帽子”的风险，提出了“卫星超重是科学问题，不是政治问题，要用科学办法去论争和解决”。将科学问题和政治问题严格区分开来，正体现了“去政治化”的现代化意识和追求专业技术的科学精神。此外，《中国北斗》还重点描述了 20 世纪 80 年代中国的运载火箭投入国际市场，承担国外卫星发射业务后，要求中国航天人不仅

① 黄平：《〈哥德巴赫猜想〉与新时期的“科学”问题——再论新时期文学的起源》，《南方文坛》2016 年第 3 期。

② 张泰旗，李广益：《“现代化”的憧憬与焦虑：“黄金时代”中国科幻想象的展开》，《文艺理论与批评》2018 年第 6 期。

要懂得研制火箭、发射卫星，也必须学会成为一个“生意人”，和国外商家打交道。从“卫星专家”到生意场上的“谈判专家”，为了实现中国航天挺进国际商业发射市场的目标，科学家也完成了自身的现代化转型，而这也是民族国家现代化建设的一部分。孙家栋们是富有开拓精神和市场眼光的科学家典型，他们有胆识有魄力，敢于担责，勇于创新，有远大的战略思维和统筹协调能力。这样的科学家“新人”不再是陈景润那样埋头书斋的学者，而是走向市场、与企业结合的科学家，除了勤奋与拼搏，他们的超前眼光与智慧才是“现代意识”和“专业性”的体现。这些具有现代意识的科学家和科研人员，已不同于传统意义上的科技知识分子形象，20 世纪 80 年代，他们是适应改革开放的现代化主体；新世纪以后，他们是乘着全球化浪潮前行的时代“新人”。

最后，新时代的报告文学作品越来越突出丰满真实的科学家形象，而避免单向、单一的科学家形象，在形式上表现为特别注意在日常生活叙述中去塑造典型。与早期打造“科学怪人”或理想完美的科学家形象不同，新时代的报告文学叙事更强调用真实事迹来彰显科学家的人格魅力。据《科技日报》报道，近年来，在国家层面开展了一系列涉及科学家群体的典型人物选树活动，如中宣部发布的“时代楷模”、央视评选的年度“感动中国”人物、中国科学院等部门主办的年度“科技盛典”科技创新人物、中宣部及中国科协等部门开展的“最美科技工作者”评选等。这些活动通过表彰和宣传科学家个人的先进事迹，对在全社会弘扬科学家精神发挥了积极作用，也塑造了一批鲜活的科学家形象典型。《弘扬新时代科学家精神 从塑造鲜活的先进典型形象做起》就指出：“选树典型不能通过虚假、拔高或拼凑塑造出一个完美的人设，甚至是不食人间烟火的科学家。”[①]“新时代背景下，需要充分考虑对科学家形象进行更真实立体、更多元全面的呈现，摒弃个人英雄主义、神化或脸谱化，倡导科学精神、科学方法、社会责任乃至个人特性的

---

① 席亮，魏秀，马新勇：《弘扬新时代科学家精神 从塑造鲜活的先进典型形象做起》，《科技日报》2021 年 2 月 8 日。

还原，让公众理解更真实的科学家、更完整的科学探究过程，以更好地理解科学，促进科学研究健康发展。”[①] 在这种意识形态指引下，有很多例子可以为塑造“鲜活”形象提供印证，如电视剧《功勋》以喜爱吃糖为线索展现孙家栋在各个阶段对科学的向往和探索精神；在生病住院期间，为了满足妻子的愿望，孙家栋带着妻子逃院去吃烧卖；剧中的科技工作者各有各的脾气和习性，有坚持自我、孤傲清高的，有不善言辞、默默奉献的，有爱憎分明、慷慨直言的……他们不再只是专注于研究、不修边幅，而是有各自的小癖好，在日常生活中展现了他们作为“人”的可爱的一面。此外，《中国北斗》里也特别呈现了科学家的爱情和家庭生活，他们和普通人一样，也经历着动人的爱情、恼人的病痛和无奈的分离。孙家栋和妻子魏素萍就是聚少离多，甚至在妻子怀孕生子时，孙家栋因为科研任务都未能陪伴在她身旁。2008 年汶川特大地震发生时，西昌卫星发射中心通信线路技术人员郑邦国因为执行卫星发射前夕巡线任务不能赶回家而永远失去了他的至亲。这些都是科学技术工作者作为丈夫、父亲、儿子等角色不完美的一面。

综上所述，新时期以来报告文学中的科学家形象事关改革开放的“现代化”主体的建构。在政治环境骤变的时代氛围中，科学家（知识分子）成为“现代化”亟待动员的主体，于是，重构科学家的形象便成为一项时代任务。习近平总书记《在科学家座谈会上的讲话》中强调了加快科技创新的重大战略意义。2019 年 6 月，党中央专门出台了《关于进一步弘扬科学家精神加强作风和学风建设的意见》，要求大力弘扬胸怀祖国、服务人民的爱国精神，勇攀高峰、敢为人先的创新精神，追求真理、严谨治学的求实精神，淡泊名利、潜心研究的奉献精神，集智攻关、团结协作的协同精神，甘为人梯、奖掖后学的育人精神。其中重点强调了爱国精神和创新精神。这就对新时代科学家的主体形象提出了要求：既要能站稳政治立场，又要有专业才能，同时还要恪守伦理道德。可以说，这就是新时代国家“现代化”建设所需求的完美主体形象。

① 李红林：《让公众看到更立体的科学家》，《中国科学报》2020 年 6 月 2 日。

二、“崇高”精神：宏大叙事的微观切入

20世纪90年代以来，随着后现代文化思潮的冲击，宏大叙事面临着重大颠覆和解构。王朔的反英雄叙事即是对崇高的反叛和颠覆，他用调侃、反讽的笔调塑造了一群玩世不恭、个性鲜明的“顽主”。宏大叙事的消解与个体日常的凸显成为90年代的重要主题。雷达在《现在的文学最缺少什么》中认为：“90年代以来的小说以较大规模和较快速度告别了神圣、庄严、豪迈而走向了日常的自然经验陈述和个人化叙述。……消费、烦、浮躁、自我抚摩、刺激、回避是非、消解道义、绕开责任、躲避崇高等等，几乎成了90年代以来中国小说甚为普遍的精神姿态。”因此，他提倡现在的文学多一点“肯定和弘扬正面精神价值的能力”，而“所谓正面的价值声音，并非如有人浅薄的理解，以为是指当下政治的‘导向’，或表彰好人好事之类。它要广阔得多。它应该是民族精神的高扬，伟大人性的礼赞，应该是对人类某些普世价值的肯定，例如人格，尊严，正义，勤劳，坚韧，创造，乐观宽容等等。有了这些，对文学而言，才有了魄魂，有了高钙。它不仅表现为对国民性的批判，而且表现为对国民性的重构，不仅表现为对民族灵魂的发现，而且表现为对民族灵魂重铸的理想。其实，即使是批判现实主义文学中，也有强烈的人性发现和终极关怀的光芒”。因此，要思考的问题是“我们优秀的民族文化精神及其传统如何转化为文学创作的精神资源”[①]。

何谓崇高精神？康德指出，“崇高”本义是指无限的大或强，而“崇高精神”便是指人类在试图超越自身局限性时而表现出的无限大或强的精神力量，诸如人类在面对灾难、恐惧时，能忘记个人私利或生死而无畏、无惧便可称之为崇高。“崇高是在艰苦环境中，显示出主体实践的顽强、英勇的斗争，它是美的一种更壮丽、更雄伟、更高尚的形态。”“它能提高和扩大人的精神境界，鼓舞人的意志和毅力。”[②]基于此，如红岩精神等革命精神、抗震救灾

① 雷达：《现在的文学最缺少什么》，《小说评论》2006年第3期。

② 杨辛，甘霖：《美学原理（第三版）》，北京大学出版社，2003，第229页。

精神等人类大爱精神、青藏铁路精神等爱国精神都属于崇高精神。除了美学范畴的“崇高”，本文所述“崇高”尤指主体的道德力量和人格的崇高。

但是，崇高精神的“宏大叙事”方式在当代遭遇了现代性危机。原因是崇高精神以“集体情怀”为叙事主题不适应现代社会的“个体化”趋向。鲍曼曾指出：“把社会成员铸造成个体，这是现代社会的特征。”[①]这一表述道出了“个体”在现代社会中的重要意义，“个体化”重构了现代社会中个体与集体的关系，它要求“个体”成为社会生活的出发点与落脚点，并凸显出个体价值的至上性。

那么，宏大叙述和日常生活叙述是否成为冲突的对立面？在个体价值凸显的当下，如何以新的方式重构崇高精神的“宏大叙事”？在邵燕君看来，宏大叙事在中国各个时期的文学发展阶段都有其重要意义，“直到 80 年代中期的‘文学变革’的发生，……‘宏大叙事’的整体性才被打破、颠覆、瓦解和变异”。“近几年来，随着现实主义重归主潮，重新建构‘宏大叙事’的力量也在集结。在‘重构’中，作家们也都在自觉地融入新的思想观念和新的创作方法。”[②]贺绍俊也认为，宏大叙述和日常生活叙述“并不构成对抗和冲突，而是并行不悖的关系。随着小说叙述的发展和成熟，宏大叙述和日常生活叙述逐渐呈现出相互渗透和相互融合的趋势，二者的融合不仅大大拓宽了小说叙述的空间，而且深化了小说叙述的表现力”。[③]因此，当我们意识到宏大叙述不等同于意识形态或政治工具，且与个人化叙事并非二元对立的关系时，如何在新时代的背景下重构中国当代文学的宏大叙事成为接下来的重要议题。

那么，回到我们所讨论的《中国北斗》和《功勋》中，它们对于科研英雄身上所体现的崇高精神的描绘正是通过宏大叙事与微观个体情感记忆的结

---

① ［德］乌尔里希·贝克等：《个体化》，北京大学出版社，2011，序言。
② 邵燕君：《“宏大叙事”解体后如何进行“宏大的叙事”？——近年长篇创作的“史诗化”追求及其困境》，《南方文坛》2006 年第 6 期。
③ 贺绍俊：《当代小说从宏大叙述到日常生活叙述》，《文艺争鸣》2018 年第 12 期。

合，来建立宏大叙述与日常叙事水乳交融的自然联系。接下来，笔者将通过分析科学家崇高精神的内涵来具体阐释“宏大叙事的微观切入”这种表现手法。总的来说，崇高精神在科技报告文学和主旋律影视作品中主要体现为集体主义情怀、自我牺牲与奉献的精神和家国情怀。

在我国，崇高精神的价值落脚点常被放置在国家、民族等共同体之中，换言之，我国的崇高精神在这种话语表达中凸显出鲜明的集体主义情怀。当然，推崇集体情怀在我国是有其合理性的，它不仅是我国在争取民族独立及人民解放等历程中的成就经验，同时也符合马克思主义价值观的内在逻辑。电视剧《功勋》里特意安排了抗美援朝老兵作为孙家栋等科学家的“战友”协助他们完成卫星发射任务。在这里，抗美援朝英雄李东海和科研英雄孙家栋之间矛盾的破解始于他们共同的爱国主义和集体主义情怀。

其次，自我牺牲与奉献赋予了人物的道德崇高感。孙家栋在 20 世纪 60 年代被打为“白专”典型后，在卫星研制最困难的阶段，零下十几摄氏度的下雪天，他连续几天站在实验室门口为团队解决卫星天线问题，以致冷到晕过去。也是政治方面的原因导致他最后无法前往西昌卫星发射中心现场见证自己投入心血研发的属于中国的第一颗卫星的升空，对于此，他都毫无怨言，他顾全大局，不计较个人得失，甘愿自己受委屈，这都源自他对科学的热爱和为国家航天事业无私奉献的精神。

此外，在主旋律氛围的烘托下，电视剧《功勋》打破常规的叙事性表达，在情感与情怀之间试探性地展现时代下的情感归宿。孙家栋的妻子魏素萍生病，他在百忙之中去医院探望，结果自己也因劳累晕倒了，他立刻请求将自己和妻子转到同一个病房，尽心尽力照顾重病的妻子，两个病人反而因为能互相陪伴而感到开心和幸福，从这些细节中，我们可以感受到个人小家中细腻情感的缓缓流淌。对于国家英雄的塑造，我们所见的不是高大、伟岸、完美的形象，而是立体隽永的朴实面庞和极具烟火气的生活场景。魏素萍与孙家栋第一次见面时，孙家栋以报纸遮挡照片，想提前观察，殊不知魏素萍就站在他身后，直接拿着照片比对真人，场面有趣且富有人情味。人造卫星这一科技物的生产过程凝聚着科学家的集体智慧，同时也见证了人类最真实的个人情感。“这些朴素而洋溢生活气息的场景，或嵌入英雄命运的转折，或展现英雄生活的诙谐瞬间，以‘小写的生活’凸显‘人’，使国家英雄‘大写的业绩’获得真实可靠的支撑，映现出其人民性和人情味儿的一面。”① 在这里，家国情怀立足个人情感与时代情怀的“化学反应”，所传达的鲜明品格有着深远意义。

科技报告文学中诸如此类的英雄书写是有目的性的，在谈到《中国北斗》的传播定位时，山东出版集团总编辑迟云就表示：“在给这本书的价值定位的时候，我们进行了反复的思考，最后的定位是：‘筚路蓝缕的科技强国求索，扬眉吐气的民族复兴壮举。’这个定位是符合本书的内容和社会意义的。如果说还不到位的话，则再加两个注脚：它是一部彰显民族脊梁的英雄谱，是一曲传播时代精神的正气歌。”② 作为一个民族重要的文化符号，国家英雄不仅承载着丰富的历史记忆，也积淀了深厚的民族情感。同时，他们也是中国传统文化中的家国结构和秩序的维系者。《功勋》人物身上涌动的将个人事业与国家命运融为一体的崇高精神即作品意欲书写的英雄品格。

三、现代民族国家的“科学”想象：科技物与科学意识、科技教育理念和国家意志体现

晚清至民国是西方近现代科学传入和中国科学建制化发展的关键时期，现代科学进入中国，以一种异质文化的新面貌，给近代国人提供了重新观照和反思中国传统的契机。在近代文学的书写中，科学总与中国的传统和现实缠绕在一起，启蒙与救亡成为时代的主题。20 世纪初的科学小说比如《新石头记》以后 20 回想象中的“文明境界”映衬前 20 回现实中国的野蛮黑暗，

---

① 周安华，尹相洁：《国家英雄书写：历史叙述与民族想象——浅谈电视剧〈功勋〉的美学意蕴》，《中国电视》2021 年第 12 期。

②《文艺社〈中国北斗〉荣获“2021 年度中国好书”》，https://www.sdpress.com.cn/News/1/50/NewsDetail_9103_1.html。

表达作者的悲愤、希冀和文明构想。

李开军认为："近代作者虽然大多都有传播科学知识的愿望，但更多时候是以'简单粗暴'的方式宣扬科学之力量，传达自己的科学信仰。"[①] 张剑在《从"科学救国"到"科学不能救国"》中指出："以魏源的'师夷长技以制夷'为序幕的'科学救国'思潮，在甲午战争之后让位于'改良'与'革命'的'政治救国'思潮；民国建立后，……'科学救国'思潮再次勃兴，并促进了五四新文化运动的兴起与发展。……'科学救国'思潮在近代中国的演化，展现了学术与政治的一种关系……科学在中国大多数时候总是作为一种工具被利用，不能显现其本来的面目。"[②] 在现代中国，"科学"是直接服务于国家、政治的。"科学"的内涵在现代中国文学中的演变折射了中国传统经世致用精神的传承。黎保荣在《何为科学——中国现代文学"科学"内涵及其演变新论》中提出，以1918年至1919年上半年《新青年》刊登的系列评论性散文为例，文章批判各种反科学的现象尤其是封建迷信、灵学鬼神之说，借以宣扬科学，建构科学人生观与人文理想。"实际上，科学问题文学虽然借助科学知识技术，但是其实质上却不是宣传科学，而是打造一种人生观。"[③] 而打造这种人生观的目的是在"救亡图存"的大时代背景下，也即在民族国家意义之下。鲁迅曾在《我怎么做起小说来》中展示了"为人生"的文学观："自然，做起小说来，总不免自己有些主见的。例如，说到'为什么'做小说罢，我仍抱着十多年前的'启蒙主义'，以为必须是'为人生'，而且要改良这人生。我深恶先前的称小说为'闲书'，而且将'为艺术的艺术'，看作不过是'消闲'的新式的别号。所以我的取材，多采自病态社会的不幸的人们中，意思是在揭出病苦，引起疗救的注意。"[④] 鲁迅的"疗救"便是科学，但

① 李开军：《近代文学中的"科学"》，《粤港澳大湾区文学评论》2020年第5期。

② 张剑：《从"科学救国"到"科学不能救国"——近代中国"科学救国"思潮的演进》，《自然科学史研究》2010年第1期。

③ 黎保荣：《何为科学——中国现代文学"科学"内涵及其演变新论》，《社会科学辑刊》2017年第2期。

④ 鲁迅：《鲁迅全集》（第4卷），人民文学出版社，2005，第526页。

是这种科学转变成了实用的人生观。把国民性启蒙和科学结合在一起，正是科学的实用意识的明显体现。电视剧《功勋》是习近平总书记发表《在文艺工作座谈会上的讲话》后，国家广电总局交给总导演郑晓龙的命题作文。习近平总书记在《讲话》中指出："在社会主义核心价值观中，最深层、最根本、最永恒的是爱国主义。爱国主义是常写常新的主题。"[①] 因此，电视剧《功勋》以深刻的笔触，精准地定位到每一位功勋人物的"高光时刻"，紧扣爱国主题。于敏热爱祖国、无私奉献的"两弹一星"精神，袁隆平的"禾下乘凉梦"，"中国的脊梁"核潜艇专家黄旭华的人格操守，屠呦呦厚德博爱的精神风貌……而这种"爱国主义"又何尝不是"为人生"价值观的最高体现呢？

在当代文学的科学表述上，于启宏认为，20 世纪五六十年代《三里湾》《创业史》等"技术革命小说"表现了"技术革新"的倾向；80 年代初具有科学基因的侦探小说和科幻小说，分别带有理性启蒙的意义和科普的功能，这是在科学主义思潮发生时期的特有的文学现象；90 年代盛行的王蒙的小说中的汽车、火车、飞机等器物书写透露出了鲜明的机械唯物主义思想观念。[②] 其实，"科学技术是第一生产力"就体现了将"科学"视为知识和技术，视为一种工具理性的态度。如果从现代知识体系角度来理解"科学"的内涵，不可忽视那些承载着科学意识的器物。从近代的火车、轮船、电灯、煤气灯、温度计、电线、电报，到当代的卫星、火箭、飞船，对器物的认识从聚焦于器物的样貌和功能逐渐深入对其创造原理的理解。而在《中国北斗》中，卫星导航定位系统是国家崛起的重器，亦是大国标志之一。故而，在书中承载着科学力量的北斗卫星导航系统是当之无愧的主角，书中使用拟人化名字"高飞的雏鹰""会'思考'的新一代卫星""飞天女神"就是最好的证明。与前述建构的科学家——人的形象相比，物在此处作为"科学"的载体具有了崇高的意识形态意义。它不再是一个没有生命的非生物体，而是承载着人的生命情感和热度，甚至承载着国之振兴使命的高科技器物。而造物过程的艰难则表征

① 习近平：《在文艺工作座谈会上的讲话》，《人民日报》2014 年 10 月 15 日。
② 于启宏：《中国现当代文学中的科学"基因"》，《南都学坛》2004 年第 4 期。

了国家现代化建设所面临的复杂政治格局和未知命运，例如《功勋》中早期苏联专家的撤离和《中国北斗》中引进瑞士星载铷钟的屡屡受挫。新时代科技报告文学对科技造物和科学家的书写是一体的，其中表现出来的对技术的憧憬代表着人在国家意识形态的宏大叙事下对建设一个更加美好未来的期许。

自 1978 年邓小平在全国科学大会上发表讲话开启中国科学技术现代化的进程后，现代化意义上的新启蒙科学观念遂成为整个 20 世纪 80 年代知识分子的共识。这种科学观表现为知识分子有责任和义务向公众传播一种可以理解和接受的科学技术教育理念。就《中国北斗》而言，该文本通过展现新时代知识生产与科学力量在现代民族国家的表达，凸显了文学在科学技术教育方面的功能和作用。首先，该文本建构了时间和空间两条发展线索。时间建构上，详细记录了北斗卫星导航系统从无到有的研发过程；空间建构上，从“凝眸神州”“放眼亚太”到“极目寰球”，可谓具备了全球视野。特别是整个文本叙述，不时以美国、俄罗斯、日本为参照系，反复强调信息化时代中国拥有卫星导航技术的必要性和重要性。其次，《中国北斗》带有科普的功能和理性启蒙的意义，以提高民众的科学素养为教育目的。新时代以来，党和国家高度重视科学家精神，并将其纳入中国共产党人的精神谱系，纳入中国精神的重要组成。包括 20 世纪六七十年代诞生的“两弹一星”精神，新世纪的载人航天精神、探月精神，新时代的北斗精神等，都是以科技发明或科研成果来命名一种精神力量，这些精神系列都属于科学家精神的有机组成。2020 年 9 月，习近平总书记在科学家座谈会上指出，“全面建设社会主义现代化强国，科学技术现代化从来都是我国实现现代化的重要内容”，“科学成就离不开精神支撑。科学家精神是科技工作者在长期科学实践中积累的宝贵精神财富”，强调应大力弘扬科学家精神。[①] 另一方面，《中国北斗》的科普启蒙性主要借用新闻的文体特征来实现，叙述语言真实、准确，少议论和抒情，专业科技术语较多，以客观介绍高新技术的实现过程为主。

① 习近平：《在科学家座谈会上的讲话》，《人民日报》2020 年 9 月 12 日。

这与作者龚盛辉曾担任过记者的经历相关，长期在国防科大工作的经历也培养了他强大的“科学素养”。他认为“新闻写作与文学创作，它们是一种相辅相成、互利共赢的关系。我作为新闻记者，经常深入科研攻关一线，经常接触专家教授，了解他们的喜怒哀乐、奇闻逸事，搜集到大量素材，为文学创作提供了源源不断的源头活水。从事文学创作，可以掌握灵活多样的文字表达方式，让新闻作品更鲜活、更灵动、更打动人”①。

在此，回到本文所研究的文本《中国北斗》，整部作品无不体现了艰苦奋斗、勇于创新的民族品格，书写了全球化时代的中国故事。可以说，它构成了新时代历史叙述的重要组成部分，也是国家文学生产体制下的重要一环。《中国北斗》由著名科技报告文学作家龚盛辉历时三年撰写而成，是中宣部 2019 年主题出版重点出版物，中国作协 2018 年重点作品扶持项目。获中宣部第十六届精神文明建设“五个一工程”优秀作品奖，由山东省委宣传部选送。

从作品的生产过程来看，《中国北斗》是在国家意志与文学权威机构的组织与策划下的产物。山东文艺出版社社长李运才在《好书是打磨出来的——〈中国北斗〉入选 2021“中国好书”的前前后后》中谈到该书的出版过程：这样一部涉及国家安全的重大科技前沿的主题出版物，从选题、改稿、专家咨询、备案审核到推广，不仅是作者一个人的思想的体现，而是涉及编辑、出版社、文学批评家、新闻出版部门、国家科技部门等方方面面。

选定龚盛辉的作品一开始就是出版社为第十五届精神文明建设“五个一工程”奖备奖所做的深远考虑。当时编辑审稿发现的问题，一是书稿篇幅过长；二是作品的叙事线索不够清晰，作品读来不够顺畅；三是存在一些专业知识不够准确的地方。②

后来，专家提出了两个方面的修改意见，也成就了作品的最终形态：

① 丛子钰：《龚盛辉：高科技时代的文学小蜜蜂》，《文艺报》2022 年 11 月 14 日。
② 李运才：《好书是打磨出来的——〈中国北斗〉入选 2021“中国好书”的前前后后》，https://www.sdpress.com.cn/News/1/50/NewsDetail_9103_2.html。

一是书名改得更为直接、大气、有冲击力。当初作者申报中国作协重点扶持项目的名称是《大国之眼——中国北斗导航建设纪实》，当我跟一些专家谈到这个书名的时候，很多专家想到的是世界上最大的球形射电望远镜——贵州的“天眼”，因为2011年动工、2016年建成的“天眼”已经家喻户晓。所以，这个《大国之眼》的名字必须改。最终还是非常熟悉图书出版的一位著名专家建议改为《中国北斗》。现在来看，这个名字读起来响当当，看起来气势恢宏。

二是内容修改得更加完善，叙事线索更为清晰。很多专家提出了很好的修改意见，尤其是中国作协原创研部主任、著名评论家胡平老师给出了近5000字的审稿意见和建议，对作品的修改起到了极为重要的作用。龚盛辉老师根据专家的意见最后确定了以时间发展为明线、以科技创新为暗线，进行了大幅度的修改，作品最后压缩到30万字。①

关于选题备案的过程更是体现了国家权力机关和审核制度的严苛性：

《中国北斗》涉及国防建设，属于重大选题，出版前必须备案。《中国北斗》自2019年3月送省新闻出版局备案开始，到2021年11月中宣部、省局下发出版通知，前后经过了两年半的时间，审核部门之多，备案时间之长，都是我的出版生涯中未曾经历过的。

2019年3月中旬，省新闻出版局上报了《中国北斗》备案文件，因为该书已经入选中宣部2019年主题出版重点出版物，国家新闻出版署也十分重视该书的备案工作，很快将书稿送军委政治工作部备案。2019年5月7日，中国卫星导航系统管理办公室在

① 李运才：《好书是打磨出来的——〈中国北斗〉入选2021“中国好书”的前前后后》，https://www.sdpress.com.cn/News/1/50/NewsDetail_9103_2.html。

> 航天五院组织了《中国北斗》的专家审稿会，并出具了符合出版要求的不涉密意见书，同时提出了一些细节的修改意见;5月21日，作者和责编前往中国卫星导航系统管理办公室，按照专家修订意见及保密要求，重新修订了稿件。
>
> ……
>
> 因此，《中国北斗》也经过了多个相关部门的严格审核。2021年1月，军委政治工作部给新闻出版署反馈了备案意见，同时又建议加送中科院、航天科技局等三家单位。2021年11月，新闻出版署给我们反馈的修改意见有200多条，纠正了一些讹误，删减了一些敏感涉密问题，修订了一些可能影响国际关系的说法。①

可以明显看到，国家意志与文学权威机构的组织与策划，保证了这部作品的受关注程度。特别是在2022年获得第八届鲁迅文学奖后,《中国北斗》更是成为新时代文学历史叙述的重要组成部分。

综上所述，科学与政治是一种互相缠绕的复杂关系。现代民族国家的“科学”想象与政治制度、经济基础、文化传统息息相关。它既是民族国家意义之下的一种人生观、文化观，同时又传达了一种科学技术教育理念。它是迈向现代化未来的工具，代表着国家强力意志和以“科学”为代表的一种新的意识形态。吴俊曾将当代中国文学的基本特点和性质界定为国家性，“当代文学首先即为国家文学。何谓国家文学？最简洁的释义就是，（受制于）国家权力支配的文学就是国家文学；国家文学就是国家权力意志的代言或表达。这里的国家，指的是国家政治权力（国家政权）”②。

近年来，报告文学作品一次又一次地成为时代的“焦点”，在笔者看来，

① 李运才:《好书是打磨出来的——〈中国北斗〉入选2021“中国好书”的前前后后》，https://www.sdpress.com.cn/News/1/50/NewsDetail_9103_2.html。

② 吴俊:《中国当代文学评奖的制度性之辨——关于茅盾文学奖、鲁迅文学奖之类“国家文学”评奖》,《当代作家评论》2011年第6期。

报告文学的价值并不在于其“文学性”，而是在于其文本背后的社会历史“隐言”。特别是在当今风起云涌的时代变革和全球性大潮中，报告文学作品如何展现民族的自我认知和想象，展现中华民族精神和中国智慧，聚焦于中国经验的轴心和中国问题的细部，也许是未来需要思考的重点课题。

本文系湖南省哲学社会科学基金青年项目“20世纪八九十年代中国城市小说中的器物书写研究”（项目编号：22YBQ033）阶段性成果。

（作者单位：湖南师范大学）

韩少功与汨罗江流域作家互动关系嬗变研究

徐颖　周爱勇

蓝墨水的上游是汨罗江，汨罗是韩少功的精神原乡。自屈原以来，汨罗江流域文脉源源不断，孕育、催生了众多不朽的作家作品，成为中国文学地图中的最显著地标之一。现代以来更是涌现出了向恺然、彭家煌、康濯、李六如、杨沫、张步真、甘征文、韩少功、彭见明、彭东明等一批有影响的本土作家。韩少功的文学创作和人生经历与不同时期的汨罗江流域作家有着紧密的互动。20 世纪六七十年代，韩少功下放汨罗天井公社时期，结识本地知青作家廖宗亮和黄新心、老牌大学生胡锡龙、农民作家甘征文，他们相互学习交流；70 年代末 80 年代初，韩少功在创作转型突破时期，受到全国有重要影响的本土作家康濯的提携和扶持。2000 年，韩少功开启人生的"返乡"之旅，阶段性定居汨罗。他的影响力和感召力牵引着舒文治、潘绍东等青年汨罗江流域作家在创作上不断精进、大放异彩。韩少功与汨罗江流域作家的互动已渗入骨血，一方面，他不断从汨罗江流域作家身上汲取能量，丰富自己的人生阅历和文学创作；另一方面，他将自己从前辈和同辈那里受到的关怀延传给年青一代的汨罗作家，催生了新世纪汨罗江流域作家群，促进了岳阳乃至湖南地域文学的发展，在全国产生一定的影响。

"汨罗江流域作家群"是湖南理工学院中国语言文学学院杨厚均教授基于中国现代文学中的地域文学现象与新世纪以来汨罗江流域涌现一批作家的文学事实所提出的一个概念。这一概念最早是他在 2021 年 4 月 27 日湖南理工学院中国语言文学学院南湖讲坛第三十二期学术讲座"新世纪汨罗江流域作家群的兴起与创作特征”提出，在9月25日“韩少功与新世纪以来汨罗江流域作家群”全国学术研讨会上再次提出，得到与会专家学者的普遍认可。此次学术研讨会最重要的成果是对汨罗江流域作家群概念的合理性及其与韩少功的关系进行了深入讨论，使“汨罗江流域作家群”这一概念得以确认并得到推广。对“汨罗江流域作家群”的时间界定是新世纪以来，即以韩少功2000年阶段性定居汨罗为时间起点，延展至当下。对“汨罗江流域作家群”的作家范围界定目前主要指“汨罗六蛟龙”（舒文治、潘绍东、蒋人瑞、魏建华、吴尚平、逆舟）、黄灯等汨罗本土作家。

笔者探讨韩少功与汨罗江流域作家的关系将时间主要界定为1968年韩少功以知识青年身份落户汨罗县天井公社延展至当下，他在不同时期与汨罗江流域作家（不仅是“汨罗六蛟龙”等本土作家）产生的互动和联结。研究韩少功与汨罗江流域作家的互动及其嬗变，有助于阐释新世纪汨罗江流域作家群的兴起缘由、创作特征及其文学意义，有助于阐释韩少功汨罗乡居的文学意义、社会价值，更好地解读韩少功的作品创作，有助于探讨湖南新乡村形态与乡村文学的发展，促进文学风貌改变，营造理想的文学生态，为“文学湘军”崛起开辟新路径。

一、与知青下乡时期汨罗江作家的互动

作为湖南籍作家，韩少功深受湖湘文化的浸润，曾经扎根汨罗乡村生活的经历，让他对巫楚文化十分钟情。同时，韩少功也深受屈原的影响。古有屈大夫，今有韩大爹。汨罗是屈原自沉之地，那里承载了厚重的屈子文化。韩少功的创作就是从汨罗起步的，在汨罗江边插队时住地离屈子祠只有二十来公里。屈原对韩少功的创作具有很大影响，韩少功的作品继承了屈骚文学的创作特质——巫楚文化的融入与理性浪漫的抒情，也继承了屈子精神中的民族悲剧意识。韩少功始终保持着理性的态度，既把传统融入创作，又用历史以及现代观念重新审视本土文化，开创新的创作手法以及精神空间。批判与坚守的双重价值标准是韩少功作品深处的精神内核，他批判性地继承屈原

文化和精神，并赋予它们现代性的演绎。屈原对韩少功的影响是不言自明的，也有不少研究者做出过论述，这里不再赘述。

1968 年底，韩少功下乡插队，落户在汨罗县天井公社茶厂。韩少功当年还未满 16 岁，广阔的乡村和农民的生活第一次清晰而生动地展现在他的面前。乡村不再是宣传册与文学作品的幻象，而是真实而粗粝的存在。韩少功在汨罗这片乡土世界里，与农民打成了一片，在乡下的六年多的时间里，完成了成年礼，创作的种子也开始萌芽抽叶。

最初，韩少功创作一些坐唱句、对口词、三句半等通俗文艺，给农民家写对联，在墙上誊写材料。1972 年，韩少功与五名知青奉命来到汨罗天井公社长岭大队。“我们六个同学，四男二女，离开了知识青年较为集中的公社茶场，来到长岭大队”[①]，任务是带动这里的文艺宣传活动，使之成为地、县两级的基层文化工作典型。

这一年韩少功开始了真正意义上的文学创作，主要有短篇小说《路》（未公开发表）和一些文章发表在《汨罗文艺》、岳阳《工农兵文艺》等没有正式刊号的内部刊物上。韩少功创作上的初露锋芒，引起了人们的注意，被点名参加省城的创作培训班。随后韩少功成为公社文化站的半脱产辅导员，有了更多的读书与写作时间。他在这个时期结识了本地知青作家廖宗亮和黄新心、老牌大学生胡锡龙、农民作家甘征文等。他们一起学习交流，相互影响。用韩少功的话说，他的语法和逻辑就是从他们那里学来的。农民作家甘征文则使韩少功对乡土生活更加博闻强识。甚至可以说黄新心与胡锡龙是这一时期韩少功的文学启蒙者，但相关记述不多。

韩少功酷爱读书与写作。不知是受了家庭“重理轻文”的影响，还是因对中学枯燥无味的教育内容的厌倦，韩少功中学时的语文成绩一直不好，除了在日记、思想汇报和形势八股上有所操练以外，真正的文学写作可以说是无从谈起。在下乡以后，韩少功与不少具有知识分子色彩的人不期而遇，

① 韩少功：《诱惑》，湖南文艺出版社，1986，第 259 页。

并且在文学上得到了他们的指导和帮助。一位叫黄新心的文学青年是他的启蒙兄长之一，另一位叫作胡锡龙的大学生也成为他文学启蒙的老师。在当时政治阴云密布的时节，边缘之地竟也常常藏龙卧虎。胡锡龙先生尽管在白天里同样免不了拘谨之态、低眉顺眼之姿，两只粗布袖套常常随身配备，除了方便平时的辛苦劳作，还显示出了当时知识分子工农化的流行形象，但到晚上，在与过从甚密的朋友私下交往时，他便恢复了知识分子的部分本色，显现出知识分子抵御贫困、压迫、恐惧和冷寂的精神气度。这位胡先生和许多胡先生这样的人在当时并不是思想家，甚至还很难算得上真正意义上的作家，但作为文化人的他们，在严酷时代有所操守并体现出的生存智慧，对韩少功产生了极其深远的影响。通过与黄新心、胡锡龙这样的知识分子交往，韩少功明白，在不利的环境中，与其在与外部力量的正面作战中耗尽精力，不如稍加周旋、平稳相处，留给自己内心更多的空间去思考。

韩少功曾写道："我在中学时语文成绩不好，作为知青下乡后，逐步学习文学写作，得益于很多老师的指引和帮助，胡锡龙先生便是其中一位。他中文科班出身，这在当时的小小县城里并不多见……我有幸是他当时私下里过从甚多的朋友之一，有幸从他那些坦诚交谈里获得了许多语文的知识和经验，算是补上了社会动乱给我耽误的部分课程。有一次，我在大会上发言的效果不佳，自己也有些沮丧。他事后及时把这一失败诊断为'体裁错误'：该写成小品的，你居然作开了论文么。这话一语破的，至今留给我的印象很深。作为一种实践心得和临场判断的智慧，这种诊断能力不仅很难从一般课堂学取，在时下诸多博士和教授那里似乎也不多见。"① 胡锡龙是湘阴县人，1939 年 6 月出生，1966 年毕业于中南民族学院中文系，比 1953 年出生的韩少功大了 14 岁。不到 20 岁的韩少功刚到汨罗插队时，胡锡龙已过而立之年。20 世纪 50 年代末，胡锡龙在中学读书时就开始在报刊公开发表作品。知识青年下乡时，他给年轻稚嫩的韩少功以指引和帮助。胡锡龙擅长诗歌、

① 韩少功：《为语言招魂：韩少功序跋选编》，河南文艺出版社，2015，第 65 页。

对联的创作，当时给正处于宣传性书写和文学创作过渡阶段的韩少功不少经验和知识。胡锡龙在汨罗文教局文化股工作时，韩少功调任文化馆的文学专干。“他编辑的内部刊物《汨罗文艺》，局里交由我终审，因此我们过从甚密，逐渐成为忘年之交。”①

尽管那时韩少功创作的三句半、对口词算不上严肃的文学创作，且随着时间的流逝不少已经散佚，但它们是深入民众表演的产物，拥有田间的农民喜闻乐见的形式和内容。与韩少功一起在乡间学习生活的胡锡龙等成为韩少功早年的伙伴，给予了他不少帮助和温暖的记忆。

多年之后的韩少功写道：“我离开汨罗已有二十年，与锡龙偶有书信往来，但并无太多联系。近日读到他写的一些散文，倍觉亲切和欣喜。常常穿戴粗布套袖的他，在文书和楹联中毕其大半生，大概无意靠文字来轰动或传世，但他关于告别父母爬上大山远游求学的动人记忆，让我鼻酸；他关于潇洒看透权势与金钱的夫子自道，让我亮眼；他在文史、民俗、文字、思想时论等方面的拾遗补阙，为文明建设事业不可或缺的一砖一瓦，让我增长了不少见识。”②

这一时期的韩少功与廖宗亮分别下放至汨罗相邻的天井公社和红花公社。廖宗亮回忆：每年的春秋时节都要举办文艺创作班，我和韩少功是学习班的常客，因为性格相投，常同住一室。记得是 1974 年的秋季，一天我和他见面后，他欣喜地告诉我，他的一篇小说被岳阳《工农兵文艺》刊发了。见我面呈诧异，他说：“我不骗你，现在就可给你看。”他边说边从黄色挎包里取出那本刊物，翻开给我看。小说的标题叫《三篙伯》，作者署名“韩兵”（这是他唯一一次用笔名）。小说很短，写的是汨罗江上一位撑篙大伯大公无私的故事。我读完不停地称赞。他见我喜欢，便说：“我还有一本，这本就送

① 胡锡龙：《我与少功的一次“合作”》，汨罗市作协内部资料《到对岸去——汨罗作家与韩少功》，2021，第 21—23 页。

② 韩少功：《为语言招魂：韩少功序跋选编》，河南文艺出版社，2015，第 65 页。

给你。”我如获至宝，一直珍藏着。[1]

1975 年，韩少功调入县文化馆担任期刊《汨罗江》的编辑，此时的廖宗亮被推荐到汨罗江畔的一所学校当民办教师。这所学校“于群庐中围四面泥墙，于绿荫中建两排砖屋。西面是一条机耕路，路旁有一条水渠，清粼粼的水从汨罗江抽上来灌入渠中，日日夜夜流淌着。东、南、北面全是田畴菜畦，笼着青，长着绿，生机盎然，风景优美。韩少功很喜欢这个地方，每有闲暇或创作欲勃发时便渡江来到京街学校。他曾为我的一本书撰写序言，其中描绘了他当初来京街学校的情景：‘当然还记得我们曾一起渡过汨罗江，沿着堤岸看草地上的牛和飞鸟，坐在他乡村小学的操场里看星斗与流萤，凑在他昏黄的油灯下推敲诗歌和剧本……’”[2]

1993 年，廖宗亮在《忆少功为我儿女取名》一文中写道：一个大雪日子，廖宗亮踩着一路的冰碴子去县文化馆拜会韩少功，请他为新生的孩子取名，韩少功说儿子取名为“多思”，女儿则为“寒雯”[3]。

2013 年，韩少功创作出版了长篇小说《日夜书》，廖宗亮通读了三遍并撰写了评论，发表在《汨罗江》上。韩少功阅后写信给他，对文章给予很高的评价。

与青年时期的韩少功有过密切交往的，还有汨罗本地农民作家甘征文。1974 年，韩少功调入汨罗县文化馆工作，与甘征文同事。1979 年，韩少功与甘征文合著的传记文学《任弼时》由湖南人民出版社出版。他们曾一起奔赴延安、井冈山、黄洋界、北京等地，采访了任弼时的夫人陈琮英、俄文翻译师哲等人。“韩少功说这本书的写作，带给了他很多影响，他带着任务北上南下，采访了很多高级将领和相关的人员，后来又接受过写王震的任务，对于革命、战争和历史都有了切实的了解。此后创作《同志交响曲》《七月

① 廖宗亮：《忆与韩少功的交往》，汨罗市作协内部资料《到对岸去——汨罗作家与韩少功》，2021，第 24—29 页。

② 廖宗亮：《忆与韩少功的交往》，汨罗市作协内部资料《到对岸去——汨罗作家与韩少功》，2021，第 24—29 页。

③ 廖宗亮：《忆少功为我儿女取名・走出青青山》，中国文史出版社，1999，第 86—88 页。

洪峰》等作品，其中的老干部形象多少受到过这些真人故事的影响吧。”[①]

二、与老一辈作家康濯等人的互动

因为屈原，汨罗江被称为“蓝墨水的上游”，自古以来文人荟萃，佳作迭出，相与激荡，蔚为大观。康濯便是现代以来有影响的本土作家。康濯原名毛季常，祖籍为原属湘阴县的毛家河（后划入汨罗），与韩少功知青时代的务农之地同属一县，甚至相距不过数里。这使得韩少功“后来读他的《水滴石穿》《我的两家房东》等作品时就多了几分亲切感，多了不少有关气味和声音的想象”[②]。

1979 年，26 岁的韩少功的短篇小说在《人民文学》发表。因揭露农村的黑暗面，涉嫌“资产阶级自由化”，引来较多的争议和批评。为保护韩少功，时任湖南省文联主席的康濯亲自为小说加了一个“光明的尾巴”，并于当年 10 月介绍韩少功加入中国作协。

康濯心急如焚“护犊子”成为韩少功心中永恒的温暖，他曾自己用文字详细记载：“我的短篇小说《月兰》在《人民文学》杂志发表，获得主编张光年（光未然）及编辑团队的全力支持，但因是一篇表现乡村生活的悲剧故事，被中国台湾和苏联的媒体转载，引起了舆论界激烈的争议。先生对此事似乎比我还着急。据说他在好几次会议上为这一作品辩护，又私下约我商议对策，还不把自己当外人，主动给我续写了上千字，加上一个‘光明的尾巴’，以免我横遭可能的批判。我不大理解他的政治经验，不觉得这个‘光明的尾巴’有多好，而且随着时过境迁，管制尺度进一步宽松，这种文字防身术也逐渐变得多余。但他当年心急如焚‘护犊子’，不把自己当外人的代笔疾书那一幕，仍是我心中恒久的温暖。在他的力推之下，这篇作品获得省里一项重奖，算是对它在全国评奖中呼声甚高、却最终因争议

① 项静：《韩少功论》，作家出版社，2021，第 5 页。

② 韩少功：《人生忽然》，湖南文艺出版社，2021，第 366 页。

而落选的一种弥补。”①

韩少功还回忆与康濯一同去北京参加会议，两人同住一室聊过不少汨罗江边的趣事。他们一起聊家乡的姜盐茶、红薯粉以及农民作家甘征文，每一句都搅动韩少功的青春记忆。

康濯是中国现当代文学史上一位重要的作家。他在晋察冀革命根据地工作了 10 年，在硝烟弥漫的抗日战火中逐步成长和成熟起来，创作了大量的中短篇小说、杂文等。此外，他还主编或编辑了《工人报》《时代青年》《长城》等报刊，参加了大量的文学活动。他的《腊梅花》《灾难的明天》《我的两家房东》《水滴石穿》等作品无不关注现实，展现时代变化，紧贴乡土，展现乡土农民生活，关注农村妇女，展示其美好品格，注重揭示人物细腻的心理变化，特别是劳动人民美好的内心世界，重视个性化语言，具有浓郁的地方特色。康濯的文学活动经历或多或少影响了韩少功，如韩少功 20 世纪八九十年代也创办主编了《海南纪实》《天涯》等杂志。康濯的文学作品也直接或间接地影响了韩少功的创作。

韩少功在阅读康濯作品时不仅会多几分亲切感和有关气味和声音的想象，还会在阅读他的作品和两人交往的过程中，受到其思想和精神的影响，并表现在文学创作上。康濯的作品关注时代社会的发展，展现当地独特的乡土世界，体察当地人的人性、人情及风物，表现当地农民纯朴善良的情感。而韩少功的早期作品《西望茅草地》《风吹唢呐声》《飞过蓝天》《远方的树》等多取材于汨罗知青生活见闻，有着较浓厚的现实主义色彩，几乎都表现出一种通明透亮的美好内心世界和带有浓郁汨罗地方特色的风情。《月兰》以一个知识青年出身的农村工作队员对往事的沉思，来反思农村妇女月兰的人生悲剧，展现了月兰身上有着“美丽光明的一团火”。

“2000 年，我时隔二十多年后又回到湖南，回到汨罗，在山南水北之地筑庐而居，阶段性地晴耕雨读。当汽车沿着一江碧水向前飞奔，我常常会

① 韩少功：《人生忽然》，湖南文艺出版社，2021，第 365 页。

忍不住朝毛家河的方向看一眼，看看那里的山林、牛群、炊烟，看那里的依稀人影，我的目光在奔赴一个久远的约定。”[①] 韩少功和康濯曾相约找机会一同回汨罗看看，但韩少功迁调海南后不久，康濯不幸病逝于北京。尽管没有成行，但汨罗江流域的老一辈作家康濯等对韩少功的关怀和影响镌刻在他记忆深处，流淌在血液里。随着时间河流奔涌向前，韩少功将精神血脉的影响和关怀延传到年青一代的汨罗江流域作家群身上。

三、与新世纪以来汨罗江流域作家群的互动

2000年，韩少功开启了人生“返乡”之旅。他没有选择自己的原生故乡长沙，而是选择了精神原乡汨罗安居。韩少功在不同的人生阶段与汨罗作家群有着千丝万缕的联系，汨罗也承载着韩少功的青春与梦想，见证了韩少功苦难艰辛的成长。从某种意义上来讲，汨罗已经成为韩少功的精神故乡。韩少功曾多次在公开场合介绍自己是汨罗人，将汨罗视为自己的故乡，正如他自己所言：“故乡存留了我们的童年，或者还有青年和壮年，也就成了我们生命的一部分，成了我们自己”，“故乡意味着我们的付出——它与出生地不是一回事。只有艰辛劳动过奉献过的人，才真正拥有故乡”，“没有故乡的人身后一无所有”[②]。由此可见，汨罗之于韩少功具有何等重要的意义。

汨罗之所以牵绊韩少功的一生，与他在这里结识的汨罗人和不同时期的汨罗作家密不可分。如果说年轻时期韩少功与几乎同辈的廖宗亮、胡锡龙、甘征文、黄新心等汨罗作家是一种相互学习、共同成长的关系，与老一辈汨罗作家康濯是一种接受提携帮助的关系，那么此次逆行“回归”的韩少功将他受到的关怀和影响延传给年青一代的汨罗作家，牵引着舒文治、潘绍东等青年汨罗作家投入创作，催生了新世纪汨罗江流域作家群。

2000年1月，韩少功请辞海南省作协主席与《天涯》杂志社社长，同年5月举家迁入汨罗市八景乡新居。汨罗的山水怀抱着他的“梦醒之地”：“又

① 韩少功：《人生忽然》，湖南文艺出版社，2021，第367页。

② 韩少功：《漫长的假期》，上海文艺出版社，2012，第67—68页。

融入这一片让人哆嗦的月光了，窗前人有一种被月光滋润、哺育以及救活过来的感觉。二十多年前离开这里，走进没有月光的远方。二十多年前的他没有想到，即使有一万种理由厌恶穷乡僻壤的荒芜和寂寞，他仍然会带走一个充满月光的梦，在远方的一个夜晚悄悄绽放。月光下的银色草坡，插着一个废犁头的草坡，将永远成为他的梦醒之地。月光下的池塘，收集着秋虫鸣叫的此起彼伏，将永远成为他的梦中之声。”①

韩少功阶段性定居汨罗之后，重新回到这片洒满月光的“梦醒之地”，佳作迭出，先后写出了《山南水北》《日夜书》《修改过程》等力作，尤其是《山南水北》是继《马桥词典》之后表现汨罗地域文化景观的又一力作。

作家韩少功再次“插队”汨罗，开始了他由城市向乡村的“逆行”。这不仅在中国文坛有着非同凡响的影响，对新世纪汨罗江流域作家群的影响更是不言而喻的。学者杨厚均指出：“韩少功 2000 年起阶段性定居汨罗八景乡村事件，拉近了汨罗江流域作家与韩少功的空间距离与心理距离，韩少功的创作方式和创作态度深深地影响了汨罗江流域众多作家。几乎每一个作家都与韩少功有着十分密切的私交，特别是一批中青年作家，有些甚至就是在韩少功的影响下开始走上创作之路的，他们出生于韩少功目前定居地同一个或者附近几个乡镇，操着同样的方言，经常去韩少功住处聊天、喝茶，甚至到他家里打牙祭，没大没小地喊韩少功‘韩爹’，举办各种读书会、文学沙龙，他们读韩少功的书，收集韩少功的资料，成立韩少功研究所，写韩少功的评论文章，他们组织拍摄的关于韩少功的纪实片《原乡》曾让韩少功潸然泪下；韩少功也读他们的作品，给他们的作品写序，做各种形式的评点，向他们介绍各种前沿思想信息，谈他的社会、文化、艺术、人生等各方面的思考，也交流他的乡村体验，韩少功的很多后来在社会上产生较大影响的思想随笔，最先的听众就是这一帮汨罗籍的年轻人。”② 杨厚均认为，韩少功与

① 韩少功：《暗示》，人民文学出版社，2018，第 316 页。

② 杨厚均：《新世纪以来汨罗江作家群的形成及创作特征》，《南方文学评论》2021 年第 2 辑。

新世纪汨罗作家群的共同创作特征有人民性、先锋性和思辨性。

学者、汨罗本土作家黄灯指出："'汨罗六蛟龙'等汨罗江流域这些年轻的才华横溢的作家在自己的青年时期和韩少功先生都有着或多或少的联系。我在青年时期也因为阅读了韩少功老师的文章而深受感触。在这块文化源远流长、文脉迭代绵延的地方——汨罗湖畔，改革开放以来逐渐出现了一批兼具文化基础和文学才情的有志青年，无论是魏建华先生的《请你去喝茶》《此身何处》，还是潘绍东先生的《空箱子》，都和韩少功老师的文体思想有着继承和发展的关系。韩少功老师就像是一盏灯，照亮了汨罗河畔的一批优秀的文学青年，他们依恋着这片土地，把自己的根深深地扎进这片肥沃的土地的底下，虽然其中有过迷茫，但是这片乡土所积累的文化足以让这批新起的优秀作家继续创作。"①

韩少功认真读"汨罗六蛟龙"的作品，给他们提出意见，鼓励他们坚持用心创作，并为之推荐发表。2011 年夏天，潘绍东创作了一个名为《歌郎》的短篇，以一个乡村唱夜歌的人为原型，请韩少功提意见。"他很快回了信：'短篇很有意思。很多地方描写生动有力，造语灵动新颖，农民言语和行状的特色出来了，对夜歌文化的发掘既有文学情趣，又有文化史的价值。不过整个构架自由有余，稳健不足，正云爹、女歌郎还有情节发展的空间，做好了，可增主人公形象的深度和厚度，可增作品的诗意。眼下的作品，有了戏谑，有了凄凉，但若再加一脉温厚的诗情，更可能品相高贵。俗中写出雅来，贱中写出贵来，便是奇品。'我大喜过望，对写作的信心也瞬间大增，很快按他的意见对作品进行了修改，然后再请他过目并帮我推荐给刊物。"②《歌郎》发表于 2012 年第 9 期《北京文学》，并获第六届《北京文学》奖，2014 年获湖南省毛泽东文学奖。十多年过去了，潘绍东已经发表数十万字，

① 注：根据 2021 年 9 月 25 日"韩少功与新世纪以来汨罗江流域作家群"全国学术研讨会上黄灯的会议发言录音整理。

② 潘绍东：《我与韩爹的巴酽缘分》，汨罗市作协内部资料《到对岸去——汨罗作家与韩少功》，2021，第 46—53 页。

但得益于韩少功建议并推荐发表的《歌郎》还是被很多人认为是“出道即巅峰”之作。

《歌郎》把绚烂的楚文化渗透在乡村生活的细节之中，将楚文化的神秘与狂放、酣畅与恣肆绽放得淋漓尽致。在乡村社会传统的丧事活动中，夜歌将历史和现实、劳动和生活、艺术和风俗、逝者和生者、痛苦和欢乐融合在一起，成为乡村社会一道独特的景观，是献给逝者的祭奠，也是给生者的慰藉。从《歌郎》所体现出的乡土叙事、巫楚文化、现代意识、寻根倾向等特质，我们可以看到韩少功小说创作对潘绍东的影响。正如研究者论述韩少功小说创作所言：“从精神内涵上看，韩少功‘寻根’时期的小说创作总体上呈现出‘文化—存在’叙事话语形态。西方现代派文学的存在主题开始占据韩少功‘寻根’小说的精神中心，此时的他热衷于非理性的生命存在书写，热衷于对生命存在的精神分析和心理透视，热衷于挖掘当代中国乡村和城市中种种非常态的生存境遇，揭示出其中隐含的病态心理和荒诞意识，由此带来韩少功‘寻根’小说中挥之不去的神秘和虚无气息。”[①] 这种评价在一定程度上也契合潘绍东《歌郎》的创作。

在2021年9月25日“韩少功与新世纪以来汨罗江流域作家群”全国学术研讨会上，汨罗江流域作家舒文治、潘绍东、魏建华、蒋人瑞、吴尚平、逆舟、黄灯、湛鹤霞首次以“汨罗江作家群”身份集体亮相，分享各自与韩少功交往的渊源，细说韩少功对他们创作的影响、帮扶以及他们对韩少功的感谢。与此同时，韩少功对此也进行了回应。

舒文治：“韩先生是大树般的作家，把根深扎在山南水北，他的荫凉、果实、木香，任由我们自取。韩先生是山泉式的作家，他不拘于形，殊流自声，源源不断地给取水者、濯缨者以补充和涤荡。我们以各自的方式读韩先生，学韩先生，当然我们无法复制也不会刻意摹（模）仿他。我们是以书写的方式向他致敬，当我们意识到自己的书写也在汇入一本大书时，我

① 李遇春：《“进步”与“进步的回退”——韩少功小说创作流变论》，《文学评论》2014年第5期。

们会学着像他那样，让每一个词条都与自己的生活和记忆发生真切的关联，我们也很想看清并还原文字背后的复杂现场。……我们每个人都以自己的方式建立起和韩先生的精神联系，这个过程也许早已开始，却都在进行时当中，在未来时态，随着我们读书、读人、读生活的深入，我们可能会提交出让自己满意一点的答案。韩先生从来不给我们标准答案。”①

潘绍东：“汨罗人对外人称‘爹’，一则是上了爷爷辈的年纪，二则是有身份有话份的人，如果有三，则含有亲切亲昵成分。作为一个汨罗人，韩少功先生于我而言显然三者皆备。……韩爹‘是我创作路上的提灯人’，于情感，他已然是我的一位情深潭水的老友。……肉体的生命终究有限，正如韩爹所言‘大自然是公正的，最终赐给我们以死亡’，我坚信的是，精神的根须和枝叶必将无限生长，在有过饱含深情的土地上永不停歇地春华秋实。”②

蒋人瑞：“韩少功老师为人作文做事和生活态度，成为我们的标高。我虽不敢叨扰，但每次聆听韩少功老师谈话，心中充满法喜。以至某个夏夜我和文治、绍东，披着月色来到八景峒水库，与韩少功老师临水而坐，仿佛遁入天地，坐忘物我。”③

魏建华：“随着跟韩少功老师的频繁接触，特别是在读了他的一系列小说、聆听了他许多跟文学相关的独到见解后，我感觉自己跟文学靠得越来越近，我这颗曾经想当作家的心又重新跳动起来。……对于一个半路出家的文学写作者，能得到像韩少功老师这样的名家指点非常重要，因为他们站得更高，看得更远，也更透彻，所以韩少功老师对我和我们汨罗这个作家群体

① 舒文治：《他在写一部我们可读一辈子的书》，汨罗市作协内部资料《到对岸去——汨罗作家与韩少功》，2021，第 43 页。

② 潘绍东：《我与韩爹的巴酽缘分》，汨罗市作协内部资料《到对岸去——汨罗作家与韩少功》，2021，第 46—53 页。

③ 蒋人瑞：《内心的注解》，汨罗市作协内部资料《到对岸去——汨罗作家与韩少功》，2021，第 56 页。

来说，影响十分深远。”①

吴尚平：“韩少功在《马桥词典·清明雨》似乎又指出别的可能，慰藉活着的且还将活下去的人类，我想这声音似乎来自对岸，又似乎来自一部人类语言词典之外，给我写作的勇气，或者做一名无用的、充满废话的艺术家的勇气：‘现在，又下雨了。雨声总是给我一种感觉；在雨的那边，在雨的那边的那边，还长留着一行我在雨中的泥泞足迹，在每一个雨天里浮现，在雨浪飘摇的山道上落入白茫茫的深处。’”②

逆舟：“在我开始写小说时候，我想起了《马桥词典》，我想起的原因是，乡里的土话与小说语言之间的关系。当时我看得多的都是北方作家的作品多，都是普通话，我以为我们汨罗话太土气，进不了小说。我想起了《马桥词典》，韩爹早就把汨罗话写成了经典。晓得南北与找到南北，这中间的距离不是一个指南针的问题，也不是坐标的问题，是能不能打通任督二脉，开启文学语言的天目，看到生活中原味土话中的文学语言的问题。”③

黄灯：“作为汨罗人，我发自内心感激韩少功对这片土地的依恋。这种行为接通了一种伟大的传统，在屈原以后，韩少功是这片古老而又贫瘠土地上最为重要的文化和心灵事件。两千多年后，汨罗人竟然在最喧嚣、最浮躁、最功利的时代，迎来了一位清醒的思考者和坚守者，汨罗人将这份亲切和温情只能凝聚在对韩少功‘韩爹’的称呼中，他们以并不完美但最为本真的人性和韩少功共同守护着一种精神的隐秘，共同完成着当代思想史上最为温情的交流和互动。”④

湛鹤霞：“《马桥词典》改变了我写作的风格。之前，我迷上文学，但我

① 魏建华：《遇见韩少功老师》，汨罗市作协内部资料《到对岸去——汨罗作家与韩少功》，2021，第62—65页。

② 吴尚平：《到对岸去——兼读韩少功的〈马桥词典〉》，汨罗市作协内部资料《到对岸去——汨罗作家与韩少功》，2021，第93页。

③ 逆舟：《从土地上升起的梦》，汨罗市作协内部资料《到对岸去——汨罗作家与韩少功》，2021，71页。

④ 黄灯：《一个汨罗人眼中的韩少功》，汨罗市作协内部资料《到对岸去——汨罗作家与韩少功》，2021，第39页。

只会写那些花团锦簇无病呻吟虚无缥缈的所谓美文美句，读《马桥词典》后，我才惊讶地发现：朴素的方言才是语言珠宝里最瑰丽的！风土人情才是写作最永恒的主题。后来，我再读《山南水北》，就更加深有感触！”①

上述新世纪以来汨罗江流域作家群作家所言，印证了舒文治的观点——韩少功是一个大树般的作家、山泉式的作家，多年来他不断在汨罗江流域吸收阳光雨露和养料，不断向下扎根，向上生长，又不断将自己的光和热传递给需要帮助和关怀的作家。

韩少功在研讨会现场回应了新世纪以来汨罗江流域作家群的发言：“就像春天树要发芽、竹笋要冒尖一样，汨罗江作家群的兴起是迟早的问题，可能是我有时敲敲边鼓，助着他们冒得早一点、冒得多一点，但是他们迟早是要冒的。”②

韩少功是当代为数不多的思想型作家，他的文学世界是多元而丰富的，他的创作在政治性的视野下饱含强烈的社会关切，而且他敏于时代的变迁，躬身参与时代诸种社会历史实践，同时在文体形式上的不断探索与创新也不断改写着学界对于文学的界定，他创作的作品与时俱进、常读常新。在韩少功的影响和帮助下，舒文治、潘绍东、蒋人瑞、魏建华、吴尚平、逆舟、黄灯等汨罗江流域作家，也正在书写时代、书写汨罗、书写人生。

学者廖述务在2021年“韩少功与新世纪以来汨罗江流域作家群”全国学术研讨会上做理论批评专场学术总结中提出：“以韩少功为精神旗帜的汨罗文学共同体是世界的，汨罗江作家群的创作已经向世界敞开，在未来，它必定会呈现更多丰富性与可能性。同时，我们更期待一种自足的在地性书写。‘月光下的银色草坡，插着一个废犁头的草坡’是韩少功的梦醒之地，

① 注：根据2021年9月25日“韩少功与新世纪以来汨罗江流域作家群”全国学术研讨会上湛鹤霞的会议发言录音整理。

② 注：根据2021年9月25日“韩少功与新世纪以来汨罗江流域作家群”全国学术研讨会上韩少功的会议发言录音整理。

它沟通时代与感性形式，是文学地理学意义上的诗性汨罗的核心语义。”[①]

本文是岳阳市社会科学重点课题“韩少功与新世纪汨罗江流域作家群互动关系研究”（2022Z39）、2023年度湖南省教育厅科学研究项目“韩少功与汨罗江流域作家群文学互动研究”阶段性成果。

（作者单位：湖南理工学院中国语言文学学院）

① 注：根据2021年9月25日“韩少功与新世纪以来汨罗江流域作家群”全国学术研讨会上廖述务的会议发言录音整理。

命名的困境

——从李洱《花腔》看现代知识分子

谭雪晴

如何重建个人主体性以及文学主体性，是“新时期”文学生成与展开的基点，一度成为引发全社会广泛讨论的中心议题。然而，轰轰烈烈的“文学是人学”大讨论在接续“启蒙”脉络的同时，也对其他社会议题和话语体系造成了一定程度的遮蔽。到了20世纪90年代，随着社会“大转型”的发生，文学“失却轰动效应”，“新时期”中前期建构的主流话语体系逐渐消解，被“解放”的个体在获得自由言说空间的同时，也面临着话语失序、碎片化、无意义化的窘境。因此，在社会从“共名”走向“无名”状态[①]的历史阶段，人，尤其是以语言为业的知识分子，如何自我言说，如何表述历史与社会，是涉及社会集体心理和潜在文化结构的关键问题。

知识分子的现实处境以及这一群体的自我表达是李洱一直以来关注的重心，他以自己的首部长篇小说《花腔》（2001）对这些难以终结的论题做出了回应。在21世纪的开端回望20世纪，他看到了历史叙事的不确定性如

① “当时代含有重大而统一的主题时，知识分子思考问题和探索问题的材料都来自时代的主题，个人的独立性被掩盖在时代主题之下。我们不妨把这样的状态称作为‘共名’……当时代进入比较稳定、开放、多元的社会时期，人们的精神生活日益丰富，那种重大而统一的时代主题往往笼不住民族的精神走向，于是价值多元、共生共存的状态就会出现。文化工作和文学创造都反映了时代的一部分主题，却不能达到一种共名状态，我们把这样的状态称作‘无名’。”陈思和：《共名和无名：百年中国文学发展管窥》，《上海文学》1996年第10期。

何一再加深，也看到了“新时期”神话的宏大表象如何走向碎片化，在变动不居的时代，知识分子始终面临着言说的困境，却又始终坚持在困境里言说。《花腔》是李洱为这种生存状态与历史境遇进行“命名”的一次尝试，在疑窦丛生、疑难重重的情节展开中，他于“命名”之不可能的背后窥见了绕开言说困境的独特表达方式。

一、“喑哑的声音”：知识分子的言说困境

中国知识分子的自我表达从来都不仅是个体化的，总是关联着“社会”“历史”“民族”“国家”等一系列宏大的词语，无论选择积极投身还是转身逃离，知识分子的自我讲述始终离不开对这些宏大词语的筛选与组合。现代知识分子的诞生本就伴随着中国现代历史的开启，在现代性启蒙强化个人的意义并赋予其合法性的同时，中国正面临着激烈的历史变迁，个体顺理成章地被整合进正在建构的现代民族国家之中，“起其国人之新生”是为了“大其国于天下”[①]，个人启蒙最终应达至“沙聚之邦，由是转为人国”[②]。在中国传统儒家“穷则独善其身，达则兼善天下”的价值观念之中，个人与集体 / 共同体之间本不存在对立，但现代中国深受西方思想影响，而二元对立的思维正是西方理性展开的基础。诺贝尔化学奖得主、比利时科学家普里戈金曾如此感慨：“经典科学的问题所在，就是它在其自身之中说明了在西方思想史中贯彻始终的两分性。”[③] 在这样的文化中，以“个人”与“集体”之区隔为代表的二元对立得到强化。因此，现代人文知识分子总是在一系列二元关系中进行自我定位，并以此为核心建构出一整套话语体系。直至 20 世纪 80 年代（“新时期”），个人与国家 / 集体之间的张力关系仍构成知识分子认识自我和理解世界的基础。

---

① 鲁迅：《摩罗诗力说》，《河南》1908 年第 2—3 期。

② 鲁迅：《文化偏至论》，《河南》1908 年第 8 期。

③ [比] 伊 • 普里戈金、[法] 伊 • 斯唐热：《从混沌到有序》，曾庆宏、沈小峰译，上海译文出版社，1987，第 40 页。

20 世纪 80 年代末 90 年代初，上述二元张力关系似乎走向瓦解，“个人”不再必须从“宏大历史”中寻找位置，始终积极参与现代中国历史建构与叙述的知识分子也以“自由”的姿态回归了自己的专业领域。当时文学已经不再承担改造社会的使命，“先锋派”自得其乐地进行着语言的游戏——这与“新时期”人文知识分子争取“文学主体性”的要求殊途同归。如果说他们对这一境遇还能处之泰然，那么在面对市场化浪潮和大众文化的冲击时，知识分子终于真正感受到了危机。正如 19 世纪的浪漫派前辈那样，他们所无法接受的是“艺术屈从于市场法则，作为专业化生产形式与其他生产方式一样顺应同种条件”[①]。这种心态构成了 20 世纪 90 年代初“人文精神大讨论”的直接导火索。彼时，初入文坛的李洱虽未亲身参与论争，但他的创作（1993《导师死了》、1994《饶舌的哑巴》等）事实上也成了这场世纪之交精神探索的组成部分。此后，对知识分子的生存状态、精神世界与社会责任的关注和探究始终贯穿于他的写作，构成小说展开的潜在动力。

作为 20 世纪 60 年代生人，李洱在八九十年代之交初登文坛之际，中国知识界乃至整个中国社会正面临着一场关键转型。此时，中国的社会结构发生着深刻的内在变化，与之相应的话语体系也必然遭到颠覆与重构。对于人文知识分子而言，在他们面前展开的不仅是新的改革历史，也是其原有主体意识与激烈变化的社会之间的抵牾所导致的困惑和焦虑。不久前，“新时期”主流话语才重建了知识分子合法的“启蒙者”身份，然而，到了 80 年代末 90 年代初，这套话语就在市场经济的浪潮中迅速失效。1942 年以来种种对“启蒙者”身份的质疑和争辩，现在却再也算不上一个问题，“这是一个迅速变化的时代，一切都在发生改变”[②]。“人文精神大讨论”因此成为人文知识界对自己曾经拥有的历史主体地位的最后一次集体追思。此时步入文坛

① [英] 雷蒙·威廉斯：《文化与社会（1780—1950）》，高晓玲译，吉林出版集团有限责任公司，2011，第 44 页。

② 李洱：《为什么写，写什么，怎么写——在苏州大学“小说家讲坛”上的讲演》，《当代作家评论》2005 年第 3 期。

的李洱，必然要面对知识分子进退失据的尴尬处境。

李洱以知识分子为书写对象的小说构成了一个庞大的互文体系，上自“五四”一代（《花腔》），下至新世纪学者（2018《应物兄》），他笔下的人物时隐时现地勾连起中国现代知识分子的生命史与心灵史。他们经常打破不同小说之间的边界相互往来——如费边（《喑哑的声音》《午后的诗学》《应物兄》）、葛任（《花腔》《应物兄》）等，营造出某种令人迷惑的历史真实感和整体氛围。这些知识分子共享同一个互文宇宙，虽然身处不同时空，却面临着类似的生存困境：无论是装病避世却终因假戏真做被困在疗养院的吴之刚（《导师死了》），还是空有“自由知识分子”的派头却莫名陷入权力斗争之中的费边（1998《午后的诗学》），抑或隐匿在历史背后一言不发、被他人所任意讲述的葛任（《花腔》）。他们的生存状态折射出中国现代知识分子的某些内在焦虑：作为个体的知识分子如何与社会（包括知识分子群体本身）共处？当“二元论”的话语体系失效，知识分子应该如何完成自我定位？

作为李洱的第一部长篇小说，《花腔》是“集大成”之作：“没有《饶舌的哑巴》，就没有《午后的诗学》；没有《午后的诗学》，就没有《花腔》，它们也是衍生关系。”① 相比于李洱此前的小说,《花腔》更为直接而充分地辨析了知识分子的生存状态（“实”）及其话语表述（“名”）两个层面之间的张力。这似乎是一部经典现实主义作品，但小说中自相矛盾的多视角叙事仍透露出某种先锋性尝试。“作家要寻找到他自己对生活的命名方式”②，而《花腔》正是李洱找到的命名方式之一。颇具反讽意味的是，这部“为生活命名”的小说从标题到内容情节再到作品的结构方式，无一不在试图证明“命名”（或“还原真相”）之不可能。勉强为之的结果仅仅是“名”的无限扩张，它最终剥夺了“实”的存在，在这个尝试弥合二者之间的裂隙而不可得的过程中，

① 李洱、梁鸿：《“日常生活”的诗学命名与建构》，《渤海大学学报（哲学社会科学版）》2008 年第 3 期。

② 李洱、梁鸿：《虚无与怀疑语境下的小说之变》，《当代作家评论》2008 年第 3 期。

“名”终于取代了“实”，而那个不可命名、无法言说的“真实”则永远地处于能指与所指之间的“临界状态”。

二、“午后的诗学”：“新时期”神话的幻灭

对生活“命名”的关键困境在于，我们已身处一个“午后”时代。“我所理解的‘午后’实际上是一种后革命的意思，或者是后极权的意思……在午后人们已经失去了发展的原动力，靠某种惯性在向前滑动。那种朝气蓬勃的，对生活有巨大解释能力和创造力的时代已经过去了。”[①] 按照这种解释，“午后”的氛围自李洱知识分子书写的开端《导师死了》就萦绕不去（尽管那部以《午后的诗学》为题的小说于 1998 年才问世），此后，它成为李洱的一种创作自觉与情感基调。值得注意的是，“午后”是相对于“正午”而得名的。“悲观与虚无，极权与暴力，在午后的阳光下，不仅仅是反对的对象，也是一种分析的对象……午后的写作也由此区别于正午的写作。”[②]“正午”是一个充满主体自信的时刻，人们可以明确地表达肯定与反对。从历史语境来看，“正午”直接指向“新时期”。

“新时期”以“拨乱反正”为出发点，怀着“时间再次开始”的雄心壮志，这也是知识分子群体重新正名的关键时期。随着现代性范式在中国社会得到全面认同，“拨乱反正”之“乱”的时间范围一再扩张，“正”的具体内容也随之变化，最终上承“五四”：“80 年代作为一个告别 50—70 年代的‘前现代’与‘革命’的‘现代化’时期，作为一个似乎重新接续了打碎古老中国‘铁屋子’的‘五四运动’传统的新的文化启蒙时期……这种历史意识和时代认知赢得了广泛的认同和共鸣。”[③] 以此观之，“新时期”所开启的不再是“革命新纪元”，而是“与国际接轨”的现代化进程。“五四”也由此成为“新时期”知识分子主体性“神话”的前史。

---

① 李洱、梁鸿：《“日常生活”的诗学命名与建构》，《渤海大学学报（哲学社会科学版）》2008 年第 3 期。

② 李洱：《问答录》，上海文艺出版社，2013，第 251 页。

③ 贺桂梅：《“新启蒙”知识档案》，北京大学出版社，2010，第 2 页。

然而，这个充满自信与解释力的“正午”却如此短暂，早在20世纪80年代中后期，种种质疑的声音就已经出现，对主流话语进行冲击。“‘知识的禁忌’在文化记忆尚未丧失之时可能已经被迫贬值，小说作为一种‘冒犯的力量’，它所要冒犯的对象可能已经随之产生位移，并取消你行动的意义。”[①] 这种“怀疑主义的迷雾”在“午后”弥散开来，知识分子发现不仅他们作为历史主体的“事实”并不确定，就连“主体性”本身的价值也正在逐渐消弭，一切界线分明的对抗在此时都被抽空了意义。另外，“午后”的复杂性还在于它仍保留着“正午”的记忆，尽管这些记忆仅仅是变形后的碎片。“后—(post-)”意味着自身存在的暧昧以及难以命名，只能乞灵于前一时期。在“后—”的年代寻找逝去的“神话时代”的记忆，也是对历史“断裂”与“延续”的复杂形态的探究。

《花腔》不同于李洱以往乃至此后的“知识分子小说”，他并未以自己的同代人，即“新时期”知识分子为主要表现对象。《花腔》的主人公葛任是一位“五四”知识分子，他曾赴日本学医，又辗转苏联，后归国参加民主革命，革命失败后投奔延安，“牺牲”于抗日战场。这个以“个人”的谐音为姓名、苦苦追问着“谁曾经是我”的人物，实则是“五四”群体（“新时期”想象性重构的“五四”一代）的代表。他从传统文化中出走，接受现代西式教育，怀揣着改造世界的理想却又不免在复杂的现实中游移不定，徘徊于革命的期许与个人的复归之间。“葛任”与瞿秋白——尤其是写下《多余的话》的瞿秋白——极其相似，这一点早已被众多研究者所指出。有趣的是，作者李洱既在小说中多次刻意点明二人的相似之处，又常以二人同时出现的方式反证他们并非同一个人。由此可见，“葛任”是一个被“新时期”的共同想象所典型化的形象，他是一个“行走的影子”，是模糊的历史记忆与当下的主流叙事所投下的虚影，而作为真实历史人物的瞿秋白则仅仅是一片被投影的历史碎片。

除了“葛任”这位虽占据着文本中心却从未真正出场的主人公以外，小说中还有另一个隐藏的主人公，即那位致力于收集各类“引文”、试图“还原”

① 李洱：《小说家的道德承诺》，《中国图书商报》2004年9月10日。

葛任人生“真相”的“我”。他实际上是小说的第四位叙事人。不同于其他三位叙事者所提供的自相矛盾、遮遮掩掩的“花腔”，他以档案管理员式的口吻，拼凑出一个接近客观事实的故事。然而，“我”最终找到的却是一个空洞的中心。这个空洞的中心固然代表着那个真相不明、沉默不语的“葛任”，但或许也同样意味着那个被忽略的“新时期”。

在小说主体部分，三段由符号“@”所标记的叙事分别发生在1943年、1970年和2000年，指向中国现代历史上的三个重要时段，然而，那个知识分子占据社会中心的“黄金时代”、那个曾经在李洱小说中萦绕不去的“新时期”却隐匿了。尽管小说中的“我”应该是一位“新时期”知识分子，但他的形象几乎是一片空白，他存在的全部意义就在于“还原”一个在20世纪80年代(革命的时代)陨落的“五四神话”——这个“五四神话”实则是“新时期”的某种“历史想象”。更意味深长的是,“我”虽然自以为是葛任的后代，但其实与葛任并无血缘关系，葛任其实没有留下后代。这个细节或许暗示着“新时期”/“新启蒙”时代与“五四”的复杂关系——某种具有强大阐释力和知识生产性的“误读”。

《花腔》的确是一种“午后”的写作，它所讲述的既是“葛任”/“个人”及其全部生活真相的湮灭，也是“正午”/“新时期”神话的瓦解。“在写作《花腔》之前，我确实没有塑造过所谓的正面人物，那种能够提示生活的方向感，能够直接地激发人们心中的健康力量的人物。”[①] 葛任无疑是李洱小说中的一个异类，他是一位理想化的、受到“新时期”主流话语肯定的“文化英雄”。然而，葛任形象的塑造却是通过彻头彻尾的反讽完成的，他的全部人生在虚虚实实的“引文”中走向荒诞和破碎。葛任在抗日战争中假死隐居，此时他才真正获得了极为有限的个人自由，但他在这段时间里写下的文字却被全部销毁，他也因此彻底成为一个只存在于主流叙事之中的“神话”。这种徘徊于“大历史”和个体之间的典型知识分子形象，与“新时期”对个人

① 李洱、梁鸿:《“日常生活”的诗学命名与建构》,《渤海大学学报(哲学社会科学版)》2008年第3期。

主体性神话（“人学”）的建构，以及文学/政治二元对立的认知模式（“去政治化”）密切相关，但小说对“葛任”的塑造显然拒绝了一切“神话”，无论是宏大历史的神话还是“人学”的神话。

作为“新启蒙”时代的20世纪80年代通过把“五四”建构为“前史”证明自己的合法性，与《花腔》通过无数“引文”对葛任进行“造神行动”如出一辙，制造出的仅仅是叙述者的自我证明。“我”以看似客观的态度考证葛任的“真相”，但“我”的“考证”无非也只是另一种“叙事”。尽管作者刻意用两种不同的符号区分“我”的“客观叙述”（“&”）和其他人的“主观叙述”（“@”），但就其同为“引文”而言，它们在文本地位以及可信度方面是平等的，“我”的“客观”叙事其实也不见得可靠。这背后隐隐浮现出“新时期”理想的破灭，以往的“神话”已经淹没在多元叙事之中。而且，“我”试图“还原”或“建构”的知识分子理想形象，这个“新时期”个体性神话的具象化，是一个拒绝行动的“主体”，“葛任”只能在无限接近于死亡的短暂时光里真正获得个人的消极自由：不说话也不做事。以拒绝行动为前提的自由既无效又不可复制，“造神行动”最终彻底地摧毁了“神话”。

三、“饶舌的哑巴”：历史叙事的无声处

“饶舌的哑巴”出自李洱发表于1994年的同名小说，这一自相矛盾的短语恰好精准地形容出20世纪80年代中后期知识分子的某种尴尬处境：“当人文知识分子手中的真理失去，我们去深刻怀疑自己的时候，实际上我们无所依傍……除了引用西方话语，我们似乎还真的无话可说。我们啰唆了半天，啰唆的是别人的话，跟自己的处境还对不上号。”[①] 当“五四”以降的话语体系和真理标准全部遭到质疑，当“铁幕”另一侧的世界在人们的视野中重新显影并被视为现代化的标杆，当整个社会开启一种全新的历史可能，中国知识分子却陷入了失语。他们充满表达的欲望，却又找不到具有原创性的、契合

① 李洱、梁鸿：《“日常生活”的诗学命名与建构》，《渤海大学学报（哲学社会科学版）》2008年第3期。

自己生存状态的语言系统，只能言不及义地在意义的周边游荡。

除了“新时期”后期的知识分子以外，“饶舌的哑巴”们在现代历史的各个阶段反复出现。比如，那些个性太过独特而无法被典型化的人，或者人生经历触及某些历史隐秘的人。他们不能被任何时期的主流叙事所容纳，他们的生命经验因无法被言说而难以负载意义，从而成为现代历史中的“隐形者”。不同于为选择或重建话语体系而苦恼的“新时期”知识分子，这些“隐形者”才是真正的“哑巴”，他们的生命经历始终无法进入历史叙事，他们甚至不能被“压抑”，因为“压抑”本身也意味着一种潜在的言说。

从这个意义上来说，葛任并不属于“饶舌的哑巴”，他虽然主动拒绝进入历史，却始终处于“历史讲述”之中，他的生命经历可以被现代中国的任意一种主流话语所捕获。葛任本名“葛尚仁”，显然与中国儒家“仁者爱人”的传统思想有关，他的人生基本依循“五四”一代知识分子的典型生命轨迹，后来还以投奔革命的方式，接续了“新民主主义革命”的历史叙事。葛任的人生是得到命名的，无论是从“葛尚仁”改名为“葛任”（个人）——传统与现代的“五四”式决裂，还是取俄文名字“尤郁斯基”（忧郁 / 犹豫）——师法苏联以及知识分子的彷徨内心，都透露出种种时代主流观念的印记，也大致概括了“新时期”对“五四”知识分子的历史想象。而《花腔》正文部分所涉及的葛任最后的人生经历，则恰恰是一段“启蒙与救亡的双重变奏”，葛任所拒绝的也正是这段“双重变奏”。他并非为历史所放逐，而是主动走出了历史。反讽的是，他以放弃生命也放弃话语的代价换来的“出走”，实际上也只是走到了另一段历史想象中——“新时期”的个人主义神话。有关他的“假象”与“真相”，将他建构成了不同历史时段的“文化英雄”。

《花腔》中也存在真正的“饶舌的哑巴”——处于“历史”之外的、“失语”的知识分子，葛任恋人胡冰莹的父亲胡安便是其中一位。胡安曾留学法国学习戏剧，还计划在上海盖一个小型图书馆以“启蒙”市民，但这个计划最终流产；他又投资创办枋口小学，这里后来却变成了葛任的囚室；最终，胡安卖掉自己的房产投奔苏区，看似进入了主流历史叙事。然而，胡安投奔革命的动机是纯粹个人化且略带消遣性质的，因为“那里有斗争，天天有斗争，不像上海、杭州，跟一潭死水似的，没意思，没意思”[1]，这使他难以被归类为“革命志士”。胡安的死亡是一个关键情节，充满了荒诞感。由于观众太过入戏，在革命戏剧《无论如何要胜利》中饰演“白匪”的胡安被激奋的观众误杀：“他刚从台上下来，还没卸装呢。他太性急了，急着向观众打听对他的演技有何反映”[2]，而此时的观众还没有走出戏剧场景所带来的冲击，在真实的幻觉中向这个想象的“敌人”开了枪。

胡安其实是死于“历史”对“诗学”的“越界”，艺术家跌进了自己过于精湛的演技所织就的陷阱，在一个文学 / 政治相伴而生的时代，误信了“纯文学”的神话。关于胡安之死，朗西埃对包法利夫人之死的解读或许可资借鉴：“她的自杀显示为一系列幻想破灭的合乎逻辑的结果，而这些幻想又来自一个原始的幻想：由于过度的想象，她将文学和现实生活混为一谈。”[3]胡安本人其实并未混淆文学与现实生活，他的死毋宁说是因为将二者区分得过于清楚。致命的混淆是出现在文学艺术的接受过程之中的，当人们习惯以“现实生活”乃至“历史的发展方向”为尺度去审视文学，一系列严重的后果便难以避免。

胡安的一生都被“真”和“假”的混淆所左右。胡安本应该是苏区的英雄，他制造的假币严重扰乱了国民政府的金融秩序，但这是一个“不足为外人道”的历史秘密。他生前的英雄事迹不具备合法性，而他的死亡又过于荒诞甚至愚昧，“胡安的死，既在历史之外，又在诗学之外”[4]。胡安的“生”触及了历史的隐秘，危及历史的正义性与合法性，他的“死”又打破了“人民大众”的神话，暴露了未经启蒙的群众愚昧暴力的一面。哪怕就知识分子的现代性启蒙话语而言，胡安也实在没有多少“现代性自觉”，他的所作所为多半是“兴之所至”，其死亡又过于滑稽，不是纯粹的“历史悲剧”。因此，虽然胡安充满行动的热情，相较于葛任，他具有更强的主体意识，但他仍被放逐在“历

① 李洱：《花腔》，上海文艺出版社，2017，第 318 页。
② 李洱：《花腔》，上海文艺出版社，2017，第 346 页。
③ ［法］雅克·朗西埃：《文学的政治》，张新木译，南京大学出版社，2014，第 68 页。
④ 李洱：《花腔》，上海文艺出版社，2017，第 349 页。

史”与“诗学”之外，得不到命名，更得不到讲述。

无法进入历史主流叙事的“失语者”是否有另辟蹊径的可能？这或许要寄希望于新的文学创作理念的兴起。“新时期”之初的文学在总体上仍沿袭“十七年”以来的现实主义传统，直到“现代主义”的艰难兴起，才对此形成了挑战。20 世纪 80 年代后期，“拆除深度模式”的先锋文学终于动摇了“人”和“历史”的主体位置，“当代创作……不再充当时代精神或历史原型的象征体，艺术就是人类感性生命暂时栖息的一个平面……不负载任何超越性的‘精神’进向”[①]。《花腔》显然有“先锋派”的流风遗韵，如多视角书写、不确定叙事等，但它也以一种新的方式回归了历史和现实。不同于传统现实主义致力于塑造“典型环境中的典型人物”，小说以某种新的视角审视历史与历史中的人。在这个故事里，既有试图逃离历史叙事却又处处陷入主流话语的“文化英雄”，也有被排斥在历史与诗学之外却又始终积极行动的“饶舌的哑巴”，小说以取消“主流”与“边缘”、“真”与“假”二元对立的方式，使得“发声”与“失语”在空缺的历史真相面前获得了平等的位置。

《花腔》是一部李洱试图为生活命名的作品，却一再陷入命名的困境。身处“午后”的历史阶段，“新时期”对生活的巨大解释力已经消耗殆尽，只留下记忆的碎片。围绕着主人公葛任的叙事迷宫和他最终的死亡，是作者在 21 世纪初对“新时期”神话的彻底摧毁与最后致敬。当主体性神话已然破碎，当知识分子在历史中不再得到命名，自我言说将如何进行下去？然而，在历史的一片废墟和现实的鸡零狗碎之间，神话的记忆或许才得以真正“提示生活的方向感”。换一个视角来看，难以命名同时意味着生活的全部可能被重新开启，不被主流话语捕获，或许才能在多元的时代成就真正的“个人”。

（作者单位：南开大学汉语言文化学院）

① 陈晓明：《拆除深度模式——二十世纪创作与理论的嬗变流向》，《文艺研究》1989 年第 2 期。

“间性”视野及“变诗为骚”的历史叙事

——评房伟长篇小说《石头城》

高强

与历史紧密绾合，是中国文学发展的一条主线。从起源上看，中国小说本就产生于或者说寄生于史传叙事中，这也导致了文史长期不分的情形。后来，文学逐渐从历史中解脱独立出来，但回望描摹历史，依然构成了中国文学念兹在兹且持续不断的流脉。历史叙事，本是中国小说十分擅长的领域，但强大煊赫的历史小说，发展到当下，遭遇到了多方面的挑战，暴露出严重的弱点和疲相。一方面，日常生活中的俗人俗事、沉重严肃的乡土场景及中产阶级的浪漫想象，弥漫于书籍刊物中，关于旧时往日的历史叙事不得不艰难地寻觅容身之所。另一方面，文学的历史叙事本身，又总是在“有用”的宏大话语、道德说教和“有趣”的零碎话语、欲望铺排两个极端之间往复徘徊。就在这一历史叙事深陷危机的背景下，学者房伟从“半路杀出”，贡献了一批精到独特的抗战小说，使历史小说从泥沼中超拔出来，为文学的历史叙事指示了某种正途和远景，《石头城》这部长篇新作便是房伟文学历史观的总结，可视为其历史叙事的集大成之作。

一、左右出击与“间性”历史

《石头城》以蒋姓大家族悲欢离合的遭遇为中心，反映、描写了日军侵华致使南京陷落的历史故事。《石头城》归属于历史小说大家族中，中国的历史小说创作十分发达，但统观以往的历史小说作品，要么从维护主流意识形态和传布道德训诫的立场出发，以“宏大叙事”的策略经营历史；要么则汲汲于暴露历史的阴暗无聊面影，视权力斗争、卑琐欲望和浑噩人生为历史发展演进的常态，最终将宏大叙事所建构的严肃历史拆解成零碎无聊的块块碎片。对于上述两种历史文学叙事的弊端，房伟都有清晰的认识，在写作长篇小说《石头城》之前，他便创作了一系列关于抗战历史的中短篇小说，有意识地展开了“双重性”的文学反思，既反思以往宏大叙事的观念，又对“新历史小说”反历史叙述意识和美学趣味加以反思。到了《石头城》这里，房伟进一步发挥了“双重反思”的写作路径，以左右出击式的“间性”意识和“间性”视野观照审视历史，呈现了某种“间性”状态下的丰富历史景观。

首先从反宏大历史叙事这一维度来看，房伟在《石头城》中着力反思了群体立场和道德立场这两大历史评判原则，让许多长期湮灭无闻的声音获得重新发言的机会。抗日战争将全体中国人聚合成一个整体，所有个人必须遵照群体的召唤和指示去行动，个体的世俗追求理所当然地沦为了妨碍抗战的负面元素。“战争进行得波澜壮阔，苦的是无辜百姓”[①]，作为个体百姓的悲苦不幸，常常遭到高呼呐喊之声的“群体”冷漠无视，房伟的《石头城》不仅正面描写了历史灾难的慷慨悲歌，还不厌其烦地叙说了普通民众在战争大背景下认真对待俗常生活的场景。对中国人来说，饮食与日常生活的关系十分紧密，所谓“民以食为天”“人生在世，吃穿二字”是也，所以房伟的《石头城》便别出心裁地选择用吃（饮食）的话题，来表现个体世俗生活难以剥夺的生命力，这方面的内容又集中在蒋家二公子南京大厨蒋坤安身上。除了最后蒋坤安和日本厨师虎太郎之间的厨艺比赛，蒋坤安有两次做菜场景是作者重点描绘的，一处是日军即将攻占南京之前，蒋家得到了短暂的团聚机会，蒋坤安郑重置办了一桌“团圆饭”；另一处是侄儿蒋巽丰与小镜结婚，蒋坤安亲手制作了一桌简单的婚宴。这两次烹饪场景，作者从食材选择到工序安排再到菜品寓意都进行了巨细无遗的书写。“饮食作为一种特殊的话语，表述人们的存在与身份；饮食作为一种特殊的叙事，叙说着‘家’的情感和韵

① 房伟：《石头城》，《十月·长篇小说》，2022年第3期。

味。”[①] 家人聚餐和结婚请客，这虽属普通人的日常生活，但因其勾连维系着家族亲朋之间的情感纽带，确证着个体的生存实感，因而这两处做菜饮食的详细描写，对于历史当事人来说，便显得意义重大。正是在菜品的用心制作和食物的安然享用之中，普通个体难能可贵地从战乱创伤中获得了暂时性的喘息与抚慰，“所有人在酒宴中，释放了这一年多的恐惧和无助”[②]。除却蒋坤安之外，在《石头城》的其他人物身上，也时常可见关于饮食的描述，这些文字数量众多，与家国反抗这一主线构成了分庭抗礼的态势。

小说描写过一个细节，蒋坤安带领妻子和大嫂到南京郊外躲避日军侵扰时，要求吃热饭菜、喝热水，必须等到凌晨一点钟左右，之所以定下这个规矩，既有安全层面的考虑，避免烧火的烟雾招来日军，同时还是为了最大限度提升食物的营养：“凌晨一点，阴阳之分，水火之济，煮出的东西，其实是最好吃的。古人讲‘既济卦’，是六十四卦之一，上半部是‘坎卦’，象征着水，下半部是‘离卦’，象征着火。水火相济，才得天地阴阳之调和，现在条件限制，不能热炒，但如何煮东西，也是有讲究的。这样才不易生病。”[③] 即便避难流徙，也绝不马虎对待饮食吃饭问题，从群体抗战立场来审视评判，显然是落后可笑的行为，但房伟的《石头城》却理性平实地表现蒋坤安此类言行。蒋乾中本来想让儿子读书做官，但蒋坤安最终却坚持从事了庖厨之业，这让蒋乾中耿耿于怀，一直心怀不满，当日本人杀将而来，蒋乾中选择以身殉国，临死之际蒋坤安潜回家里给父亲做了一份莼菜鲜汤，这时蒋乾中终于释然并表示自己反对儿子当庖厨是错了。要知道，蒋乾中是个“把名节看得极重的老派文人”，他反复教导子孙辈要“以国家民族为根本”。蒋乾中是群体抗战的坚决支持者，是群体抗战立场的坚定维护者，但恰恰是他最终却肯定了不起眼的厨师儿子蒋坤安的选择。“战争以一种无法抵御的强制力量将生活抛出了常轨，使人的生存成为瞬间的消失。”[④] 在此绝

① 王素珍：《流动的家乡风味——饮食的记忆和想象》，《民俗研究》2013 年第 4 期。
② 房伟：《石头城》，《十月·长篇小说》，2022 年第 3 期。
③ 房伟：《石头城》，《十月·长篇小说》，2022 年第 3 期。
④ 黄万华：《史述和史论：战时中国文学研究》，山东大学出版社，2005，第 375—376 页。

望惨苦的背景下，以饮食为代表的日常生活尤为珍贵，普通人对日常生活的尊重和经营体现的是生存本身的独特价值和强劲生命力，所以作为庖厨的蒋坤安，才如此这般善待饮食、用心烹饪，而蒋乾中向蒋坤安的情感态度倾斜，则暗示了群体抗战评判立场对个体世俗生存需要的识别与重视。如此一来，房伟的《石头城》对于吃（饮食）的苦心书写，便在“大处着手”的传统中采取“小处着眼”的方式，“以一种高于教义的叙事能力，使自身保持着传达世俗启迪的力量”[①]。

道德立场是宏大历史叙事绵延久远且根深蒂固的衡量法则，这同样成为房伟的《石头城》重点反省的评判立场，奸邪与圣洁问题则是他反省的切入口。长期以来，抗战历史文学总是以非此即彼的二元对立眼光来认识忠奸正邪的关系，除非完全与侵略者划清关系，否则只要与敌人有所亲近沾染，就会沦为道德败劣的奸邪小人。以这种方式看待历史，“对行为的判定便转移到用绝对道德标准来衡量，此时，后见之明者就忽略了真实生活的选择中可能发生的意外和危险的事情”[②]，那些迫不得已生活在敌占区的人便被等同为通敌卖国之人。然而战争导致的天翻地覆，使得人们的选择和言行变得极其复杂，为了生存，左右为难的矛盾心理及模棱两可的行为态度更为常见。《石头城》写道，南京沦陷后，在西方善良人士的努力下，日本军队给难民们留出了一块“安全区”，“安全区”到了晚上就成了“鬼市”，此时忍辱偷生的中国民众会将他们冒着巨大风险搞到的粮食拿来街道上做起小吃生意，各种合法非法的以物易物也会大量上演，“鬼市”中发生的一切不是道德与否可以轻松概括的。“安全区”如此，日人区的情形同样很复杂：“日人区除了日本人，就是大量愁眉苦脸的中国苦力。他们在日本店铺干活，或帮日本人抬东西，送货物，价钱非常低廉。相比而言，他们比被日军‘征用’的苦力好些，不用清理尸体，不用去浦口和下关修军港和运货。日子总要过，窝在安全区

① 耿占春：《叙事美学：探索一种百科全书式的小说》，郑州大学出版社，2002，第 199 页。
② ［加］卜正民：《秩序的沦陷：抗战初期的江南五城》，潘敏译，商务印书馆，2015，第 19 页。

不干活，生活难以维持。”[①] 即便是那些与日本人“合作”的中国人也不尽然都是道德败类，“这些人有黑白两道通吃的厉害人物（比如吉米王），也有昏聩谄媚之徒”[②]。本来看不起鲁大料的蒋巽丰后来化名为“鲁二丰”，以给“汉奸”鲁大料当侄子的方式，才保住了性命，这一情节既是一种反讽又是一种警醒。凡此种种，都揭示出“在通敌和抵抗这两个极端的选择之间存在的广阔的中间地带”[③]，对道德评判立场的片面性给予了有力回击，展现了抗战历史的杂糅样态。

战争中的普通民众是苦苦挣扎的悲惨者，而女性遭受的戕害尤其沉痛，更严重的地方在于，女性在战争中还要时时刻刻被男性道德审视的目光所监视，她们是贞洁圣女还是可耻荡妇，总是由男性从道德立场加以评判。房伟在《石头城》中以周慧这一女性角色的视角和口吻，强力驳斥了男性紧抓不放的道德评判立场。周慧因生活所迫，投身娼妓行业，后来邂逅蒋坤典，被其才华与真心打动，接着嫁与蒋坤典做妾，从良的“婊子”好不容易在蒋家立足，又在日本人的侵略中开始了逃命生涯。在逃命过程中，周慧与蒋坤典正房柏翠芬及蒋坤安之妻柳如春被日军强奸蹂躏，为了避免惹恼日本人，三个女人不但未加反抗，周慧和柳如春反而主动配合，几个日本兵事后十分满意，临走时居然向几个女人鞠了一躬并留下了赏钱，这一幕恰巧被蒋坤安目睹。在此，女人是施暴的对象，男人蒋坤安是羞辱的目标。扩而言之，对中国女性的强奸更指向了“对中国国家的蔑视和羞辱”，强奸的大规模上演最终演变为“一种征服的象征”。[④] 深受刺激和侮辱的蒋坤安事后一直对几个女人冰言冷语以待，周慧实在憋不住了，终于伤心地厉声质问蒋坤安：“你让如春怎么办？……不是如春，我们可能都被日本兵杀了，这样你满意

① 房伟：《石头城》，《十月·长篇小说》，2022 年第 3 期。

② 房伟：《石头城》，《十月·长篇小说》，2022 年第 3 期。

③［加］卜正民：《秩序的沦陷：抗战初期的江南五城》，潘敏译，商务印书馆，2015，第 23 页。

④［加］卜正民：《秩序的沦陷：抗战初期的江南五城》，潘敏译，商务印书馆，2015，第 35—36 页。

了？”[①] 柳如春也惨然地解释，自己罪该万死，但因为自己怀了蒋坤安的孩子，所以拼命想和孩子一起活下来，未曾想到自己却变成了肮脏无比的“贱货”，次日凌晨，绝望透顶的柳如春自沉上新河。多年以后，蒋坤安收养的义子水生回忆说：“（父亲）想救她的，他晓得柳如春胆子小，不敢死，没想到，那天她毫不犹豫地跳到水里，甚至不给坤安抢救的机会。她执意带走自己和未出世的婴儿。世界太残酷了。她们活不下去了。”[②] 事实上，残酷的并非战争世界，更残酷的是蒋坤安坚信不疑的女性道德准则。很快，周慧也出走了，她重新找到自己的妓女姐妹，一起合伙建立了“陶陶导游社”，重新做起了皮肉生意。类似于周慧这样的女性，在抗战历史中常常被男性轻而易举地贬斥为道德恶劣之人，可就像周慧反问蒋巽丰的那样：“你让我们这些女人靠什么活？”[③]

房伟的《石头城》成功“让历史行动远离被民族主义情绪束缚的假想，或者远离使其老掉牙的道德预设，使事件退回到无法预料的不确定状态”。[④] 从中明显可见作者对新历史主义小说“解王者之敝”[⑤] 思想资源的汲取，然而房伟的《石头城》在借鉴新历史主义小说有益经验进而呈现抗战历史繁复景致的同时，又有效规避了新历史主义小说戏说历史、走向虚无主义的弊端。新历史主义小说以解构主义和后现代主义为思想武器，关注打探“小人物晦暗纷乱的非理性世界，及碎片化的个人化呓语”[⑥]，结果一个个放浪不羁但卑琐灰暗的人物形象，遍布文本内部。与之相对，房伟在《石头城》中虽然也着力以那些被宏大叙事所轻视的小人物视角看待历史，但这些人并未被权力

① 房伟：《石头城》，《十月·长篇小说》，2022 年第 3 期。
② 房伟：《石头城》，《十月·长篇小说》，2022 年第 3 期。
③ 房伟：《石头城》，《十月·长篇小说》，2022 年第 3 期。
④ [加] 卜正民：《秩序的沦陷：抗战初期的江南五城》，潘敏译，商务印书馆，2015，第 285 页。
⑤ 王又平：《转型中的文化迷思和文学书写——20 世纪末小说创作潮流》，华中师范大学出版社，2011，第 260 页。
⑥ 房伟：《现实的“逆子”与“解构”的困境——文学史转型期的刘震云小说创作》，《艺术广角》2020 年第 3 期。

斗争和欲望享乐紧紧绑缚，他们虽然只是大历史背景中微小的个体，虽然他们也会在战乱纷扰中感伤忧郁，但他们没有就此沉沦，而是努力挣扎前行，努力保持起码的人性尊严和民族道义。封阿水和老姜头宁死不给日本人做事，他们在黑市上做买卖，冒着生命危险，偷窃大户人家的物品，也偷日军物资。此外，封阿水和老姜头还收集散落枪支，偷偷运出城，卖给城外的红枪会和游击队等抵抗者。蒋坤典年轻时是个热血冲动的青年，一直以做跃马疆场的将军为自己的人生梦想，后来他亲眼见证无数热血青年的消逝和太多蝇营狗苟的青年得权获势，也就索性颓废下去了。但面对日本人的凌迫，蒋坤典深知这“颓废”不能维持了，他开始转型成为无畏冲锋的真正战士。战争的残暴景象，时常让蒋巽丰心生踌躇，可是他自始至终都坚持与敌人进行抗争周旋。迷恋烹饪、喜欢安逸生活的蒋坤安，在玉陵春当大厨被日本人欺负时，只能低头认屃，但他后来选择重回玉陵春的目的是“继续专研京苏菜，和日式餐饮抗衡”，而且他还一再告诫义子水生：“要好好学本事，将来把中华菜肴发扬光大，否则再过个几十年，到了我这个岁数，晚辈后生只能吃寿司和生鱼片啦。”[1]更有甚者，经常遭人嫌弃、性格沉静的蒋坤安竟然是小说中唯一一次成功反击敌人的“猎舌行动”的实施者。《石头城》中，这些没有主次、不分贵贱的人物都在以自己并不高迈的方式护持着人性尊严和民族尊严。

《石头城》初刊于《十月·长篇小说》，后由北京十月文艺出版社出版了单行本，单行本与初刊本相比一个明显的不同是增加了“引子”和“尾声”前后两部分文字。通过这种更改，在“引子”部分，作者以蒋巽丰之子“我”的口吻，简单交代了蒋巽丰晚年的经历。蒋巽丰之子“我”也已年过半百，认为父亲那一代人，经历了太多可怕且可贵的事情，虽然有机构为他做过口述实录，但尚有许多记忆尘封在历史深处，所以“我”便想将父亲的故事记下，让将来的人看到知晓。后来，“我”偶然遇见了一位自费到南京了解抗战历

① 房伟：《石头城》，《十月·长篇小说》，2022 年第 3 期。

史的教师，“我”便向他讲起了“我父亲”“我爷爷”们的抗战故事。到了小说“尾声”，那个教师居然把“我”的讲述写成了一本书，并骄傲地向“我”展示了书稿。《石头城》的主体内容，就是这个外来教师写下的“我”所讲述的关于“我父亲”“我爷爷”们的抗战故事。这个补加的“引子”加“尾声”的小说结构，是一种总体性的写作寓意，它暗示了小说《石头城》是一部“寻根”之作，不仅是“我”对于家族历史的寻根，而且是那个教师对于整个民族历史的寻根。这样的“寻根”恰恰是后现代的新历史主义小说奚落的对象，后现代视野下的新历史主义小说“以偶然性覆盖必然性”，“以静止观质询发展观”，“以荒诞性挑战合理性”[①]，在此过程中，历史的真相与价值被认为是可笑的“幻象”，历史被眼花缭乱的文本游戏填充淹没、肆意拆解。房伟的《石头城》则在弃绝了传统宏大刻板的历史笔法之后，采取《红高粱家族》式的“寻根”路径，以“当下生命的真诚而不做作的历史融入和现代理性的历史穿透”[②]，重构历史坐标、重建历史归属，在普通人的悲欢离合之中，“窥见人性的反思和尊严”[③]，表达了对抗战历史虔诚的尊重和信仰。

“历史的灿烂星空”是房伟魂牵梦萦、心心念念的表现对象，与以往的历史小说作者有别，房伟对“历史灿烂星空”的关注采取的是“平视”视角：“文学既不是仰视历史，将之视为最高准则，也无需俯视，以肆意的怪诞夸张，以虚无的虚构，践踏历史真实的存在。在历史小说之中，文学和历史，应该是一种‘平视’、‘交流’的关系。”[④]“平视”历史的房伟，在长篇新作《石头城》里既规避了拘谨传统的亦步亦趋式写作，又没有重蹈完全颠覆历史逻辑的覆辙，而是在左右出击的双重反思过程中描绘了一幅“间性”历史图谱。

---

① 王又平：《转型中的文化迷思和文学书写——20世纪末小说创作潮流》，华中师范大学出版社，2011，第282—288页。

② 王金胜：《“总体性”困境与宏大叙事的可能——论房伟〈猎舌师〉兼谈当代小说的相关问题》，《中国当代文学研究》2020年第6期。

③ 房伟：《在历史的灿烂星空之下》，《长江文艺评论》2017年第4期。

④ 房伟：《在历史的灿烂星空之下》，《长江文艺评论》2017年第4期。

二、中日互照与“间性”文化

抗日战争，是中国现代史上悲苦艰辛的一页，而南京沦陷则是抗战历史中最沉痛悲惨的记忆。近些年来，涌现出大量表现南京沦陷的文艺作品，《南京！南京！》与《金陵十三钗》这样的影视作品，尤其影响深远、反响热烈。身为学术研究者的房伟，查阅浏览了众多真切的抗战史料，在此基础上，再反观审视那些关于南京沦陷的影像叙事后，他深刻地洞察到其中充斥着“浓重的后殖民倾向和西方视角”，西方的所谓“拯救者”常常凌驾、取代了活生生的具体中国受害者，成为故事中的“主角”。房伟创作《石头城》的重要出发点，就是要一改西方外来者的视角，转而描写中国人自己对于抗战，对于南京沦陷的复杂反应和心理感受，最终“写出以中国人为主体的中国故事”[①]。揆诸小说文本，蒋家老爷子蒋乾中在日军占领南京之前，命令家人逃走，自己则孤身留下以身殉国；大公子蒋坤典因日本的凌迫，逐步改变颓唐的面貌，投身战斗行列，最终光荣战死；身为国民政府普通职员的三公子蒋坤模，如何一步步失望沉沦，选择远渡重洋；二公子蒋坤安，怎样凭借自己的一手厨艺在南京苦苦撑持，后来又稀里糊涂地进了军统，完成了对侵略者的强势反击。这些人物的选择和经历，都不受外国人的引导或启发，他(她)们的故事，写出了活生生的具体中国普通民众的遭遇。其他如大媳妇柏翠芬、二媳妇柳如春不堪日军凌辱，先后自杀身亡，蒋坤典的二房周慧在告别妓女身份与重操旧业之间的无奈抉择，蒋家孙子蒋巽丰带领一众儿童与敌人周旋数次死里逃生的过程，都是属于中国人自己的切身体验，绝非外部思想和眼光的投射。

如果说不加反思地以西方人的眼光来打量中国，以西方的口吻来讲述中国的抗战故事，存在“后殖民内视化”的弊端，那么完全摒除一切外部视角，仅仅沉浸于纯粹中国抗战故事的构设，又会带来“自我中心化”的桎梏。房伟的《石头城》虽然直面中国人的本体性遭遇，但他并未因此而将自我与他

① 房伟：《“活”的历史与“活”的文学——〈石头城〉创作谈》，《新文学评论》2022年第4期。

者完全隔绝，相反，作者在日本作家井上靖的启发下，认真践行了“文化美学间性”的写作方式，既看到并写出了中国人切身的抗战体验，也看到并写出了外来者的战争心理感受。日本作家井上靖创作了一系列有关中国历史的小说作品，讲述了很多中国人都不甚了了的中国文化精髓。井上靖的这些作品，表达的不是对中国历史的简单崇奉，更没有从创作者的主体立场出发将中国历史改造成“日本化”的版本，井上靖诉诸的是一种“文化美学间性”的写作策略，他的写作建立在对中国历史的“尊重”和“理解”的基础上，竭力将中国历史客体化，进而在中日两国文化的碰撞、交融过程中，“呈现人类永恒的悲剧感”[①]。井上靖的写作受到房伟的热烈称扬，前者也成为后者在文学创作上最重要的师承。

受井上靖“文化美学间性”的启发，房伟《石头城》的战争历史叙事，没有孤零零展示中国民众的创伤体验，没有口号式声讨侵略者的残忍邪恶，而是通过一些非刻板化的复杂日本人形象的形塑，尝试理解和表现日本文化不可化约的繁杂面貌，进而超越民族之间的简单对立，深入反思战争的深层次危害。小说中的小林春之与通常的日本军人不同，他是东京帝大高才生，知识渊博、见识不凡，与此同时，他又充满“文化改造民族”的使命感，认为中国晚清以来的混乱历史，证明其文明的颓败落后性，必须在日本的推动帮助下，才能重新开化。武力侵略和暴力残杀的手段是小林春之不屑采用的，他笃信宣传教育的力量，因此他以极大的热情和耐心从事于“文化宣抚”工作，试图将中国人一步步引入“合作者”的行列。小林春之虽不像其他日本军人那样，大肆屠杀中国民众，但固执冷静的小林春之，对中国民众施加的是无形有力的精神改造和文化重塑工作，比手持刀枪的日本军人更可怖、更难以防范，无怪乎蒋巽丰会形容小林春之为“冷静的恶魔”，对他心生浓浓畏惧感。

小林春之既圆滑狡黠又强硬顽固，既多愁善感又冷静耐心，他将中国民众划定为浑浑噩噩的群体，采取雄心勃勃的隐性否定手段，旨在“把受

① 房伟：《井上靖的目光》，《世界文学》2021年第6期。

殖者改造成只为满足殖民者之所需而存活的物，亦即纯粹的受殖物”[①]。这个“非典型”的侵略者形象，折射了房伟关于战争的深层次思考，即精神文化殖民的危害性远甚于暴力残杀。抗战胜利后，那些从小林春之手中被解救出来的非中非日的中国少年，就是对精神文化殖民造成的严峻摧残的绝佳说明：“他们都被人抽走了灵魂，行尸走肉一般，他们既不是日本人，也不能说完整意义上的中国人，巽丰也不晓得，他们要如何熬过今后的人生。”[②]在《石头城》的结尾处，小林春之从蒋巽丰那里得知，自己的侄女小林秋月居然被日本军人糟蹋蹂躏而死，高傲的小林春之瞬间泄气，然后在埋葬着蒋家亡人的坟地上陷入了癫狂状态。小林春之是日本文化殖民政策的坚决践行者，但那个让他臣服迷恋的国度及其文化却活生生剥夺了自己至亲之人的生命，这是历史跟小林春之开的一个巨大玩笑，也是历史给他上的沉重一课，从这个意义上来说，小林春之也是被军国主义文化改造的精神扭曲者，他的结局只能是走向疯狂。从长远的历史当下回望过去，小林春之的精神文化殖民，显得可怖又可怜，而那些心甘情愿听命于侵略者的驯顺汉奸，其实也可恨复可怜。除了残暴的侵略者之外，《石头城》中几乎很难找到完全一无是处的人物形象，乔四则是唯一的例外。乔四一开始是专搞绑架抢劫的匪徒，抗战发生后，他开始从流亡逃难的民众甚至被杀身亡的中国人尸身上搜刮钱财，最后则毫无顾忌投靠于日本人，成为一名“心肝全无的人渣”。乔四当然属于毫不光彩的负面化人物，但当乔四拿着日本司令部给他开的汉奸证明，投靠太田部队时，太田少佐却将乔四的证明撕掉，狠狠扇了他两个耳光，并让他和其余被俘的中国人一样当抬尸的“杂役”。原本想得到日本人认可的乔四遭到了一番羞辱，个中缘由，小说的隐含作者给出了答案，原来“太田少佐看不起中国人，也看不起卖国求荣的汉奸”[③]。乔四这段经历，只是《石头城》中简单提及的内容，然而这一看似无关紧要的笔墨，却显示了主动弃

① 许宝强、罗永生：《解殖与民族主义》，中央编译出版社，2004，第38页。

② 房伟：《石头城》，《十月·长篇小说》，2022年第3期。

③ 房伟：《石头城》，《十月·长篇小说》，2022年第3期。

离本族而寻求进入他者队伍之人的悲哀面向："无论受殖者如何模仿殖民者，都遭到殖民老爷的鄙视。"[①]

当然，"文化美学间性"在《石头城》中更典型的例子是有关中国厨子蒋坤安和日本厨师虎太郎之间的描写。蒋坤安受到潜伏在南京的军统鲁大料的感召，加入了军统组织，投身于刺杀日本高官的"猎舌行动"，在此过程中，他遇见了南京日本总领事馆的厨师长虎太郎。后来，在虎太郎的提议下，蒋坤安被安排与其在外务省次长招待会上，开展了一场厨艺较量。正是借助中日厨艺比试的机会，蒋坤安成功在食物中投下了毒物，日伪政军界高级人员数十人中毒，幸存下来的宴会参与者也终生丧失了味觉。虎太郎是痴迷庖厨且技艺高超的纯正大厨，第一次与蒋坤安见面，他便给了蒋坤安一个下马威。当时，成功应聘南京日本总领事馆厨师职位的一行人，被虎太郎召见讨论料理的奥义。虎太郎认为只有日本料理，才真正接近厨艺奥义，蒋坤安等人不置可否，于是虎太郎便执意要求和蒋坤安各做一道肉菜给大家品尝，用实际行动来检验料理奥义的答案。蒋坤安做的是泥炉烤鸭，只在中国厨师那里赢得了一片喝彩，虎太郎提供的料理是其貌不扬的烤鸭肉，但在场诸人品尝之后，均深为折服，虎太郎做的那盘料理很快就被一扫而光。面对蒋坤安等人的惊讶与错愕，虎太郎发表了一番对料理奥义的看法：

> 优秀的厨师，是谄媚的厨子。你们要做舌尖的征服者，美食的王者！厨师们吃了一惊，未理解虎太郎的意思。他又说，中华料理博大精深，特别依靠中国丰富无比、变化多端的食材，更花样繁多。可惜，中华料理失去创造力，一味腐败奢华，不重营养，重油，重烦琐工序。料理不仅满足口舌之欲，更让人清洁，严肃，奋发……[②]

① 许宝强、罗永生：《解殖与民族主义》，中央编译出版社，2004，第 43 页。
② 房伟：《石头城》，《十月·长篇小说》，2022 年第 3 期。

虎太郎将料理与征服相联系，并讥讽说中国料理存在严重的弊端，这些对在场的中国厨师显然是巨大的羞辱，但冷静一想，蒋坤安又能够感觉到对方的言论“有几分道理”。后来，虎太郎还单独与蒋坤安交流过美食的意见，并询问蒋坤安是否愿意学习日式料理精华，蒋坤安表示了拒绝，并回答说：“料理有地方性和世代性，如人有种之差别，古今之别。”虎太郎则满怀欣赏语气地向蒋坤安进一步阐述了自己的意见：“美食不可媚人，而只能魅于人。我无贬低中华料理之意，只为激发你的斗志。强者的美食，有容纳百川之力，日本和食，是自中华、欧洲、日本本土延绵接近数百年的汲取，才成就了今天日式料理。”[①] 蒋坤安虽然谦卑地表示自己无法领会虎太郎的微言大义，但他心里其实已经有所“意动”。再后来，蒋坤安受虎太郎妻子菊子的请求，给食欲不振的虎太郎之子洋平做了一份文思豆腐和鸡蛋饭，居然让洋平大快朵颐了一番。当洋平询问蒋坤安做的是中国菜还是日本菜时，蒋坤安愣住了，不知如何作答，“文思豆腐是淮扬菜，却是日式刀工；鸡蛋饭是日本料理，却有西洋烹饪法和中国模具。真是很难说清楚”[②]。在“猎舌行动”中，蒋坤安做的压轴大菜“鱼肚乾坤”本属传统淮扬菜系，但蒋坤安选用的却是日本深海的大海鳗，具体做法上，又动用了繁复的工艺，既保留了食物的新鲜口感，又向其中注入了暖热之感，这道获得一致好评的菜肴，实乃“集合中日烹饪理念推陈出新之作”[③]。

蒋坤安与虎太郎关于料理奥义的争论以及发生在两人之间的厨艺比拼，同样是发生在“舌头”上的“战争”，这是一场隐喻意义的“猎舌行动”，其中，蒋坤安和虎太郎都不是征服者，也均非失败者。厨艺精湛的虎太郎所做的料理遭到儿子洋平的嫌弃，中国厨师蒋坤安却成功唤醒了日本孩子洋平的味蕾；尽管蒋坤安自始至终都坚守着自己的民族道义立场，但在饮食烹饪上，他却早已不是纯正无瑕的“中国人”。钱锺书有言，“烹饪是文化在日常生活里最

① 房伟：《石头城》，《十月·长篇小说》，2022 年第 3 期。
② 房伟：《石头城》，《十月·长篇小说》，2022 年第 3 期。
③ 房伟：《石头城》，《十月·长篇小说》，2022 年第 3 期。

亲切的表现”[①]，分属两大对立国度的蒋坤安和虎太郎，他们所传达出来的饮食言说，分明流溢着文化沟通、文化融合的强势面影。

三、血腥怪诞场景与“变诗为骚”的叙事策略

1946 年，郭沫若在关于历史剧的讲演中，曾以《诗经》的“赋、比、兴”手法来比拟历史剧的三种模式：“准确的历史剧是赋的体裁，用古代的历史来反映今天的事实是比的体裁，并不完全根据事实，而是我们在对某一段历史的事迹或某一历史的人物，感到可喜可爱而加以同情，便随兴之所至而写成的戏剧，就是兴。”[②]“赋”就是在创作时严格遵循历史史实，以便写出历史的真实面貌，“比”是用古代的历史反映现实，“兴”是只要对于某些人与事感到可喜可爱，不一定依据史实，随与写去。准确的历史剧是要从被歪曲被改削了的假历史中去找出它的真面貌，后二者是“以古鉴今”，借之达到批判、讽喻或歌颂的效果。借用郭沫若的描述，那种宏大历史文学便主要是以“赋”的手法进行铺排叙述的，而新历史主义小说其实大多将历史当作一种由头或自由驰骋的疆场，而在“比”“兴”方向上“策马狂奔”。若以中国文学影响深远的“诗骚传统”做参考，“赋、比、兴”式的历史叙事可称之为“诗经”模式，如前所述，房伟的《石头城》对这一模式包含的互为对立的两种态度都予以了反思，在此基础上，《石头城》又可以说在“诗经”式的历史叙事路径之外开创了“离骚”式的历史叙事策略，小说中俯拾皆是的血腥怪诞场景就是这一叙事策略的典型体现。

《诗经》具有强烈的现实色彩，《离骚》则以奇幻灿烂的想象突出地表现了浪漫的精神气质。房伟自白说，自己的《石头城》就是“通过文学笔法，

---

① 钱锺书：《钱锺书集：写在人生边上：人生边上的边上：石语》，生活 · 读书 · 新知三联书店，2011，第 242 页。

② 郭沫若：《谈历史剧》，王锦厚等：《郭沫若佚文集（1906—1949）》下册，四川大学出版社，1988，第 147 页。

在严谨的历史的褶皱，寻找鲜活的细节和文学的想象”①。落实到小说文本中，《石头城》有不少关于死亡、残杀场面的描写，这些部分均以“离骚”式的奇妙想象，在“诗经”式历史叙事笼罩之下，开辟出一块腾飞的文学天地。例如，涌入河道向下游逃难的人群，奋力抢夺可怜的船位，但他们攀附上船舷的手指却被士兵毫不留情地剁掉，“失去主人的手指，在船舷和甲板上蹦来蹦去，仿佛一条条活泼的鱼”②。蒋巽丰被日本人逼迫着参与处理中国民众尸体时，作者通过蒋巽丰的眼光为读者描摹展示了一场焚尸场面，火苗“像一群奔向食物的狂鼠”吞噬尸体，尸体则“像干豆荚被踩裂”一般发出连续响声，“死者有时抽搐乱动，咯咯地笑，吱吱地哭，他们的肚子爆开，好似新年爆竹”③。

当然，最震撼人心、最富于想象力的描写，莫过于“杀生大会”。眼看日军将至，蒋巽丰等“磨剑社”成员为了练胆好真正上阵杀敌，便组织了一次“杀生宰日大会”，即从四处收集牲畜，将其绑上日本旗，然后带到郊外野地，让儿童小兵们单独徒手宰杀之。蒋巽丰的师傅老姜头还推荐了两个人担任“杀生大会”的“顾问”，一个是“华清宫”浴池看门打手封阿水，一个是“德祥记”酱菜园老板鲁大料。“杀生大会”开始后，鸡鸭等家禽都被一一宰杀了，还剩下几个凶恶的大动物没人敢上前挑战。这时，封阿水一言不发，站了出来，轻而易举解决了两条菜花大蛇，就在人们还沉浸在对封阿水的沉着狠劲的感佩之中时，鲁大料又站了出来，他只是轻轻咳嗽几声，所有动物都开始瑟瑟发抖，接着鲁大料笑嘻嘻地把那只凶恶的大黄狗从笼子里牵出来，给它扔了一块骨头，瞅准黄狗放松警惕的机会，猛地从身后取出铁棍，闪电般砸在狗头上。鲁大料虽一直保持了笑容，但他能根据不同动物品性下手，心黑手毒，诡计多端，所以大家一致同意鲁大料比封阿水还狠。

---

① 房伟：《“活”的历史与“活”的文学——〈石头城〉创作谈》，《新文学评论》2022 年第 4 期。

② 房伟：《石头城》，《十月・长篇小说》，2022 年第 3 期。

③ 房伟：《石头城》，《十月・长篇小说》，2022 年第 3 期。

这时，鲁大料还当面给众人表演起了剥狗皮的技术：“鲁大料将狗皮在肛门处挑了一刀，竖着一划，狗的双腿，就好似脱毛衣一般，从毛茸茸厚皮之中，脱离出来。鲁大料更小心了，慢慢地用刀剖开狗肚子，巽丰看到，它的肠胃还在轻轻蠕动，在青白筋膜包裹下，很多血渗透出。鲁大料把皮慢慢地拉向黄狗头部，一阵颤抖掠过倒悬着的黄狗。周围的人群，尖叫了几声。”[①]突然，被剥了一大半皮的黄狗，开始在树干上蹦蹦跳跳，然后挣脱了束缚，立即奔跑起来。“蒙着皮”的血红色狗一路狂奔，“像一个决死冲锋的日本武士”，每当拖在地上的毛皮挂住某个障碍物，它都突然尖叫一声，停顿一会儿后又继续跑动起来，身上涌出的汩汩鲜血也就随着它跑动的步伐，甩到人的身上。发狂奔跑的“血狗”，吓得依然活着的动物，在笼子里疯狂地东逃西窜，“磨剑社”成员以及看热闹的市民们，也被吓得哭爹喊娘、乱滚乱爬，尖锐刺耳的叫声响彻河岸。最后，还是封阿水揪住大黄狗的尾巴，鲁大料咆哮着，一刀将它断为两截。等众人好不容易回过神来，鲁大料才解释道：“我是让你们看看真正死亡的疯狂，狗尚如此，若是拼死肉搏的人呢……”[②]

这些血腥的死亡场面，既是强力的恐怖冲击又是文学想象力的倾情展演，它们使人想起了中国现代文学史上极具代表性的鲁迅与沈从文笔下的“砍头”描写。王德威精警地发现并揭示了鲁迅与沈从文作品中砍头书写的深刻意涵，他认为，“鲁迅从断头的场景，看出了中国的社会民心，以及‘中国’的道统象征，不可收拾的摧颓瓦解”；而沈从文另辟蹊径，在悲悯的谛视中，“为散乱的世界暂时做一注脚”，“将碎裂的、分割的众生百相，组合起来”。[③]同样是关于残暴杀戮的描写，房伟的《石头城》在一定程度上将鲁迅与沈从文的“砍头”书写相互沟通，其中既不乏以身首异处、躯体肢解的场景，暗示并伤悼民族国家的沦丧，也在生命个体的震颤痛苦中流露出作

① 房伟：《石头城》，《十月·长篇小说》，2022 年第 3 期。

② 房伟：《石头城》，《十月·长篇小说》，2022 年第 3 期。

③ 王德威：《想象中国的方法：历史·小说·叙事》，生活·读书·新知三联书店，1998，第 145 页。

者对历史劫难的大悲悯和大惊恸。如此一来，《石头城》中恐惧与尖诮相混杂的想象，“在历史话语的未尽之处、未及之处和不能说、不欲说之处，以自己的方式接着说甚至对着说”[①]，肆意笔法通达了历史钝痛，这是“正面描写巨大历史灾难的慷慨悲歌带来的想象力冲击”[②]，与新历史主义小说以洗刷、嘲弄历史为指归的主观片面想象，判然两途。

除了形式上的想象差异，《诗经》与《离骚》还存在内容层面的分殊。《诗经》是对维系群体利益的“礼”“义”“孝”“敬”“德”等伦常的形象再现，而《离骚》则是对支撑个体存在的理想、信念、情感的浪漫表述。从这个维度进行审视，房伟的《石头城》同样践行着“变诗为骚”的叙事策略，且小说中的怪诞血腥场景依然可作为典型例证。中国和尚普忍一直耐心收拾罹难中国人的尸身并虔诚为之诵经超度，后来因他收留了几个负伤的红山义勇而被日本军人给活活烧死，烈火一点点吞灭普忍和尚的全过程被作者以细腻的笔触如实记录如下：

> 火苗是裹在烟里，一点点地露出头，越过木架，轻轻舔着普忍的脚趾，像一条温顺的狗。普忍动了动，好像有点害羞，也好像痒痒的。接着它就像蛇一般爬上他的手掌和膝盖，在那里留下一串串焦煳的紫色痕迹，散发着浓浓臭气。它没有过多停留，又蹿到他的胸膛，这些静安寺化人场的火焰，最后变成了熊熊烈焰，发出“毕毕剥剥”脆响，在普忍老和尚的光头上，形成一个锥形尖帽，好似传说的外国巫师帽。他破烂的袈裟，在火里碎得一片片的，有的黏在肌肉上，成了黑乎乎的东西。火烛之下，日本兵清晰地看到他布满老人斑的黄瘦的脸及双臂上那些苍白小点。火

① 王金胜：《“总体性”困境与宏大叙事的可能——论房伟〈猎舌师〉兼谈当代小说的相关问题》，《中国当代文学研究》2020 年第 6 期。

② 房伟：《“活”的历史与“活”的文学——〈石头城〉创作谈》，《新文学评论》2022 年第 4 期。

焰从各个方向温柔环绕着他，普忍变成一个大号火炬，慢慢地又变成黑色焦炭，也有日本兵说，和尚死后，化身为火中金莲，盛开在空中，久久不肯散去。此时成群的老鼠，从化人场钻出来，它们个头很大，被火焰炙烤得难受，四处乱窜，普忍咧咧嘴，被火烧得红肿的嘴唇，微微翘着，不知是痛得想哭，还是轻轻地微笑。[①]

活人被残忍烧死，这本属狠毒狰狞的场景，但房伟却出之以冷静的笔法，通过诸如火舌移动的路径、被焚之人的表情举止等细节捕捉，构设了一种灵异氛围。此类笔墨场景，在《石头城》中所在多有，比如枪毙间谍汉奸的情形、对于柳如春投河自尽的刻画等等。《石头城》中怪诞血腥场景的复制增殖与集束式展览，相对于小说中那些推动情节进程的内容而言，属于“静止自由型情节”，在这里，因果链被有意破除，中心目的不在于塑造人物性格，“叙述的主要关注点似乎在于创造一种气氛”[②]。这种气氛就是由血腥怪诞之景组成的灵异气氛，而所有这一切都没有诉诸激烈的詈骂，采取的是置身其中的“沉醉”式摹写，由此分明可以感受到一种倔强的别样抒情形式，即面对历史的残暴和不义，尽情记录所谓“惨烈的牺牲”，形成某种艺术造像，最终确证历史的非虚妄性，抒情美学在此展现了一种置之死地而后生的信念以及“救赎的能量”[③]。

房伟多次提到“褶皱”这个词，该词形容的是被宏大历史叙事和后现代历史叙事掩盖的历史天地，文学写作的巨大想象力与好奇心理应转向并对准历史“褶皱”，勘探发掘那里蕴含的丰富的可能性和细微变化，以之“带来人对‘时间和自我’的深刻感受”[④]。房伟的长篇新作《石头城》正是以“间

① 房伟：《石头城》，《十月·长篇小说》，2022 年第 3 期。

② 赵毅衡：《苦恼的叙述者》，四川文艺出版社，2013，第 155 页。

③ 王德威：《抒情传统与中国现代性：在北大的八堂课》，生活·读书·新知三联书店，2018，第 228 页。

④ 房伟：《徘徊在历史与现实之间》，《红豆》2017 年第 7 期。

性”视野和“变诗为骚”的创造性叙事策略，深入抗战历史的“褶皱”深处，赋予文学、历史和人性以尊严，传达出深刻的思想启示和美学教益。

（作者单位：西南交通大学人文学院）

【网络文艺观察】

家庭、市场在女性发展中的角色与作用

——以阿耐小说及其 IP 电视剧女性形象为中心的考察

王金芝

阿耐一直是十分关注现实的作家，其笔触一直在企业发展和经济改革的大潮中关注人、表现人、塑造人。[①] 在经济大潮、企业和家庭中表现人的际遇，重点凸显女性的成长、发展及其困境，是阿耐擅长做的事情。阿耐在文学和编剧创作中关注女性发展的病因和负累，也注意寻求女性精神困境的解药和探索女性发展的路径。因此，以阿耐小说及其 IP 电视剧为中心，考察市场、家庭在女性发展中的角色和作用是非常合适的。

阿耐多部小说被改编为电视剧。电视剧《大江大河》(改编自《大江东去》)、电视剧《欢乐颂》系列(改编自同名小说)、电视剧《都挺好》(改编自同名小说)、电视剧《风吹半夏》(改编自《不得往生》)均引发诸多有关女性话题的讨论，在消费市场获得巨大成功。阿耐小说中塑造的女性群像在电视剧中进一步被加强。在市场、家庭的二元机制中考察这些女性群像的生存、发展及困境，便可以发现家庭和市场对当代女性生存和发展的关键而复杂的作用。

① 王金芝：《关于人、家、国的现实关怀——以阿耐小说改编电视剧为中心的考察》，《长江文艺》2020 年第 13 期。

阿耐的小说虽然语言欠锤炼，结构欠精巧，小说形式重实用而少形式探索，但是她总是关注在波澜壮阔的社会发展、变迁中女性的生存状态，擅长写处在家庭和市场不同遭际中女性的发展和负累。阿耐小说及其 IP 电视剧揭示出：家庭虽然位于市场之外，但其资源分配方式深受市场机制的影响。母亲（杨母等）、妻子（宋运萍等）、女儿（樊胜美、曲筱绡等）在家庭中所处的边缘位置及其主动牺牲或被迫牺牲，均被市场机制间接统辖；而许半夏、苏明玉、朱喆、安迪等在市场中的女性，虽然在市场中取得了成功，但有的被家庭驱逐或放弃，有的主动离开家庭，遭受了来自市场和家庭的双重压力，其心灵深处的阴影和不安均来自对家庭的不满或对亲情的渴望。

一、母亲、妻子和女儿或主动或被迫的牺牲：家庭资源分配及其背后的幸福机制与市场机制

上野千鹤子在《父权制与资本主义》一书中这样论述市场、家庭和自然的关系：市场、家庭和自然的关系是开放的，如果以市场为中心观察三者之间的关系，那么家庭和自然就成为市场的外部环境。市场从自然中获得资源和能源，产出工业废物；市场从家庭中获得劳动力，产出没有劳动能力的人。成年男性成为最有价值的劳动力，被首先投入市场，儿童、老人、病人、残疾人和女人被优先留在家庭，女性成为照顾儿童，护理病人、残疾人的最佳选择。家庭的重负理所当然地落在了女性的肩上。但是她们在家庭内的劳动和付出并未进入交换，只能成为家庭支撑市场运行而付出的成本。作为支撑市场的自然和家庭，都付出了代价：自然接受工业废物的能力是有限的，日益恶化的自然环境证实了这一点。恰如自然无法承载市场永无停歇地对其资源的索取和大量废物的排放，家庭中的母亲、妻子、女儿也慢慢发现，她们也已经无法承受来自家庭和市场的双重重负。

在《大江东去》中宋家是一个贫穷的农家，无法支撑姐弟二人的读书费用。在只有一个人能上大学的时候，宋运萍主动将机会让给弟弟宋运辉，她选择在家中照顾父母。嫁给雷东宝后，她照顾老人，怀孕待产，协助丈夫

创业，为家庭和丈夫的事业殚精竭虑，是一个标准的贤妻。杨巡的母亲省吃俭用，将家庭中所有的资产（包括借贷）、人脉和希望都倾注在儿子杨巡身上。宋运萍和杨母扛起了家庭的重负，她们成为宋运辉、雷东宝、杨巡进入市场并取得成功的必要成本。她们以弟弟、丈夫、儿子的事业为自己的事业，克制自我需求，被社会尊崇为贤妻良母。贤妻良母被男性秩序赋予了极高的情感价值，因为女性的这种自我牺牲维系了市场和家庭之间的秩序；贤妻良母也成为很多女性的践行标准，因为这种自我牺牲以爱之名被赋予了一种荣誉，被纳入了一种幸福机制。

在家庭的资源只能供一个孩子上大学的时候，宋运萍甘愿将上大学的机会让给了弟弟宋运辉，这样宋家所有的资源都用在了唯一的男孩身上。如果宋运萍不是主动放弃甘愿牺牲的姐姐呢？当她意识到家庭资源分配的不公并不赞同这种行为的时候，她将何去何从？不主动放弃不甘愿牺牲的宋运萍就变成了倔强而聪明的苏明玉。

苏明玉打小聪明勤奋，成绩优异。在即将高考的关键时期，却遭到了母亲赵美兰对她的不公平对待。赵美兰宁肯卖房子支持大儿子苏明哲出国留学，托关系花钱为成绩一般的小儿子苏明成找一份稳定体面的工作，却为了省钱，只给成绩优异本来能够考上重点大学的小女儿苏明玉两个选择：要么去上免费的师范学校，要么直接去工厂打工。面对着家庭资源和母爱分配的严重失衡，敏感而倔强的苏明玉愤而与家庭决裂，从家庭出走。

不管是农村的贫穷家庭（比如《欢乐颂》里的樊家），还是城市的小康之家（比如《都挺好》里的苏家），小有资产的富裕家庭（比如《欢乐颂》里的曲家）都不可避免地受到重男轻女思想的侵袭。

重男轻女的形成，充分说明了家庭根本不是独立于市场之外的地方。在市场的筛选和重新定义下，女性、老人、儿童和残疾人被留在了家庭，他们被阻隔在市场之外，并成为进入市场的人（主要是青壮年男性）的附庸。市场和家庭、男性和女性之间的关系具有类比性。恰如市场将家庭排除在外，又从家庭中获取源源不断的支撑和成本一样，在同一个家庭中，在夫妻、子女、亲子之间，同样遵循着这一原则，那就是家庭中的男性成员处于利益的中心（男性中心或父权制）。家庭资源分配严重不均，由此产生一系列的家庭纷争和情感纠葛。家庭资源分配的不公对女性家庭成员造成了或大或小的心理负累和心灵创伤。

在颇有资产的曲家，曲父偏心儿子曲连杰，不管他怎么不学无术、玩世不恭、玩弄女性，他在曲父的眼中都是最佳的继承人。而不管曲筱绡怎么勤奋努力、天赋过人，在曲父眼中，她都没有资格继承家产。在这样的家庭氛围中，曲筱绡及其母亲一直处在防备的状态，曲筱绡也形成了随时跳起来争强好胜的性格。

在贫穷之家，重男轻女思想对女性的戕害更甚。她们不仅不能或很少享有家庭为数不多的资源，还被要求供养家庭而不能充分地发展自己。

上野千鹤子参照马克思主义、激进女权主义理论而建立起的自然、市场和家庭关系的模型，更多参照的是工业时代的社会状况。随着生产力的提升，市场需要更多的劳动力；随着科学技术的进步，尤其是电子化、自动化技术的大规模应用，极大降低了对劳动力的体力要求，很多成年女性也成为满足市场要求的劳动力，于是一部分女性进入市场。这部分能够进入市场的女性，承受着来自市场和家庭的双重压力。阿耐小说及其 IP 电视剧中有不少这样的女性形象。

和苏明玉的意难平相比，樊胜美的遭际更加令人同情。樊胜美聪明玲珑，在外企工作多年，工作经验丰富，但职位并未得到进一步的提升；亦无积蓄，仍要住合租房，经济状况捉襟见肘。总之，她的职业发展和生活水平与其工作成绩和收入无法匹配。这是因为她出生在一个尤其重男轻女的农村贫困家庭，她除了要赡养父母，还要给兄长买房子还赌债，供养农村父母和兄长一大家人的生活。在其父母和兄长眼中，她必须为家庭无条件付出。剪不断理更乱的原生家庭是樊胜美的梦魇，把她的金钱和精力掠夺殆尽。而她只能用所剩无几的金钱购置化妆品和服装，小心翼翼地维护自己的美貌，期待用婚姻解决自己的所有问题。

《欢乐颂》播出后，樊胜美成为重男轻女家庭牺牲品的代名词，成为网络热议的对象。樊胜美是一个高度脸谱化的典型形象，她一边委屈地说“我作为一个 30 岁的女人，没有一分钱存款，哥哥结婚的房子的首付是我出的，贷款是我还的，连生孩子的钱都是我出的”，深切为自己被父母兄嫂压榨而不平不甘，一边却以实际行动支持其父母兄嫂对她的压榨行为，实际上成为重男轻女思想的帮凶。

在阿耐的小说中，原生家庭中的重男轻女现象有很多体现，又因为具体家庭的不同而形成了不同性格和际遇的母亲、妻子和女儿。贫穷的农村家庭资源本来就少，因此对女儿的压榨和剥削更加严重。在很多重男轻女的家长眼中，女儿就应该外出务工，挣钱补贴儿子，如果儿子庸碌不堪，甚至举全家之力为儿子买房娶妻生子。樊胜美之所以被原生家庭压榨得最狠，是因为她所在的原生家庭，其兄长本应该进入市场却龟缩在家庭，一味赌博。进入市场的樊胜美不仅没有家庭的支持，还要供养本来应该进入市场的劳动力（其兄嫂），照顾老（父母）弱（侄子）。恰如恩格斯所考察的，“父亲、子女、兄弟、姊妹等称呼，并不是单纯的荣誉称号，而是代表着完全确定的、异常郑重的相互义务，这些义务的总和构成这些民族的社会制度的实质部分”①。父母、兄嫂应该履行的市场义务被完全放弃，家庭和市场的重担全部压在了女儿的肩上，因此樊胜美才会不堪重负，泪流满面。

而朱喆也有着和樊胜美同样的命运，但是她更加洞察世事和人情，在供完弟妹上完大学后，选择了只赡养父母，而不理会父母和弟妹的无理要求。朱喆毅然切断原生家庭的牵绊，以求得个人发展，但是低学历造成了她职业更进一步的瓶颈。朱喆承担着家庭重男轻女的不公，但和樊胜美们相比，她分清了家庭和个人的边界，转而在市场中寻求个人发展。朱喆也是阿耐为樊胜美们寻找的解药。

---

①［德］恩格斯：《家庭、私有制和国家的起源》，中共中央马克思恩格斯列宁斯大林著作编译局编译，人民出版社，2018，第 29 页。

二、女儿们的心灵创伤：不能回的家与不能退的市场

（一）被家庭放逐的许半夏和苏明玉

许半夏的开局设置也有一个带有原罪的“原生家庭”：因为半夏母亲难产而死，许父厌恶这个孩子，所以为这个孩子取名“半夏”（生半夏毒），将妻子的死亡和自己的痛苦发泄在一个弱小无辜的孩子身上。后来许父另娶，组建新的家庭，另外有了一个儿子（电视剧中是女儿），于是这个幸福的家庭更加没有半夏的位置。许半夏从小跟爷爷奶奶生活，小说中爷爷奶奶开始也不喜爱这个孙女。许半夏生来不见得“毒”，却遭到了家庭的“毒”打，是个实打实的被原生家庭放逐的“苦”孩子。许家是中医世家，在教育上对许半夏履行了责任，不过除此之外，在情感上和物质上不肯对许半夏再多付出一点。不被家庭接纳的许半夏，从幼儿园起就被放逐到社会的大丛林里，一路摸爬滚打，直到建立自己的商业王国。因为打小没有母亲，缺乏母爱和家庭的温暖，所以许半夏从很小的时候就在感情上和原生家庭进行了切割，很快她就完成经济独立，成为社会性成人。同样，由于不满母亲的不公平对待，与家庭决裂的苏明玉在市场中找到了引领自己前行的师傅，历练为民企高管，在商海中站稳了脚跟。

恩格斯在《家庭、私有制和国家的起源》中说：“妇女解放的第一个先决条件就是一切女性重新回到公共的事业中去；而要达到这一点，又要求消除个体家庭作为社会的经济单位的属性。”①许半夏和苏明玉以一种被动的、被冷落的方式完成了和家庭的解体，在更加广阔的社会中寻求发展。

但是家庭成为她们心中的隐痛和创伤。许半夏和苏明玉成了没有家庭后盾的人。她们没有家庭这条退路，只能在波涛诡谲的市场中毅然前行。

（二）在市场开花的许半夏们

娜拉（易卜生《玩偶之家》）和子君（鲁迅《伤逝》）脱离了家庭之后之所以无路可走，是因为她们被剥夺了进入市场的权利。她们和儿童、老人“被隔

① ［德］恩格斯：《家庭、私有制和国家的起源》，中共中央马克思恩格斯列宁斯大林著作编译局编译，人民出版社，2018，第 80 页。

离于市场之外，在被称为‘家庭’的这个领域里靠男性劳动者扶养”[①]。与此同时，越来越多的女性意识到家庭并不是温暖和平静的港湾，而市场更多狂风骇浪。

许半夏和苏明玉不是在家庭的温室里被娇养的花朵，而是在市场的丛林中野蛮生长的杂草。许半夏从幼儿园起就开始琢磨怎么能打赢架，缠着爷爷狠狠学了几年拳脚，从幼儿园一路打到高中，可谓鲜见敌手。她从高中起就开始跟着舅舅做生意（卖服装），大学期间就成立公司，在目力所及的范围内，凡是能挣钱的门道她都钻研，哪怕自己的条件不够，也要左冲右突创造条件去争取。

许半夏在黑暗中被狂风吹过被骤雨淋过，恰恰是由于这些惨痛的经历，她学会了在生意场怎样才能生存、如何更快发展。许半夏是一个一路只顾往前冲甚至忘记了反刍痛苦的女性，如果她一事无成，也可以将所有的责任推卸给原生家庭，可是她将全部精力用在了生存和发展，也终于在市场里野蛮生长，花开半夏。

“男性秩序的力量体现在它无须为自己辩解这一事实上：男性中心观念被当成中性的东西让大家接受，无须诉诸话语使自己合法化。社会秩序像一架巨大的象征机器一样运转着，它有认可男性统治的趋向，因为它就是建立在男性统治的基础之上的。”[②] 许半夏要融入的钢铁行业也是建立在“男性统治”之上的，甚至相比其他行业，更加将“男性中心观念”当作中心的东西。

许半夏非常清晰她所从事的行业规则和法律法规及相关政策，善于调整自己，以最柔和的方式进入钢铁制造行业和男性秩序。许半夏为了融入这个圈子，故意把自己吃成一个胖子，以模糊自己的性别。她在社交场主动将自己的社会性别定义为男性，拼酒劝酒样样精通，荤话脏话随口就来，生意伙伴和朋友根本不把她当作女人，以至于她被很多人称呼为“兄弟”“胖子”，在公司她被称呼为“老大”。许半夏刻意隐藏、压低自己的学历，因为当时受过大学教育的人比较少，单打独斗的高学历的美丽女性在这个行业过

① ［日］上野千鹤子：《父权制与资本主义》，邹韵、薛梅译，浙江大学出版社，2020，第 14 页。

② ［法］皮埃尔·布尔迪厄：《男性统治》，刘晖译，中国人民大学出版社，2017，第 8 页。

于扎眼，一个低学历的胖子则可以避免让自己冒尖出头。许半夏并没有强烈的女性意识，取而代之的是强烈的生存意志和扩张欲望。因此，在竞争市场中面对生意伙伴时，她是一个没有女性特征的中性的胖子，这样可以在出差、饭局的时候不被人占便宜，自己也不会尴尬；在谈生意的时候她也不介意摆出自己的女性身份，以弱小的姿态争取对方最大的让步。她不擅长做饭、洗衣、整理房间等一切家庭事务，而是将这些都交给了保姆，即将家务劳动转移到了市场中，这使许半夏得到了部分解放。

恩格斯认为："家畜的驯养和畜群的繁殖，开发出前所未有的财富的来源，并创造了全新的社会关系。"①生产力的提升，私有制的出现，以交换为目的的生产逐渐取代了以使用为目的的家庭生产，市场和家庭逐渐成为相对独立的两个区域。在市场中进行的劳动是交换性的生产，可以以金钱衡量其价值；在家庭中进行的劳动是维持家庭的实用性劳动，只能以亲情、爱情等感情衡量其价值，无法以金钱衡量。

可在世界范围内，尤其在中国，男主外女主内成为家庭的基本模式。这就使家务劳动成为一种义务和责任，而非价值体现。工业革命以来，现代生产力的巨大提升加剧了这一现象，更加降低了女性的社会地位。这就是为什么在世界范围内，女性、性少数、弱势群体的总体状况并未得到改善，甚至持续恶化。据联合国经济与社会事务部发布的《2020年世界妇女：趋势和数据》报告，在2020年，只有47%的适龄女性身处职场，而男性的数字是74%，这个数字在过去的25年内几乎未变。女性承担了大量的无偿家务和护理工作。在传统和惯例的影响下，女性一般承担了更多的家务、育儿、护理等家务劳动，客观上沦为男性的附庸。精明的许半夏最擅长计算利弊，她将家务转移到市场，在市场中成就自己，客观上达到了解放自己的目的。

在阿耐塑造的女性形象中，许半夏是起点最低的一个，不仅没有家庭，甚至连名字都是她被家庭嫌恶的标志。但是阿耐给予了她能够成功的一切条

① [德] 恩格斯：《家庭、私有制和国家的起源》，中共中央马克思恩格斯列宁斯大林著作编译局编译，人民出版社，2018，第56页。

件，塑造了一个极端又可信的在市场中一展身手的女性形象。许半夏被放逐被诅咒（小说中许半夏接到一个匿名电话，被诅咒“不得往生”），但她不是生来带毒，而是在追逐利益的时候过急过猛，采取了一些非常手段，比如以暴制暴（阉割丈夫）；比如为了低价拿下租地，不惜污染海水，破坏海洋生态环境，造成整整一村人的生计无着和潜在的疾病隐患；比如认同生意场上的尔虞我诈、不择手段，对嫖妓、暴力等行为司空见惯，甚至身体力行。《不得往生》既描绘了商业壮大的艰辛，又揭示了资本积累的原罪，这种二重性就集中地在许半夏身上体现了出来。不过许半夏是边走边反思的，随着生意越做越大，她越来越多地反思这种二重性，越来越多地愿意避免对别人的损害，并对已经造成的损害进行补救、补偿。

安迪是跨国公司高管、投资天才，行事风格具有大女主式的雷厉风行和不近人情。她从小住在福利院，其父不知所终，其母疯疯癫癫，童年的安迪和弟弟形同孤儿，事实上遭到了父亲和家庭的抛弃。她幸得被收养，在海外接受高等教育。尽管她的天才智商和金融才能能够击败一切的贫穷和自卑，给予她足够的自信和骄傲。但是她没办法克服深埋在心中的恐惧：怕遗传到母亲的疯癫基因。特殊的家庭和疯癫基因的概率仿佛是一颗不安和恐惧的种子，一直埋藏在她的心底，为她灿烂夺目的人生投注了一抹阴影。苏明玉同样是市场中的成功人物。可是母亲的去世仿佛是一个引子，打开了她多年被母亲漠视、被家庭冷落的梦魇。她所渴望的母爱，以及在原生家庭中和哥哥们同样的待遇和地位永不可得。所以她一直重复做着这样的梦：她孤独一人走在家门口的小巷，黑暗中猛然回首，期待母亲的一声呼唤。

三、消费、家庭和市场：女性发展的无物之阵及其解药

鲁迅和伍尔夫在同一时代不约而同关注女性的独立与发展问题。在“五四”的风潮中，鲁迅塑造的子君，在尚未获得经济独立的时候，就从家庭出发，追求自由和爱情。最终爱情在艰难的生存境遇中黯然凋谢，自由也成为泡影，只剩下回归家庭这一条道路，子君最终郁郁而逝。女性在经

济未获得独立之前，其自由、爱情都将成为泡影。伍尔夫在《一间自己的房间》中指出了女性的困境：女性在没有物质基础的情况下，根本不可能拥有“一间自己的房间”，更遑论那些立足“一间自己的房间”的精神自由。当代女性大多已经能接受良好的教育，从事很多门类的职业，获得了一定的物质基础，具有强大的消费能力。也可以说，在经济方面很多现代女性拥有了“一间自己的房间”，很少再有娜拉、子君一样的困境。但是鲁迅在《娜拉走后怎样》中提出：“在经济方而得到自由，就不是傀儡了么？也还是傀儡。无非被人所牵的事可以减少，而自己能牵的傀儡可以增多罢了。因为在现在的社会里，不但女人常作男人的傀儡，就是男人和男人，女人和女人，也相互地作傀儡。”[①] 消费不过是商家用来牵制女性的一种手段和策略而已。

近几年来，女性议题往往能在互联网上持续发酵，成为社会热点话题；以女性消费群体为中心的综艺、影视频频引发人们对女性在婚姻、家庭和职场中境况的讨论。我们也不得不注意到这一现象，当互联网、综艺和影视中的女性议题频繁被关注的时候，现实中女性在家庭和社会中被压抑、被侮辱、被暴力的新闻同样刺激着人们的眼球，引起人们的关注甚至震颤。在大都市和互联网中，女性的消费能力得到了最大限度的发挥。具有了物质基础和消费能力的现代女性，并非意味着获得了精神上的自由和独立。

在消费社会，为什么不能把女性的消费能力当作女性地位提升的标志呢？虽然消费在市场中占据重要位置，但是显然并不是市场的全部。市场也不是世界的全部，在市场之外，还有自然和家庭。其中，家庭、市场在女性发展中扮演着至关重要的角色，起着非常重要的作用。现在以女性消费群体为中心的综艺、电视剧和女频网络文学，本身是女性消费的一部分，其内容反映的更多是女性群体的消费需求，而非女性的总体社会地位和整体发展状况。综观阿耐的创作，既能写市场大潮，把握时代风向，又能刻画家长里短，把家庭纷争刻画得入木三分，呈现一种极壮观与极琐碎的并立。阿耐

① 鲁迅：《娜拉走后怎样》，《鲁迅全集》（第一卷），人民文学出版社，1973，第149—150页。

写出了不同家庭、不同境遇的当代女性，关注家庭、市场二元机制带给当代女性的困境与发展，并在女性的具体困境和发展中追问解决之道。

《大江大河》四部曲中杨巡的三妹杨逦，在小说中阿耐给予她不少笔墨。杨巡的成功依赖于母亲的奉献与牺牲，同时他的成功也惠及家人。杨逦是一个典型的眼高手低的人，她自恃接受过高等教育，看不上小学没上完的杨巡，以无用之长较人之短，却仰慕富家子弟的浮夸和精致。究其原因，是以往的贫穷经历深深烙进了她的内心，使她既盲目自信又深深自卑。而任遐迩——杨巡的妻子——则可以充当杨逦的解药。任遐迩来自贫穷的农村家庭，学历不高，其貌不扬，可是财会专业过硬的她头脑清晰、自尊自爱、取舍得当。她能清晰判断孰轻孰重，所以选择攒首付买房，而不在意装修，甚至家具都是根据生活需要的迫切程度一件一件买来的。她不接受杨巡的贵重礼物，但坦然接受因自己的工作奉献而得到的巨额奖金。她能成为杨巡生意的助力，面对杨巡的不忠她也能抽身而去，而不愿深陷泥淖。这样一位坚定前行和独立自主的女性，在爱人、家庭和世界之间建立了清晰的边界，以自身的独立、发展和完善对抗先天的、家庭的和自身的任何不足。而杨逦直到碰壁了才明白，软弱的自己只能躲在兄长的羽翼之下。任遐迩不仅可以充当杨逦的解药，其自立自强自信还可以破解困扰当代女性发展的无物之阵。

阿耐小说所塑造的女性形象及其成长路径，为现在所谓大女主电视剧提供了新的质素，为考察家庭和市场在女性发展中的角色和作用提供了一个视角。在阿耐的小说及其影像中，家庭、亲人、基因、贫穷、学识、道德、市场，皆能成为女性的无物之阵。建立一个更加强大的自我，对抗家庭和市场中的暗流，是阿耐小说及其 IP 电视剧带给我们的启示。家庭是个人和社会的重要连接，它既是女性的港湾，也有可能带来急风暴雨；它既是女性的出发点，也有可能为出发的人戴上无形的枷锁。市场和家庭是观察现代女性无物之阵的重要窗口，然而无物之阵的破局需要当代女性投身到更加广阔的世界。

（作者单位：广东省作家协会）

融媒体时代的网络诗歌生态研究

刘 娟

融媒体的出现是互联网技术高速发展的必然结果，有学者指出“融媒体就是利用网络大数据技术赋能，通过广泛融合不同媒介形态而整合成的新型媒介总称。它利用赋能技术使万物皆媒，其中大数据技术是连接众媒介的核心纽带”[①]。“万物皆媒”时代的到来使得网络诗歌的创作与传播获得井喷式的发展，诗歌数量激增。但体量的庞大并非表明网络诗歌已经获得了强大的生命力。事实上，随之而来的是网络诗歌良莠不齐之乱象，网络诗歌在融媒体时代浪潮中泥沙俱下，好坏参半。严肃的诗歌创作变为日常生活的记录，人人都是诗人，人人都可以创作，这给网络诗歌创作带来了新的生命力，但是这新生的苗头却很脆弱，甚至出现了一些令人担忧的症候。其一，“梨花体”充斥着网络，口语诗俯拾即是，丝毫不注重技巧和手法的使用，这是艺术上的失范；其二，诗歌变为个人的传声筒，越发私人化、小众化，在诗歌创作中体现出一种精致的利己主义倾向，这是内容上的失衡；其三，网络上的部分诗歌内容浅显、思想深度不够，诗歌的内蕴不足，这是思想上的缺位。中国自古以来就有诗的传统，被称为“诗的国度”，从《诗经》开始，诗的“兴观群怨”功能一直延续下来，但是此种功能似乎被融媒体时代的诗人所遗忘，也被诗歌欣赏者们所忽略。故厘清融媒体时代网络诗歌的创作现状，并对其嬗变机制进行溯本清源是很有必要的。只有如此，融媒体时代下的网络诗歌

① 张成良：《融媒体传播论》，科学出版社，2019，第 39 页。

创作方能在看清来时路的基础上实现纠偏，进而探索出一条从高量转向高质的出路。

一、融媒体时代网络诗歌的解构姿态

融媒体时代是一个万物互联、信息爆炸的时代，网络诗歌也成为其中的信息之一。近几年来，微博、微信、抖音、小红书、豆瓣、知乎等新型媒介改变了人们的日常生活，每个人都是一个信息源，融媒体时代是一个当之无愧的信息时代。大数据技术的飞速发展，更是为自媒体的发展插上了翅膀，助力了自媒体信息传播的腾飞。网络诗歌也在这次腾飞中以一种更加解构传统的姿态实现了跨越式发展，作为网络信息流的一条支流，网络诗歌以更加解构的姿态走上了对传统诗歌的悖逆之路。这种解构传统的姿态不仅表现在诗歌本身的内容上，还体现在其网络诗歌传播形态的升级之中。

（一）彻底性解构——诗的出走

网络诗歌对传统诗歌内容的解构体现为三种倾向，分别是游戏化创作的新演变、个人化写作愈演愈烈和商业炒作的虚浮式发展，在这三种发展倾向中诗歌的诗意被解构，内容被忽略，或者说被省略。诗歌变得不是诗、不像诗、不属于诗，诗意和诗艺在这些解构倾向的演变中出走了，媒介走向融合给诗歌发表与传播带来了高度的自由，但也对诗歌的艺术性和审美性造成冲击、损害，一定程度上颠覆了诗歌深层蕴含的安详、高贵和正义的诗歌秩序。这种诗歌秩序的颠覆，表现在诗歌内容的彻底性解构之上。

首先表现为网络诗歌游戏化创作的新演变。此前诗歌创作的游戏心态，表现为对语言规则的极端打破，用“下半身”写作、“梨花体”写作等诗歌内容和形式来解构崇高、解构神圣，现在的游戏心态更多体现为一种寻找诗意的游戏。近来在豆瓣社区流行着一种叫作“拼贴诗”的诗歌创作形式。所谓拼贴诗，即是将各种印刷品上的文字剪下拼贴在一起，利用碎片化的语言拼接在一起，构成张力性十足的文字，由此达成诗意的效果。在豆瓣网站上有一个小组叫作“当代伟大的拼贴诗”，该小组的简介为“利用书籍、报纸、杂志、电子设备或者有文字的东西，重点是尽管作诗，不限形式体裁。总结：开心就得了。希望和组友们一起创作一本诗集。今日建组 / 慕求你我 / 每日一诗 / 当代诗人 / 就是我们”。其中一个精华帖是来自成员“不合格的树”于 2022 年 4 月 21 日发表的《拼得很好下次别拼了》系列，从各种印刷品上剪下来的短句或者词拼在一起，便成为一首诗，如“一棵辣白菜 / 刻着一道孤独 / 一个人，也是”。[①] 其中每一个分行符号代表着一句独立的剪裁句，这明显地带有一种玩弄文字的态度，体现出网络诗歌创作的游戏化心态。

如果说以前的“梨花体”诗歌流于内容的浅显，是对深刻的解构，那么现在的拼贴诗便是流于形式的粗糙，所谓的“诗人”仅仅是句子的搬运工和组装者。诗歌的原创性何在，“诗言志”的传统何在，诗人的自我又何在？所谓的诗人仅仅是抱着一种游戏化的心态进行诗意搬运，这样的诗能算作诗吗？他们依托的是印刷字体的剪裁，是剪裁之后的图像化呈现，由此可见，在融媒体向技术纵深处的发展趋势之下，诗歌的图像化传播本质上是造就了更加游戏化、更加先锋化的诗歌创作。这背后所隐藏的心理动因即为一种对诗歌结构的解构性尝试，所谓的“拼贴诗”是一种游戏形式，这样的游戏化倾向比此前的“梨花体”写作走得更前，可视为诗歌形式创新的一次试验，但是形式的创新不应该以内容的折损为代价，一首好诗应该是内容和形式的统一。如果一首诗的形式即为其全部的内容，那么它带给读者的诗意感受仅仅是一种撕裂的、扭曲的破碎感受，并不能真正唤起人们内心对美好的认知，要想实现“诗意栖居”这一诗化生活的理想更是绝无可能。故此，诗歌创作生态在游戏化创作趋势的推动之下，获得形式解放的同时，也遭受了诗意的解构。

其次，融媒体时代网络诗歌的解构姿态表现为网络诗歌的个人化写作日趋严重。中国自古以来就有诗的传统，孔子对《诗经》极为推崇，《论语》中有云：“诗可以兴，可以观，可以群，可以怨。”[②] 由此可见诗歌具有兴发

---

① 不合格的树：《拼得很好下次别拼了》，https://www.douban.com/group/topic/265196426/?_dtcc=1&_i=1893517wvi6zDz,5117052wvi6zDz。

② [春秋] 孔子：《论语》，杨伯峻、杨逢彬著译，杨柳岸导读，岳麓书社，2018，第 218 页。

人的感悟、让人学习知识走向达观、结交友朋、怨刺现实等实在功用。这个传统一直延续至近现代，胡适创作的《尝试集》虽然艺术性不强，但是他的诗打破了传统诗歌格律，创造了现代自由体诗，推动了白话文运动，进而推动五四思想解放运动。其作品承载了批判黑暗的封建军阀统治和虚伪的旧礼教、表现个性解放和精神进取等时代使命，具有强烈的现实批判作用，故在此意义上，胡适的诗歌是承袭了传统诗歌的怨刺传统的，不论是诗歌本身的形式创新还是思想意义都承袭了“文以载道”的传统。再到当代的政治抒情诗，虽然与政治挂钩，但大部分诗歌都没有被政治话语所束缚，而是在政治话语和诗性表达之间达到了很好的平衡与拿捏，如贺敬之的《桂林山水歌》和郭小川的《团泊洼的秋天》。再到 20 世纪 70 年代末到 80 年代初的朦胧诗，北岛、舒婷等人的诗歌都带有一种先觉者的姿态，《回答》《致橡树》等虽然是表现个体的觉醒与迷茫，却承载了整个民族沉潜 10 年的伤痛记忆。

自 20 世纪 90 年代文学创作出现“个人化”写作浪潮以来，该浪潮便一直延续至今。在当今媒体融合的传媒生态之中，“个人化写作”趋势得益于自媒体的发展而愈演愈烈，犹如新生。融媒体环境之下每个人都能通过网络在各类社交媒体上发出自己的声音，可以说当今的融媒体时代才是一个众声喧哗的时代。2023 年 8 月 28 日，中国互联网络信息中心（CNNIC）在京发布的第 52 次《中国互联网络发展状况统计报告》显示，截至 2023 年 6 月，我国网民规模达 10.79 亿人，较 2022 年 12 月增长 1109 万人，互联网普及率达 76.4%。[①] 这意味着越来越多的人可以在网上发声，近年来，以个人微博账户和个人微信公众号为代表的传播媒介发展迅速，成为网络诗歌传播的主要阵地。很多人在自己的微博账户和微信公众号上创作诗歌，虽不乏佳作，但有部分诗注重表现个人的小悲小伤。学者罗振亚在谈到当今诗歌创作的“个人化”写作时指出“不少诗人却极力标举诗歌的自主性和排他性，将诗歌异

① 《第 52 次〈中国互联网络发展状况统计报告〉全文发布》，“数字经济联合会”微信公众号 2023 年 9 月 18 日，https://mp.weixin.qq.com/s/fGc2zsehtweVZohu0TICEg。

化为承载私密情感体验的器皿，个人欲望暴露无遗”[①]，这些诗歌其实都是一种个人视角的极度扩张，没有把握住时代的脉搏，这条路在融媒体时代的广阔天地中会越走越窄，那些极度个人化的诗歌最终只会沦为诗歌史上的靡靡之音，最终被文学史淘汰和遗忘。

最后，融媒体时代的网络诗歌创作体现出一种商业炒作的虚浮式发展倾向。诗歌自古以来就是中国传统文人求仕之路的敲门砖，是“学而优则仕”的一把标尺。在唐代的时候，科举考试之前有行卷传统，考生在正式参加考试之前可以将自己创作的诗文作品呈递给考官，所以诗歌创作的水平之高低在一定程度上决定着他们能否通过科举考试步入仕途。但是当今的诗歌创作与个人的仕途基本没有关系，诗歌创作在某种意义上仅仅是一种自娱自乐的活动。20 世纪 90 年代市场经济的快速发展对诗坛造成冲击，导致诗人下海，诗歌创作走向边缘，但是今天的市场经济的成熟和高速发展带来的却是全民皆诗人的另一极端局面。人人都有了话语权，每个人都有作诗的自由，临屏写作更是让换行更加便捷，一个个回车键按下去便有了一首诗的诞生。诗人的成名赖于流量的轰动、网络的炒作，诗歌的正统地位正在被社会的消费文化和娱乐文化所吞噬。

诗人余秀华的成名便伴随着网络炒作效应，余秀华的诗最初是发表在她的个人博客上，被《诗刊》编辑刘年发现后，在 2014 年 9 月下半月的《诗刊》上发表，紧接着“诗刊社”微信公众号上推出“摇摇晃晃的人间”系列，顷刻间引起广泛的关注。当被问起为什么会被大家关注以至于走到今天，余秀华说：“因为我牛啊，我想他们没有看到我这样的一个农妇和残疾人会写诗，所以他们觉得我牛啊，我的诗也牛啊。”[②] 余秀华也深刻地知道自己的成名其实大部分是由于自己的出身及遭遇，人们对她的猎奇心理和同情心理将

① 罗振亚：《让诗歌从飘渺云端回到坚实地面》，《光明日报》2019 年 2 月 20 日第 14 版，https://epaper.gmw.cn/gmrb/html/2019-02/20/nw.D110000gmrb_20190220_1-14.htm。

② 高丹：《还是那个狡黠的余秀华》，《中国作家网》2018 年 7 月 3 日，https://www.chinawriter.com.cn/n1/2018/0703/c405057-30108567.html。

她的诗拔高到一种近乎神圣的境界，但我们应该反思的是她的诗真的写得这么近乎完美吗？毋庸置疑的是她的诗歌确实在语词的使用上达到了一种热烈的真诚感和勇于表露自我的坦率性。但是余秀华的爆火并非全是其诗作的功劳，更多的是对她的身世、经历的炒作，她的诗歌中大胆的语言，诸如“穿过大半个中国去睡你”；她的人生中吊诡的经历，意外脑瘫、高中辍学、写诗的农妇、两次结婚两次离婚，这些刻在她人生中的印记都是不平常的，这种不平常便是关注点和记忆点，这也是网络流量机制运作的前提。由此看来，余秀华的成名在某种意义上来说其实是网络流量机制运作的结果，这体现了融媒体时代下网络诗歌发展的虚浮化倾向。

（二）解构中建构——诗的新生

融媒体时代的到来使得诗歌的内容发生了前所未有的变革，使得诗歌的诗意、诗艺呈现遭受折损，但不可否认的是，融媒体时代的到来也是诗歌发展的一个机遇，正如卢克汉姆的著名论断“媒介即信息”所表达的那样，融媒体时代的到来使得各种信息的融合交互变得更为便利，诗人的创作能够让更多人看到，好的诗歌作品也能够被充分发掘。网络本身就是一种新的传播途径，相比于传统的纸质媒介，它的即时性、大众性更强，这对诗歌生命力的赓续是具有重要价值的。融媒体时代的到来意味着诗歌的网络传播方式更加多样多元，自媒体的发达让诗人能够不依托于权威媒体或者官方媒体就能将自己的诗作呈现给读者，而权威诗刊又能在自媒体传播中按图索骥挖掘出一些好的诗歌进行转载发表，进而扩大诗歌的影响力。所以说融媒体时代的网络诗歌在媒介的互相交融中是获得了新的生命力的。

首先，网络诗歌写作是一种佚名写作，这种写作不唯名而唯实，网络诗歌的创作回到诗本身，受到关注的便是诗歌的内容，而非诗人的名气，这是一种将诗歌归还给其本身的良性趋势，与《诗经》创作的佚名传统遥相呼应，这种佚名的方式对诗歌生态的多样性发展是极有裨益的，尤其是对于诗坛之外的诗歌创作者来说，佚名写作是一个绝佳的机会，与此同时这意味着会有多元化的诗歌血液不断注入诗坛。以打工诗人著称的网络诗人郑小琼便是在这样的契机之下才得以进入诗坛的，她的创作也给网络诗歌带来了新的生机，而等同于佚名的网络发表的形式让她的民间立场更加坚定，使得她在诗歌创作之路中走得更加稳健。郑小琼在获得人民文学奖“新浪潮散文奖”后，拒绝了东莞作家协会的驻会聘请，对于此举她解释道：“对写作更需保持一种内心上的警醒，我不希望用写作换一份体面的工作。有些东西在我肉体与灵魂里扎根了，它们必定会成长，对于它们，我不能视而不见。”[①] 对于郑小琼来说，写诗是她生活中自然而然的事，正因为有了她的生活，才有了她的诗，所以她不愿离开工厂，离开流水线。这种融入人群而发声的诗歌写作给她的诗歌带来了一种生命的沉重，在人群里发声代表着她自己也隐匿于工厂之中，和众多工人和那些铁的设备一起生一起活，所以她的诗歌里面包含着来自最底层的声音，有着对生命最切身的感知与最真诚的敬重。

在她的《炉火》一诗中，“在 3000℃的炉火中，我听见钢铁的预言 / 它说着的快乐与忧伤全都在炉火中燃烧 / 焰火照亮的爱情让我彻夜难眠，在它的光亮中 / 我会低声说着，沸腾的炉火，烧尽我的青春 / 我不想它让时光来剐削，那样的疼痛在镜子里 / 我说，烧尽这些纸上的诗句，这内心的激情 / 我，只愿把自己熔进铸铁中 / 做既不思考也不怀念的铁 / 抛弃一个流浪者的乡愁、回忆和奔波的宿命 / 但是那块淬火的铁掉在地上，又被浇上冷水 / 它们发出细小而悠远的声音 / 多像我的青春落在异乡的声响”[②]，一开始的铁是诗人，在炉火的淬炼中燃烧着快乐与忧伤，但诗人发现人不是铁，人还需要思考和怀念，所以她渴望变成一块铁，成为一块不会思考的铁，由此便不必思索生命的存在与沉重。铁是郑小琼诗歌里的重要意象，是她在五金厂工作的生动写照，是她诗歌的精神原乡，那块淬火后的铁所发出的“细小而绝望的声音”，也是在这片乡土中栖息着的千千万万的打工者所发出的声音，这是佚名写作带给郑小琼的言说空间，也是她的诗歌生命力的永不断流的源

① 《作协伸出橄榄枝　打工 80 后郑小琼拒绝“收编”》，《新京报》2007 年 6 月 19 日，https://book.sina.com.cn/news/c/2007-06-19/1049216236.shtml。

② 郑小琼：《郑小琼的诗》，阳光出版社，2020，第 11 页。

泉，这是一种实实在在的在场感，是她的语言疼痛感真切地传递的秘诀。

其次，诗人在自媒体的发表与权威媒体的转载形成良性循环，使得诗歌的传播更为便捷，这促进了诗歌的新生。人人都可以通过自己的社交媒体账号进行诗歌创作，由是网络诗人纷纷诞生，但不可否认的是网络诗人到诗人的合法化转换，离不开从自媒体到纸媒这一路径。上文所论及的余秀华便是最为鲜明的例子，余秀华在其博客上写诗，被《诗刊》编辑发现后，将她的诗歌刊登出版，这是余秀华从一个网络诗人转变成诗人的必要环节。余秀华在个人账号上写诗时，并未引起人们的注意，而当刘年将其诗歌发表在《诗刊》杂志上，并在“诗刊社”公众号上以“一个脑瘫患者的诗”作为标签传播她的诗歌时，人们便对她产生了无限的好奇之心。于是更多人关注到她的诗歌，紧接着便是她那些“惊为天人”的诗歌开始在朋友圈被疯狂转载。

余秀华的《穿过大半个中国去睡你》这首诗的惊人标题和融媒体时代之下的标题党“不谋而合”，在网络上传播，点击量是衡量阅读量的唯一标尺，在网络上的万千信息之中，只有最能博人眼球、引人注意的方可在信息流中被点击，如果标题不够醒目，那么这份信息就会在信息洪流之中被淹没。余秀华野性和露骨的诗情抒写正是符合了标题党们的期待，所以在《诗刊》刊登了她的诗歌之后，各大网络媒体的纷纷挖掘又让她的地位获得质的提升。她的诗歌在网络上引发人们关注的绝大部分原因就在于标题中的“睡你”二字的粗俗和露骨，但是细读整首诗之后我们会发现，余秀华其实是将露骨的自我欲望书写与对世界的阔大感知结合起来，“大半个中国，什么都在发生：火山在喷，河流在枯 / 一些不被关心的政治犯和流民 / 一路在枪口的麋鹿和丹顶鹤 / 我是穿过枪林弹雨去睡你 / 我是把无数的黑夜摁进一个黎明去睡你 / 我是无数个我奔跑成一个我去睡你”[①]，生态困境、政治问题、战争灾难，当这些宏大的主题和性欲放在一起，我们便再也不能抨击诗人，自我欲望的表达是个人的，但是个人欲望中却夹杂着对这个世界的忧患关切，这样

① 余秀华：《穿过大半个中国去睡你 • 余秀华诗选》，“诗刊社”微信公众号，2015 年 1 月 17 日，https://mp.weixin.qq.com/s/Dyzvx4niT9A9Vnk-AsPQ2g。

的张力性描写赋予了这首诗以厚重感，所以从点击的爆火再到细读的反思，在融媒体的大众狂欢之下也有值得珍藏的诗意，这是融媒体时代给诗歌带来的腾飞之翼。

最后，融媒体时代的到来使得诗歌能够以更加丰富、多元的样态呈现在人们的眼前，让诗歌更加接近大众，成为实现日常生活美学目标的有效途径，在现代人的精神荒漠之中提供一处绿洲以供人们栖息，安放现代人的精神，从而达到海德格尔所说的“诗意栖居”。李元胜作为获过鲁迅文学奖的资深诗人，他的诗歌一直是在诗歌专业领域流传，普通的读者对其鲜有耳闻。但是他的一首《我想和你虚度时光》，在 2014 年因微信公众号“读首诗再睡觉”和“为你读诗”的先后推送，成为转发上千万次的网络经典，其原因在于微信公众号的传播能够让更多的微信用户获得这一诗歌信息，即卢克汉姆所言之“媒介即信息”，同时在微信公众号上通过图片、音乐、视频等方式的结合，再配以精致雅丽的排版样式，让读到诗的人获得一场视听盛宴的同时还能捕捉直抵心灵的诗歌力量。这是融媒体时代到来之后诗歌所获得的新的契机，也是诗歌进入大众的有效途径。

李元胜的《我想和你虚度时光》在“为你读诗”公众号上被推出，配以英国 19 世纪上半叶学院派画家代表威廉·特纳（1775—1851）的作品《威尼斯朱提卡岛东边的日出》，这幅画有着中国人对风景的情有独钟以及赋予风景的道德和思想的内容，与“我想和你互相浪费”的诗意表达十分吻合。除此之外，还邀请央视主持人任鲁豫担任朗读者，澳大利亚现代派钢琴演奏家、作曲家费欧娜·乔伊·霍金斯的作品 *Flight of the Snowbird*（《雪鸟的飞行》）作为背景乐，曲调典雅简单，为诗歌的朗读增添了一份温馨梦幻的色彩，加之引经据典、推心置腹的“诗说”，呈现出“我们站着。不说话，就十分美好”的意境，由此给予诗歌阅读者一次美好的阅读感受，从而释放了这首诗词句的魅力。假如仅仅从这首诗本身出发加以赏析的话，其意象和语言都较为平实，但“虚度时光”到“虚度世界”，再到两个人“互相浪费”，这是一种恬静自然的情感，配以淡雅的画作、温暖的乐声、动情的朗诵、文艺的解读，由此建造了一处心灵庇护所，带来片刻安宁与恬静，治愈生活在“兵荒马乱”的快节奏世界中的现代人。正是通过这种治愈人心的捷径，融媒体时代无疑是在诗和读者之间搭建了一座桥梁，解放了诗歌的生命力，也慰藉了人们枯涸的心田。

当我们聚焦当下网络诗歌创作的游戏化、个人化、商业化等症候，就会发现在传播媒介的不断发展之中，网络诗歌已经悄然发生了嬗变，无下限的游戏化让诗歌不像诗歌，走向创作的失范。极端的个人化让诗歌失去了其传统的价值与定位，使得诗歌创作格局不断缩小，难以走上经典化的道路。过度的商业化让诗歌创作走向虚浮，在网络炒作中成为泡沫现象，诗歌让位于各种花边新闻，被流量挤向边缘，在商业化浪潮中被淹没。与此同时，融媒体的发展也让诗歌插上了腾飞之翼，不论是佚名写作给诗歌注入的新生，还是网络带给诗歌的平台，以及融媒体对诗歌呈现样态的丰富与扩充，都让诗歌在解构传统中建构了一种新的存在，呈现出独具特色的融媒体时代网络诗歌生态。那么网络诗歌所发生的诸如以上的变化是如何产生的呢？也就是说这些嬗变背后的社会文化机制或者说文化心理到底是什么？这才是更加值得去深究的问题。

二、融媒体时代下网络诗歌的嬗变机制

一方面，融媒体时代是一个大众狂欢的时代，这种狂欢意味着平等的对话和交流，同时也意味着更多的权力制约机制的出现。虽然融媒体时代下的这种狂欢化的对话与交流带来了话语权的多样化，但拥有话语权就意味着要接受与之对应的权力制约机制。福柯在其《规训与惩罚》一书中指出了这种权力制约机制的运行模式，他将权力研究由宏观引向微观，提出“全景敞视监狱”理论，这是社会微观政治权力场运作的典型代表，在这样的权力场域中，监管者只靠中心的一个“瞭望塔”，监狱中的每个人都处于“瞭望塔”里的监管者的监视范围之内，一举一动被其尽收眼底，社会中存在着无数个这样的“全景敞视监狱”。

在某种意义上，融媒体时代的诗歌创作也处于这样的“全景敞视监狱”之中，诗人在看似自由的网络环境中发表作品，但随着网络技术的进步，每个人在网络上的一举一动都会被数据流随时记录下，诗人对这种社会制约机制的存在也是心知肚明，所以在这样的自知之明引导之下，诗人同时要接受自我和他人的双重监视。在融媒体时代，表达者越自由就意味着限制这种自由的规则会不断完善，社会中其他个体对表达者的监视也会来得更为容易，所以融媒体之下的网络诗歌创作就又回到了萨特“他人即地狱”的命题，社会中其他个体对诗人的监视也是一种巨大的压力场。很多诗人为了规避各类“瞭望塔”的监视，就避免在“瞭望塔”的监控范围内写诗，只能将诗歌写作镜头聚焦于自我，由此自娱自乐的游戏化心态和极端的个人化写作姿态愈演愈烈。这种面向个人、自我狂欢的写作方式看似是自由的，事实上是诗人为逃避社会“瞭望塔”的监视而做出的扭捏姿态，根本上来说是一种在各种社会“瞭望塔”监视下的极端不自由境况之下衍生出来的极端自由假象。在这样的假象和逃避姿态之下，网络诗歌的创作重回社会场域和时代空间之中，进而与社会发生共振、同时代进行对话是相当困难的。

另一方面，融媒体时代的到来使得后现代主义和消费文化获得茁壮成长的土壤。詹姆逊曾指出后现代主义的两个基本特征：第一是“由实在向影像的转化”；第二是“时间如精神裂变式地碎化为一系列永恒的当下片段”。[①] 融媒体时代信息传播的高速和多样化，让影像传播获得更为便捷的渠道，于是微博、微信诗歌进一步发展，这时诗歌不仅是单纯的文字艺术，更是音、影、像相结合的综合艺术，诗人的诗性表达搭上多元化传播渠道的便车，在融媒体时代的高速路上恣意驰骋。余秀华的爆红与此传播模式密切相关，她的诗歌在微信朋友圈的广泛传播，便是有赖于微信公众号的技术能够将其诗歌美化加工。同时，高速的数据流也让网络之上的时空进一步压缩，人们的时间逐步走向碎片化，而微信推送这样的短幅作品就迎合了人们的碎片化阅读需

① ［英］迈克·费瑟斯通：《消费文化与后现代主义》，刘精明译，译林出版社，2000，第 63 页。

求，加之余秀华诗歌充满的“流氓”言说方式和她异于常人的人生经历给人们一种暴力美学的冲击的同时，又勾起了人们的猎奇心理，由此造就了她的爆火。

融媒体时代之下网络诗歌发展的畸形与扭曲除了受信息影像化和时间碎片化所带来的影响，更大程度上是一种生活审美化、艺术大众化思潮的滥觞。“商品的消费和信息的交流主宰了人们的日常生活。因此，生活在后现代消费社会的人们所关心的并不是如何维持最起码的日常生活，而是如何更为舒服或‘审美地’享受生活。”[①]“审美地”享受生活意味着人们在物质生活殷实的基础上有了更多的精神文化层面的需求，这种需求的话语权以前是掌握在社会精英阶层手中，但随着社会经济的不断发展，社会中产阶层越来越多，精英文化开始向大众文化过渡。不论是人人都可以写诗，还是生活里处处是诗，这些观念都体现了艺术向大众的下移。现在网络上的诗歌创作出现的分行就是诗歌、人人都是诗人的怪现状显然是艺术通俗化、价值多元化的体现，但泥沙俱下的网络诗歌创作一旦不加以引导，最后这股洪流就会被泥沙堵塞而无法奔涌向前。

全民皆诗人是文化快餐时代的一种文化大众化的趋势，但是诗歌的审美必须和这种大众化的趋势分开，这种分开不是说逆流而上，而应该在其方向上以一个更高的站位来实现走得更远的目标，不能让大众化的潮流淹没了真正的诗人和真正的诗歌，如果所有的诗人都在这样的潮流中“泯然众人”，成为商业化潮流的附庸者，成为众声喧哗的发声者，那么其声音永远只能被淹没在人群之中，不可能成为时代强音。

三、融媒体时代网络诗歌发展的出路

有学者曾提出：“网络、微信等互联网手段，改变了诗的发表、传播、阅读方式，这是一种革命性的变革。它挑战了既往诗歌‘守门人’的权力格

① 王宁：《后现代社会的消费文化及其审美特征》，《学术月刊》2006 年第 5 期。

局，让诗歌伦理意义上的‘民主’得以实现，但是否也可能导致诗歌标准、门坎（槛）的下降，影响诗的公信力？”[①] 由此看来，虽然融媒体时代的网络诗歌正在朝着大众化的文化形态发展，成为通俗文化的一部分，但不能因此就放弃对其的艺术追求，从而使其丧失公信力，失去文学“守门人”的身份。纵观中国诗歌发展的历程，哪一个时期的诗歌不是当时的通俗作品？周代的《诗经》、战国时期的《离骚》、汉乐府民歌、唐诗宋词，无一不是其所在时代的流行文化，但是它们并没有因为是大众文化就落入低俗的窠臼，放弃自身的艺术追求，大部分作品反而在历史的检验中越发熠熠发光，进而成为文学史上的经典。反观当下的网络诗歌创作，可以在文学史上留下深刻印记的作品可谓少之又少。故网络诗歌要想走上经典化的道路，必然要提升自身的艺术性和价值立场的站位，而这还有很长的路要走。

首先，文艺部门要对网络诗歌的创作生态进行有效和科学合理的引导与干预。目前整个网络文学都受到了重视，但是侧重点似乎只在声势浩大的网络小说创作领域。近年来，很多网络作家都被吸纳进中国作家协会，而这些作家大部分都是网络小说的创作者，而鲜有诗人。近几年网络小说借助 IP 改编的东风出现向现实转向的势头，这是网络小说融入时代，走向人民，实现健康发展的一条捷径。在这条路径之中不乏各级文艺部门对网络小说创作环境的规范和治理，比如建立了丰富的网络小说的评奖机制，多渠道鼓励网络小说作家创作紧跟时代潮流、反映时代呼声的作品，获得了良好的效果，这是一条可以借鉴的道路。反观网络诗歌创作，在网络小说作者纷纷获得了宏观权力话语的认可和接纳的同时，网络诗人依旧像个漂泊在外的孩子，无家可归。所以各级文艺部门在规范和引导网络诗歌创作方面任重道远，需要采取更为积极的措施，真诚地欢迎网络诗人回归时代主流、回到人民中间。

其次，诗人应当坚定主动担当的精神，在自我表达和时代话语之间寻找到一座沟通的桥梁。学者罗振亚曾指出：“诗歌写作何时都允许有心灵化或纯

① 洪子诚：《我的阅读史（第二版）》，北京大学出版社，2017，第 292 页。

粹化路线，只是不能做空转的‘风轮’，一味地‘净化’到只剩自我。诗人们努力远离过度纯粹和自我的束缚，谋求与广阔世界的联系。”[①] 在融媒体时代之下，如果诗人为了规避社会各方的“瞭望塔”而拒绝与外界发生关系，一味地将诗歌创作向内转，就会成为“空转的风轮”，成为融媒体时代里诗歌创作领域的“西西弗斯”，每天重复着毫无意义的诗歌创作。正是在这种网络诗歌生态不尽如人意的时候，真正的诗人更应该勇于担当，走在前面，创作出更多的诗歌精品，改善目前的诗歌生态，一个健康的文学环境既需要满足人民大众审美需求的大众文化，更需要有体现一个民族的民族风骨和气质的高雅文化，这两者应该是齐头并进、你追我赶的，而不是大众文化一马当先，甚至因为跑得太快而出现越轨的现象，但高雅文化却被远远甩在时代车轮的尘土之中，无所作为。融媒体时代的网络诗歌需要精品、需要力作，而这需要诗人少一些“空转”的内耗，多一份担当、多一份责任感，来一次面向时代、面向人民的华丽转身，正如罗振亚所指出的：“一个有出息的诗人，理应有明确的方向感，善于以个人视角去折射民族、时代、历史的鲜活现场。”[②]

最后，要加强网络诗歌研究者的队伍建设，以诗歌评论促进诗歌创作，推动网络诗歌创作生态环境的绿色健康发展。目前，网络文学的研究工作已经形成规模和系统，形成了一定的学者梯队躬耕于网络文学的研究田野中。但是，大部分研究者还是将研究目光置于网络小说之上，网络诗歌的研究略显薄弱。但网络诗歌从 20 世纪 90 年代走来，在网络媒介的不断发展之中，它经历过一次又一次的舆论，从“诗江湖”网站的“下半身”写作到“梨花体”写作，再到余秀华的爆红，以及最近新兴起来的“拼贴”诗歌，这些现象不能永远作为现象留在诗歌史上，而需要有人去研究其本质，探索其内在的演变机制，从而给诗歌史一个交代，也能对目前泥沙俱下的诗歌创作环境起

---

① 罗振亚：《让诗歌从飘渺云端回到坚实地面》，《光明日报》2019 年 2 月 20 日第 14 版，https://epaper.gmw.cn/gmrb/html/2019-02/20/nw.D110000gmrb_20190220_1-14.htm。

② 罗振亚：《让诗歌从飘渺云端回到坚实地面》，《光明日报》2019 年 2 月 20 日第 14 版，https://epaper.gmw.cn/gmrb/html/2019-02/20/nw.D110000gmrb_20190220_1-14.htm。

到疏浚功效，进而对网络诗歌创作过程中的失范、越轨行为起到矫枉作用。

网络诗歌出路的寻觅需要各方一同努力，只有将这些努力汇聚到一起，才能形成巨大的合力，进而推动网络诗歌在融媒体的潮流之中稳健前行。文艺部门的引导和干预不可缺少，诗人自身的担当精神起着决定性作用，而诗歌研究者更是起着推波助澜的关键作用，只有各方勠力同心，奋楫笃行，才能改善融媒体时代下泥沙俱下的网络诗歌生态。

结语

近几年来兴起的各类传播媒介为网络诗歌的生存样式提供了更多的可能，这是对网络诗歌生命力的浇筑。微信公众号、微信群的强大传播力，让诗歌走进更多人的世界，成为人们日常生活中的一部分，无疑是诗歌生命的延展。但是，如果在各类媒介上创作和传播的诗歌不通过严格筛选和把关，那将对网络诗歌的生态造成巨大的破坏。在这样的传播机制下，诗人的创作跟着点击量、跟着流量走，那网络诗歌的发展哪里来的未来可言？所以从长远来看，这无疑是网络诗歌发展所面临的巨大挑战。融媒体时代对于网络诗歌的发展来说，既是机遇，也是挑战，把握机遇至关重要，沉着应对挑战更为关键，改善泥沙俱下的网络诗歌生态需要诗人、文艺部门、诗界学者共同努力，在把握机遇中迎接挑战，推动网络诗歌创作出精品、上品，继承传统诗歌“兴观群怨”的传统，展现良好的网络诗歌创作风貌，推动网络诗歌走上经典化道路。

（作者单位：中南大学人文学院）

中国网络文学产业化进程及其SWOT分析

严立刚　张琼引

互联网科技的迅猛发展催生出不同的文化产业，它们与网络息息相关，网络文学就是在互联网文化产业浪潮的席卷下产生的。中国的网络文学在经历了众声喧哗、以个体表达为主的自由形态之后，逐步走向规范的市场化运作机制。从1991年4月第一篇网络文学作品《奋斗与平等》的诞生到2023年，经过30多年的发展，中国网络文学产业化进程正在不断加速。

产业化就必然要追求价值利益的最大化。市场经济激发了文学的商业价值，使文学更为广泛地走进普通大众的阅读视野，因而市场对网络文学的产业化需求也就越来越强烈。网络文学产业化是文学与产业相互博弈和融合的过程，网络文学产业引导网络文学不断创新，同时也带来了诸如写作上的急功近利、网络侵权、版权纠纷等负面效应。因此，网络文学产业亟须确立自己的规范。经过30多年的发展，网络文学产业基本形成了以付费阅读、版权开发和云中书城为主的完整而又成熟的产业链条，并朝着全版权、多元化、跨平台和泛娱乐的方向发展。然而，作品质量低下、创作环境恶劣等问题严重制约了网络文学产业的发展。当下，如何整合资源则成为网络文学产业化实现可持续发展的重点和难点。

从艺术创作发展为产业化是网络文学发展的必然趋势。禹建湘认为网络文学就是基于网络平台从事文学产品生产和提供文献服务的经营性行业，一旦文学的商品意识被挖掘出来，作家就有把文学作为产业来经营的冲动了[①]。

① 禹建湘：《网络文学产业论》，中国社会科学出版社，2011，第4—5页。

他还指出，以起点中文网为代表的文学网站实行收费制度，掀起了网络文学产业的浪潮[①②]。赖敏发现，网络文学产业化发展的根源是文学网站和网络写手需要依赖市场和产业化运作方式谋求生存和发展。同时，网络文学产生于后现代消费时代，其故事生产类型适合于产业化发展，再加上资本的青睐，形成了共赢的产业运作模式[③]。李亚军等认为，文学产业化是文学在多元化背景下的一种生存现实，是文学的一种新的存在方式[④]。欧阳友权认为网络文学产业通过文化创意产品的市场化经营为中国网络文学的高速发展提供了强劲的经济驱动。从文创产业视角来看，中国网络文学是文化资本跨界网络的产物，但究其业态架构的成形过程，网络文学的产业化经营是在整个行业马鞍形发展的"谷底"才破茧而出的[⑤]。葛娟认为，资本逻辑对文学的渗透加速了文学生产由商业化向产业化发展的进程，其对文学生产的支配不仅改变了文学的生产方式，延展了文学生产的产业链，而且将文化工业的形式注入文本形态中来[⑥]。

关于网络文学产业化发展趋势研究，傅其林肯定了网络文学产业化进程正在逐步走向自觉，同时也揭示了文学网站产业化经营机制与网络文学良性发展体系建构的重要性[⑦]。陈慧分析了网络文学产业化兴起和发展的理论基础及现实条件，她在强调网络文学产业化的现实价值与发展前景的同时，还要求对其加以制度化管理和规范性引导，趋利避害以谋求良性可持

① 禹建湘：《网络文学产业化的文学征候》，《湘潭大学学报（哲学社会科学版）》2012 年第 6 期。

② 禹建湘：《产业化背景下的文学网站景观》，《中南大学学报（社会科学版）》2012 年第 2 期。

③ 赖敏：《网络文学产业道路选择解析》，《淮阴师范学院学报（哲学社会科学版）》2016 年第 5 期。

④ 李亚军，付艳杰：《文学产业化——市场经济下文学的生存方式》，《吉林省教育学院学报》2009 年第 3 期。

⑤ 欧阳友权：《网络文学产业的文创形态及其风险规制》，《湖北社会科学》2023 年第 7 期。

⑥ 葛娟：《当文学遭遇资本——产业化语境中的文学生产与亚文学生成》，《南京师大学报（社会科学版）》2012 年第 5 期。

⑦ 傅其林：《网络文学的付费阅读现象》，《学习与探索》2010 年第 2 期。

续发展[①]。刘新少提出了网络文学产业化与艺术审美之间的矛盾：依赖技术与市场双重推力打造的网络文学商业模式在助推网络文学繁荣局面的同时也导致了这一文学艺术旨趣和审美品格的渐进消融乃至缺失，其原因在于网络文学产业驱动与艺术审美各要素价值权重之间出现的若干背离[②]。董子铭等指出，中国网络文学在产业兴盛与事业繁荣的局面下，呈现出与生活社交、休闲娱乐和主流文化相融合的发展趋势。同时，它也面临着如何向多终端拓展、从“渠道”向“内容”为王过渡、从“顺应”向“引领”大众文化转变等问题[③]。

网络文学的快速发展带动了网络文学产业化的进程，使其成为当今中国文化产业中的重要组成部分。探讨网络文学产业化的原因及其发展历程，有助于为网络文学产业的发展提供参考。同时，深入探讨网络文学产业化发展进程中的优势、劣势、机遇和挑战，并探索其解决对策，对推进网络文学的产业理论和实践的创新有积极的现实意义。

一、中国网络文学产业化进程

（一）网络文学的兴起与发展

网络文学是伴随计算机和互联网技术发展而产生的一种新型文学创作范式。网络文学已是由网民而不再是传统意义上的专业作家来通过电脑进行写作，通过网络来发表和传播。网民可以阅读、点评甚至参与创作。网络文学最根本的特征就是网络性。1998 年蔡智恒的《第一次亲密接触》是网络文学在大陆迅速发展的标志。此后，知名网络写手不断出现。朱威廉创办了中国第一个文学网站——“榕树下”，这使主流文坛开始重视网络文学。至此，网络文学从民间书写进入学界研究，并参与到当代文学史的建构之中。

（二）网络文学产业化的驱动因素

网络文学产业化形成的驱动因素如下：首先，生存载体和传播媒介的普

① 陈慧：《产业化——网络文学的必由之路》，《广东广播电视大学学报》2014 年第 2 期。
② 刘新少：《网络文学产业驱动与艺术审美的矛盾》，《社会科学战线》2014 年第 12 期。
③ 董子铭，刘肖：《网络文学产业融合发展的三个维度与思考》，《出版发行研究》2016 年第 8 期。

及与迅猛发展，促进了网络文学的产业化形成。其次，网络文学的价值功能得到了充分开发。欧阳友权在《网络文学概论》一书中把传统文学价值功能的转换概括为两点：第一，文学的任务从“载道经国”转变为“孤独的狂欢”；第二，文学表达从“反映生活”转变为“闲适自足”。网络文学顺应时代要求，抒发小我情感，带给读者共鸣和阅读快感，拥有广泛的受众基础。最后，市场经济的竞争机制促进网络文学产业向纵深发展。市场使文学的商品属性得到开发，也对网络文学作品起到了大浪淘沙、优胜劣汰的作用，并且衍生了 IP 等系列周边产品。

网络文学产业化的前提是网络文学作品，网络文学作品本身具有自由书写、大众狂欢的特征。从供给方的角度出发，文学网站的运营与生存必须得到资本市场的支持，才能维持服务器使用、设备更新、人力成本、支付稿酬等庞大的资金支出。有学者认为，从自由形态转变为市场化运作的原因，从表面上看，是资本的渗入，实质上则是参与群体和受众群体的变化[①]。在中国，首先是北京、上海等一线城市的白领阶层以自由表达的姿态进行网络创作，他们普遍接受过高等教育，同时具备计算机和网络的硬件条件。随着网络的普及，网络文学的主要参与群体、受众群体已经变成普通网民，受众群体的变化不仅引发文学特质的改变，更从根本上改变了网络文学的发展，越来越多的资本参与其中，使之成为互联网上的新兴产业——网络文学产业。历经如此，中国的网络文学已经形成了完整的产业链和生态系统。

（三）中国网络文学产业化阶段

经过 30 多年的发展，中国网络文学已逐渐步入产业化发展的道路。文化发展与经济发展齐头并进，网络文学产业发展蒸蒸日上，且业绩不俗。网络文学产业化走过的历程，包括前产业化时期、免费阅读时期、收费阅读时期和全产业链开发时期等四个阶段。

第一个阶段：前产业化时期

1998 年被称为网络文学元年。1998 年至 2001 年，网络文学崛起，无

① 何亦聪：《我看网络文学近 20 年的发展变化》，《文艺报》2016 年 11 月 23 日。

数文学网站如雨后春笋般出现。这一阶段是网络文学的非产业化阶段，也可以称之为网络文学前产业化时期。这一时期产生的文学作品和网络平台奠定了网络文学产业化的基础，为其提供了参考范式和必备条件。

第二个阶段：免费阅读时期

自 2001 年开始，网络文学开始进入产业化探索阶段。2001 年，“龙的天空”成立公司，因为拥有大量原创作品和读者，它以极快的速度占据原创文学网站的龙头位置。在其后的发展中，因为服务器、宽带等基础设施不够完善而限制了公司的发展，“龙的天空”改走代理出版的发展之路，逐渐退出网络文学主流平台。

第三个阶段：收费阅读时期

自 2003 年以来，在市场经济和消费文化的双重刺激下，网络文学产业化需求日益强烈，产业化道路也日趋成熟。此时，越来越多新的网络文学文化公司开始崭露头角，传统的大型门户网站也相继打开产业化的文学大门。文学网站经过多年摸索之后，终于走出了付费阅读的模式，并且成为其生存、发展的主要盈利模式。通过这一模式，作者、文学网站和读者的权益都在一定程度上得以保障：作者能从阅读量中提取分成，保障创作的持续性；文学网站实现了盈利，得以生存发展；读者只须付出少量的费用即可阅读较多的作品。付费阅读模式不断更新，待其发展成熟之后便可成为文学网站的主要收入来源。以起点中文网为例，2015 年 VIP 的付费收入就占到总收入的 90% 以上。

第四个阶段：全产业链开发时期

2008 年到 2022 年，网络文学企业开始以 IP 为核心进行全产业链开发，不断尝试新的产业化模式。以盛大文学为代表的文学网站开始采用全版权运营的商业模式。它对外成立盛大文学无线公司，积极向多媒介跨越发展，努力拓展移动终端服务。全版权运营包括了一个网络文学产品的所有版权，包括以版权为核心，开发网络和手机上的电子版权、线下的出版权、影视剧改编权、游戏改编权和衍生产品的所有版权等。网络文学公司通常会在所有渠道上进行扩张和销售，包括阅读收费、无线阅读、影视改编、游戏改编和线下出版等多个领域的版权开发。由此形成了一个完整的产业链。在这一时期，网络文学公司开始思考并着手尝试产业化转型，在公司内部致力于产业升级，通过收费阅读、全版权运营等方式成功打通产业链的上下游，不断探索和完善产业化模式；对外则积极谋求合作共赢，企业间合并重组、融资入股等资本运作已成常态。目前来看，中国网络文学作品的版权出售、影视改编、游戏产品转化等都已达相当规模。这些都充分显示了网络文学产业化模式的成功探索和向纵深发展的决心。

二、中国网络文学产业化 SWOT 分析

前文对中国网络文学的发展历程进行了分阶段分析，阐述了网络文学发展的历史进程和当前的新特征。在此基础上，进一步对中国网络文学发展进行了 SWOT 分析，阐述了中国网络文学产业化过程中主要面临的优势、劣势、机遇与挑战。

（一）中国网络文学产业化优势分析

中国互联网络信息中心（CNNIC）第 51 次《中国互联网络发展状况统计报告》显示，截至 2022 年 12 月，中国网民规模达 10.67 亿，普及率达到 75.6%[①]。中国网民规模继续保持平稳增长，网络文学产业受众群体数量依然稳步上升。这为中国网络文学产业化发展提供了强大的推动力。文学网站由早年的论坛，过渡到个人网站，再发展到专业文学网站，到现在的规模化、实体化经营，产业结构越来越完整，从网络开始延伸，已经涵盖收费阅读、广告、出版、游戏、影视、漫画、杂志和手机等多个领域，商业化趋势日渐明显。在市场经济和消费文化的双重刺激下，网络文学产业化的需求日益强烈。

伴随着网络文学的蓬勃发展，其产业链也在不断完善中。网络文学的产业链竞合是由产业链上下游各环节之间相互竞争、交叉和相互渗透，并

① 中国互联网络信息中心：《第 51 次〈中国互联网络发展状况统计报告〉》，https://www.cnnic.net.cn/n4/2023/0303/c88-10757.html。

由产业资源重新配置所形成的产业组织和运营方式优化的产业现象。助推网络文学产业链竞合的因素很多，归纳起来主要有资本、政策、经营和技术等要素。在网络文学的产业链中，网文收费阅读带来的收益只占极小比例。因此，影视、动漫和游戏等的改编成为网络文学全产业链收益中最大的增长点。在 VIP 制度、在线收费阅读、广告插播、实体出版发行、下载收费阅读的模式以外，网络文学产业不断丰富模式，包括大力开发网络文学作品的影视剧、游戏改编、海外输出和移动端文学等下游产业链，打造出一个又一个如《择天记》《三生三世十里桃花》等超级 IP，力图在全产业链上开发和运营 IP。

（二）中国网络文学产业化劣势分析

与自然界的生态系统一样，网络文学产业生态系统同样强调各个组成因素之间的相互影响和有机联系。网络文学产业生态系统的构成要素主要包括创作者、网络平台、衍生品和受众四个部分。网络资源具有多样性和异构性，能够在不受外部环境的干扰下进行自我调整。因此，网络生态系统具有动态性、丰富性和开放性，并强调生态结构的平衡性。从生态学角度审视网络文化产业，意味着要将其放在网络生态系统中进行考量，实现网络生态与文化产业的相互协调与制约，以求形成稳定的发展模式。

如上文所述，网络文学产业的结构包括诸多因素，例如数量众多的作者和作品、市场上不断增加的新的网络平台、已经形成“粉丝经济”的受众群体等等。近几年网络文学产业发展迅猛，但其结构与功能的不协调也在日益凸显。网络文学作者的水平参差不齐，导致作者群体的收入悬殊。成功者如唐家三少，已经不只是网络写手，还具有了明星的光环，并且专门成立了自己的工作室来经营粉丝群体。与之明显对比的是，绝大多数网文作者寂寂无名，没有代表作和稳定的经济收入。同时，为了紧跟市场趋势，保证网络文学作品更新的时效性，网络写手长期处于高强度工作状态。由此导致了网络文学作品质量普遍不高、类型化严重，很多作品都是跟风写作，缺乏创新性和文学性。

（三）中国网络文学产业化机遇分析

回顾近年来网络文学产业的发展，IP 发展进入由虚转实的过程，作品内容上由幻想类小说向现实题材转变，如《余罪》《复兴之路》和《兵者为王》等现实题材类作品在网上大受欢迎。正如阅文集团副总裁罗立在 2017 年中国网络文化产业年会上表示，阅文集团除了发力线上产品，还渐渐向线下延伸，如与影视行业和动漫行业合作，也与一些泛娱乐公司和文化行业最终端的公司合作[①]。

网络文学产业在国内市场发展得如火如荼，其作为中国文化的一部分，势必成为"走出去"战略的重要组成力量。早在 2009 年，网络文学就开始向海外市场发展，作为近邻，越南是最早引进中国网络文学的国家之一。正如庄庸、安迪斯晨风在《中国网络文学海外传播榜全球圈粉亦可成文化战略（开篇词）》中所说的，"翻开该国最著名的网络小说网站就会惊讶地发现，排在前 100 位的小说无一例外全都是翻译自中国的网络小说"。网络文学在英语世界也站稳了脚跟，网名为"RWX"的美国华裔创办了 Wuxiaworld（武侠世界）。该网站成立之初就开始翻译和引进中国网络小说，每日来访量达 30 万次以上。以 Wuxiaworld 为阵地，中国网络文学以北美为核心开始辐射全球，受到许多非汉语读者的热捧。阅文集团抓准时机，在 2016 年 12 月与 Wuxiaworld 合作，双方签署了为期 10 年的电子出版和翻译合作协议，并且达成 20 部作品的合作协议。这种合作模式拓宽了中国网络小说对外输出的道路，为网络文学产业的发展增添了新的活力和契机。截至 2018 年 3 月，中国众多网络文学作品相继走出国门，畅销亚洲、欧美等多个国家和地区。

（四）中国网络文学产业化挑战分析

网络文学作品在产业化浪潮中已经成为商品，凡是商品都具有趋利本能。运作渠道和方式的多样性是加快网络文学转变为实际产值的催化器。网络文学作品的质量和创作周期已经不再单纯取决于网络写手，真正起推动作

① 汤广花：《2017 年中国网络文化产业年会：网络文化产业成熟商业模式正在形成》，《中国新闻出版广电报》2017 年 12 月 19 日。

用的是资本和市场。由此带来的影响就是，网络文学作品忽视质量，只注重经济效益和资本回报率。具体表现在：一是当前网络文学产业内容类型化作品居多，这些类型化作品虽然能够迅速吸引广大读者，但是缺乏现实题材、应有的社会责任感及人文关怀。二是注重话题炒作，把文学作品的 IP 改编发挥到极致。这会导致网络文学作品的艺术性下降，甚至沦落为通过版权改编才能实现自身价值，置文化经典和社会责任于不顾。三是从接受群体角度看，网络文学作品及其改编产品的受众多为青少年。虚幻的题材、模糊的价值观极有可能传递出负面信息。

与此同时，在付费阅读制度的激励下，为赚取更多利益分成，创作篇幅越来越长，重字数和轻内容的现象频频发生。为了迎合市场，网络文学作品内容类型化，盗墓题材、青春题材、宫斗题材以及仙侠题材层出不穷，有泛滥趋势。这些板块变成 IP 运营的主要战场。原有的付费阅读类盈利模式已无法满足资本投入者的胃口，网络文学作品的延伸价值得到全方位开发。IP 改编制作周期越来越短，由此带来的粗制滥造、版权争议和抄袭等现象备受诟病。

结语

通过回顾其发展历程可以发现，经过 30 多年的积累，中国网络文学已经得到了突飞猛进的发展。已经从一个艺术创作，逐渐发展成为一个具有完整产业链的产业门类。对网络文学产业化进程的 SWOT 分析表明，在中国网络文学产业化进程中，既有优势又有劣势，同时机遇与挑战并存。如何把握机遇，应对挑战，已经成为网络文学发展的重要课题。根据 SWOT 分析结果，为了进一步推进网络文学产业化发展，本文提出以下建议：

第一，面对庞大的市场需求，网络文学产业应提高作品质量，提升发展空间。从本质上看，网络文学也是文学，要让文学回归“人”学。网络文学作品应该关注时代，回归对审美立场和人文本位的坚守。网络文学与传统文学相比，已经实现了技术的飞跃，但是技术并不能取代文艺审美，真正打动受众的永远是精神层面。网络文学作者应该坚持独立创作，保证作品质量，这是网络文学产业能够长远发展的根本。

第二，针对目前网络产业结构不合理、功能不完善等劣势，需要进一步打造优质网络平台。网络平台是网络文学全产业链的核心，其首要功能就是提供内容。首先，网络平台应该严守作品发表的底线，把好质量关，加强内容审查，建立公平、公开的作品榜单制度，从源头上把关，为用户提供更良好的使用体验。其次，发掘、扶植和培养有实力的作家，以便开发出更优质的作品。注重培养有潜力的作家，如此才能保证长久和稳定的内容生产。最后，网络平台应该重视并引领用户需求。用户对作品除了有阅读要求，也希望更多参与到对作品的讨论中，网络平台应开发社交功能，建立读者圈，打造读者与作者之间的交流平台。利用大数据收集用户意愿，为读者提供更具针对性的作品。

第三，面对中国网络文学产业发展的机遇，应进一步做好版权保护，打造优质 IP。首先，以网络文学作品的 IP 为核心打造多层次的受众：文学作品读者、影视剧观众和游戏玩家等单个作品的受众被以互联网为核心的媒介平台迅速打造成读者、观众和玩家等全媒体受众。从网络文学作品自身来看，其数量巨多，可供改编空间大，受众群体与影视作品、游戏产品的粉丝群高度契合。其次，在进行网文改编时，无论是影视剧还是游戏或者其他形式的创作，必须由专业团队制作，保证改编作品的专业水准。因为过分追求商业利益，而忽视对作品艺术性、审美性的应有关注，造成了一种急功近利的短视行为，会阻碍整个网络文学产业的发展。找准突破口打造 IP 现象和品牌化产品，使之形成联动效应。最后，与在国内市场的遭遇一样，版权问题也是网络文学海外输出必须解决的问题。必须打击盗版，才能保障作者、读者和网络平台的合法权益。网络文学 IP 需要紧跟作品输出，走出国门。网络文学 IP 改编在国内市场收获巨大，同样也会带给海外受众使用满足感，收获一批粉丝。

第四，为了应对目前网络文学产业化发展的挑战，需要进一步加强媒介融合与全媒体运营。网络文学产业的发展，已经呈现出媒介融合和全媒体运营的趋势，并逐渐成为网络文学产业的发展方向。首先，要注重开发移动端阅读平台。截至 2022 年 12 月底，中国手机网民规模达 10.65 亿，手机上网人群占全体网民的 99.8%。智能手机十分普及，移动端阅读已成为网络文学产业的新战场。其次，进一步深化网文的影视剧开发。优秀的网文作品拥有广泛的受众基础和完整的故事内容，且网文版权费用较低，能够以较低的投入获得更高的回报率。根据艾瑞网 2022 年数据，网文 IP 已经成为当前影视剧剧本的最大来源。最后，强化网络文学作品向有声阅读发展。伴随着人们阅读习惯的改变，有声阅读已成为新的阅读方式，其优势在于只要在移动终端下载相关 App，便可不受时间和地点的限制，随时听书。在有声阅读中，因为每个用户既是使用者，又可以自己录制并上传音频，因而可以更加有效地吸引受众。

经过 30 多年的发展，网络文学产业正在调整产业布局，形成了全新的发展趋势。在内容为王的时代，要求作品更加精雕细琢。同时，网络文学 IP 开发需要继续向纵深方向发展，进一步开发多版权衍生品。各种层次的周边产品共同发力，在市场上形成联动效应，有助于网络文学 IP 占据更大的市场份额。网络文学正在不断探索商业化模式，未来有望成为中国文化“走出去”战略的重要组成部分。

本文系 2022 年度湖南省教育厅科学研究优秀青年项目“网络强国战略视域下网络信任危机的现实审视及其化解路径研究”（项目编号：22B0237）阶段性成果；2021 年度中南林业科技大学引进人才科研启动基金一般项目“马克思交往理论视域下的网络信任研究”（项目编号：2021YJ042）阶段性成果。

（作者单位：1. 湖南工业大学文学与新闻传播学院

2. 中南林业科技大学马克思主义学院）

【古典诗学阐释专题】

论宋代士人对儒释道三家的会通

——以笔记为中心的考察

刘师健

儒释道自汉魏以来便是中国文化的重要组成基因，三者一直处于矛盾对立之中，既相互排斥，又相互融摄。唐宋时期，各自出于自身发展的需求，趋向融合之势，只是三教之间的矛盾依然存在，而且相互间的矛盾处于变化之中。唐代，三教的矛盾主要是儒家与佛教、道教与佛教的矛盾。至宋，则发展为儒家入世与佛教出世思想之间的冲突，对此，宋人在儒释道三教融合过程中，做出了怎样的反应？他们又是如何化解儒家入世与佛教出世思想之间的矛盾？这些深刻的思想变化在士人的笔记中有着甚为丰富细腻的记载。以往学者在对儒释道“三教融合”的研究中大多忽视了笔记这种私人话语，主要集中于相关学术话语、社会话语记载中的考述[①]，这种研究很大程度上局

① 这里的“社会话语、学术话语、私人话语”参见葛兆光《十八世纪的学术与思想》一文中所指。文中指出：“文化人实际上使用的是三种不同的‘话语’——我们也暂且使用福柯的这一术语——，一种是在公众社会中使用的‘社会话语’，它是一本正经的，未必发自内心但人人会说的话语，尤其通行在官场、文书、礼仪、社交的场合；一种是在学术圈子里使用的‘学术话语’，它是以知识的准确和渊博为标准的，只在少数学者之间通行，由于它的使用，这些学术精英彼此认同，彼此沟通，但它并不是一个流行的话语；还有一种是在家庭、友人之间使用的‘私人话语’，它是呢喃私语或低吟浅唱，人人会说但不宜公开，满足心灵却不可通行，最多形之诗词。”（见葛兆光：《十八世纪的学术与思想》，《读书》1996 年第 6 期，第 52 页。）

限于个案分析和宏观概括两端，未能充分综合不同门类的史料，进行系统的梳理与辨析。鉴于此，笔者从具体实践和历史解释中抽离出来，以文人笔记为切入点，从更为细致的层面探讨士人对于三教融合的整体认知与理解。

一、宋代儒释道三教关系与士人参禅恋道活动之风的兴盛

“三教合一”是对儒释道三教关系的一种认识及处理方式。早在佛教传入之初，思想界即有着“三教合一”之说，经过历代的孕育发展，“三教合一”思想在宋代进入一个新的发展阶段，三教之间的相互融合进一步加深，《宋史》载：“礼之中庸，伯阳之自然，释氏之无为，其归一也。”① 诚然，此时，儒释道之间依然有斗争，主要是儒家主张重整封建伦理道德、“经世致用”的实用性与佛教的出世思想格格不入②。

由此，儒家入世与佛教出世思想的矛盾，也就成了儒释道三教进一步融合过程中亟须解决的问题，许多士人开始对儒家和佛教的思想进行对比研究，纷纷提出“儒释无二、三教融合”的观点。苏轼认为儒释道三家的思想是“讲无辩讷，事理皆融”③。王安石认为：“（佛老之徒）多宽平不忮，质静而无求，不忮似仁，无求似义。当士之夸漫盗夺，有己而无求者多于世，则超然高蹈，其为有似乎吾之仁义者，岂非所谓贤于彼，而可与言者邪？”④ 在他看来，佛家的“不忮”，相似于儒家的“仁”，佛家的“无求”，则类似于儒家的“义”，从而认为佛教的境界与儒家是一致的。李纲认为：“治之之道，一本于儒，而道、释之教存而弗论，以助教化，以通逍遥。”⑤ 从中可见，主张儒释无二、三教合一的观点，时已成为一种普遍的思想潮流。

在儒释道三家融合思潮的影响下，诸多士人的思想虽以儒家为主，但

① ［元］脱脱等：《宋史·宋太初传》（卷 277），中华书局，1977，第 9423 页。

② 如石介攻击佛教：“彼其灭君臣之道，绝父子之亲；弃道德，悖礼乐，裂五常；迁四民之常居，毁中国之衣冠，去祖宗而祀远裔……”（〔宋〕石介：《徂徕集》（卷 5），文渊阁《四库全书》第 1090 册，台湾商务印书馆，1986。）

③ ［宋］苏轼：《苏轼文集》，中华书局，1986，第 1961 页。

④ ［宋］王安石：《王文公文集》（卷三五），上海人民出版社，1974，第 422 页。

⑤ ［宋］李纲：《李纲全集》，岳麓书社，2004，第 1362 页。

旁涉佛、道已经成为一种常见的社会现象。清人全祖望即指出："两宋诸儒，门庭径路，半出于佛老。"[①] 士人参禅学道虽早已有之，但至宋更是进入全盛状态，"佛老之学，后世为盛，在今世为尤盛"[②]。宋代士人参禅恋道活动的全面展开，应是发生在宋中叶以后。据《避暑录话》卷上记载："熙宁以前，洛中士大夫未有谈禅者，偶富韩公问法于颙华严，知其得于圆照大本。时本方住苏州瑞光寺，声振东南，公乃遣使作颂寄之，执礼甚恭如弟子。于是翻然慕之者，人人皆喜言名理。"据此可知，在熙宁以前，京朝官中公开谈禅的还很少，直至富弼倾心佛教后，谈禅之风才始在士大夫中广为流行，成为当时社会生活的重要内容。

在此之风的引领下，北宋中后期迎来了文人学佛的高峰，出现了所谓"近来朝野客，无座不谈禅"的现象[③]。如晁氏家族的开山之祖晁迥，即是佛、道兼修。《石林燕语》卷十记："晁文元公天资纯至，年过四十登第，始娶，前此未尝知世事也。初学道于刘海蟾，得炼气服形之法；后学释氏，常以二教相参，终身力行之。"又如蜀学代表人物苏轼，一生都与儒释道有很深的渊源，学贯"三家"，诚如其弟所言："初好贾谊、陆贽书，论古今治乱"，"今见《庄子》，得吾心矣"，"后读释氏书，深悟实相，参之孔、老，博辩无碍"。苏轼不但自身学禅，还极力劝力主排佛的欧阳修学佛。《岩下放言》卷上记载："苏子瞻初未知有禅学，为凤翔府佥判，有兵官王凯者教之，始大知爱。时欧阳文忠尚无恙，子瞻为杭州倅，特过汝阴，以此劝公，笑而不答。王凯，选之父也。"佛、道之风在文人群体中产生了一种广泛而深入的影响，深入到文人生活的方方面面，他们以高度的传统文化素养和对佛、道理论的深湛造诣，在参禅学佛、儒道兼修的过程中，既接受佛学影响，又注意道教方术。

① ［清］全祖望：《鲒埼亭集·题真西山集》（外篇卷三十一），《四部丛刊》本。
② ［宋］陈淳：《北溪字义·佛老》，中华书局，1983，第 68 页。
③ ［宋］司马光：《司马文正公传家集·戏呈尧夫》，商务印书馆，1937，第 62 页。

二、宋代士人对释、道的认识及三教融合的态度

宋代士人以高度的传统文化素养和对佛、道理论的深湛造诣，在参禅学佛、儒道兼修的过程中，对释、道既有批判，也有借鉴，在将三教会归视为一家之学的要旨时，又有力地推动了三教合一思潮的发展。其对释道的认同态度，我们可从下面两则笔记中的记载窥见一斑。

一则是叶梦得在《玉涧杂书》论司马子微（司马承祯）一节中，对其《坐忘论》《枢》等所反映出来的修道理念进行了颇为细致的陈述与解析。[①] 据其所论：

> 道释二氏本相矛盾，而子微之学乃全本于释氏，大抵以戒定慧为宗。……夫欲修道，先去邪辟之行，外事都绝，无以干心，然后端坐，内观正觉。……勿于定中急急求慧，求则伤定，伤定则无慧。定而慧生，此真慧也。此言与释者所论止观，实相表里。[②]

在叶氏看来，尽管道、释二教本相矛盾，然以司马承祯之学而论，则以戒定慧为宗，全本之于释氏。具体而言，其对定、慧关系的看法，与佛教中的所谓“止观”（即禅定）之说相表里，宜当定慧双修，方可得其“真慧”。

另一则是曾敏行在其《独醒杂志》中记述了与尚书刘美中相关的一则逸事。在睡梦之中，美中梦一方士与之谈禅，往复辩论甚详，因而问道：“仙家亦谈佛耶？”方士曰：“仙佛虽二，理岂有二哉？”而在美中醒后所作之诗中，也有“自言本事清灵君，学佛求仙两无阻”“方平羽节何时来？道宫佛殿随尘埃”之类的句子。[③] 由是而论，仙佛圆融，其理无二的说法，不仅是方士的看法，也在很大程度上得到了刘美中甚至《独醒杂志》作者曾敏行的

---

① ［宋］叶梦得：《玉涧杂书》，朱易安等主编：《全宋笔记》第 2 编第 9 册，大象出版社，2006，第 369—370 页。

② ［宋］叶梦得：《玉涧杂书》，朱易安等主编：《全宋笔记》第 2 编第 9 册，大象出版社，2006，第 370 页。

③ ［宋］曾敏行：《独醒杂志》，朱易安等主编：《全宋笔记》第 4 编第 5 册，大象出版社，2008，第 187—188 页。

认同。

可见，宋代士人对佛、道教的认可与理解，只是在长期的世俗生活和儒家思想的熏陶下，他们在本质上又难以成为虔诚的佛、道教徒，在三教交涉的过程中，“三教合一”、三教调和的论调，便成为一个非常重要的话题。北宋中后期陈师道在其《面壁庵记》一文中言道：“夫道一而今之教者三，三家之役相与诋訾。盖世异则教异，教异则说异。尽己之道则人之道可尽，究其说则他说亦究。其相訾也固宜，三圣之道非异，其传与不传也耶！”[①]在陈氏看来，真正的“道”只有一个；所谓“三教”，以至其抵牾歧义之处，皆非其本，而是“世异则教异，教异则说异”的结果。[②]

及至南宋前期，叶梦得在其《避暑录话》中表达了同陈师道不尽相同的观点。在他看来，“老子、庄、列之言，皆与释氏暗合，第学者读之不精，不能以意通为一”[③]。这一论调，一方面肯定了老庄之旨同佛教之说之间的暗合之处，另一方面点明了今之学者读之不精，不能体会其意通为一的缺憾。而在加入儒学之后，则依叶氏所论：“自熙宁以来，学者争信老庄，又参之释氏之近似者，与吾儒更相附会，是以虚诞矫妄之弊，语实学者群起而攻之。此固学者之罪，然知此道者，亦不可人人皆责之也。”[④]据此而论，叶梦得对于学者将老庄、释氏之言“与吾儒更相附会”的“虚诞矫妄之弊”，应是不甚满意的；然其对于此类学者的批评，又颇为收敛、留有余地——自认为不必“群起而攻之”，“亦不可人人皆责之也”。

---

① ［宋］陈师道：《后山居士文集》，上海古籍出版社，1984，第 12 页。

② 陈师道的这番理解，与渡边浩在复旦大学文史研究院有关明治前期日本人对于宗教的思考和理解的讲座中的观点相近。在渡边浩看来，明治政府核心力量的成员（很多都具有儒学背景）也认为：道理是一个，可是通往道理的路很多。有如一座高山——顶峰是一个，但爬山的道路可能各种各样。这个道路是“教”，而顶峰是“道”。此论系日本法政大学渡边浩教授在 2016 年 12 月 6 日题为“从‘Religion’到‘宗教’——明治前期日本人的一些思考和理解”的讲座中提出。

③ ［宋］叶梦得：《避暑录话》，朱易安等主编：《全宋笔记》第 2 编第 10 册，大象出版社，2006，第 241 页。

④ ［宋］叶梦得：《避暑录话》，朱易安等主编：《全宋笔记》第 2 编第 10 册，大象出版社，2006，第 241 页。

而在《松窗百说》“三教”条中，李季可一改陈师道、叶梦得相对较为和缓的论调，在对儒释道三教皆表一定程度之认可的同时，就其优劣进行了非常明确的切割。据其所言：“或问儒、老、释优劣，曰孔子大矣，明人伦，存其妙，而兼得之者，故俯仰无所愧怍。二者废人伦，而事其妙者也，移之治世，则败矣。《中庸》曰‘贤者过之’，释、老有焉。”① 由是而论，他对儒教的偏爱，应是毋庸置疑的；至于释、道二教，则因“废人伦”而未得其全，虽自有妙处，然不可适用于太平之世。

从叶梦得和李季可二人的言论来看，南宋前期士人对于儒教的偏护应是相当明显的；然就总体态度而论，其对于“三教”中佛、道二教尚存相当程度的肯定因素，并未提出过于激烈的批评意见。迨至南宋中后期，士人的批判态度则可见一斑了，吕祖谦在“三教”问题上，即表现出极其排斥的态度。据张端义记载：“德寿中兴之后，寿皇嗣服之时，《庄》《老》二书，未尝不在几格间。或得一二缁黄之讲说，息兵爱民，不事纷华，深得简淡之道。外庭儒者多以此箴规。惟吕东莱言之甚切”，“尝读《中庸》《大学》之书，不当流异端之学”。“殊不知圣心自与，此理圆明，虽曰异端，自有理到处。尊经之意，不得不严。”② 由是而论，对于尚未即位的孝宗以老庄为本，倡导“息兵爱民，不事纷华”论调，吕祖谦是坚决反对的，直斥其为“异端之学”，体现出明确而坚定的儒家立场。同样的儒家立场在费衮《梁谿漫志》中亦可一见。在“改德士颂”一则中，费衮言道：

> 宣和庚子，改僧为德士，一时浮屠有以违命被罪者。独一长老遽上表乞入道，其辞有“习蛮夷之风教，忘父母之发肤；倘得回心而向道，便更合掌以擎拳”等语。彼方外之人，乃随时迎合

① ［宋］李季可：《松窗百说》，朱易安等主编：《全宋笔记》第 6 编第 3 册，大象出版社，2013，第 28 页。
② ［宋］张端义：《贵耳集》，朱易安等主编：《全宋笔记》第 6 编第 10 册，大象出版社，2013，第 284 页。

> 如此，亦可怪也。又一长老，道行甚高，或戏之曰："戴冠儿稳否？"答曰："幸有一片闲田地。"此意甚微婉，直以为游戏耳。时饶德操已为僧，因作《改德士颂》云："自知祝发非华我，故欲毁形从道人。圣主如天苦怜悯，复令加我旧冠巾。旧说螟蛉逢蜾蠃，异时蝴蝶梦庄周。世间化物浑如梦，梦里惺惺却自由。德士旧尝称进士，黄冠初不异儒冠。种种是名名是假，世人谁不被名谩。衲子纷纷恼不禁，倚松传与法安心。瓶盘钗钏形虽异，还我从来一色金。少年曾著书生帽，老大当簪德士冠。此身无我亦无物，三教从来处处安。"①

由是可知，这位长老"表乞入道"的理由看起来冠冕堂皇，即以佛教为夷狄之教，"忘父母之发肤"故，甘愿回心向道。然对这位长老"随时迎合"之实质，费衮却表现出了明显的不屑；其后引另一长老"戴冠儿稳否"的讥刺，更是对其口诛笔伐，极尽揶揄讽刺之能事。又从僧人饶德操的立场上来看，他对于三教的态度则颇有些"看破"之意，诚所谓"德士旧尝称进士，黄冠初不异儒冠。种种是名名是假，世人谁不被名谩"。在饶氏眼中，所谓的三教之殊，不过是身外虚名而已；既如此，由释入老也好，自道从佛也罢，均不足为意，自是"三教从来处处安"。

又成书于元初的《齐东野语》中，周密用一种诙谐幽默的笔调，表明了其对于所谓"三教合一"之说的立场和态度。其曰："理宗朝，有待诏马远画《三教图》。黄面老子则跏趺中坐，犹龙翁俨立于傍，吾夫子乃作礼于前。此盖内珰故令作此，以侮圣人也。一日传旨，俾古心江子远作赞，亦故以此戏之。公即赞之曰：'释氏趺坐，老聃傍睨，惟吾夫子，绝倒在地。'遂大称旨。其辞亦可谓微而婉矣。"② 此则故事中，马远《三教图》中的所谓

① [宋]费衮：《梁谿漫志》，朱易安等主编：《全宋笔记》第5编第2册，大象出版社，2012，第219页。

② [宋]周密：《齐东野语》，张茂鹏点校，中华书局，1983，第222页。

黄面老子，即指佛陀；而所谓的“犹龙翁”，则是宋人对于老子的一般指称。就其三教代表排列的格局来看，孔子及其背后之儒家的地位，实在有些可悲，只能“作礼于前”，次于佛、道二教。依周密之见，此番有辱圣人的做法，应系宫内宦官（此处所谓之“内珰”）授意而为；而江万里在为此图所做的赞文中，却非常巧妙而委婉地化解了《三教图》中的尴尬次第，将“作礼于前”的孔子，以“绝倒在地”解之。从“作礼于前”到“绝倒在地”，在周密看来，江氏此番对于孔子行止的重新诠释，显然是别有深意的——委婉地表现出对此三教格局的讥刺和贬抑。

由上可知，宋人在对佛、道教认识过程中，自不可避免地引入儒家的立场和态度。北宋中后期的陈师道和南宋前期的叶梦得、李季可等人，竭力强调三教调和的一面，在明显偏护儒家的前提下，对佛、道二教给予了相当程度的肯定和认同。直至南宋后期，士人对于所谓“三教合一”“三教调和”的态度，仍多是持谨慎和保留意见的，而其对于儒家主导性地位的强调，则已无多少调和的余地，在最终的选择上，均是倾向三纲五常、治国平天下的儒家思想。

三、削弱与引导：宋代士人对于解决佛、道教问题的思考与探索

上文已述，宋代士人对于儒家主体性的坚守是很鲜明的，而其对于佛、道教的态度，也绝不止于评议与批判，而是希望采用适当的方法对其加以削弱和引导，以此强化和巩固儒家的主导性地位，避免其所谓的“异端之学”凌驾于儒家正统之上。就其削弱之法，陈善《扪虱新话》“西门豹宋均优劣”中即有记载：

> 西门豹为邺令，投巫妪弟子、三老于河，而吏民不敢复为河伯娶妇。宋均为九江太守，下书令民为唐、后二山娶百姓男女，为公妪者皆娶巫家女。于是遂绝。此二人者，皆一时诡以济事。虽若俳谐，而实中其病，故其事遂止。窃谓豹投巫妪、三老，不

若均之下书，不动声色而自然禁止，均之术当优于豹也。……予又观唐玄宗开元六年，河南参军郑铣、朱阳县丞郭仙舟投匦献诗，敕曰：“观其文理，乃崇道法。至于时事，不切事情。”罢官，度为道士。而萧瑀好奉佛，太宗亦令出家。孔武仲曰：“如使佞佛者为僧，谄道者为道士，则士大夫为异端者息矣。”此亦投巫妪等之遗意。①

条文中，作者首先概述了西门豹和宋均消弭巫患的两种不同取径。在陈善看来，宋均下书的做法，采用了非暴力的手段，“不动声色而自然禁止”，似较西门豹之术为优。而在其后的补充讨论中，陈氏则举唐玄宗、太宗时例，认为其继承了西门豹“投巫妪等之遗意”，“使佞佛者为僧，谄道者为道士，则士大夫为异端者息矣”。由此而论，陈善虽然认为宋均之术胜过西门，然就其总体态度而言，均表示出肯定与赞赏之意，对于削弱佛、道之法，最终都是要达到消弭异端于无形的效果。士人对于削弱释道的这种态度，还可在《鹤林玉露》得以一见：

陆象山在荆门，上元不设醮，但合士民于公厅前，听讲《洪范》“皇极敛时五福”一段，谓此即为民祈福也。今世圣节，令僧升座说法祝圣寿，而郡守以下，环坐而听之，殊无义理。程大昌、郑丙在建宁，并不许僧升堂说法。朱文公在临漳，且令随例祝香，不许人问话。余谓若祖象山之法，但请教官升郡庠讲席，讲《诗·天保》一篇，以见归美报上之意，亦自雅驯。②

由是可见，朱熹和陆九渊在儒学内部的思想观念上虽有分歧，然于佛、道“异端”之教，却是“一致对外”的，皆试图以一种替代性的方式，以

① ［宋］陈善：《扪虱新话》，朱易安主编：《全宋笔记》第5编第10册，大象出版社，2012，第92—93页。

② ［宋］罗大经：《鹤林玉露》，中华书局，1983，第164页。

宣讲儒家经典的方式来替代佛、道仪典以此削弱二教在社会层面的影响力。

在排斥佛、道的同时，还有一些儒学大师开始反省传统儒学，吸收佛、道的一些内容来补充传统儒学之不足。由此还有一种与上文中直截了当的削弱之法不同，更为柔性和间接的方法，则是将佛、道教与儒家思想相比附，使其逐渐归入儒门之下。如《岩下放言》卷中“晁文元公年四十”条：

> 晁文元公年四十始娶，前此未尝知有女色。早从刘海蟾学道，自言得长生之术，故末年康强精明，视听不少衰。六十后即兼穷佛理，然多从经论讲师，以分别名相为主，意将以儒释道通为一。其自著书号《法藏碎金》，累数万言，反覆不出此义。书成，继作《道院集》三卷。过八十，又为《耄志余书》，余不及见。而《道院集》，亦但伸前意，而归要尔。妙湛师尝谓吾云：“江民表尝惜此公不一见正明眼，每有遗恨。”然论其忠实和厚，无一点世间情伪处，则第一等人也。其子孙数世愈盛，天固有以报之。《法藏碎金》自记其所得处，云：“耳中尝闻天乐和雅之音，有不可胜言者。自见其形，每每在前，既久而加小，类数寸，不违眉睫之间。”此恐是海蟾所得，佛氏则无是事，诸人之所疑也。乃知脱粘除网，大是难事。如此公果有未至，则他人可不勉乎？[①]

记晁迥初学道后学禅，在研读道家典籍中体悟到养生之法，“意将以儒释道通为一”，反映出他试图将道家思想与儒、佛融合的努力。苏轼“英才绝识，卓冠一世，平生斟酌经传，贯穿子史，下至小说、杂记、佛经、道书、古诗、方言，莫不毕究”[②]。广博的学识，卓越的才智，往往使其能够洞察诸家学说思想之机妙，从更深的层次上看到儒释道的通融之处。其关于三教融

① ［宋］叶梦得：《岩下放言》，朱易安主编：《全宋笔记》第 2 编第 9 册，大象出版社，2006，第 332—333 页。

② ［宋］苏轼：《苏轼诗集》，中华书局，1982，第 2833 页。

合的观点在他贬居黄州所作的《祭龙井辩才文》中即有论述："呜呼。孔老异门，儒释分宫。又于其间，禅律相攻。我见大海，有北南东。江河虽殊，其至则同。虽大法师，自戒定通。律无持破，垢净皆空。讲无辩讷，事理皆融。如不动山，如常撞钟。如一月水，如万窍风。"[①] 苏轼认为儒释道三家的思想是"讲无辩讷，事理皆融"。

"三教合一"在佛教思想界，不同于前代"三教归佛"[②]，这一时期的三教合一更多地表现为三教合于儒，佛教本身已具备了归附中国传统意识的意向和姿态，有的佛教学者甚至以入世的儒家精神作为"佛之命脉骨髓"。如王安石致力于的新儒学的最大特点是融合了道、佛、法等其他流派的哲学思想，特别是大量吸收了佛教的思想。《岩下放言》卷上有云：

> 王荆公再罢相，居钟山，无复他学，作《字说》外，即取藏经读之。虽厕溷间，亦不废。自言《字说》深处，亦多出于佛书。作《金刚经解》，裕陵尝宣取，令行于世。其余《楞严》、《华严》、《维摩》、《圆觉》，皆间有说，意以尽其所言。至谓禅学为无有，其徒自作法门以动世之未有知音者尔。晚清秀、圆通住蒋山，首出所作诸经解示秀，秀不之许，公不乐，秀亦弃去。后舍宅为寺，以文关西主之。未几，文亦封其所奏紫衣师号制书，不告而去，盖亦有不契。然荆公方有势位，且尔不少假，二人亦可谓勍敌，近岁盖未之见。或云非荆公无所得，盖二人自主张其教门，以为使世知荆公以为然，则其徒无复可言，此亦不然。富郑公未尝识圆照，

① [宋]苏轼：《苏轼文集》，中华书局，1986，第1961页。

② 东晋时宗炳作《明佛论》提出"孔老如来，虽三训殊途，而习善共辙也"（《弘明集》卷二，《大正藏》卷五二），表达了三教一致同归的意向。中唐宗密作《原人论》，把三教视作研究人的本原理论的各个组成部分，在此基础上，将儒、道纳入其判教体系。他认为"孔老释迦，皆是至圣"（《原人论》，《大正藏》卷四五），但"虽皆圣意而有实有权。二教唯权，佛兼权实。策万行惩恶劝善同归于治，则三教皆可遵行，推万法穷理尽性至于本源，则佛教方为决了"（《原人论》，《大正藏》卷四五）。宗密试图建立以佛为主，兼融儒道的官方哲学体系，表现了佛教哲学在当时思想界的地位以及由此而生的自信。

闻法容之言而心悟。既以告照，照即印大善知识果。但以主张教门为心，则安能使其传数百年而终不可泯乎？[①]

从叶梦得的这则记载可知，王安石再度罢相退居金陵时不仅作《字说》，还作诸经解。士大夫增强与禅宗的联系，可以汲取佛教的哲学世界观、修身养性的路线和通俗语录的表达方法，为新儒学提供丰富的思想资料，显然是援佛入儒。王安石所作《金刚经解》，神宗曾取行于世，但他的解经之作不能得到当时的著名禅师法秀和克文的认同，叶梦得没有直接说出原因，却驳斥了所谓他们因门户之见而排斥否定王安石的说法，言外之意便是他的解经都是出于改造儒学的需要吸收佛教中的可用之理，以“合吾心”为标准[②]，对各宗派兼收并蓄。同样的援儒入佛在《避暑录话》卷上“张丞相天觉喜谈禅”条也有记载：

张丞相天觉喜谈禅，自言得其至，初为江西运判，至抚州，见兜率从悦，与其意合，遂授法。悦，黄龙老南之子，初非其高弟，而江西老宿为南所深许，道行一时者数十人。天觉皆历诋之。其后天觉浸显，诸老宿略已尽，后来庸流传南学者，乃复奔走推天觉，称相公禅，天觉亦当之不辞。近岁遂有为长老开堂承嗣天觉者，前此盖未有。势利之移人，虽此曹亦然也。初与老南同得道于慈明者有文悦，住云峰，其行解坚高，略与南等，从悦既因天觉而重，故其徒谓云峰悦为文悦以别之。[③]

① ［宋］叶梦得：《岩下放言》，朱易安主编：《全宋笔记》第 2 编第 9 册，大象出版社，2006，第 328 页。

② 王安石作为北宋中期重要的学佛文学家，倾心于佛学研究之事，年轻时就喜欢读佛经，他认为：“善学者读其书，惟理之求。有合吾心者，则樵牧之言犹不废。言而无理，周、孔所不敢从。”（［宋］惠洪、［宋］朱弁、［宋］吴沆：《冷斋夜话·风月堂诗话·环溪诗话》，中华书局，1988，第 47 页。）

③ ［宋］叶梦得：《避暑录话》，朱易安主编：《全宋笔记》第 2 编第 10 册，大象出版社，2006，第 283 页。

通过记载张商英与佛门中人的交往，勾画出儒、佛互相渗透互相借重的面貌，讽刺了那些奔走权门、趋炎附势的佛教徒。张商英与从悦禅师所论契合，因以师从，而诋毁从悦的其他同门。随着张商英地位渐高权势渐重，得到老南后学一帮庸俗之徒的追捧，奉为相公禅，并为之开堂承传，张商英亦乐得借此扬名自重，而这些佛门子弟也借张的地位提高在佛教界的声望、影响和待遇。叶梦得对此表示出明显的不屑，但佛教在北宋后期主动向政治靠拢的意图也可见一斑，表现出宋代佛教的自我改造，迎合适应儒家思想，甚至采取援儒入佛的方式，以主动姿态加入三教融合的洪流。

就道教而论，与佛教相比，道教与儒家同为本土思想，与儒家有天然的相契之处；另一方面，又与佛教一样，同处于非主流地位。宋以前，佛道两家为争取统治者的宠信，争夺信徒及财产而相互倾轧，佛、道之间的矛盾和斗争始终不断，有时甚至十分激烈。在佛、道之间矛盾冲突发展过程中，道教逐步认识到了调和、融合对于自身进一步发展的重要意义。早在南北朝时，道士陆修静、陶弘景就以儒释思想充实道教内容，主张三教合流。他们依据封建宗法制度，吸收佛教修持仪式，广制斋戒仪范，构造道教神仙谱系，从形式和内容上使道教得到充实和健全，扩大了道教的社会影响。宋以后，道教内部提倡“三教合一”的学者逐渐增多，《岩下放言》卷上“苏子瞻初未知有禅学”条，言及苏辙晚作《老子解》，以佛老而通于儒，以道家为中介沟通儒、佛之说。而记录富弼少好道，熙宁初再罢相复得佛法以及欧阳修平生斥佛老，但晚年也难免受到道家思想影响之事等[①]，都说明宋代士大夫受佛、道家思想的影响和将三者融通的努力。

由上可知，两宋士人在强化和巩固儒家之主导性地位，防止佛、道二教的“异端之学”凌驾其上的总体宗旨方面，当是基本一致且连续一贯的，然其具体的策略，则可大略分为直接削弱和间接引导二途。

① 参见《岩下放言》卷中“富郑公少好道”条、《避暑录话》卷上“欧阳文忠公平生诋佛老”条等。

综上，宋代的三教合一思想因其涉及面广，影响至深而确可称之为时代性思潮。而士人对其“思想”的认知和评价，历经了复杂多歧的观念碰撞，其中否定与肯定、批评与辩护并存，诚然三者之间虽有势力对比之别、主次强弱之分，却始终共存并立，体现了宋代士人思想倾向的多元性和复杂性。由于三者之间的关系，士人对于释、道二教，并未真正虔诚信仰，对于它们的发展，还是主张要加以一定的限制，而其最终的解决之道，既有援道入儒的徐图缓进之计，又有削弱的激进之策，他们调和儒释道矛盾，推崇儒释道三教合一，主要是为了援佛道入儒，维护儒家的统治地位。正是这种对儒家和佛、道教之间矛盾的调和，促进了儒释道三教的进一步融合。既如此，将两宋笼统地视为“三教合一”或者三教调和的时代，显然是失之于简单和偏颇的，未能更为全面细致地解析士人在此论题上的不同态度和微妙转变。

本文为湖南省社会科学院（湖南省人民政府发展研究中心）哲学社会科学创新工程项目“湖湘流寓文化的意蕴内涵与传承建构研究”（项目编号：23ZBY01）阶段性成果。

（作者单位：湖南省社会科学院文学所）

论明代嘉靖时期历史演义小说中的“通鉴之文”

杨志君

明初的《三国演义》，由于有《三国志平话》为其提供情节框架，解决了情节结构的难题，故而它可以选择正史《三国志》的正文及裴松之的注，作为局部扩充情节的依据。而到了嘉靖朝，不管是《英烈传》《大宋中兴通俗演义》这种以某个人物为主要对象的历史演义，还是《唐书志传通俗演义》《南北两宋志传》这种以某个朝代为主要对象的历史演义，都没有现成的平话为其提供情节框架。而正史是以人物为中心的纪传体结构，某种程度上可视为不相干的帝王将相的传记的集合，分开来看，每个人物的传记是一个首尾完整的故事，但从整部书来说，篇与篇之间并没有内在的逻辑关系，是各自独立的篇章。

刘勰在《文心雕龙·史传》里曾写道：“然纪传为式，编年缀事，文非泛论，按实而书。岁远则同异难密，事积则起讫易疏，斯固总会之为难也。或有同归一事，而数人分功，两记则失于复重，偏举则病于不周，此又诠配之未易也。故张衡摘史、班之舛滥，傅玄讥《后汉》之尤烦，皆此类也。”① 这段话很精到地道出了纪传体的缺陷：它能集中笔力刻画人物，有利于塑造人物形象，却不利于叙事。香港学者劳悦强还指出：“由于纪传体往往限于传主本身的行事欠缺主题性，而且传主一生经历的不同事迹，其间也不一定有什么必然的

① ［南朝梁］刘勰著，王运熙、周锋撰：《文心雕龙译注》，上海古籍出版社，1998，第139页。

因果关系，因此，纪传体本身并不利于环环相扣的叙事结构的发展。”[①] 正因为纪传体的正史“不利于环环相扣的叙事结构的发展”，故而熊大木等人虽然效法《三国演义》，却在寻找故事的历史依据时，不得不改弦易辙。而编年的方法，将漫长的历史切分成时间的片段，然后将人物、事件填充各个时间段，具有“中国外夷，同年共世，莫不备载其事，形于目前。理尽一言，语无重出”的优越性[②]，使历史事件依时间的先后顺序展现在读者眼前，显得条理清晰、秩序井然，能够解决情节结构的疑难。而司马光的《资治通鉴》、朱熹的《通鉴纲目》是编年体史书的巨著，它们以及后来的续书、仿作，便自然进入熊大木等人的视野，从而替代了正史在历史演义编撰过程中的地位。

历史演义的开山之作《三国演义》，其中的散文如书信、奏疏、诏书、评论等，主要取自《三国志》《后汉书》。如果我们把取自《三国志》等正史的散文称为“正史之文”，那么《三国演义》无疑是以“正史之文”为主。而到了嘉靖时期，熊大木编撰历史演义，便主要以《资治通鉴》《通鉴纲目》以及续作、仿作等“通鉴”类史书为依据，从中袭用了大量奏疏、诏书、书信等实用散文，如果我们把历史演义小说引自“通鉴”类史书的散文称为“通鉴之文”，那么嘉靖时期历史演义中的散文便转变为以“通鉴之文”为主了。

从《英烈传》到《唐书志传通俗演义》，“通鉴之文”有一个变化的过程。据笔者统计，《英烈传》含散文 72 则，袭旧文 32 则，袭旧率约为 44%。从袭旧文的文献来源来看，数量前三的分别为：《国朝列卿纪》（7 则）、《皇明通纪》（7 则）、《皇明通纪集要》（5 则）。第一种是纪传体史书，第二、三种是编年体史书，而且是模仿《资治通鉴》的——《皇明通纪・凡例》第一条：“此纪仿《资治通鉴》而作，凡群书所载，必有资于治者，方采录之；细故繁文，无资于治者，弗录。”[③] 作者陈建直截了当指出《皇明通纪》是效仿《资

① 劳悦强：《从纪事本末体论章回小说的叙事结构》，见辜美高、黄霖编：《明代小说面面观》，学林出版社，2002，第 57 页。
② ［唐］刘知几，［清］浦起龙通释：《史通通释》，上海古籍出版社，2009，第 25 页。
③ ［明］陈建：《皇明通纪（上）》，钱茂伟点校，中华书局，2008，第 21 页。

治通鉴》而作的；而《皇明通纪集要》体例与《皇明通纪》相同。从《英烈传》袭旧文的文献来源看，史部文献是以编年体为主、纪传体为辅的，但显然“通鉴之文”只是约占了袭旧文的38%，并未占据袭旧文的大部分。其后的《隋唐两朝史传》含散文44则，袭旧文27则，袭旧率约61%，超过了散文总数的一半。其中来自《资治通鉴》（7则）、《通鉴纲目》（1则）共8则，而来自《后汉书》（2则）、《旧唐书》（1则）、《新唐书》（4则）共7则，“通鉴之文”略多于“正史之文”，但只约占袭旧文的30%。

到了嘉靖三十一年（1552）的《大宋中兴通俗演义》，其含散文142则，袭旧文110则，袭旧率约77%，其中来自《通鉴续编》《通鉴纲目续编》《续资治通鉴》等“通鉴”类史书的有44则，也只占袭旧文总数的40%。直到嘉靖三十二年(1553)的《唐书志传通俗演义》，其含散文72则，袭旧文46则，袭旧率约64%，超过散文总数的一半。而46则袭旧文中，有32则来自《通鉴纲目》，1则来自《资治通鉴》，约占袭旧文的72%，“通鉴之文”第一次超过袭旧文的半数，成为袭旧文中最主要的来源，可见“通鉴”类史书在嘉靖前中期的章回小说中，发挥着越来越重要的作用，尤其是《通鉴纲目》，逐渐成为历史演义小说中散文的主要来源。

一、“通鉴之文”的引文方式

嘉靖时期的七部章回小说，大致以嘉靖三十二年（1553）为分界线，可划分为前后两个阶段。前一个阶段包括《英烈传》《隋唐两朝史传》《大宋中兴通俗演义》《唐书志传通俗演义》四部小说，其中的散文与“通鉴”类史书有较密切的关系；后一个阶段包括《南北两宋志传》《全汉志传》《列国志传》三部小说，其中的散文与元代的平话有较密切的关系。本文主要以前一个阶段的四部小说作为对象，在阐述散文整体引文方式的基础上，进一步论述“通鉴之文”的引文方式，以突显“通鉴之文”在引文方式上的独特性。

从整体而言，《英烈传》等四部小说中散文的引文方式大致有九种，包括文体曰式、按某某式、无前引词式、某某断曰式、某人曰式、疑问句式、但见式、篇名式、特殊式，其在小说中的具体分布如下表：

书名	文体曰式	按某某式	无前引词式	某某断曰式	某人曰式	疑问句式	但见式	篇名式	特殊式
《英烈传》	51	9	1	0	0	3	4	2	2
《隋唐两朝史传》	44	0	0	0	0	0	0	0	0
《大宋中兴通俗演义》	101	8	16	9	2	0	0	0	5
《唐书志传通俗演义》	38	5	4	8	12	2	0	1	2
合计	234	22	21	17	14	5	4	3	9

从上表可以看出，《英烈传》等四部小说主要的引文方式有文体曰式、按某某式、无前引词式、某某断曰式、某人曰式等九种，尤其以文体曰式为主，共 234 则，约占引文总数（329 则）的 71%，与《三国演义》的引文方式大体一致，这充分说明了《三国演义》的示范效应。

由于《英烈传》等四部小说中的文体曰式与《三国演义》中的同种方式并没有实质的区别，故略而不论。而按某某式、无前引词式、某某断曰式这三种引文方式是《三国演义》中所无的新方式，故重点阐述此三种引文方式。又由于某某断曰式属于“通鉴之文”的专有，故此处只论述前两种，某某断曰式后面再论。

按某某式，指的是以“按”字领起，后面或接书名，或接“史臣”，或什么都不接，领起一段文字，通常是以按语的形式补充史实。如《英烈传》卷一“太祖皇濠州应瑞　刘伯温青田出身”：“按《西樵野记》：淮西濠州即今凤阳府是也，离城地名钟离……朱公曰：公子命极贵，须在佛前寄名，曰朱元龙，字廷瑞，方可保其延寿。朱公应诺。”[①] 此文达 628 字，篇幅较长，主要是叙述朱元璋的祥瑞出身，具有浓厚的民间传说意味。《西樵野记》是一种记叙幽怪之事和其他杂事的笔记，此文以“按”接此书，是以按语的形式补叙明太祖的不凡出身。

无前引词式，就是没有前引词，直接呈现引文，这在历史演义小说中通常用来注释、评论、补充史实。如《大宋中兴通俗演义》卷一“李纲措置御金人”在“屯札于牟驰冈”后有一段提行空格的文字：“牟驰冈，京城外西北隅地也。

① ［明］郭勋：《皇明开运英烈传》，《古本小说集成》影印本，上海古籍出版社，1990，第 30—31 页。

罔势隐辚如沙碛，然三面据水，前枕雾泽陂，即孳生马监之所，刍豆山积。异时郭药师来朝，道君命打毬于其间，故知可以为寨地。金人兵至，径趋其所，实药师导之耳。”[①]这段文字的字体、字号等与前后的文字完全一样，当为熊大木所撰，也就是说，它本身属于正文的一部分，而非后人加进去的文字。此文显然是为“牟驰冈”这个地名作注，介绍了其地理位置、地形、地貌及其与郭药师的渊源，从而为文中金国将领盖斡离不率领众兵直抵南宋都城，而是屯札于牟驰冈做出解释。再如《英烈传》卷七“太祖书收左君弼 顺帝夜走大都城”：“〇愚以忠臣义士，乱世则知，观此元末数人，有父子一门殁节者，轰轰可取，亦天理人心，不容泯耳。〇”[②]“〇”为原文所有，此文夹杂于正文中，且字体、字号等与前后文相同，显然是作者对前面赵弘毅与其子及其孙女以死殉国的评论。又如《大宋中兴通俗演义》卷八“秦桧遇风魔行者”在刘子羽卒后有一段提行空格的文字：“子羽，字彦修，崇安人鞈之长子，天性孝友慷慨，自许每有损身殉国之愿，当事之难，众人惶挠失措，子羽色逾厉气逾劲，每事立断，凛不可犯，尤长于兵，料敌决机，殆无遗算，得将士心，皆愿为尽死，其为政发奸擿伏若神，所治不畏强御，轻财重义，缓急叩门，无爱于力，振人乏绝，倾赀倒廪，辟家塾延名士以教乡之秀子弟，吏部郎朱松疾病，以家事托子羽，筑室居之舍旁，教其子熹与巳子均，卒以道义成立。平生再贬徙，处之怡然，不以介意，而其许国之诚，则至于没而不懈也。”[③]此文没有前引词，是用来补叙刘子羽的生平经历，以突出其孝友慷慨、神机妙算、淡泊名利及许国至诚的个性。

“通鉴之文”所专有的“某某断曰式”，“某某”有时指“通鉴”类史书，通常是指《通鉴纲目》；有时指某人，通常是史官。如《唐书志传通俗演义》

① ［明］熊大木：《大宋中兴通俗演义》，《古本小说集成》影印本，上海古籍出版社，1990，第14—15页。

② ［明］郭勋：《皇明开运英烈传》，《古本小说集成》影印本，上海古籍出版社，1990，第349页。

③ ［明］熊大木：《大宋中兴通俗演义》，《古本小说集成》影印本，上海古籍出版社，1990，第758页。

第十四节“隋侑帝南郊让位　孙伏伽御殿陈言”：“《纲目》断云：观高祖之得天下，大抵出于秦王也。使无秦王，高祖且不得安其禄位，保其身家，况有天下之大哉？……惜乎计不出此，厥后骨肉相残，为古今之大恶，悲夫！”[①]“《纲目》”自然就是指朱熹的《通鉴纲目》，此文是评论唐高祖在选接班人问题上的失策，以致酿成李建成、李世民骨肉相残的惨剧。再如《唐书志传通俗演义》第五十九节的一则评论：“范氏断曰：有国家者，虽不可忘战，然教习士卒，乃有司之事，殿庭非其所也。……虽士励兵强，征伐四克，非帝王之盛节，亦不足贵也。”[②]“范氏”是指北宋史学家范祖禹，朱熹《通鉴纲目》常引用其观点，此文批评唐太宗即位之初不以教化为先，而急于习射，见于《通鉴纲目》卷三十九。由此可见，“某某断曰式”领起的“通鉴之文”，基本是评论，这显示了这一阶段历史演义的作者对史论的偏好。而“通鉴之文”的某人曰式，也基本上是评论，更加突出了评论的重要地位。

综上所述，我们可以得出一个结论：在引文方式上，“通鉴之文”以文体曰式为主，以某某断曰式、某人曰式、按某某式等为辅，而某某断曰式、某人曰式又通常表现为评论，按某某式通常用来补充史实。

二、“通鉴之文”的文体特征

从《英烈传》等四部小说中散文的文体分布来看，数量前五的文体依次为奏疏、评论、书信、诏书及按语，具体情况如下表：

书名	奏疏	评论	书信	诏书	按语
《英烈传》	14	10	15	10	6
《隋唐两朝史传》	5	8	10	10	0
《大宋中兴通俗演义》	44	24	15	19	20
《唐书志传通俗演义》	4	23	16	6	9
合计	67	65	56	45	35

① [明]熊钟谷（熊大木）：《唐书志传通俗演义》，《古本小说丛刊》第4辑第1—2册，中华书局，1990，第142—143页。

② [明]熊钟谷（熊大木）：《唐书志传通俗演义》，《古本小说丛刊》第4辑第1—2册，中华书局，1990，第540页。

从上表可以看出，整体而言，《英烈传》等四部小说中散文的文体分布以奏疏为主，以评论、书信等为辅。前四种文体在此前的章回小说皆很常见，值得注意的是作为补叙的按语，它们当是受到史注的影响，尤其是朱熹《通鉴纲目》中“分注”的影响。

具体到每部小说，其文体分布又有不同：《英烈传》以书信为主，奏疏、诏书、评论等为辅；《隋唐两朝史传》以书信、诏书为主，以评论、奏疏为辅；《大宋中兴通俗演义》以奏疏为主，以评论、按语等为辅；《唐书志传通俗演义》以评论为主，以书信、按语等为辅。之所以整体形成以奏疏为主的局面，主要是因为《大宋中兴通俗演义》含有44则奏疏，这约占了奏疏总数的66%。而《大宋中兴通俗演义》之所以含这么多的奏疏，是因为它是以南宋抗金将领岳飞作为叙述的主要对象，引用了大量岳飞的奏疏，甚至熊大木代岳飞拟作了不少奏疏，以突出岳飞之忠心、谦让与忧国忧民。当然，由于熊大木在写岳飞的同时，也涉及其他与岳飞同时的大臣，故而也包含其他大臣如李纲的奏疏。也就是说，在《大宋中兴通俗演义》中，奏疏既是政治叙事的载体，也成为塑造人物的重要手段。

具体到《英烈传》等四部小说的“通鉴之文”，在文体分布上不再以奏疏为主，而是以评论为主，以奏疏、按语等为辅，具体分布如下表：

书名	评论	奏疏	按语	诏书	书信	檄文
《英烈传》	4	1	1	4	2	0
《隋唐两朝史传》	1	3	0	1	2	1
《大宋中兴通俗演义》	14	16	11	1	1	1
《唐书志传通俗演义》	21	4	5	1	2	0
合计	40	24	17	7	7	2

从上表可以看出，《英烈传》等四部小说共含评论40则，是所含散文文体中数量最多的。

从“通鉴之文”与故事情节的关系来看，《英烈传》等四部小说中故事外层之文多于故事内层之文。所谓故事外层之文，就是这些文不是叙述者讲述故事的一部分，而是对故事所作的评论，以及附于某段正文后用来补充史实的按语，如《唐书志传通俗演义》第十四节在正文末尾“且听下节分解”之后还有一则评论：“范氏曰：天下之势，如人一身，必气血周流无壅，而后能存。谏者使下情上通，上意下达，如血气之周流于一身也。故言路开则治，言路塞则乱。高祖鉴隋之所以亡，首辟言路，可谓知先务矣。是以民知上之忧，已而疾痛将有所赴诉也。唐室之兴，不亦宜乎！”[①] 此文是对唐高祖首开言路，使民情得以上达，上意得以下达，促使唐朝兴盛的评论。不熟悉熊大木创作模式的读者，多半会误以为这则评论是后人所加的评点，因为它很明显与情节脱离了，是画蛇添足，删去它不但丝毫不影响情节的完整性，反而使行文更紧凑。再如《唐书志传通俗演义》第十七节中一则按语：“按《唐书》小说，其大鸟身高八九尺，前节似鸿，后节似鹿……非太平，则此禽不至。”[②] 此文未提行空格，与正文紧密相连，且字体、字号与正文一样，显然是作者所撰，它是对集于乐寿的大鸟的解释说明，将其删除亦不影响情节的完整。而在《英烈传》等四部小说中，这样属于故事外层的评论与按语合计 57 则，约占“通鉴之文”总数的 59%，超过了“通鉴之文”的一半。

从引文方法来看，《英烈传》等四部小说中“通鉴之文”的改写程度随着作者阶层的不同而表现出不同的特点。《大宋中兴通俗演义》《唐书志传通俗演义》皆为熊大木所编撰，熊大木为著名的书坊主，故这两部小说可称为书坊主小说。《英烈传》《隋唐两朝史传》的作者虽然皆存在一定的疑问，但大体可以判断皆非书坊主，故这两部小说可归为非书坊主小说。大体而言，非书坊主小说中“通鉴之文”的引文方法以改写为主，以照录为辅；而书坊主小说中“通鉴之文”的引文方法基本上是照录，只有少数几则有细微的改动。前者如《隋唐两朝史传》中含 8 则“通鉴之文”，有 6 则经过了作者的改写，具体情况如下表：

① ［明］熊钟谷（熊大木）：《唐书志传通俗演义》，《古本小说丛刊》第 4 辑第 1—2 册，中华书局，1990，第 145 页。

② ［明］熊钟谷（熊大木）：《唐书志传通俗演义》，《古本小说丛刊》第 4 辑第 1—2 册，中华书局，1990，第 165—166 页。

《隋唐两朝史传》	“通鉴”类史书	备注
书曰：密顿首再拜大将军仁兄麾下：伏念隋室不幸，而遭群雄之卓立……（省略132字）所望左提右挈，勠力同心，执子婴于咸阳，殪商辛于牧野，岂不盛哉！书不尽言，伏惟照察。（第十二回　唐兵大破宋老生）	使祖君彦复书曰：与兄派流虽异，根系本同。自唯虚薄，为四海英雄共推盟主。所望左提右挈，勠力同心，执子婴于咸阳，殪商辛于牧野，岂不盛哉！（《资治通鉴》卷一百八十四）	前者对后者有大幅度的增改
褚遂良上疏曰：“往者夷夏咸言陛下欲安百姓，不爱一女，莫不怀德。今一朝忽有改悔之心，得少失多，臣窃为国家惜之。嫌隙既生，必讲边患。彼国蓄见欺之怒，此民怀负约之惭，恐非所以服远人、训戎士也。夫龙沙以北，部落无算，中国诛之，终不能尽。当怀之以德，使为恶者在夷不在华，失信者在彼不在此耳。”（第八十一回　薛延陀纳币绝婚）	褚遂良上疏，以为：“薛延陀本一俟斤，陛下荡平沙塞……（省略78字）咸言陛下欲安百姓，不爱一女，凡在含生，孰不怀德。今一朝生进退之意，有改悔之心，臣为国家惜兹声听；所顾甚少，所失殊多，嫌隙既生，必构边患。彼国蓄见欺之怒，此民怀负约之惭，恐非所以服远人、训戎士也。……（省略45字）夫龙沙以北，部落无算，中国诛之，终不能尽，当怀之以德，使为恶者在夷不在华，失信者在彼不在此，则尧、舜、禹、汤不及陛下远矣！”（《资治通鉴》卷一百九十七）	前者对后者有较大的删改
独有中书令来济上表曰：“王者立后，上法乾坤，必择礼教名家，幽闲令淑，副四海之望，称神祇之心。汉成以婢为后，卒使社稷倾沦。惟陛下察之。”（第九十二回　武氏杀王后萧妃）	来济上表谏曰：“王者立后，上法乾坤，必择礼教名家，幽闲令淑，副四海之望，称神祇之意。是故周文造舟以迎太姒，而兴《关雎》之化，百姓蒙祚；孝成纵欲，以婢为后，使皇统亡绝，社稷倾沦。有周之隆既如彼，大汉之祸又如此，惟陛下详察！”（《资治通鉴》卷一百九十九）	前者对后者有删改
诏曰：“武氏门著勋庸，地华缨黻，往以才行选入后庭。朕昔在储贰，常得侍从，嫔嫱之间，未曾迂（当为‘迕’）目。圣情鉴悉，每垂赏叹，遂以赐朕，事同政君，可为皇后。”（第九十二回　武氏杀王后萧妃）	乃下诏曰：“武氏门著勋庸，地华缨黻，往以才行选入后庭，誉重椒闱，德光兰掖。朕昔在储贰，特荷先慈，常得侍从，弗离朝夕，宫壸之内，恒自饬躬，嫔嫱之间，未尝迕目，圣情鉴悉，每垂赏叹，遂以武氏赐朕，事同政君，可立为皇后。”（《资治通鉴》卷二百）	前者对后者有删改
宋孙甫评曰：武后乘唐中衰，攘窃神器，任用酷吏，屠害宗支，毒流缙绅，其祸惨矣。（第九十八回　千骑奔斩李多祚）	太后自垂拱以来，任用酷吏，先诛唐宗室贵戚数百人，次及大臣数百家……（《资治通鉴》卷二百五）	前者是对后者的改写

《隋唐两朝史传》	“通鉴”类史书	备注
其表曰：伏以佛者，夷狄之一法耳。……（省略 72 字）年代愈更，惟梁武帝在位四十八年，前后三舍身，为寺家奴，昼夜一餐，止于菜果，竟为侯景所逼……（省略 79 字）佛本夷狄之人，不知君臣之义、父子之恩。假如其身尚在，来朝京师……（省略 56 字）……（省略 77 字）望纳微言，详察佛骨。谨疏奏闻。（第一百一十九回　韩文公上佛骨表）	刑部侍郎韩愈上表切谏，以为：佛者，夷狄之一法耳。……（省略 72 字）年代尤促。惟梁武帝在位四十八年，前后三舍身为寺家奴，竟为侯景所逼……（省略 79 字）佛本夷狄之人，口不言先王之法言，身不服先王之法服，不知君臣之义、父子之恩。假如其身尚在，奉国命来朝京师……（省略 56 字）古之诸侯得吊于国，尚令巫祝先以桃茢祓除不祥。今无故取朽秽之物亲视之，巫祝不先，桃茢不用，群臣不言其非，御史不举其罪，臣实耻之！……（《资治通鉴》卷二百四十）	前者是对后者的删改

从上表可以看出，《隋唐两朝史传》中的“通鉴之文”以删改为主（4 则），以增改（1 则）与改写（1 则）为辅。而该书第十二回中李密写给李渊的书信：“渊顿首再拜魏公贤弟麾下：天生烝民，必有司牧……盟津之会，未暇卜期。”① 此文与《资治通鉴》卷一百八十四对应文字相比，无疑删除了后者的前半部分：“吾虽庸劣，幸承余绪，出为八使，入典六屯，颠而不扶，通贤所责。所以大会义兵，和亲北狄，共匡天下，志在尊隋。”② 其引文方式亦非照录，而是节录。这样一来，《隋唐两朝史传》中的“通鉴之文”，只有 1 则是照录，即第九十五回中部分引用骆宾王的《代李敬业传檄天下文》，而此文也并非完全照录自《通鉴纲目》，最后一句“试观今日之域中，竟是谁家之天下”当是参照了《资治通鉴》而增补于后——《通鉴纲目》中无此句。可见，《隋唐两朝史传》的编撰者，其已经摆脱了史传的“存文”观念，而具有了根据故事情节而“用文”的观念了。

而作为此阶段书坊主小说数量最多的作者熊大木而言，其无疑还固守着史传的“存文”观念，对于“通鉴之文”基本是照录，少有改动。这里，

① [明] 佚名：《隋唐两朝史传》，《古本小说集成》影印本，上海古籍出版社，1993，第 135 页。

② [宋] 司马光：《资治通鉴》卷一百八十四，民国八年(1919)上海商务印书馆《四部丛刊》景宋刻本。

笔者仅以奠定了“熊大木模式”的《大宋中兴通俗演义》为例。《大宋中兴通俗演义》含“通鉴之文”44则，绝大多数袭自《通鉴续编》与《通鉴纲目续编》两书。据笔者的比对与统计，其中照录的有37则，略有改动的有6则，完全改写的仅1则。照录的“通鉴之文”，如卷二“李纲力劾张邦昌”中宗泽所上的奏疏：“其疏云：天下者，太祖之天下，陛下当兢兢业业，思传之万世。奈何遽议割河之东西，又议陕之蒲解乎……臣虽驽怯，当躬冒矢石为诸将先得捐躯报国恩足矣。”[①] 此文当引自《通鉴续编》卷十三，与原文相比，仅少了一字，即“又议陕之蒲解乎”中的“议”，在原文中作“议割”——根据前面“奈何遽议割河之东西”中含“议割”两字，“割”当为作者粗心之脱漏。其他照录之文，大抵如此。略有改动之文，如卷五“牛皋大战洞庭湖”中一则以“〇”领起的按语：“初，杨么（当为‘幺’）据依洞庭湖，恃其营寨险阻，遇官军自陆路袭之，则入湖中；以水攻之，则登岸上。因曰：‘欲犯我者，除是飞来。’至是，人以其言为谶云。”[②] 此文当据《通鉴续编》卷十五，原文如下：“初，幺恃其险，官军自陆袭，则入湖水；攻之，则登岸。因曰：‘欲犯我者，除是飞来。’至是，人以其言为谶云。”比对两文，可见熊大木不过将《通鉴续编》中的文字改得更通俗易懂罢了，文本的内容基本是等值的。如果我们不是死板地理解“照录”，不是把“照录”理解成一字不漏地引用，而是理解成所录之信息基本等同的话，那么《大宋中兴通俗演义》这6则略有改动的“通鉴之文”，其引用方法亦可视为照录。

《大宋中兴通俗演义》真正采用改写的“通鉴之文”，只有1则，即卷五“刘豫兴兵寇合肥”中皇帝答复张浚的手诏：“帝见奏，手书报浚曰：‘非卿识高虑远，何以及此。今付卿以专任，沿边将士如有不肯用命杀贼而退缩者，即便斩首示众，然后奏闻。一应军务，便宜行事，如朕亲行。’”[③] 而在《通

① ［明］熊大木：《大宋中兴通俗演义》，《古本小说集成》影印本，上海古籍出版社，1990，第113—114页。

② ［明］熊大木：《大宋中兴通俗演义》，《古本小说集成》影印本，上海古籍出版社，1990，第456—457页。

③ ［明］熊大木：《大宋中兴通俗演义》，《古本小说集成》影印本，上海古籍出版社，1990，第470—471页。

鉴续编》卷十五中，对应之文为：“帝手书报浚曰：非卿识高虑远，何以及此。（由是异议乃息……）”比对两文，可知熊大木主要增补了后半部分，即“今付卿以专任”至“如朕亲行”。这里增补的文字超过袭用的文字，且增添了有效的消息，即皇帝赋予张浚专任之权，表明皇帝对张浚的无比信任。但是这样的改写，在《大宋中兴通俗演义》中只有这 1 例。由此我们可以说，奠定“熊大木模式”的《大宋中兴通俗演义》中“通鉴之文”的引文方法基本是照录，鲜有改写。而《唐书志传通俗演义》中的 33 则“通鉴之文”，只有 1 则为小幅度改写，其余 32 则皆为照录。

而从“通鉴之文”的文体分布来看，《英烈传》主要是评论、诏书，《隋唐两朝史传》主要是奏疏，《大宋中兴通俗演义》也主要是奏疏，而《唐书志传通俗演义》则主要是评论。

三、“通鉴之文”的功能及不足

历史演义小说，自《三国演义》始，就奠定了追求垂鉴之“义”的教化传统。庸愚子《三国志通俗演义序》云：“春秋，鲁史也，孔子修之，至一字予者，褒之；否者，贬之。然一字之中，以见当时君臣父子之道，垂鉴后世，俾识某之善，某之恶，欲其劝惩警惧，不致有前车之覆……至朱子纲目，亦由是也，岂徒纪历代之事而已乎？”[①] 可见，历史演义小说并非只是简单地将古奥晦涩的历史通俗化而已，其还以《春秋》《通鉴纲目》作为榜样，追求垂鉴之“义”，以达到劝善惩恶的教化目的。如果说，这种追求在非书坊主小说中尚不明显的话，那么在书坊主小说中则非常突出。从《英烈传》等四部小说中“通鉴之文”的文体分布来看，以评论最多，评论恰恰是历史演义小说借以劝善惩恶的载体。从历时性的角度看，《英烈传》《隋唐两朝史传》中的评论尚不多，到了《大宋中兴通俗演义》逐渐增多，而到了《唐书志传通俗演义》已经占据“通鉴之文”的大部分了。

① 庸愚子：《三国志通俗演义序》，见［明］罗贯中：《三国志通俗演义》卷首，《古本小说集成》影印本，上海古籍出版社，1993。

首先，书坊主小说中“通鉴之文”具有鲜明的评论功能，这与《三国演义》相比，既有相同的一面，又有不同的一面。相同的是，熊大木的两部小说也很重视儒家的仁义、忠信等道德品质，如《大宋中兴通俗演义》卷五“韩世忠鏖战大仪”中对韩世忠的评论：“自虏寇再至，借累胜之威，凭陵中夏，其势甚锐。世忠驻兵大仪，出奇设伏，伐木为柵，自断路以为战之不胜，誓以必死，其忠君之心至矣。由是虏兵甫进，仗军夹击，虏兵败退，追蹑至淮则其义勇之气有以贯彻胸中云尔。论者以此举为中兴武功第一，岂不诚然乎？使高宗委任之专，不惑群议，则中兴之业可运于掌，惜乎不足以语此。”[①] 此文对韩世忠的“忠君之心”及“义勇之气”多有褒奖，并替其不为高宗所重用而惋惜。又如《唐书志传通俗演义》第六十一节中对唐太宗的评论：“太宗是时，君德清明，勤恤民隐，每有饥旱，辄书于册。去夏尝诏山东赈恤蠲租，今又特降赦令。其爱民之心，可谓切矣。”[②] 此文对唐太宗的清明之德、爱民之心多有揄扬。

不同之处表现为，熊大木两部小说中的评论由于大多引自《通鉴纲目》，而《三国演义》中的评论大多引自正史，故而相比后者，前者更加重视“正统”。朱熹之所以要编《通鉴纲目》，一方面是因为司马光的《资治通鉴》虽有“文愈约而事愈备”之称，但是阅者尤有不能“领其要而及其详”之憾[③]，朱熹深感此弊，故增损檃栝，别为义例；另一方面，在朱熹看来，《资治通鉴》还有一个弊端：“周末诸侯僭称王号而不正其名，汉丞相亮出师讨贼，而反书入寇，此类非一，殊不可晓”[④]，也就是说，《资治通鉴》的笔法有悖于《春秋》，故而效仿《春秋》，重新订立义例以纠正《资治通鉴》在义理上的失误。

① [明] 熊大木：《大宋中兴通俗演义》，《古本小说集成》影印本，上海古籍出版社，1990，第 409—410 页。

② [明] 熊钟谷（熊大木）：《唐书志传通俗演义》，《古本小说丛刊》第 4 辑第 1—2 册，中华书局，1990，第 555 页。

③ [宋] 朱熹：《资治通鉴纲目（修订本）》，严文儒、顾宏义校点，上海古籍出版社、安徽教育出版社，2010，第 21 页。

④ [宋] 朱熹：《辞免江东提刑奏状三》，见 [宋] 朱熹：《朱熹集》，郭奇、尹波点校，四川教育出版社，1996，第 926 页。

朱熹的义例体现在《通鉴纲目》的《凡例》中，设立“统系”“岁年”“名号”等十九门，共一百三十七条。而十九门的核心是“统系”，其下再设“正统”“列国”“篡贼”等类别。可见正统观是《通鉴纲目》的核心思想。

由于《唐书志传通俗演义》的评论基本上来自《通鉴纲目》，故而其“通鉴之文”在评论上也具有较浓的正统思想。如第四十八节对唐高祖诛杀萧铣的评论：“萧铣故梁子孙，因隋之乱，保据荆、楚，欲复先业，非唐之叛臣也。唐师伐之，铣又以百姓之故，不忍固守而降。然则唐初割据之主，铣最无罪。高祖诛之，淫刑甚矣！”[①] 按照正统的观念，萧铣并非唐之叛臣，当萧铣为了百姓而向唐高祖俯首称臣时，唐高祖却将其诛杀。一“诛”字，便体现了作者对唐高祖此做法的不满，而后面“淫刑甚矣”，更是直斥李渊的滥用酷刑。再如第十七节：“纲目断云：隋氏负不义之名，故虽有致命效死之臣，皆不得书。今唐德方新，是以刘感首以死节，特书于册。纲目之去取如此，一以孤逆贼之党，一以褒忠义之士，皆所以垂世劝诫也。”[②] 只是因为隋炀帝残暴荒淫，有不义之名，故即便其有忠义之臣，史书亦不记载。而唐朝初年，其德方新，故死节之臣刘敢，载之于册，其目的正在于“垂世劝诫”。而《三国演义》中的评论，显然就没有这种正统的思想，不管某人效忠的是奸臣还是明君，只要他忠于主人，具有忠孝节义之品行，罗贯中基本上多有肯定。由于绝大多数引自《三国志》，即便罗贯中具有“拥刘反曹”的价值取向，但其主要还是在对人物、事件的叙述过程中体现的，而较少在评论上体现出来，其于曹操死后引陈寿对曹操政治、军事、文学等多方面才能多有肯定的评价便是突出的一个例子。

其次，《英烈传》等四部小说中“通鉴之文”还具有补叙功能，主要表现在按语上，基本上是关于书中重要人物生平事迹的补充。它们通常出现在人物第一次出现时，以及卒后的位置。前者如《大宋中兴通俗演义》卷一“斡

① ［明］熊钟谷（熊大木）：《唐书志传通俗演义》，《古本小说丛刊》第 4 辑第 1—2 册，中华书局，1990，第 453 页。

② ［明］熊钟谷（熊大木）：《唐书志传通俗演义》，《古本小说丛刊》第 4 辑第 1—2 册，中华书局，1990，第 171—172 页。

离不举兵南寇”写徽宗让位于钦宗后，有一则以“按通鉴”领起的按语：“帝讳桓，徽宗长子也。初封定王，会金人入寇，徽宗遂传以大宝，在位二年，为金人所掳。绍兴末，殂于沙漠，寿六十一。”①钦宗首次亮相，熊大木便补充其名、继位缘由、在位时间及卒年等信息，让读者对钦宗有一个大体的认识。后者如《大宋中兴通俗演义》卷八“秦桧矫诏杀岳飞”写岳飞被秦桧害死后，原文提行空格出示：“飞事亲孝，家无姬侍，吴玠素服，飞愿与交欢，饰名妹遗之……飞好贤礼士，览经史雅歌，投壶恂恂如书生。每辞官，必曰：将士效力，飞何功之有？然忠奋激烈，议论持正，不挫于人，卒以此得祸。”②这一段文字虽然没有“按”字领起，但亦可视为按语，其长达300余字，补叙岳飞生前事亲至孝，一心尽忠为国，把家置于国后，拒绝高宗为其营第。又叙述岳飞带兵纪律严格，不拿人民一针一线，有犯民麻一缕者，立斩。对士兵又仁爱有加，士卒生病，岳飞亲自为其调药；有手下阵亡了，岳飞哭悼并抚育其子女；有赏赐全部分给手下。还补叙岳飞谈用兵之术及为人忠奋激烈，议论持正，不挫于人，因而遭此大祸。这一段文字，让读者对岳飞除了忠君爱国、善于打仗之外，认识到岳飞孝义、仁爱、刚正的一面。这些补叙的“通鉴之文”，一定程度上可以丰富人物的形象，加深读者对人物的认识。

再次，《英烈传》等四部小说中的“通鉴之文”还具有解释的功能。如《大宋中兴通俗演义》卷六“宋刘锜顺昌鏖兵”中以“《纲目》断云”领起的一段文字：“大抵人徒知刘锜顺昌之捷，而不知锜之取是捷者，其要有六：盖公心以赴急难，一也；示死以坚众志，二也；因天变以致敌，三也；以忠义感人，四也；示弱以骄敌，五也；以逸而待劳，六也。议者以诸将不协心追讨而失此机会，似矣。呜呼！当是时也，兀术拥众而来，敝城难守，危如一发，将士有必死之理，顺昌为必陷之城。幸而胜之，则心愿满足，

① ［明］熊大木：《大宋中兴通俗演义》，《古本小说集成》影印本，上海古籍出版社，1990，第6页。

② ［明］熊大木：《大宋中兴通俗演义》，《古本小说集成》影印本，上海古籍出版社，1990，第703—704页。

何暇穷追，人情然也，何足怪哉！……”[①]此文是在刘锜于顺昌大败兀术之后，用来说明顺昌之捷的六个原因，并替刘锜等人不趁此机会追讨兀术而辩护。再如卷八“弑熙宗颜亮弄权”写熙宗听到“兀术卒”的消息后，说了一句“兀术既死，吾国势孤矣”，其后提行空格：“金自粘没喝死，挞懒蒲虎等皆有自为之意，幹本独立不能如之何，使无兀术，则金国日就衰弱矣。故其国论功以为粘没喝后，惟兀术一人而已。”[②]这一则按语其实是解释熙宗所说的“兀术既死，吾国势孤矣”，说明兀术在金国死了粘没喝之后独一无二的地位，而兀术之丧生，金国势力自然大大削弱。只不过，这类解释性的“通鉴之文”在《英烈传》等四部小说中比较少。

最后，还须谈及《大宋中兴通俗演义》《唐书志传通俗演义》等书坊主小说的评论、按语、注释等文字所带来的消极影响。《三国演义》中的121则袭旧文中，照录的有98则，占比约81%；而103.5则正史之文中，照录的有82则，占比约79%，较充分地体现了史传的实录原则。而《大宋中兴通俗演义》《唐书志传通俗演义》显然有过之而无不及。以奠定“熊大木模式”的《大宋中兴通俗演义》为例，其含“通鉴之文”44则，而真正改写的只有1则，照录之文约占“通鉴之文”总数的98%。即便把那6则略有改动的“通鉴之文”视为“改写”之文，照录之文还是约占“通鉴之文”总数的84%，仍旧高于《三国演义》的比例。这表明熊大木头脑中基本上是历史学家的“存文”观念，而基本没有根据故事情节对所引之文进行调整的“用文”观念——从小说观念来讲，这是一种倒退。

从“通鉴之文”与故事情节的关系而言，其故事外层之文远多于故事内层之文，使得其文本显得冗余。加上其基本上是照录而鲜有改写，这些“通鉴之文”往往未能与故事情节水乳交融，通常是带有强制性地塞进情节中，故而造成叙事板滞的缺陷。如《唐书志传通俗演义》第七十一节，包含侍御

① ［明］熊大木：《大宋中兴通俗演义》，《古本小说集成》影印本，上海古籍出版社，1990，第582—583页。

② ［明］熊大木：《大宋中兴通俗演义》，《古本小说集成》影印本，上海古籍出版社，1990，第761页。

史马周所上的 1 则奏疏及接连引入魏徵所上的 3 则奏疏，此 4 则奏疏熊大木皆标注出自《通鉴纲目》。如果要说得更精确点，那就是皆出自《通鉴纲目》卷三十九。据笔者统计，这 4 则奏疏加起来计 1093 字，而此节共 3337 字，约占此节总字数的 33%，其征引文献可谓连篇累牍矣。陈大康先生曾论及小说中引入诗文，认为即便这些诗文具有“点明主题、渲染气氛、推动情节发展以及显示人物的气质与品格等方面起积极的作用”，“其数量决不能多，否则必定会带来冲淡情节、妨碍人物性格刻画等方面的恶果”，并根据其对这类作品的阅读感觉判断，认为诗文占该回比例不应超过 20%，不然“潜在的危险就已多半转化成了实际的破坏”。[①] 而《唐书志传通俗演义》第七十一节单是袭旧之文就占 33%，远高于 20% 这个比例。而《大宋中兴通俗演义》卷六“议求和王伦使金”，正文中包含 2 则奏疏，1 则为李纲所上，建议君上不要听从金国的诏令，引自《宋元资治通鉴》；1 则为胡铨所上，其在疏中揭露了王伦的小人面目，并据理反驳王伦、秦桧等人的和议之论，引自《通鉴续编》，两则疏文合计 1157 字，约占该回（则）总字数（3135 字）的 37%。同书卷三“洪皓持节使金国”，该回（则）约 21.5 页，而胡寅所上之奏疏——“罢和议而修战略”“置行台以区别缓急之务”“务实效去虚文”等“七策”，就长达 10 页余，约占该回（则）篇幅之 47%。该回（则）后面还有一则以“许浩曰”领起的对胡寅所上“七策”之评论，约占 1 页，与前面“七策”加起来，就已经超过该回（则）50% 的篇幅。同书卷五“议防边李纲献策”，此回（则）总共 2633 字，李纲所上的内容就达 1712 字，约占该回总字数的 65%。再加上岳飞上疏之 74 字，两则散文共计 1786 字，约占该回总字数的 68%。当章回小说一回的大部分内容不是由叙述文字构成，而是由以表意为主、质木无文的实用文体构成时，其内容之枯燥、叙事之板滞就可想而知了。更过分的是，《大宋中兴通俗演义》卷八“秦桧矫诏杀岳飞”在叙述岳飞被杀之后，还专门来交代岳飞的著作：“愚以王平昔所作文，迹遇演义中可参入者，即表而出之，有事不粘连处，未入本传者，另录出于王之

① 陈大康：《明代小说史》，人民文学出版社，2007，第 103 页。

终传后，以便观览。”[①] 并把未能掺入的岳飞作品强行地附于此回（则）之后，包括岳飞的 2 篇文——《御书屯田三事跋》《东松寺题记》，以及 3 首诗——《题翠严寺》《寄浮图慧海》《送紫岩张先生北伐》，这是典型的“画蛇添足”了。熊大木对史传亦步亦趋，使得历史演义小说虽具有了保存文献的功能，但丝毫不顾及小说故事情节的需要，不顾及叙事的流畅性，也使其成为该书叙事上最大的败笔。当然，类似情况在《英烈传》《列国志传》也或多或少存在，只是没有熊大木小说表现得这么突出而已。

作为书坊主，熊大木编撰历史演义小说，其首要目的自然是牟利。《三国演义》的成功，成为其努力效法的对象。为了增强小说的真实感，熊大木便模仿《三国演义》征引诏、表、奏、书等历史文献的做法。然而，正如陈大康所言：“熊大木却不懂得，罗贯中这样处理时决不滥引，而是有较严格的筛选标准，被引入作品的文献通常具有为矛盾冲突激化或发生转折作铺垫、交代以及其他一些艺术功用，因而它们已成为作品的有机组成部分。熊大木则不然，他似乎是以多多益善为原则，插引的手法也多呆板生硬。”[②] 故而虽然同样是征引历史文献，熊大木相比罗贯中，不仅是过犹不及，而且还无视小说情节的实际需要与叙事的流畅性，出现了滥引历史文献的弊端，故而其小说的叙事在不少地方显得十分板滞。

此一阶段历史演义小说的编撰者，之所以在小说中插入较多的评论与按语，是因为他们对历史叙事与小说叙事的区别尚没有清醒的认识。一方面，历史叙事一方面以“劝诫”为先，正如刘知几所言：“况史之为务，申以劝诫，树之风声”[③]；另一方面，历史叙事追求客观真实，以实录为原则；加上古代史传还兼有“存档”的功能，不少原始材料未经加工，处于本色自然状态，如《汉书》就保存了许多汉代篇籍，相当于汉代文献的档案馆。汉学家普实

① ［明］熊大木：《大宋中兴通俗演义》，《古本小说集成》影印本，上海古籍出版社，1990，第 706 页。

② 陈大康：《明代小说史》，人民文学出版社，2007，第 239 页。

③ ［唐］刘知几，［清］《史通通释》，浦起龙通释，上海古籍出版社，2009，第 179 页。

克对比中西历史叙事，发现“中国历史家不能在历史资料上作文章，他不能将他在持续的事物链条上发现的事实拼合起来。他不能加以虚构，只能将它们以某种分类法为准则进行安排。他不能致力于创造某种历史的艺术画面，只能将材料以最可感的形式原样地展现在读者面前”。[①] 因此，史传为了“劝诫”，便借“论赞”的形式臧否人物、明辨是非；为了呈现客观的历史，便借“史注”或引录的形式，为相关人物或事件补充具体史实。而小说叙事，是一种虚构的散体叙事文学，不需要追求客观真实，也无须以“劝诫”为务，其性质与史传迥然有别。由于当时小说地位的卑贱，史传传统过于强大，历史演义的编撰者为了提高小说的地位，获得当时社会的认可，只好对历史叙事亦步亦趋。加上这一阶段的书坊主，在“才”“学”“识”方面皆有所欠缺，在小说中“多引正史、笔记、传说，有时又对相关材料缺少必要的提炼和加工，所以出现堆砌之笔，头绪繁杂”[②]。

不过，我们也要看到，这一阶段的历史演义小说，毕竟与史传有别，它们归根结底属于小说，而不是历史：它们每一部都有自己统一的主题，首尾连贯，为一个有机的整体，而不是众多零散不相干史料的连缀，或由本纪、表、志、列传众多独立篇章的拼合；它们虽然征引史传，也取材于传说、话本、剧本，但有一些情节当出自编撰者的杜撰，亦不乏虚构的情节。而且，它们大多以普罗大众为读者对象，在对历史人物与事件的叙述上，明显具有通俗化的特点。

本文系国家社科基金项目“明清说部诗文辑纂与研究”（项目编号：17BZW011）阶段性成果。

（作者单位：长沙学院影视艺术与文化传播学院）

① ［美］鲁晓鹏：《从史实性到虚构性：中国叙事诗学》，王玮译，冯雪峰校，北京大学出版社，2012，第 77 页。

② 程国赋：《明代书坊与小说研究》，中华书局，2008，第 99 页。

何以传奇为小说名

——论唐传奇命名的生成

陈爽

明胡应麟在《少室山房笔丛·庄岳委谈下》谈到“传奇”一词的来历时，提到了陶宗仪所谓“唐之传奇，宋之戏诨，元之杂剧”的说法，胡应麟在引用陶宗仪该说法后，用了“非也”二字表明他并不赞同此观点的态度，进而指出唐代的“传奇”为小说书名，其中没有任何所谓歌曲、乐府等戏剧的成分，鉴于此，他发出“何得以传奇为唐名”的疑问。① 作为唐代小说研究的显学，唐传奇的研究一直为学界所关注。然而在研究中很少有学者思考何以传奇为小说名。传奇作为某些唐小说之名，似乎存在着文献上的充足证据，但若将传奇放置在更大的语境中思考，便会发现这一概念被创造与建构的过程。与此相关的问题是：为何传奇会有唐传奇与明传奇两个根据朝代作为文类划分的名称？传奇为唐小说名这一看似简单的问题背后，体现了中国近现代小说观念的嬗变。本文试图指出唐传奇名词的制造过程，其中既包括对中国古代文献资料的误读，也包括近现代日本与中国在文学研究方面的相互影响。

① 胡应麟《少室山房笔丛》：传奇之名不知起自何代，陶宗仪谓唐为传奇，宋为戏诨，元为杂剧，非也。唐所谓“传奇”自是小说书名，裴铏所撰，中如蓝桥等记诗词家至今用之，然什九妖妄寓言也。裴晚唐人，高骈幕客，以骈好神仙，故撰此以惑之。其书颇事藻绘而体气俳弱，盖晚唐文类尔，然其中绝无歌曲、乐府若今所谓戏剧者，何得以传奇为唐名。［明］胡应麟：《少室山房笔丛》，上海书店出版社，2009，第 424 页。

一、稳定的戏曲文类：传奇不为唐小说

在研究“何以传奇为小说名”这一问题时，首先要解决的问题是传奇在中国古代语境中究竟有无小说之义。研究唐代传奇的学者多持有一种观点：唐代普遍存在将某类小说称为传奇的情况，然而实际所能查证文献中唐宋时期提到“传奇”的相关资料非常少[①]。在被征引的传奇研究文献中，今人以传奇作为小说文类多依据的是明代胡应麟《九流绪论》中最为熟知的那段话：

> 小说家一类又自分数种。一曰志怪，《搜神》《述异》《宣室》《酉阳》之类是也；一曰传奇，《飞燕》《太真》《崔莺》《霍玉》之类是也；一曰杂录，《世说》《语林》《琐言》《因话》之类是也；一曰丛谈，《容斋》《梦溪》《东谷》《道山》之类是也；一曰辨订，《鼠璞》《鸡肋》《资暇》《辨疑》之类是也；一曰箴规，《家训》《世范》《劝善》《省心》之类是也。谈丛、杂录二类最易相紊，又往往兼有四家，而四家类多独行，不可掺入二类者。至于志怪、传奇，尤易出入，或一书之中二事并载，一事之内两端具存，姑举其重而已。[②]

在这段话中，胡应麟将小说家下分为志怪、传奇、丛谈、辨订、箴规等五类，加以志怪与传奇并谈，似乎坐实了今人对传奇为小说之一种的理解。然而，在确定某人对某个词含义的理解，应该尽可能多地参考某人使用某词的其他文献，以便在其个人语境中确立该词的含义。具体到胡应麟对传奇的使用，在《少室山房笔丛》中，有多处提到“传奇”。除了这段引文中含糊地将小说与传奇相连，其他部分传奇均指的是戏曲。本文开篇引用胡应麟对陶宗仪称“唐之传奇”的“非也”评价，同样表明胡应麟明确将传奇作为戏曲看待。

---

① 李剑国：《唐五代志怪传奇叙录·代前言》，中华书局，2017。

② ［明］胡应麟：《少室山房笔丛》，上海书店出版社，2009，第282—283页。

以上能够看出胡应麟在文类含义上将传奇作为戏曲来理解，而非小说。明清时期传奇作为戏曲文类的含义已较为稳定，无论是如《桃花扇传奇》等戏曲的命名，还是在相关的文献资料中，均可以确证这一点。如清代道光年间梁绍壬笔记《两般秋雨庵随笔》中的“小说传奇”一条：

> 小说起于宋仁宗时，太平依旧，国家闲暇，日进以奇怪之事以娱之。名曰“小说”。而今之小说，则纪载矣。传奇者，裴铏小说多奇异，可以传示，故号“传奇”。而今之传奇则曲本矣。①

梁绍壬对传奇的解释，并未传递出太多的信息，也未做更多的考证与溯源，但他却指出了十分关键的一点：“今之传奇则曲本矣。”无论传奇在之前的含义有多少变化，在清代为曲本的含义是明确的。

尽管上文明确指出在唐之后并无明确将传奇作为小说文类的指称，但要证实这个问题，除了要面对阐释有力的文献，同样要面对另外一些看似呈现相反观点的文献。在学者对唐传奇命名的历史考证中，能够找到一些文献含有诸如唐传奇、唐代传奇、唐人传奇的关键词，通常对这些文献的处理都是将其作为证明唐传奇文类存在的证据，但这样做的问题在于忽略了传奇作为戏曲的稳定文类含义，没有考虑某一概念的稳定性。

实际上，明清文献中不乏使用“唐人传奇”“唐传奇”的说法，如明孙矿《书画跋跋》：“唐传奇又云：李泌邺侯，任诞，多大言。尝得酒留客，而曰‘今夜洪崖先生过宿，当为具’。人皆笑之。”高士奇的《高士奇集》：“唐人传奇最佳，余独喜崔护桃花、买粉儿二事。”又如臧懋循：“近得无名氏《仙游》《梦游》二录，皆取唐人传奇为之敷演。”（《负苞堂诗文选》卷三《弹词小序》）②

上述提到“唐人传奇”“唐传奇”的文献并不能够证明在古代传奇已经作为一个固定的小说文类，尽管需要承认的是，今之称为传奇的某些唐代小

① ［清］梁绍壬：《两般秋雨庵随笔》，上海古籍出版社，1982，第 53 页。

② 详见爱如生典海数字平台（中国基本古籍库），http://dh.ersjk.com/。

说，由于风格、特点、内容上存在“类”的特征，它们被归为某种类型是必然的，但这并不能说明“唐人传奇”“唐传奇”已经被用作固定的小说文类称谓。若探讨明清时期在确定传奇为曲的文类时，会使用上述的说法可能的原因如下：一、裴铏的《传奇》集本身就是对此类唐小说的概括和集结，明清之人在面对与《传奇》集类似的唐代小说时，会延续使用“传奇”的说法。二、明清时期的传奇戏曲多改编自唐代具有传奇色彩的小说，故面对唐代小说，称之为传奇。三、传奇本身的含义。传奇最能够恰切概括那些具备奇异幻想色彩的作品。

综上可见，自裴铏《传奇》集之后，这种类型的小说已被后人所承认，并产生了较为深远的影响，但在命名问题上，于古代的文献语境中，传奇并未作为此类小说的正式名称，尤其是在明清时期传奇作为戏曲的文类称谓得到广泛承认时。本文不否认这类小说能够成为“类”的风格特征，同样明清时期之人也能够理解这种“类”的特征，但这与命名是两个维度的问题。我们之所以在古人文献中搜寻关于“唐传奇”“唐代传奇小说”等诸如此类契合当下观念的文献，是为了建构关于传奇的系统与观念。可在建构这一观念的同时，关于传奇更为稳定的文类含义却被忽略不提。实际上，关于传奇含义，明清之际其作为戏曲的文类一直都是稳定的，鲜有人去讨论传奇作为小说的问题，自然我们无法回到古人的语境中真正理解他们对传奇一词的使用及其含义，但清末王国维对“传奇”含义的考证，或许能够帮助我们了解古人的看法，兹录之如下：

杂剧、院本、传奇之名，自古迄今，其义颇不一。[……] 传奇之名，实始于唐。唐裴铏所作《传奇》六卷，本小说家言，此传奇之第一义也。至宋则以诸宫调为传奇，《武林旧事》所载诸色伎艺，诸宫调传奇，有高郎妇、黄淑卿、王双莲、袁太道等。《梦粱录》亦云：“说唱诸宫调，昨汴京有三孔传，编成传奇灵怪入曲说唱。”即《碧鸡漫志》所谓“泽州孔三传，首唱诸宫调古传，士大夫皆能诵之”者也。则宋之传奇，即诸宫调，一谓之古传，与戏曲亦无涉也。元人则以元杂剧为传奇，《录鬼簿》所著录者均为杂剧，而录中则谓之传奇。又杨铁崖《元公词》云：“《尸谏灵公》演传奇，一朝传到九重知，奉宣赍与中书省，诸路都教唱此词。”案《尸谏灵公》乃鲍天祐所撰杂剧，则元人均以杂剧为传奇也，至明人则以戏曲之长者为传奇（如沈璟《南九宫谱》等），以与北杂剧相别。乾隆间，黄文旸编《曲海目》，遂分戏曲为杂剧、传奇二种。余曩作《曲录》从之。盖传奇之名，至明凡四变矣。[①]

相比于古代文献中关于“传奇”的文献，王国维完成于1912年的《宋元戏曲考》关于“传奇”的考证却不常被提及，“传奇之名，至明凡四变矣”，在梳理了传奇于明代之前的四种含义外，王国维实际上指出了自明代开始传奇较为稳定的戏曲含义——“戏曲之长者为传奇”。[②]

王国维在《宋元戏曲考》中梳理了明代之前的传奇含义，却没有对其所处时代的传奇含义进行归纳。是因为清末民初传奇含义与明代的无甚变化，还是因为传奇的含义出现了新变且混乱的含义？王国维没有继续考证明代之后传奇的原因已无从探寻，他至少提供了一个比较可靠的传奇含义历史变革。清末民初传奇依旧延续了明代所确立的长篇戏曲的含义，然而小说与戏曲文类界限上的混乱，则使得传奇一词与更复杂的文类问题牵涉在一起。本文所探讨的是“传奇”为何由戏曲文类演变成唐代某类小说的代名词，清末民初时期的情况无疑是这一链条中的重要一环。

事实上，直到清末民初提到传奇时依旧将其作为戏曲、戏曲曲本含义来

① 王国维：《王国维全集》（第三卷），浙江教育出版社，广东教育出版社，2010，第147页。

② 王国维在《录曲余谈》也提到了相关问题，作为补充论证择要录之如下：“传奇一语，代异其义。唐裴铏《传奇》，乃小说家言，与戏曲无涉。……则宋之传奇，当与今之弹词相似。至元尚有诸宫调之名……则元人以杂剧为传奇也。明中叶以后，传奇之名专指南剧，以与北曲之杂剧相别。则此二字之义，凡四变矣。”见王国维：《王国维全集》（第二卷），浙江教育出版社，广东教育出版社，2010，第281—282页。

理解，钱静方在《小说丛考》之《小说传奇考》中的表述便是对这一问题的证实：

> 小说起于宋仁宗时。按《七修类稿》云：“宋仁宗时，太平盛久，国家闲暇，日欲进一奇怪之说以娱之；故小说得胜头回之后，即云说话赵宋某年云云。”如今古今奇观一书，即其例也。今之小说，则纪载矣。传奇者，裴铏著小说，多奇异，可以传示，故号传奇。而今之传奇则曲本矣。张平子两京赋云：“稗官小说，肇自虞初。”似小说于宋前久已有之。不知平子所云，乃指说部而言，非指此文不雅驯之小说。此种小说，实始于宋。①

钱静方这段话中涉及“传奇”的表述展现了传奇含义的变化，传递出最重要的信息是“今之传奇则曲本矣”。值得注意的是，钱静方虽然提到了裴铏所辑录的小说集《传奇》，并未笼统称为唐人之传奇，而是直接指明裴铏以传奇作为小说名的原因。在同一时期，像钱静方一般将传奇理解为曲本而非小说不是个案②。此外，清末民初作为一个较为特殊的时代，在这个观念受到冲击与形成的时期，曾出现过“传奇小说”“传奇体小说”的文类，较多学者在面对这两个文类时受到“唐传奇”与“小说”的先入影响，多认为它们指代的文类是当下意义上的小说，实际上在清末民初的语境中并不存在这样的理解，无论是“传奇”“传奇小说”“传奇体小说”等均指的是戏曲无疑。

清末民初小说与戏曲文类界限不清的问题，是近现代小说观念变化中出现的重要现象。不论是以小说考证为指归的钱静方《小说丛考》、蒋瑞藻《小说考证》在小说考证时加入了院本传奇等内容，还是从 1912 年管达如《说

① 钱静方：《小说丛考》，《小说月报》1913 年第 4 卷第 1 号。

② 民国初年管达如的《说小说》一文中也有“传奇体”的说法：传奇体者，沿唐宋时之倚声，而变为元代之南北曲，自元迄清，于戏剧界中，占有重要之位置者也。见管达如：《说小说》，《小说月报》1912 年第 3 卷第 7 期。

小说》、1914 年成之[①]《小说丛话》的论述中，以及当时小说杂志中所刊载的篇目中，都可以证实这一点。

清末民初传奇作为小说文类之一种，在命名上便出现了“传奇小说”“传奇体小说”的说法。梁启超在《新民丛报》第十四号上发表了署名为新小说报社的文章——《中国唯一之文学报〈新小说〉》，此文介绍了《新小说》的宗旨、所刊内容等，在所刊内容分类中，第十二条为传奇体小说[②]：

> 十二、传奇体小说
>
> 本社员有深通此道、酷嗜此业者一二人，欲继索士比亚、福禄特尔之风，为中国剧坛起革命军，其结构词藻决不在《新罗马传奇》下也。（题未定）[③]

《新罗马传奇》为梁启超所作，于 1902 年 5 月至 1904 年 10 月连载于《新民丛报》，从其文本形态与内容上来看，《新罗马传奇》并非现在所说的唐传奇，而是戏曲的传奇。

在清末民初，传奇作为一种文类，特指戏曲、戏曲类的剧本。因当时小说与戏曲文类界限模糊，甚而戏曲也被看作小说之一种，所以清末民初所谓的“传奇体小说”并不是真正意义上的小说。具体到当时的作品中来看，多数“传奇体小说”，在题目中醒目地写到“传奇”二字，所以基本上凡是题名为“某某传奇”的作品，均是剧本，而非小说。如清末时梁启超以如晦庵主人为名发表于《新民丛报》上标注为“小说”的《劫灰梦传奇》(1902)

① 据相关考证，成之应为吕思勉。参见关诗珮《吕思勉〈小说丛话〉对太田善男〈文学概论〉的吸入——兼论西方小说艺术论在晚清的移植》，《复旦学报（社会科学版）》2008 年第 2 期。

② 关于传奇小说、传奇体小说的命名来源，目前初步判断是受到日本影响。梁启超同时代的日本在小说观念的革新上走在前列，而当时日本便有一类小说被称为传奇小说，如押川春浪《银山王》等。或恐梁启超借用了日本传奇小说的名字，但因本土传奇作为戏曲的观念影响太深，其所创造出来的中国传奇小说，便是以曲本为小说的形态。

③ 新小说报社：《中国唯一之文学报〈新小说〉》，《新民丛报》1902 年第 14 号。

便是此类，又如上文所提到的梁启超所作的《新罗马传奇》。除了上述两篇传奇，梁启超亦作《侠情记传奇》，此三种传奇可见于《饮冰室合集》，均为戏曲剧本。以上，清末民初传奇及“传奇体小说”指的是戏曲，所指清晰明确。“传奇”有其自身的文体特点，清末民初诸人已将其当作一种稳定的文类来看待，提到“传奇”，无须去区别所说是“唐传奇”之类的小说，还是“明传奇”之类的戏曲。

既然在中国古代的序列中，即使是动荡变革的清末民初，传奇依旧仅具有戏曲层面的含义，那么又是如何衍生出作为小说的唐传奇含义的呢？在这个问题上所牵扯到的包括鲁迅、森槐南、盐谷温等人，是近现代中国与日本互相影响的结果。在诸多因素作用下，传奇得以具备小说之义。

二、鲁迅、森槐南、盐谷温与唐传奇

传奇作为唐代小说的一种类型是由鲁迅与日本学者盐谷温共同确定下来的。从鲁迅方面来看，其中既包括《中国小说史略》《中国小说的历史变迁》《唐宋传奇集》等著作文章的立论，也体现在他通过授课、讲演及其个人影响力所发挥的作用，使得传奇作为小说的含义得到认可。鲁迅成稿于1923年的《中国小说史略》中用相当多的篇幅谈论“唐之传奇文”，并且对其予以很高的评价：

> 小说亦如诗，至唐代而一变，虽尚不离于搜奇记逸，然叙述宛转，文辞华艳，与六朝之粗陈梗概者较，演进之迹甚明，而尤显者乃在是时则始有意为小说。[①]

鲁迅在对中国古代小说源流追溯基础上，将唐传奇作为中国小说的真正起点，眼光独到，这一看法也颇有价值。但值得注意的是，鲁迅在这里并

① 鲁迅：《鲁迅全集》（第9卷），人民文学出版社，2005，第73页。

没有直接使用传奇二字，而是审慎地用了“传奇文”的说法，有意避免与戏曲传奇混淆。鲁迅自然知道传奇通常指的是戏曲，如在《中国小说史略》论及“唐之传奇文”时，他说道：“此类文字，当时或为丛集，或为单篇，大率篇幅曼长，记叙委曲，时亦近于俳谐，故论者每訾其卑下，贬之曰‘传奇’，以别于韩柳辈之高文。顾世间则甚风行［……］然而后来流派，乃亦不昌，但有演述，或者摹拟而已，惟元明人多本其事作杂剧或传奇，而影响遂及于曲。”[①] 很明显，鲁迅在这里所使用的“传奇”便是戏曲传奇。既然鲁迅十分清楚传奇在中国传统语境中的所指，为何又执意要使用“传奇文”、唐传奇等容易产生混淆的词语呢？

关于这个问题的答案，一方面在于鲁迅认为戏曲传奇均是本于唐传奇的故事敷衍而来，所以从根本上来看，传奇的原创在唐代，戏曲只是换了一种样式呈现而已。另一方面则与森槐南、盐谷温的影响有关，因为首先使用传奇来命名唐代小说的正是日本学者，鲁迅是在此基础上沿用了这一命名，并确立和挖掘了唐传奇的真正价值。

关于鲁迅《中国小说史略》与盐谷温《中国文学概论讲话》的关系，已有诸多论及。自陈西滢开始，便不断有人质疑鲁迅该书抄袭了盐谷温，使得鲁迅 1926 年在《不是信》中专门回应。盐谷温《中国文学概论讲话》出版于 1912 年，书中第六章小说部分设专节讨论唐代小说，引述两处关于唐代传奇的论述：

> 然而总之不过是文人之余业，酒后茶前的助谈，却非说大真理垂大教训的东西。无论怎样，既非如李杜之诗一样，或是韩柳之文一样，使唐代底文学置重于后世，也并非是如《水浒》《西厢》那样的雄篇杰作。真的中国小说定要算是到元代以后才发生哩。唐代所谓传奇小说只是一篇有条理的逸事奇谈之类。后世底戏曲

① 鲁迅：《鲁迅全集》（第 9 卷），人民文学出版社，2005，第 73 页。

小说多取此以为材料，有名的《西厢》《琵琶》底粉本，都在唐代底传奇中已在前说明过了。[①]

（一）别传 关于一人一事的逸事奇闻。（所谓传奇小说）[②]

能够看出盐谷温在这里已经开始使用唐代传奇小说这样的说法。上文在梳理传奇含义时曾指出，在中国古代文化语境中并不存在所谓的唐代传奇小说这样的说法，即便是用传奇来指代唐人小说的情况也罕有，尤其是在明代以后，作为戏曲的传奇文体已经得到确认。由此可见，将传奇用来指代唐代小说应首先来自日本学者，后经由鲁迅而逐渐被广泛使用。鲁迅 1920 年开设小说史课程，1923 年讲义付梓，在该书的序言中他曾谈道："中国之小说自来无史；有之，则先见于外国人所作之中国文学史中，而后中国人所作者中亦有之，然其量皆不及全书之什一，故于小说仍不详。"[③] 鲁迅这里没有直说所参考的"外国人所作之中国文学史"具体是哪些，在 1926 年《不是信》中面对抄袭指责，鲁迅回应说：

盐谷氏的书，的确是我的参考书之一，我的《小说史略》二十八篇的第二篇，是根据它的，还有论《红楼梦》的几点和一章《贾氏系图》，也是根据它的，但都不过是大意，次序和意见就很不同。其他二十六篇，我都有我独立的准备，证据是和他所说的还时常相反。例如，现有的汉人小说，他以为真，我以为假；唐人小说的分类他据森槐南，我却用我法。六朝小说他据《汉魏丛书》，我据别本及自己的辑本，这工夫曾经费去两年多，稿本有

① ［日］盐谷温：《中国文学概论讲话》，孙俍工译，山西人民出版社，2015，第 352—353 页。
② ［日］盐谷温：《中国文学概论讲话》，孙俍工译，山西人民出版社，2015，第 353 页。
③ 鲁迅：《鲁迅全集》（第 9 卷），人民文学出版社，2005，第 4 页。

> 十册在这里；唐人小说他据谬误最多的《唐人说荟》，我是用《太平广记》的，此外还一本一本搜起来……其余分量，取舍，考证的不同，尤难枚举。[①]

盐谷温的《中国文学概论讲话》作为鲁迅写作《中国小说史略》的重要参考书之一，鲁迅受其启发，在论述唐代小说时，使用了“传奇”二字，但与盐谷温直接使用传奇小说不同，鲁迅一方面为了与清末梁启超等人所提倡的传奇小说做区分，另一方面为了区别于戏曲传奇，尽量避免词义上的混淆，初次审慎地使用了“传奇文”的说法。

鲁迅与盐谷温关于唐代小说的看法实际大不相同。首先，鲁迅认为唐传奇“叙述婉转”“文辞华艳”“始有意为小说”，对唐传奇给予了很高的评价，而盐谷温虽论唐人传奇小说，却认为唐传奇“只是一篇有条理的逸事奇谈之类”，而真正的中国小说要从元代以后才出现。由此可见，在对唐传奇的价值认定上二者的观点不同。其次，对唐传奇所包括的内容有不同的理解。盐谷温将传奇小说细分为别传、剑侠、艳情、神怪四类。其中别传部分为“正史外的逸闻”，包括《李卫公别传》《李林甫外传》《高力士传》《梅妃传》《太真外传》等，而对于鲁迅而言，他所认为的唐传奇并不包括盐谷温所说的“正史外的逸闻”，在《唐之传奇文》（下）的最后，他特别指出：“上所举之外，尚有不知作者之《李卫公别传》，《李林甫外传》，郭湜之《高力士外传》，姚汝能之《安禄山事迹》，等，惟著述本意，或栽显扬幽隐，非为传奇，特以行文枝蔓，或拾事琐屑，故后人每以小说视之。”[②] 鲁迅所认为的唐传奇应是具有“意识之创造”，文采与意想具备，而不仅是奇事、逸闻的记载。

唐代传奇小说的说法并不是盐谷温首创，只是盐谷温《中国文学概论讲话》的影响较大，所以参考该书者较多。唐传奇的说法向前可追溯至盐谷温在东京帝国大学的老师森槐南。森槐南精通汉学，所存著述不多，其逝世后

① 鲁迅：《鲁迅全集》（第 3 卷），人民文学出版社，2005，第 244—245 页。
② 鲁迅：《鲁迅全集》（第 9 卷），人民文学出版社，2005，第 90 页。

依据其讲义手稿编成的《作诗法讲话》(1911) 呈现出森槐南对诗词、戏曲、小说的思考。盐谷温对唐代小说的最基本看法来自他的老师“槐翁”,将传奇认为是唐代小说也来自森槐南的误用,森槐南在谈到“词曲及杂剧传奇”时,曾对传奇做了考证:

> 此外,如文字命名上,南北曲亦有不同之点,北曲所谓杂剧,南曲仅限于“传奇”,所谓传奇者,即南方之戏剧是也。现在之传奇,总为中国剧本之名,然于以前则杂剧与传奇二者,既不能互相侵害,亦不可互相通融,故传奇专为南曲之名,至于南曲之资料——其资料多取于唐人之小说——故名为“传奇”,其所传者,乃唐人之小说也。盖本来之传奇,非剧之专名,自元末南曲发生以后,乃以传奇为剧本之名。[①]

这段话的关键之处在于,森槐南似乎认为传奇曾专指唐代小说,而自从南曲出现后,传奇便被挪用,作为戏曲名词。这里森槐南恐怕误以为唐代具有某类专门被称为传奇的小说,事实上,虽然唐裴铏有《传奇》集,唐代也确实存在与此相近风格和旨趣的小说,但这类小说在当时并没有被统称为传奇。森槐南对这一问题的看法是将裴铏的《传奇》集当作小说文类而看待的误解。在森槐南的文本中,实际上传奇一直是比较明确的戏曲名词,包括盐谷温也是如此,尽管他们都使用了传奇小说的说法,但同时在他们那里传奇最为明确的含义依旧是戏曲。如此看来,20 世纪 30 年代郑振铎所遇到的传奇多义问题,在森槐南、盐谷温那里也同样遇到了。森槐南、盐谷温能够用传奇来命名部分唐代小说,除了误以为这类小说在唐代已经完成了命名,另一个重要的原因便是来自日本国内的传奇小说。在小说观念变革时期的日本,一类标注为“传奇小说”的作品出现,使传奇小说这个名词能够进入他们的视野,而同样具有想象、虚构特点的唐代小说或也就此被看作是传

① [日]森槐南:《作诗法讲话》,张铭慈译,商务印书馆,1928,第 125 页。

奇小说。

鲁迅在对中国古代小说源流追溯的基础上，将唐传奇作为中国小说的真正起点，眼光独到，这一看法也颇有价值。传统目录学所认定的小说应为“稗官野史”，为历史之余唾，小说的主要意义在于补充正史，所以“实录”是对小说的基本要求。即便是魏晋六朝之际的志怪小说，其内容虽荒诞不经，但其本意偏向于以史家之笔记录鬼神，“发明神道之不诬”。以唐传奇为代表的唐代小说，其虽受到志怪小说的影响，但唐传奇中可见有意为之的虚构性，这便是鲁迅所说的“始有意为小说”。鲁迅本人在考察中国小说历史时，对唐传奇推崇备至，显然是有一定道理的。鲁迅对唐传奇的评价与阐释，影响了其后学界对唐代传奇小说的基本看法。

结语

在 20 世纪 20 年代中国小说史的书写过程中，能够看到盐谷温的惊人影响。当时对盐谷温《中国文学概论讲话》一书中小说内容的翻译、转义，甚至是未注明出处的直接写作，至少包括庐隐《中国小说史略》、郭希汾（郭绍虞）《中国小说史略》、君左《中国小说概论》等，这些都是文本得以留存，有据可查的版本。此外，胡怀琛在 1934 年由正中书局出版的《中国小说的起源及其演变》中，专设第六章“研究中国小说参考的书目”，将“专门研究中国的专书或论文，近人所作，于近二十年来发表的很多。虽不能说绝对的好，但是很可以供给我们做参考的材料”①进行了整理，其中著作部分提到《中国小说研论》一书，注明该书“日本盐谷温著新民译（与郭希汾译同一原本）”②，而此书后面亦列出孙俍工所著《中国小说史纲》一书，孙俍工在 1928 年已完成盐谷温《中国文学概论讲话》一书的翻译，无法确定这本《中国小说史纲》是译作还是个人著作。胡怀琛所列出的这两本可能与盐谷温有关的小说书籍，目前暂时无法查到更进一步的信息，如其记录可靠，那么

① 陈洪：《民国中国小说史著集成》（第四卷），南开大学出版社，2014，第 279 页。

② 陈洪：《民国中国小说史著集成》（第四卷），南开大学出版社，2014，第 281 页。

在20世纪20年代与盐谷温有关的小说史书写著述多达五种。另外，像鲁迅这样直言受到盐谷温的影响、汪辟疆对盐谷温著作的征引等，这些都能够显示盐谷温在中国小说史书写进程中所发挥的“典范”作用。

回到传奇从明戏曲到唐小说含义转变这一问题上，需要指出的是，传奇含义的变化始于森槐南、盐谷温，但真正完成传奇含义转变的应该是鲁迅，他将盐谷温的“传奇小说”变成“传奇文”，之后则直接采用传奇的说法。同时代的其他人对这种“突然”用传奇来指代唐代小说的做法是存在疑惑的，如汪辟疆尽量避免使用唐传奇的说法，而多采用“唐代小说”的说法；胡怀琛在1934年《中国小说的起源及其演变》中仍然坚持传奇的戏曲含义。

郑振铎发表于1930年《学生杂志》上的《中国小说的分类及其演化的趋势》一文，在谈到中国小说分类时，他将中国小说分为短篇小说、中篇小说及长篇小说三类，其中短篇小说又分为笔记、传奇、评话。具体谈到传奇时，郑振铎指出：

> 这里所谓“传奇”，并非长篇剧本的别名，如《荆钗记》《还魂记》《琵琶记》《拜月亭》之类，其所指的乃是我们所称的唐人传奇一类的作品，如《霍小玉传》《李娃传》《灵应传》，以至《聊斋志异》（清蒲松龄）等。这一类的小说，始足以当“小说”的称号。[①]

郑振铎特别强调其所说的“传奇”不是长篇剧本，而是短篇小说中的一类。他认为作为小说的“传奇”主要指的是《霍小玉传》《李娃传》为代表的唐传奇。若将郑振铎上述这番话与清末诸人所论传奇的言论相比，郑振铎有意强调传奇“非长篇剧本的别名”就颇有意味。正是因为传奇的含义变得芜杂多义，所以才需要格外强调，以免混淆。同样这段话也说明，在20世纪30年代之前，传奇作为小说的含义已得到确定。即使是胡怀琛在1944

① 郑振铎：《郑振铎全集》（第六卷），花山文艺出版社，1998，第228页。

年的《中国小说概论》中也不得不使用传奇来指代唐小说：

> 称唐人的小说叫“传奇”，在现代讲中国文学的人，大概都用这个名称；同时候，对明清人的戏曲，已不称为“传奇”。这样已不会混乱了。所以我在这本书里，也就采用这个名称，拿来称唐人的小说。[①]

胡怀琛与郑振铎的这两段话展示了二人作为传奇概念变化亲历者的感受，他们能够确认传奇曾是指代戏曲的专有名词，但又不得不承认变化的发生。

柄谷行人所说的“风景之发现”提供了一种认识论上的启思，在他的研究中，对“曾经是不存在的东西使之成为不证自明的，仿佛从前就有了的东西这样一种颠倒”[②]进行了反思，而不断向前追溯某种起源，正是在这样一种不证自明的先见指引下的做法，以至于会对真正的“起源”视而不见。在本文与传奇相关的研究中，与其说是试图厘清古代传统中传奇的含义，不如说是对作为小说文类的唐传奇命名建构过程的考察。经由鲁迅所确立的唐传奇正是现代小说观念下所发现的风景，对唐传奇“始有意为小说”的定位，以及其恰好处在五四时期对“短篇小说”提倡与思考的序列中，都是“用现代性的透视法对过去的文学实行重构”[③]的一种表现。从文体上来看，唐代确实存在传奇这样体式、风格的作品，但在文类命名与表述上，却不能够认定唐代甚至是整个古代时间段中有指代这一小说文类的传奇命名。在传奇问题上，所进行的“风景之发现”首先主要体现在建构中国古代的传奇产生及发展史，鲁迅的《中国小说史略》试图从唐传奇到宋传奇书写传奇史，而后又

---

① 陈洪：《民国中国小说史著集成》（第四卷），南开大学出版社，2014，第320页。

② ［日］柄谷行人：《日本现代文学的起源·英文版作者序》，赵京华译，生活·读书·新知三联书店，2003，第10页。

③ ［日］柄谷行人：《日本现代文学的起源·英文版作者序》，赵京华译，生活·读书·新知三联书店，2003，第11页。

编纂《唐宋传奇集》。其次是在命名上对其做起源的追溯，鲁迅引证胡应麟的文献，择取对作为小说文类的传奇命名有利的文献，却对胡应麟《少室山房笔丛》稳定的戏曲传奇含义忽略不计，后来研究者在这方面则沿着鲁迅的路走得更远。当研究中忽略了戏曲传奇而建构小说传奇时，研究中所显现出来的是力图证明“传奇”这一名词在历史中含义的普遍性与单一性，对文献存在的矛盾与裂痕进行忽略式的重组，有意将小说传奇的命名起源提前。

观念规范着人们对事物观看和理解的方式，就像我们在文学史写作时所意识到的那样。中国古代文学史、中国古代小说史的写作，是用当下的观念去理解古代文学，因此文学史、小说史中囊括的是现如今所认为文学的作品，属于古代广义的文学、小说的作品不被列入其中，对文学、小说的不同理解会使“史”的写作呈现不同风貌，最典型的便是胡适在白话文学的理念下，写作了《白话文学史》。宇文所安在《过去的终结：民国初年对文学史的重写》中谈到了“民国时期对‘传统中国’的盖棺论定”问题，他讨论了“五四”一代是如何重写文学史的，其中一个个案提到了“五四”一代对“元散曲”的发明及经典建构的过程。“元散曲”在白话文学观念下，被放入“从诗到词直接发展而来的传统之中”，在“选集、文学史以及随之而来的文学教科书”中被系统化。他指出，从历史上来看，尽管“元散曲”是真实存在的，清代“元曲”一词也司空见惯，但并不是“元朝唯一或最伟大的诗歌形式”。且单从散曲方面来看，明代散曲的丰富性在“元散曲”的经典下更是几乎被省略，同样在“散曲”成为经典之前的传统学者那里，对“散曲”的研究讨论也是寥寥而已。[①]

宇文所安这篇文章的观点在传奇问题研究中也得到了印证。以王国维、钱静方为例，从时间上来看，二者处在唐传奇名之产生与经典建构之前，按柄谷行人的说法是在“风景之发现”之前。他们不会用一种“颠倒”的方式去考证传奇，没有关于唐传奇的“前理解”，自然不会对唐传奇的命名进

①［美］宇文所安：《他山的石头记：宇文所安自选集》，田晓菲译，生活·读书·新知三联出版社，2019，第319—350页。

行考证，也不会去试图证明历史上存在着这样一类的小说传奇。因此对历史中传奇含义变化理解较为客观。王国维指出“概传奇之名，至明凡四变矣”“至明人则以戏曲之长者为传奇”，钱静方则扼要概括“今之传奇则曲本矣”。二人都未从文献方面回避裴铏的“传奇”，但均十分明确地将之固定在与《传奇》作品集相关的理解上，只是“小说家”的作品、“小说家言”而已。而当鲁迅采用传奇文的说法进而直接使用唐传奇之后，传奇原本明确的戏曲含义中加入了小说所指，引发了“同名异实”的情况。小说研究对比戏曲研究可以称得上是显学，小说的研究者在接着鲁迅讲的同时，也共同参与了对戏曲传奇的名之“抢夺”。更为遗憾的是，研究者忘记命名的起源问题，以“颠倒”的方式去追寻传奇在古代文献中的小说含义，由此产生了研究中的诸多问题，而对传奇为唐小说之名这一问题进行追溯则有助于厘清困惑。

本文系教育部人文社会科学重点研究基地重大项目“中国现代文学体裁相关理论与批评概念的生成研究”（项目批准号：22JJD750011）阶段性成果。

（作者单位：长沙学院马栏山新媒体学院）

论唐代寓湘诗歌中的生态书写以及影响

罗山

曾几何时，人们用“好山好水好寂寞”来形容初到国外的生存感受。优美的自然风光带给初来乍到者的感受是难以共鸣的寂寞之感，陌生的自然风光缺少熟悉的人文内涵，给人带来陌生感和空虚感。从这个角度出发，当我们讨论生态文学的时候，如果单纯以提倡环保、书写自然、体现生态意识等角度来看的话，就有可能忽略了人对自然审美中人文思想的背景。特别是从中国古代文学中，我们难以找到基于环保观念、生态学的表达，而更多的是对自然山水的描写。这些入诗入画的自然山水，不只是客观的存在物，更是与文人共处的生存环境。古人通过对人与自然关系的描写来表现人与社会、人与人、人与自我的关系，虽然我们现在看来不是很“生态”，却反映了更深层次、更具有中国特色的生态理念。如童庆炳先生就曾说：“我们想到陶渊明，想到孟浩然，想到王维，想到李白，想到苏轼，想到历代的山水诗和花鸟画作者，他们在创作时不可能有什么‘环保’意识，但他们笔下对大自然的热爱，对外物的真情，对生命的赞美，对天人合一的理想，无不带着‘绿意’。”[①] 在经历了看山是山、看山不是山这样的审美过程之后，自然山水不再是纯“自然”的观照物，它与古人思想、情感、境遇融为了一体。通过文学的审美，我们不仅看到古人的审美趣味，更能体会古人融入自然之中的生命体验。在这样的文化熏陶下，我们对熟悉的自然风光不是“寂寞”

① 童庆炳：《漫议绿色文学》，《森林与人类》1999年第3期。

的陌生化的体验，诗文中所蕴含的情感哲思让我们产生共鸣，人与自然不仅是在物理环境上的依存关系，更体现了心灵上的契合。

因此，我们讨论中国古代文学中生态观念的时候，可以换个角度来思考相关问题。不局限于狭义的“生态”的观念，而是探寻文学中所体现的自然与人的关系，由于古人很难体验到现在所面临的生态危机，他们更多的是融人生境遇于山水之中，将自然山水人格化、人文化，做到了审美趣味与自然的和谐统一。湖湘地区独特的自然环境、生态环境和人文环境，成就寓湘文人的诗歌创作，大量的湖光山色出现在其诗歌之中。探寻唐代寓湘诗歌中的生态书写，不仅是罗列他们怎样将自然山水入诗，更是进一步讨论寓湘诗人与陌生的自然人文环境的相互关系和相互影响，讨论他们与之的认识和适应，最终他们的生命体验融入湖湘风景之中，形成了影响至今的湖南生态文化。本文就唐代寓湘诗歌为对象，粗略地梳理诗人对湖湘地区自然山水的描写，来展现他们对自然山水的审美趣味和追求，并揭示这些诗文对湖湘生态文化的影响，以此来窥见中国古代文学生态书写的特点。

一、唐代寓湘诗歌的创作特点

湖南文学的开始是横空出世的屈原，他先后被流放至汉北和沅湘流域，最后怀石自沉于汨罗江。他的创作开创了新的中国诗歌传统，与《诗经》并列成为中国诗歌的两座高山。之后的湖南文学出现了较长时间的沉静，到唐代渐有起色。这样的“起色”并不是由本土诗人所带来的，而是来自寓湘文人所创作的诗文。所谓“寓湘”，主要是指唐代非湘籍诗人临时游历或居住在湖湘地界，他们或漫游而游历，或流放、贬谪暂居，或避祸归隐定居湖湘地区。宋代陆游有诗云：“挥毫当得江山助，不到潇湘岂有诗？”巫风楚雨和湘水湘情激发起他们的忧生之嗟，他们融合各自的境界和风格，创作出来诸多诗歌，或驰骋云游，或自哀形秽，或忧国忧民，或寄情山水，组成了颇为壮观的湖湘诗篇。湖南的山水自然特别优越，人文环境独特，为寓居于此的诗人提供了丰厚的体认空间，极大地影响了诗人的人生态度、哲思途径和生活方式，他们的活动和创作不仅受到湖湘生态环境的影响，更形成了新的人文生态系统。湖湘地区独特的自然条件和人文环境，让唐代寓湘诗歌呈现出以下特点：

（一）自然山水与个人生活的逐渐融合

湖湘远离繁华的京城和中原大地，山水众多，交通不便，钱基博认为它是四塞之国，将其论述为："重山叠岭，滩河峻激，而舟车不易为交通。"[①]最初来到这里的寓湘文人，面对陌生的生存环境，同样难以将之内化为审美对象。我们可以看到早期的寓湘诗歌中，诗人对面前的山水景物并没有特别的体认，尽管出现了相关的地名和山水名称，也多是标记而已。这样的情况在张说的诗歌创作中可见一斑，他于开元三年（715）四月，受政治风波牵连，被贬岳州。三年期间，他与亲友和同时流放、贬谪、路经于此的官员以及原本在湖湘任职的官员经常诗酒唱和，形成了湖南文学史上最早的具有一定规模的笔会，可以说促进了寓湘诗歌从咏歌洞庭湖开始转向描写四水流域的风土人情。[②]尽管开了先河，但是在他的诗歌中湖湘自然山水和人文风土融合得并不是很多。张说为北方人，贬谪所到的钦州、岳州和荆州皆是南方之地，经历坎坷到达贬所，有些诗歌表达了自己对南方生活的不适应，如"物土南州异，关河北信赊。日昏闻怪鸟，地热见修蛇"（《岳州作》），而描写在岳州生活的诗歌中，抒发情感的时候以传统意象为主，本地的景色意象尚未形成，如张说作五绝《岳州守岁》二首。其一云："夜风吹醉舞，庭户对酣歌。愁逐前年少，欢迎今岁多。"我们很难看出岳州山水风俗的影子。特别是他与其他诗人的唱和诗句，其中即使有景物描写也是以白描为主，人与自然山水还是处于一种相对相隔的状态。如《同赵侍御巴陵早春作》："江上春来早可观，巧将春物妒余寒。水苔共绕留乌石，花鸟争开斗鸭栏。佩胜芳辰日渐暖，燃灯美夜月初圆。意随北雁云飞去，直待南州蕙草残。"若不是题目的标记，我们也难以体会到这是描写巴陵早春的风光。即便是用上了"巴蛇"的典故，也旨在标示个人所贬的地域，如《巴丘春作》："……湖阴

① 钱基博：《近百年湖南学风》，岳麓书社，2009，第1页。

②《唐宋人寓湘诗文集·前言》，黄仁生、罗建伦校点，岳麓书社，2013，第4页。

窥魍魉，丘势辨巴蛇。岛户巢为馆，渔人艇作家。自怜心问景，三岁客长沙。”

总体说来，张说在岳州的诗作现存55首，并编有《岳阳集》，但是从他和同时期的唱和的诗人的诗作中，我们还是能发现湖湘山水意象比较少地出现在诗歌之中。短期的寓居让这一部分寓湘诗人还没有完全融入湖湘自然和人文环境之中，不仅如此，还存在一些不适应和排斥的心理。另一方面，这与唐代山水诗歌整体发展也有着关系。唐代诗人对自然的态度，也呈现一种由消极避世转向寻找内心寄托的过程。在这一过程中，诗人的生活与自然山水获得一种内在一致性，他们将自然山水诗意化，也人格化、风格化。

这一点比较突出的例子就是柳宗元的诗文创作。柳宗元于永贞元年(805)被贬为永州司马，在这里待了10年。他一方面，在永州励精图治，兴办学堂来推广教育，反对巫术来教化民众，开荒垦田来发展经济，做了很多有利于永州发展的好事；另一方面，又寄情于永州的山山水水，将自己的不得志消解在山水诗文之中。他极力挖掘永州山水的别样风致，使其具有了别具洞天的审美特征。深藏永州之野的山清水秀，点点滴滴地慰藉了诗人；诗人以心中的柔软和细腻待之，借眼前之山水，浇心中之块垒。当然，自然山水与个人生活的逐渐融合并不是具有一致的历时性，因诗人创作风格和才能，以及时代风气影响在个体上存在差异性。但是，整体趋势还是存在的。同样，因为更多优秀的诗人寓居湖湘地区，唐代寓湘诗歌创作呈现出名家名作辈出的第二个特点。

（二）唐代寓湘诗人名家辈出，名作频出

据统计，唐代寓湘诗人共计约232人，诗歌约1368首。唐代寓湘诗人的文学修养和诗歌创作水平较高，特别是一流大家张九龄、孟浩然、王昌龄、李白、杜甫、元结、刘长卿、孟郊、韩愈、刘禹锡、柳宗元、李商隐等都曾流寓湖南，留下了很多不朽之作。可以这样说，人们对湖湘山水诗歌有影响的作品，大部分是他们创作的，奠定了湖湘生态文化主体基调。这一点后面再具体论述。以诗仙和诗圣举例。

李白寓湘以漫游为主，比较长时间的一次是乾元二年（759）到上元元年

(760)，在岳阳至零陵往返。他寓湘的名作基本上与洞庭湖有关。烟波浩渺的洞庭湖与奇绝恣意的诗风得到了完美的统一。如《陪侍郎叔游洞庭醉后三首》。李白在岳州遇到了被贬官的族叔李晔，在碧波泛舟，开怀畅饮。面对浩浩汤汤的洞庭湖，李白诗兴大发，一辈子的不如意喷薄而出，那烟波浩渺中的君山岛似乎都成了阻碍洞庭湖水的眼中钉，非要挖去，以一吐心中的不快。

从洞庭湖相关的诗歌来看，唐代文人多被独特的大湖景色所折服，尽力捕捉湖水之上的千姿万态，名诗名句层出不穷。“楚云团翠八百里，澧兰吹香堕春水”（裴说《游洞庭湖》），“周极八百里，凝眸望则劳”（可朋《赋洞庭》），“楚望何苍然，曾澜七百里。孤城寄远目，一写无穷已。荡漾浮天盖，四环宣地理”（刘禹锡《韩十八侍御见示岳阳楼别窦司直诗，因令属和重以自述故足成六十二韵》），“洞庭九州间，厥大谁与让。南汇群崖水，北注何奔放。潴为七百里，吞纳各殊状”（韩愈《岳阳楼别窦司直》），这些关于洞庭湖的名作，可以说将洞庭湖自然属性提升到了新的高度。洞庭湖壮阔美景给诗人最直观的视觉冲击，人与景的特性在诗中是相融的，都具有了悲怆的美感，形成了洞庭意象。现在我们认识洞庭湖这一自然风光，都摆脱不了这些诗歌所塑造的诗意。

杜甫与湖南有着更深的联系，大历三年（768）冬，诗圣迟暮，避难入湘，流落于岳阳、长沙、衡阳等地，在湖南度过了人生最后的两年。他在湖南的诗歌又是一番风味。他也写过洞庭湖，写下著名的《登岳阳楼》，第一次把岳阳楼与忧国忧民、心怀天下联系起来，开岳阳楼诗之忧患境界。与李白的奇绝恣意不同，杜甫在湖南所作的诗中充满了以天下为己任的责任感和强烈的忧患意识，贯穿着忧国忧民的士人精神。他带着悲悯众生、哀时伤生的深情在诗中展现了湖湘地区的衰败的一面。如《岁晏行》：“岁云暮矣多北风，潇湘洞庭白雪中。渔父天寒网罟冻，莫徭射雁鸣桑弓。去年米贵阙军食，今年米贱大伤农。……”《宿花石戍》：“午辞空灵岑，夕得花石戍。岸疏开辟水，木杂今古树。地蒸南风盛，春热西日暮。……”在寓居湖南的晚年岁月里，杜甫创作了大量关怀和同情民生疾苦的诗作，湖湘自然山水民俗风情又是另一番景象。这些在湖南所创作的诗歌对湖湘文化影响很深，都沉淀到湖湘文化的“爱国忧民”“经世致用”优良传统之中。

简而论之，这些名家名作，立意不同，却各有千秋，使得湖湘山水人文意蕴得到极大的充实，形成了独特的湖湘山水生态文化。

（三）与湖湘本土文化传统的融合和发扬

寓湘诗人生活在湖湘地区，不免也受到湖湘山水和民俗的影响，在他们的诗歌中，湖湘本土自然意境和文化传统得到了有机融合，并被发扬光大。

首先是自然意象的树立和展现。自然意象的创造本身就是人与自然山水融合的过程，前提是山水有着自己的个性，如有学者总结：“潇湘的山水有着自己的个性，它不同于北方黄土高原的朴实，不同于吴越梦里水乡的纤婉，它所有的是一种流动变幻的，神秘瑰伟的，并且有着强悍的生命力的美。它是秀美与壮美、虚与实、动与静、柔与刚的结合。”[①] 唐代寓湘诗人对湖湘山水的个性有着敏锐的察觉，四季分明的湖湘地区，同一景色展现出迥然不同的风味，让诗人在四季之变中感受到独特的自然之美。湘江的春意盎然，在杜甫的诗中是“夜醉长沙酒，晓行湘水春。岸花飞送客，樯燕语留人”（《发潭州》），在黄文诗中是“潇湘江头三月春，柳条弄日摇黄金”（《湘江》）。湘江的秋天又是另一番景象，戎昱写道：“九月湘江水漫流，沙边惟览月华秋。金风浦上吹黄叶，一夜纷纷满客舟。”（《宿湘江》）杜荀鹤写道：“三湘月色三湘水，浸骨寒光似练铺。”（《湘江秋夕》）萧索的江景，透出秋天的肃杀之意。而更有寒意的冬天，在诗人笔下又出现了完全不同的意境，刘长卿写道：“日华浮野雪，春色染湘波。”（《长沙早春雪后临湘水，呈同游诸子》）杜荀鹤写道：“残腊泛舟何处好，最多吟兴是潇湘。就船买得鱼偏美，踏雪沽来酒倍香。”（《冬末同友人泛潇湘》）悲与乐均孕育在湘江之中，湖湘地区的山山水水都如同湘江一样，被反复书写，呈现出不同的意境，形成了湖湘自然山水独特的意象群。

其次是人文意象的锤炼和升华。湖湘文化的人文意象主要来源于本土的

① 刘汾，胡朝雯：《挥毫当得江山助，不到潇湘岂有诗——试论潇湘山水对唐宋文学创作的影响》，《中国文学研究》1999 年第 2 期。

神话传说，特别是从《楚辞》中衍生而来的二妃、斑竹、舜、渔父，还有其他文学作品中的武陵、桃源等意象。这些在寓湘诗歌中经常出现，特别是贬谪诗人的诗作中，这些意象所蕴含的悲剧色彩与个人境遇相契合，被诗人反复引用，借以抒发个人悲愤。刘长卿就善于利用“渔父”的典故。如“钓鱼非一岁，终日只如此”（《赠湘南渔父》）；“君问渔人意，沧浪自有歌”（《长沙早春雪后临湘水，呈同游诸子》）；“垂钓看世人，那知此生足”（《江中晚钓寄荆南一二相识》）。他用“渔父”来表达自己悲伤、出世、落寞等情绪。刘禹锡则花费很大笔墨描写了湖湘地区的民俗风情，如《竞渡曲》《采菱行》《阳山庙观赛神》《龙阳县歌》，湖湘新鲜奇特的自然风光和生活气息似乎又在抚慰诗人受伤的心灵。正如《旧唐书》所言：“禹锡在朗州十年，唯以文章吟咏，陶冶情性。”①

这样的诗歌在寓湘诗人创作中是常见的，本地独特的自然文化交流融合为寓居诗歌注入了新质，提升了旧有意象的品格。在他们诗句中常常流露出楚地山水和湖湘文化的因子，显示出湖湘水土特有的诗性与灵性。寓湘诗人近距离地接触湖湘山水风物，加深了他们的认同感和归属感，让他们将自然山水视为精神寄托的归宿，从中获得自我的慰藉，也丰富和提升了自然山水意象。

二、唐代寓湘诗歌对湖南生态文化的影响

从湖南地理环境来看，自然山水构成的光彩世界，寒热交织和阴湿晦暗的气候条件，加之与中原文化若即若离的文化背景，自然山水间弥漫着一种野性、蛮力、坚硬和刻苦朴拙，有一种巫性的蒙昧和想象力，还有一种灵动、飘逸、浪漫的氛围。这些湖南生态文化固有的特质，在唐代之前还基本处于一种自存状态。寓湘诗人不仅吸收这些原生的生态文化因子，并发扬提升，还注入新的因素，形成了新的文化传统，客观上形成了湖湘生态文化的新传统、新面貌、新格局。

① ［后晋］刘昫：《旧唐书》，中华书局，1975，第 4210 页。

（一）改变了湖湘“卑湿”的生态标签

《史记·货殖列传》言“江南卑湿，丈夫早夭”，此处指“江南”的地望。“江南”具体是哪里，相关的概念在古代是不固定的，泛而言之是指长江中下游以南的地区。《史记·秦本纪》载：“蜀守若伐楚，取巫郡，及江南为黔中郡。”当时的“黔中郡”指今湖南省和湖北省南部、江西部分地区。《史记·屈贾列传》将“江南”的范围坐实了，记载了贾谊“长沙卑湿，自以为寿不得长，伤悼之”。湖湘生态环境给人的印象就贴上了“卑湿”的不良标签，人们对湖湘地区产生了生存不易的畏惧心理。《梁书·王亮传》载：“（王亮）出为衡阳太守。以南土卑湿，辞不之官，迁给事黄门侍郎。”《汉书》记载：“南方暑湿，近夏瘅热，暴漏水居，蝮蛇蠚生，疾疠多作，兵未血刃而病死者什二三。”这些文字更是将南方地区写得阴森恐怖。

这种心理在唐代寓湘诗歌中也可以见到，如褚遂良“潭府下湿，不可多时”（《潭府帖》）；张籍“长沙卑湿地，九月未成衣”（《岳州晚景》）；贾至“长沙旧卑湿，今古不应殊”（《送王员外赴长沙》）；韩愈“下床畏蛇食畏药，海气湿蛰熏腥臊”（《八月十五夜赠张功曹》）；等等。这些诗句展现的一方面是诗歌固有的用典传统，另一方面也有真实的描写，并且有些描写中的恐怖情绪不亚于前人。但是，“卑湿”标签逐渐淹没在寓湘诗歌对湖湘山水之美的赞赏之中。这还是得益于湖湘突出的山水自然景观，诗人流连在湖湘山川水系，对洞庭湖、三湘四水、南岳、君山、九嶷山、岳麓山的美景，尽力捕捉展现，寄性情于山水之间。湖湘地区唐代以前卑湿之地的主要观感被消解了，贴上了新的标签，让湖湘山水生态面目在世人面前得到根本性转变。

（二）奠定了湖湘生态文化新面貌

前文提及，大量的名家名作奠定了湖湘生态文化主体基调，一直影响今天人们对湖南的印象。寓湘文人对山水的游历吟咏，赋予了山水人文意境。寓湘文人往往在羁旅行役之际，举目山水和民情，被奇瑰怪丽的景象所震惊，逐渐忘情于其中，得到抚慰与解脱，实则是饱尝人生苦味之后精神超越，对人生和社会重新审视后大彻大悟，其作品超越了物我的界限，具有情景通融的独特魅力。山水景物与诗人情感在诗句中达到了共鸣、统一和同构，延展到诗歌之外，引发诗情的自然山水，也与诗人、诗句达到了共鸣、统一和同构。

诗人对湖湘自然风物的自觉关注，使他们直接或者间接用自然物象来象征和传达自己的个人情感，构造了富有地域特色的意象，并通过这些意象构成了湖湘独特的生态文化。以岳麓山为例，其为南岳七十二峰的最后一峰，只有 300 米的高度，本是很普通的小山包。而在众多诗人笔下，它成为湖南最著名的景点之一。这得益于唐代诗人对它的溢美之词。李邕在《麓山寺碑》描述："幽谷左豁，崇山右峙，瞰郭万家，带江千里，玉水布飞，石林云起。"将岳麓山峡谷幽深、临岸隔城、溪水飞流、山石矗立等特点形象地展现出来。更有甚者，杜荀鹤感叹道"一簇楚江山，江山胜此难"（《题岳麓寺》），将之视为楚地之最。诗人为什么将此山推崇得如此之高呢？

长沙作为湖湘地区的咽喉，唐代诗人由于贬谪、漫游或为官等进入湖南之后，多会在此停留或者居住。"崖崚危溅瀑，林罅静通仙。谁肯功成后，相携扫石眠。"（刘昭禹《晚霁望岳麓》）对于苦羁哀时的诗人来说，在此交友，踏石观林，身心得到滋养和放松。虽然就单纯的自然景观而言，岳麓山并不是一流的，但是从人与自然情景契合来看，岳麓山无疑占有先机。在湖湘地区，这样的自然景观还有很多，它们被人们赋予了更多的情感投射，获得人与自然内在的高度一致。虽然，"诗人不幸诗家兴"，很多情感是出于人生的无奈与苦楚，但留给世人的是一篇篇湖湘美景与审美趣味相融的美诗妙文。

（三）创造了新的生态景观

寓湘诗人不仅展现了湖湘的山姿水态，他们的文人故事也给山水增添了传奇色彩，更是创造了新的生态景观。其中有名的例子是永州摩崖石刻。元结先后在道州两任刺史，将在此作的诗文多刻在石壁上，如《七泉铭》《寒泉铭》，等等。在元结的开创下，永州的摩崖石刻在各处形成。"由各类石刻宏观而论，摩崖最突出之处在于文学、诗学，可谓'石刻上的文学史'。但文学的内在核心，又为哲学、理学。题名与诗、赋、赞、颂所依托的，无非是石灰岩的冰冷死体，而在它的表象背后，却是文人群体的有生命的创造，体现着‘从水石到人文’的创兴转化。”①需要指出的是，摩崖石刻在创造之初就成为生态景观，是人文活动与自然结合的产物。元结对朝阳岩、浯溪等山水的发现，就吸引了人们来探寻其魅力，宋人黄庭坚、范成大、洪迈、岳珂、米芾、李清照作诗文纪念或议论，更有后世文人在岩石上不断增添石刻，形成了蔚为壮观的摩崖石刻群，成了永州著名的山水景点。

再如，柳宗元的《永州八记》使得永州山水的名声流传开来，吸引了后世无数的文人政客，进一步使后世诗人效仿游历，驻足创作，其山水名声也就逐渐流播开来了，山水的发现使得后世文人接踵而至。可以说永州山水寄托了诗人无限的哀愁，而反之，永州山水因柳宗元增添了别样的人文色彩，从僻远野村一跃成为世人皆知的名胜故地。

湖南诸多景点都经历过这样被“开发”的过程，文人思想品格和艺术趣味内化其中。在这过程中，唐代寓湘诗人功不可没。值得注意的是，这样的“开发”并没有对自然景物造成破坏，因为文人的足迹和歌咏绽放出独特的魅力，山水与人的关系在这里得到统一、和谐、共生和共荣。

最后，湖南古代文学发展因为湖湘学派的兴起，走向了“学者化”道路，带有崇尚学术功力、注重思想深度的倾向。清代以降进入“经世文学”时期②，要求诗文包含纯粹的情感，为天地立心的使命，直指现实和文人的职责担当，湖南文学所展现给世人的又是另外一番精彩。从生态文学的观念看，唐代寓湘文学无疑是湖南山水诗歌的高峰。当下，我们聚焦生态文学创作，推动树立社会主义生态文明观，可以从唐代寓湘文学中汲取有益的资源和养分。

本文系湖南省社会科学院智库研究团队委托课题“寓湘文学研究”（19CYWT01）阶段性研究成果

（作者单位：湖南省社会科学院文学研究所）

① 张京华：《湖南的摩崖石刻》，《中华读书报》，2015 年 9 月 9 日。

② 陈书良：《湖南文学史》，湖南教育出版社，第 6 页。

鼠之悲鸣

——“张汤审鼠”的历史文化解读

王勉

一、张汤审鼠

著名的酷吏张汤年少时曾做过一件匪夷所思的事。由于老鼠偷走了肉，守家不力的张汤遭到父亲的严厉责打。为了证明自己的工作能力，张汤挖通了鼠穴，捕获了涉嫌盗肉的老鼠，收缴了还没被吃完的肉。接下来，张汤将家中的庭院作为临时法庭，将老鼠五花大绑，以一种相当老练的方式审理了这桩盗肉案件——这显然包括当时习见的各种肉体刑罚——在撰写了非常成熟的案件审理报告，展示了罪证之后，张汤宣布审判结束，老鼠被当堂处决。据说张汤的父亲目睹了整个司法流程和法庭文书后大为震惊，在这个见多识广的文法吏看来，他的儿子既然具有如此卓越的法律知识与才干，那么没什么道理不把写作法律文书类的工作交给他处理，这也成了这位著名酷吏职业生涯的开端。这个故事在《史记》《汉书》中都有记载，在今天看来这似乎在传达一种折磨动物的变态嗜好，富有同情心的读者很自然会担忧故事主角的心理健康程度，但是考虑到约 2000 年前人们的认知水平，心理问题应该不是这个故事被记录下来的原因。那么当时的人们是怎样理解这个故事的呢?

“张汤审鼠”故事的关键在于“鼠”的沉默。鼠没有生产、交换食物的能力，盗窃是天经地义的生存之道，而它无法为此提出任何辩护。受刑时发出恐惧、痛苦的悲鸣，既无法被人类理解，也无法受到人类的重视，在审判的全过程它都无法真正地发声。张汤傲慢地写下老鼠的罪状，并以正义为名处死了它，仅仅因为盗窃食物就被安上罪名，处以极刑，对鼠的审判显然难有正义可言。

这个故事的另一个关键在于，它和张汤后来作为廷尉审理一系列重大案件的方式产生了深刻的语义联系。《史记·酷吏列传》:“(张汤)及治淮南、衡山、江都反狱，皆穷根本。”“(张汤)以深文痛诋诸侯，别疏骨肉，使蕃臣不自安。”在这些案件中，张汤延续了审鼠的一贯作风：屈打成招，玩弄文法，残酷杀戮。特别是《酷吏列传》中反复提及的淮南、衡山谋反案件，所有与谋反有关的人都被处死，这些人包括诸侯王、嫔妃、士大夫、术士、弄臣、仆从等。血流成河的结果甚至影响了《史记》的体例：淮南王和衡山王的事迹被放入列传，彻底丧失了进入世家的资格。考虑到汉武帝时期淮南王话题的敏感程度，以及提出不同于主流声音所承担的风险，这个离奇的“张汤审鼠”故事似乎隐约呈现了历史的另一种面向：如果一只因为偷肉而被处死的老鼠事实上并没有多么邪恶的话，那么被同样的文法吏判定为谋反的诸侯王，他们的罪行更多的是一种文本效果。为了说明这一点，接下来我们将考察张汤审理过的最著名案件，即淮南王刘安的谋反。

二、淮南王冤狱

淮南王刘安的父亲刘长与文帝刘恒同为刘邦的儿子，但他的性格与父亲更加相似。刘长很好地保留了秦汉之际的任侠风气，其典型特征是崇尚武力、重视游士、鄙夷禄位、推崇道义和复仇。据说刘长本人孔武有力，在入京后当众击杀辟阳侯审食其为母复仇；他喜欢结交游士甚至罪犯，在为母报仇时他的身边有死士跟随；他对于淮南王的名位并不看重，以至于打算放弃王位，但这反而为刘长赢得了更大的名誉，以至于引起文帝舅薄昭的警觉；他对于父亲无感，对于含冤自杀的母亲却很有感情，甚至打算搬至母亲的葬地居住。上述种种都体现出淮南王刘长的游侠气质，这种气质与文帝理想中的“佐天子抚循百姓”的诸侯王形象相去甚远。

刘长的性格给他惹来了杀身之祸。在猜忌盛行的时代，诸侯王的任何品德瑕疵都会放大为对其罢黜、剥夺、迫害的借口。汉帝国文法吏在天子的授意下，严厉指责刘长违反臣子伦理，罪名包括收集流民、僭越礼制、自行决定淮南相人选，甚至还包括谢绝皇帝的赏赐——这一行为旨在削弱皇帝的影响力。事实上，在丞相张苍、典客冯敬等人的指控文字中，并没有足够的证据表明刘长有任何谋反的实质行为，“欲以有为”充其量只具有谋反的嫌疑，正如徐复观所指出的，文法吏的这些指责是“莫须有”的。[1]最终骄傲的淮南王在流放途中绝食而死，据说这令文帝感到震惊与后悔。在这个疑点重重的案件中，我们惊讶地发现完全没有刘长为自己辩护的任何记载，文法吏“尽诛所与谋者”，邪恶的罪犯在案件审理的全过程中悄无声息，引颈就戮，这似乎在暗示刘长认罪的态度，以及文法吏无可争议的正义。

刘长的儿子刘安承袭了淮南王的王位，他也是由于谋反的罪名受到指控，并在接受审理之前自杀身亡。在《史记·淮南王列传》的记载中，刘安曾前后两次谋反。第一次是刘安打算刺杀前往淮南国查案的中尉段宏以及汉使者，但在得知武帝拒绝了文法吏杀人免爵的建议后，他随即放弃了刺杀计划；第二次是刘安之孙刘建出于对权力的渴望，主动向汉朝廷告发，时任廷尉的张汤和河南太守奉诏开展调查，最终导致刘安自杀，据说所有涉嫌谋反的淮南国人都遭到了处决。

上述记载相当可疑。刘安与刘长的性格和爱好迥异，如果说崇拜游侠的刘长对统治不稳的文帝曾形成某种事实上的威胁，这或许能够解释文帝对淮南王的忌惮，那么刘安喜好神仙方术，精擅辞赋，对于世俗权力和军事武力全无兴趣，无论从哪方面看都不像一个乱臣贼子。《史记》《汉书》的记录仅仅表明存在来自淮南国的举报者，但并没有足以定案的证据。事实上，刘安造反不仅缺乏足够坚实的证据，甚至很难找到合理的动机。朱东润曾深刻地指出刘安谋反的导火索是刘建与伍被的诬陷，公孙弘的凶狠与审卿的报复

① 徐复观：《两汉思想史》第一卷，华东师范大学出版社，2001，第106页。

心，其根源则是武帝对诸侯王养士的忌惮。[①] 这多少反映出刘安冤狱的真相。

在传世文献中，证实刘安野心的主要证据是伍被与刘安的三段对话。这三段对话收录在《汉书 · 伍被传》中，分别发生于谋反的不同阶段，对话双方是刘安与时任淮南中郎的伍被。在对话中，刘安清楚地表明对武帝的不满和野心，向伍被咨询谋反计划的条件和细则；伍被则反复劝说刘安放弃造反意图，并一再称赞武帝才干卓著，汉帝国国力强盛，谋反必将以失败告终。在对话的结尾，刘安没有被说服，伍被不得已提供了一套协助谋反的方案。这段文本成功塑造了一个贪婪邪恶的诸侯王，一个左右为难但始终坚持汉中央立场的诸侯国官吏，但我们有理由怀疑其可信度：（1）这些对话涉及相当机密的内容，却以如此生动具体的方式被全面记录下来；（2）伍被的行为完全符合武帝时政治正确的要求，其捍卫汉中央朝廷的意志强烈到不可思议的地步，但没有证据表明他曾经效力于汉；（3）刘安对于成功率低下的谋反怀有执念，文本却没有解释这种执念的原因何在；（4）刘安自始至终没有对谋反方案进行过任何实质性的部署。上述疑点都使这段对话很不寻常。最后，根据《汉书 · 伍被传》，由于伍被在与刘安的对话中多次称颂汉帝国的荣光，武帝曾打算宽宥伍被参与谋反的罪责，但这一提议遭到张汤的激烈反对。这个细节表明汉武帝和张汤都了解这三段对话的内容，他们都阅读过这段伍被与刘安巨细靡遗的秘密谈话。

综上，我们基本可以推断，《汉书 · 伍被传》中的三段对话绝非一般意义上的全知视角叙事，而是伍被的认罪之词，就像审鼠时写作的法庭文书一样，伍被的自我辩护是张汤精心撰写的审理报告的一部分，旨在坐实刘安的谋反。

刘安真正的罪名是质疑现行政治制度的合法性，也就是与文法吏为敌。武帝大肆任用文法吏，宣扬中央集权，并且极尽所能地培养人们的服从性，在刘安看来，这些措施不仅不利于帝国治理，而且体现出可厌的愚昧、浅薄

① 朱东润：《朱东润文存》，上海古籍出版社，2014，第 647—649 页。

与残暴。这些观念主要体现于《淮南子》，今天的读者或许大多将这部书的主要思想理解为黄老道家或神仙家，其核心是一种超越性的世界观，然而考虑到《淮南子》的读者可能不只是武帝，还有其他诸侯王与天子的群臣时，我们注意到上述这些思想将引起人们对现实政治的嘲弄，对武帝才干的质疑和对文法吏群体的反感，这些都会带来汉中央朝廷影响力削弱的现实后果。

在《淮南子》中，刘安认为圣人（皇帝）应是修养深厚的道德楷模，相比于处理具体的行政事务，他更该把精力放在提升自己的道德品质方面，身教重于言教，无为胜于有为。比如：

> 《淮南子·原道训》：是故不道之道，莽乎大哉！夫能理三苗，朝羽民，徒裸国，纳肃慎，未发号施令而移风易俗者，其唯心行者乎？法度刑罚，何足以致之也！是故圣人内修其本，而不外饰其末，保其精神，偃其智故。漠然无为，而无不为也；澹然无治也，而无不治也。
>
> 《淮南子·原道训》：故天下神器，不可为也。为者败之，执者失之。夫许由小天下而不以己易尧者，志遗于天下也。所以然者，何也？因天下而为天下也。天下之要，不在于彼而在于我，不在于人而在于我身，身得则万物备矣！
>
> 《淮南子·原道训》：夫有天下者，岂必摄权持势，操杀生之柄，而以行其号令邪？吾所谓有天下者，非谓此也，自得而已。自得，则天下亦得我矣。吾与天下相得，则常相有，己又焉有不得容其间者乎？所谓自得者，全其身者也。全其身，则与道为一矣。

上述观点的现实背景是，武帝在即位之初面临如何建立执政合法性的重要课题，他的对策是大力任用文法吏，打压任何可能威胁自己统治的大臣与诸侯王，这一政策最终形成酷吏当政的局面，皇帝过度的猜忌导致天下的不安，严苛的法令引起人们的反感与恐惧。与武帝实行的政策相反，刘安提出了统治者的“无为”标准：统治者并非世俗权力的拥有者，而是最能够理解天下和理解自身的人。刘安声称，相比于尧，许由更有治理天下的能力与资格，因为他懂得天下并不真正需要某个统治者来治理。这里尽管没有直接批评武帝，但蕴含对天子权力的轻蔑，对于根基未稳的少年天子而言，这种观点显然是不受欢迎的。

在对待文法吏的态度时，刘安直言不讳地提出“夫峭法刻诛者，非霸王之业也；棰策繁用者，非致远之术也”。他认为文法吏之所以残暴刻深，其根源在于皇帝低劣的道德修养，在《淮南子·主术训》中，这一观点清晰地表述为：“故人主诚正，则直士任事，而奸人伏匿矣；人主不正，则邪人得志，忠者隐蔽矣。”此外，刘安还描述了他眼中的乱国：

> 《淮南子·主术训》：乱国则不然。有众咸誉者无功而赏，守职者无罪而诛。主上暗而不明，群臣党而不忠，说谈者游于辩，修行者竞于任。主上出令，则非之以与；法令所禁，则犯之以邪。为智者务于巧诈，为勇者务于斗争，大臣专权，下吏持势，朋党周比，以弄其上。国虽若存，古之人曰亡矣。[①]

上述引文中，“无罪而诛”“党而不忠”“务于巧诈”“下吏持势”都指文法吏而言，这可说是令刘安深恶痛绝的一类人。刘安还记述了夏桀时代的政治状况：

> 《淮南子·览冥训》：逮至夏桀之时，主暗晦而不明，道澜漫而不修，弃捐五帝之恩刑，推蹶三王之法籍。是以至德灭而不扬，帝道掩而不兴，举事戾苍天，发号逆四时，春秋缩其和，天地除其德，仁君处位而不安，大夫隐道而不言，群臣准上意而坏常，

① 此处原文“修行者竞于任”据孙诒让说校正。参刘文典：《淮南鸿烈集解》，中华书局，1989，第 288 页。

疏骨肉而自容，邪人参耦比周而阴谋，居君臣父子之间，而竞载骄主而像其意，乱人以成其事。是故君臣乖而不亲，骨肉疏而不附，植社槁而墲裂，容台振而掩覆。[①]

奉行仁义之道的君主感到不安，大臣揣摩上意而玩弄文法，天子与儿子的关系出现裂痕，兄弟之间宛如骨肉的亲情遭到离间，这些与其说是发生在夏代末年，倒不如说是借古讽今，表达了刘安对于武帝时恶劣政治生态的担忧。

刘安通过《淮南子》明确表达了对文法吏的敌意，这表明刘安决不认同诸侯王应该无条件忍受文法吏的勒索。在某种意义上，这表明对汉中央朝廷的反对立场，尽管这种反对未必意味着采取现实的谋反行动。然而文法吏对刘安的敌意却真实而具体，根据《史记》《汉书》的记载，以张汤、公孙弘为首的文法吏借题发挥，罗织了刘安谋反的罪名，有多达 43 位官员和列侯参与讨论淮南王案件，其中包括两位诸侯王。一位是胶西王刘端，他是武帝的兄弟，据说深受武帝宠爱，他的意见相当于武帝的态度；另一位是赵王刘彭祖，严格讲他本人就是一个文法吏。审判官们的意见出奇一致：应该处死刘安。从已知的案件审理人员构成、刘安与文法吏的矛盾，以及前文所谈的伍被相当可疑的供词来看，刘安被指控为“谋反明白”“谋反形已定”，这应该来自武帝的授意和以文法吏为主的多方构陷。

三、鼠之悲鸣

武帝前后存在很多诸侯王由于道德败坏而畏罪自杀的记载，大约与此同时也出现了诸侯王自称“老鼠”的现象。在“老鼠”命名的背后，存在着命名者对性欲污名化的倾向，也体现出对宗室性丑闻的格外热衷。“像老鼠一样无耻的贵族”的观念一旦确立，就为文法吏对诸侯王开展道德调查提供了

① 此处原文“群臣准上意而怀当”据俞樾说校正，“植社槁而墲裂”据王念孙说校正。参刘文典：《淮南鸿烈集解》，中华书局，1989，第 210—211 页。

借口，而深文周纳导致大量“老鼠”畏罪自杀。显然，这一套行为逻辑非常符合上文中文法吏调查淮南王刘安的手段。

在传统农业社会中，老鼠是一种常见而令人厌恶的动物，这与今天人们的一般理解相似。东汉时期的《说文解字》专设“鼠”部，收罗 20 个意指鼠的字，另一部字书《尔雅》中“鼠”属有 13 个字。这些字表示各种类型的鼠，如在地下行走的鼠、会飞的鼠、毛皮如豹纹的鼠、长得像鸡的鼠……很多字今天已很难理解其意义，这表明老鼠曾极为常见。但在汉代的政治文化语境中，“老鼠”往往指道德水准低下的贵族，特别是同姓诸侯王，这些对于今天的人而言，则是一个比较陌生的义项。

在《晏子春秋》中，齐相晏婴曾反复申说“社鼠”的危害[①]，“社鼠”指居住在宗庙祭坛中的老鼠，人类的祭品是它们的食品，人类的祭日是它们的节日，由于投鼠忌器，与社鼠和解远比消灭社鼠更为可取。显然，“社鼠”指齐国国君的同姓贵族，晏婴与他们保持着若即若离的距离，不愿接近也不敢开罪，“人鼠有别”大约是晏婴所能坚持的最大尺度的讽刺了。

相比于晏婴的克制，李斯表现得肆无忌惮，他不是秦的血缘贵族，却成为秦帝国最有权势的人。在李斯寂寂无名时，他观察到厕所中的老鼠与粮库中的老鼠具有完全不同的生理和心理状态，前者面黄肌瘦，极为胆怯；后者膘肥体壮，横行无忌。这一现象给予李斯极大的震撼，使他坚定了毕生做一只“仓中鼠”的决心。这个故事不妨理解为汉代人对李斯的一种合理想象：“鼠”指那种道德不端，但地位尊崇的贵族或大臣。李斯之所以担任两代大秦相国，正在于他总是依附最强大的政治力量，以忠诚获得利禄的回报。

贾谊在《新书·阶级》中曾谈到“投鼠忌器”，这个成语表示应该宽厚地对待皇帝的近臣乃至一切士大夫，“刑不上大夫”被视为具有仁德的表现：

> 鄙谚曰：“欲投鼠而忌器”，此善喻也。鼠近于器，尚惮而弗

① 张纯一：《晏子春秋校注》，梁运华点校，中华书局，2014，第 143 页。

> 投，恐伤器也，况乎贵大臣之近于主上乎？廉丑礼节，以治君子，故有赐死而无戮辱，是以系、缚、榜、笞、髡、刖、黥、劓之罪，不及士大夫，以其离主上不远也。……君之宠臣，虽或有过，刑戮不加其身，尊君之势也，此则所以为主上豫，远不敬也，所以体貌群臣而厉其节也。

这段文字用宝器旁边的老鼠比喻皇帝的近臣拥有相当深刻的意义。一方面，老鼠热衷于一切可以啃咬的东西，对于物质的渴望甚至超过了自己的生命，这仿佛痴迷于利禄，耽于享受的高官；老鼠是善于繁殖的动物，这与贵族开枝散叶，子孙受到封荫的家族状况相似；最重要的是，老鼠本能地依附于强大的力量，而现实政治中任何贵族高官都必须牢牢依附于皇权。另一方面，尽管这段话旨在为深受皇帝宠信的近臣辩护，“老鼠”也很难说是一个多么体面的比喻，这表明贾谊对汉初贵族的有限度的不满。

显著的变化出现在汉武帝时期，《史记》《汉书》都明文记载了诸侯王自称老鼠的状况。这个时期的诸侯王逐渐受到汉皇帝的严密监视和强烈猜忌，不仅诸侯国内的所有官吏都由中央朝廷指派，而且诸侯王必须很好地应对任何对于自己的指控，这些指控大部分是道德方面的。公元前 138 年，中山王刘胜奉诏入京，在武帝安排的宴席上，刘胜当众痛哭流涕，他对此解释道：

> 夫众煦漂山，聚蚊成雷，朋党执虎，十夫桡椎。是以文王拘于牖里，孔子厄于陈、蔡。此乃烝庶之成风，增积之生害也。臣身远与寡，莫为之先，众口铄金，积毁销骨，丛轻折轴，羽翮飞肉，纷惊逢罗，潸然出涕。
>
> 臣闻白日晒光，幽隐皆照；明月曜夜，蚊虻宵见。然云蒸列布，杳冥昼昏；尘埃抪覆，昧不泰山。何则？物有蔽之也。今臣雍阏不得闻，谗言之徒蜂生，道辽路远，曾莫为臣闻，臣窃自悲也。
>
> 臣闻社鼷不灌，屋鼠不熏。何则？所托者然也。臣虽薄也，

> 得蒙肺附；位虽卑也，得为东藩，属又称兄。今群臣非有葭莩之亲，鸿毛之重，群居党议，朋友相为，使夫宗室摈却，骨肉冰释。斯伯奇所以流离，比干所以横分也。《诗》云：“我心忧伤，惄焉如捣；假寐永叹，唯忧用老；心之忧矣，疢如疾首”，臣之谓也。

刘胜自称“社鼷”“屋鼠”，将自己描述为依托汉皇帝才得以生存的老鼠，以此乞求武帝的怜悯，可以想见其时对诸侯王的告发与审理已经到了极为严重的地步。刘胜哭诉道，这些没有血缘亲属关系的“群臣”挑拨告发，冷酷无情，显然刘胜所谓的“群臣”指张汤这样的文法吏，以及中央朝廷任命的诸侯国傅相。他们是造成宗室嫌隙、骨肉相残的元凶，而这些层出不穷的指控即便不是出自汉中央朝廷的授意，至少也得到了中央政府相当程度的默许或纵容。刘胜是以耽于享受而著称的诸侯王，他曾与赵王刘彭祖争论什么是诸侯王最重要的本分，刘彭祖认为诸侯王的本分是全力辅佐汉皇帝治理百姓，刘胜却回答“王者当日听音乐声色”，这样的回答是在充满阴谋与猜忌的险恶环境下的自保策略，相比于睿智明达，昏庸无能才可以真正令统治者不再忌惮，而在帝王不再忌惮自己之后，文法吏也就失去了继续构陷的动机和必要的支持。无独有偶，锐意进取、声望隆盛的河间献王刘德曾经得到武帝的暗示，昏庸无能和穷奢极欲是更加安全的生存之道，在领悟了武帝的意图后，刘德选择了与刘胜相同的自保策略[①]。但问题在于，昏庸无能虽然不至于形成对皇帝的威胁，却会产生相当负面的风评，并且昏庸无能一旦涉及道德表现，依然有可能被文法吏加以利用，从而给诸侯王带来灾难。

在武帝时期，文法吏指控诸侯王的常见罪名是性丑闻。《史记·齐悼惠王世家》《景十三王世家》《荆燕世家》中有大量此类案件，有时细节耸人听闻，特别是《景十三王世家》所描述的诸侯王罪行，简直够得上反人类罪：江都王刘建与姐妹通奸，赵王太子刘丹与姐妹通奸，齐王刘次昌与其姐通奸，

① 裴骃集解引《汉名臣奏·杜邺奏》，见〔西汉〕司马迁：《史记》，中华书局，1982，第 2094 页。

燕王刘定国与其子女三人通奸……然而我们同时注意到这些放荡恣睢、荒淫无道的诸侯王，也恰恰是现实政治中的失败者；他们大多是在汉中央朝廷指派的官员定罪之前自杀，在死后他们的封地被汉收回，整个诸侯国宣告覆亡。种种令人发指的罪行都来自文法吏的判定。事实上，这些罪行的现实破坏性远不至于达到诛族和灭国的地步，这表明文法吏是决定诸侯王生死的主导力量，他们经常夸大案件对于现实生活伦理的破坏程度，并对诸侯王痛下杀手。以下再举两个例子来说明文法吏对诸侯王的指控达到怎样的程度。

在刘安死后，衡山王刘赐家中也爆发了一系列性丑闻：次子与父亲的姬妾性交，女儿与家奴和门客私通，太子企图引诱养母。此外，还有一系列围绕争夺王位继承权的政治阴谋也逐渐浮现。但是性丑闻仅仅是调查的开端，文法吏的真正目的在于论证刘赐家族打算谋反。作为刘安的弟弟，刘赐与淮南王案件有深刻联系，而同样刘赐也在汉中央朝廷主审官员到达封地之前自杀。

刘赐的案件存在诸多疑点。《史记·衡山王列传》《汉书·衡山王传》记载了自相矛盾的内容，一方面文法吏在衡山国发现了刘赐制造的天子玺和各级官员的印章，以及大量武器装备；另一方面文本又明确声称刘赐根本没有称帝造反的打算，武器装备是为了防御刘安可能的进攻。鉴于刘安的冤狱中已经出现了大量天子玺和官员印章，在衡山国又出现几乎完全一样的罪证，但是事实上刘安与刘赐根本不具备谋反的条件与可能，那么《史记》《汉书》互文见义的手法实际在暗示这些“证据”来自栽赃，即文法吏炮制了有利于谋反指控的证据。

第二个例子在汉成帝永始年间，有人指控梁王刘立与其姑刘园子通奸，而太中大夫谷永站出来为刘立辩解，他认为文法吏过于热衷调查宗室的性丑闻，在没有事实证据的情况下审问诸侯王，而罔顾刘立决不认罪的态度，这既有损于皇家颜面，也对整个社会的道德基础形成伤害。在上书中，谷永甚至直言不讳地质疑文法吏的审案方式“疑有所迫切，过误失言，文吏蹑寻，不得转移”。这相当于指控文法吏在审理过程中滥用刑罚、罗织罪名甚至伪造证据。根据《汉书·文三王传》的记载，成帝认可了谷永的建议，下令中止对刘立的审理。

根据以上两例，汉代诸侯王的政治悲剧多与文法吏的构陷有关，这种构陷几乎总能获得皇权的许可与支持。文法吏往往以性丑闻的指控作为审理案件的开端，这就使汉代诸侯王的性行为具有了政治意义。不合伦常的性行为往往引发严重的政治后果，这很自然使人想到“老鼠”隐喻的另一层含义：行为淫荡，不知礼义。老鼠隔代混交是极其常见的情况，而汉代人认为人的生育应该合乎礼义正道，礼义正是文法吏进行价值判断的根本原则。这样看来，《史记》《汉书》将诸侯王称为“老鼠”有一定可能是在暗示诸侯王放荡的性行为，也意味着记载诸侯王劣行的史书文本采取了礼义的正统立场。前文谈到的中山王刘胜，在《汉书》本传中记载“乐酒好内”，据说有多达120个以上的子女，被赵王刘彭祖批评为“奢淫”，自称“社鼠”真是名副其实。汉代的另一只大老鼠是汉宣帝时的东平王刘宇，他多次私令御者驾车，秘密前往姬妾家幽会，东平王傅为此向他朗诵《鄘风·相鼠》进行劝谏，《相鼠》表达了儒家对于肉体欲望的忧虑，用词极其浅白直接，在听到如此的讽刺后他却完全无动于衷，最终死于自己的儿子之手，刘宇著名的外号“矩鼠”很可能出自这个对于自己的放荡行为毫无觉悟的故事。最后一个例子是以淫荡著称的赵飞燕，《西京杂记》曾记载“以軿车载轻薄少年，为女子服，入后宫者日以十数，与之淫通，无时休息，有疲怠者，辄差代之”。赵飞燕虽然不是汉的同姓诸侯王，却是成帝最为亲近的人，在《列女传》和《汉书·五行志》中，她的政敌刘向毫不留情地将其比喻为老鼠（虽然刘向本人并非文法吏，但这一老鼠隐喻却采取了汉代文法吏的常见手段），这也是站在礼义立场的道德审判[①]。综上，汉代“老鼠”常常隐喻性行为放荡的贵族，其背后隐含着礼义正统的立场。武帝及其后的文法吏往往以调查性丑闻为由，对诸侯王进行现实中的构陷与迫害，这导致《史记》《汉书》存在大量汉代诸

① 王勉：《无礼者死——先秦两汉时期〈相鼠〉的政治理解》，《文化与诗学》2021年第1辑。

侯王行为放荡，畏罪自杀的记载。

结语

汉代政治语境中的“老鼠”指道德不端的贵族，在武帝时多指同姓诸侯王违背伦常的性行为。作为具有独断论色彩的道德审判，“老鼠”预设了一个傲慢的命名者，他占据了礼义的道德高地，以正义为名对这些无法发声的诸侯王开展调查与审理，现实中这样的命名者多是文法吏。文法吏的道德歧视具有双重意义：在现实中，诸侯王的道德过失是对其定罪的前提；在文本中，诸侯王的污名化有利于维护皇帝的道德权威和政治权威。然而通过《史记》《汉书》“互文见义”的手法，我们却可以一瞥当时人们对诸侯王案件的真实态度，可以感受到诸侯王无言的沉痛与恐惧，可以意识到文法吏是如何罗织危险的罪名，可以理解《史记》《汉书》中一些设计精致的政治隐喻。现在让我们回到文章的开头，当还未成为酷吏的张汤熟练地折磨和审判老鼠的时候，读到这个故事的汉代人应该能意识到，老鼠根本不可能为自我辩解，这个故事其实是在嘲讽张汤未来以同样的方式审问那些汉帝国的“老鼠”——武帝时的诸侯王。《史记》《汉书》的这一嘲讽必须小心翼翼，是因为文法吏作为整个汉代的重要政治力量，始终发挥着深远而普遍的现实影响力。

本文系湖南省社会科学成果评审委员会课题“汉代奏议引《诗》修辞术研究”（项目编号：XSP21YBC017）阶段性成果。

（作者单位：长沙理工大学文学与新闻传播学院）

【中外文艺理论新探】

“意象”与“现象”异同论：基于叶朗与张祥龙的阐述

牟方磊

融合中国意象美学与西方现象学思想资源，以建构新的美学本体论，是中国当代美学理论建构的重要路径之一，叶朗、张祥龙等学者的相关探索颇富实绩。[①] 其中的一个关键问题乃是厘清“意象”与“现象”的异同。“意象”与“现象”都有较悠久的理论传统，不同的理论家在不同的思想语境中对二者的理解都有所不同。本文所讨论的“意象”是叶朗所理解并阐述的中国传统美学的“意象”概念，而本文所讨论的“现象”是张祥龙所理解并阐述的胡塞尔与海德格尔的“现象”概念。本文将基于叶朗与张祥龙的相关阐述，从生成、性质与意义三方面对“意象”与“现象”展开比较：“生成”指的是意象与现象的生成机制；“性质”指的是意象与现象的自身特质；“意义”指的是意象与现象的价值与作用。

一、意象与现象在“生成”上的异同

就“生成”看，叶朗认为，意象生成活动与现象生成活动的相通点在于二者皆为“意向性行为”。叶朗明确认为意象生成活动（审美活动）就是一种“意

① 毛宣国：《“意象”与中国当代美学的现象学阐释——以叶朗、张祥龙、杨春时的美学研究为例》，《学术月刊》2017 年第 6 期，第 18 页。

向性行为”：“按照现象学的意向性理论，审美活动是一种意向性活动”[①]，“审美对象（意象世界）的产生离不开人的意识活动的意向性行为，离不开意向性构成的生发机制：人的意识不断激活各种感觉材料和情感要素，从而构成（显现）一个充满意蕴的审美意象”[②]。可见，在叶朗看来，意象生成活动（审美活动）是一种胡塞尔现象学意义上的“意向性行为”，它由人的意识、感觉材料和情感要素、审美意象等组成，其运作机制为：人的意识“激活”各种感觉材料和情感要素，从而构成一个充满意蕴的审美意象，“审美意象”即“意向性产物”。

何谓“意向性行为”？张祥龙对其阐释如下：“在他（按：指胡塞尔）那里，意识活动不只是心理学意义上的实在的（real）活动。……他认为意识活动从根本上讲是一种意向性的（intentional）活动或行为（Akt）。这种活动的特点就是总也不安分，总要依据现有的实项（reell）内容而统握或抛投出个浮现于实项之上的、有稳定性和普遍性的意义，构造出个超实项的观念之物或意向对象，并通过这意义和观念指向某个东西。这就是他常讲的‘意识总是对某个东西的意识’的含义。”[③]这段话的内涵如下：胡塞尔所理解的意识活动与传统哲学所理解的意识活动不同；其不同点体现在胡塞尔认为意识活动的独特性在于它是一种“意向性活动或行为”；意向性活动由意向主体、实项内容、立义、意向对象四大要素组成；意向性活动的运作机制为：“意向主体”依据“实项内容”，通过统握或抛投意义（立义），从而构造出一个超实项的“意向对象”。胡塞尔意义上的“现象”指的就是意向活动与意向对象：“‘现象’（Phäenomen）对于胡塞尔指显现（Erscheinen）活动本身，又指在这显现之中显现着的东西（Erscheinende）”[④]。这里的“显现活动”即“意向活动”，而“在这显现之中显现着的东西”即“意向对象”。

① 叶朗：《美学原理》，北京大学出版社，2009，第 71 页。
② 叶朗：《美学原理》，北京大学出版社，2009，第 72 页。
③ 张祥龙：《从现象学到孔夫子》，商务印书馆，2011，第 414 页。
④ 张祥龙：《从现象学到孔夫子》，商务印书馆，2011，第 423 页。

从表层看，意象生成活动与现象生成活动确有相似性，体现在基本特点、组成元素、运作机制等方面：就基本特点看，二者都具有“构成性”，前者构成“审美意象”，后者构成“意向对象”；就组成元素看，二者都由主体（审美者与主体意识）、对象（感觉材料和情感要素与实项内容）、方式（激活与立义）和结果（审美意象与意向对象）等元素组成；就运作机制看，二者都凸显了主体（审美主体和意识主体）之于对象元素的能动作用（激活和统握）。

可从深层看，二者实为“貌合神离”：现象生成活动是认识行为，而意象生成活动是情感行为。胡塞尔将整个意识行为分为“客体化行为”和“非客体化行为”两类，前者指认识行为，后者指情感行为，只有前者才是“意向性行为”，才能构成“意向对象”，而后者则不是“意向性行为”，它不能构成“意向对象”。二者具有奠基与被奠基关系，即前者为后者奠基：“非客体化行为”不能构成意向对象，它只能以“客体化行为”所构成的“意向对象”为基础。[①]胡塞尔又将“客体化行为”分为判断行为和表象行为，表象行为包括符号行为和直观行为，直观行为包括想象行为和感知行为。可见，胡塞尔对“意向性行为”的分析是就认识行为展开的，其兴趣偏向与研究重点是认识论问题。就此而言，张祥龙所阐释的胡塞尔“意向性行为”指的是“客体化行为”即“认识行为”。“意向性行为”作为“客体化行为”（“认识行为”），它研究的是人的意识如何展开认识活动，虽然它能够通过对“实项内容”进行“立义”从而构成“意向对象”，但其所立之“义”乃是“稳定性和普遍性的意义”（理），而非“情感”（情），亦即，客体化行为不具有情感性，所以胡塞尔便把“情感行为”单列为“非客体化行为”。

而在叶朗这里，意象生成活动不是认识行为，而是情感行为。这典型体现在他对“美感”的分析中，他认为美感不是认识：“美学界过去把审美活动看作是认识活动，从而把审美活动纳入了‘主体—客体’的结构模式。这种做法从根本上违背了审美活动的本性”[②]，“主客二分的思维模式是认识论的

① 倪梁康：《胡塞尔现象学概念通释》（修订版），生活·读书·新知三联书店，2007年，第18—19页。

② 叶朗：《美学原理》，北京大学出版社，2009，第86页。

模式，但美感并不是认识”[①]。在他看来，“美感不是认识，而是体验”[②]，“审美体验是与生命、与人生紧密相连的直接的经验，它是瞬间的直觉，在瞬间的直觉中创造一个意象世界（一个充满意蕴的完整的感性世界），从而显现（照亮）一个本然的生活世界”[③]。体验与认识的区别如下：生命性与非生命性、直接性与间接性、直觉性与逻辑性、具体性与抽象性。可见，意象生成活动既非现象学意义上的“意向性行为”（“客体化行为”），也非现象学意义上的“情感行为”（“非客体化行为”），因为依叶朗之阐述，一方面，意象生成行为具有情感性（“审美意象是‘情’与‘景’的欣合和畅、一气流通，它是人的创造”）；另一方面，意象生成行为具有构成性（“意象是一个意向性产物”）。若要以现象学理论来阐释此行为，它实为一种“意向性行为”（“客体化行为”）与“非客体化行为”组合而成的复杂行为：它既具有“客体化行为”的构成性，也具有“非客体化行为”的情感性。

对“审美活动”这类“意识行为”，胡塞尔未做细致分析。[④]只有在他致德国诗人霍夫曼斯塔尔的一封信中，能略窥其观点。一方面，他说“现象学的直观与‘纯粹’艺术中的美学直观是相近的”[⑤]，因为二者都“要求严格地排除所有存在性的执态”[⑥]。所谓“严格地排除所有存在性的执态”是指现象学家与艺术家在观察世界的时候，都不关心世界存在与否，只关心世界的现象：“艺术家为了从世界中获得有关自然和人的‘知识’而‘观察’世界，他对待世界的态度与现象学家对待世界的态度是相似的。……当他观察世界时，世界对他来说成为现象，世界的存在对他来说无关紧要，正如哲学家（在理性批判中）所做的那样。”[⑦]另一方面，艺术家与哲学家的不同之处在于，“前

① 叶朗：《美学原理》，北京大学出版社，2009，第 84 页。

② 叶朗：《美学原理》，北京大学出版社，2009，第 89 页。

③ 叶朗：《美学原理》，北京大学出版社，2009，第 98 页。

④ 倪梁康：《意识的向度——以胡塞尔为轴心的现象学问题研究》，商务印书馆，2019，第 273 页。

⑤ 胡塞尔：《胡塞尔选集》，倪梁康编，上海三联书店，1997，第 1203 页。

⑥ 胡塞尔：《胡塞尔选集》，倪梁康编，上海三联书店，1997，第 1202 页。

⑦ 胡塞尔：《胡塞尔选集》，倪梁康编，上海三联书店，1997，第 1203—1204 页。

者的目的不是为了论证和在概念中把握这个世界现象的‘意义’，而是在于直觉地占有这个现象，以便从中为审美的创造性刻划（画）收集丰富的形象和材料”[①]。虽然胡塞尔认为美学直观与现象学直观相近，但仍不宜将“意象生成活动”直接等同于他所说的“美学直观”。胡塞尔讨论“美学直观”的重心仍在其“构成性”，即严格排除存在性的执态，将“世界”看作（构成为）“现象”，而始终未谈及“美学直观”是否具有“情感性”，或许在胡塞尔看来，美学直观并不具有“情感性”，因为美学直观也是“直观行为”，上文表明，“直观行为”乃“客体化行为”。胡塞尔关于“美学直观”目的的看法能够佐证笔者上文观点“意象生成行为是一种‘意向性行为’（‘客体化行为’）与‘非客体化行为’组合而成的复杂行为”：一方面，作为“客体化行为”的“美学直观”的目的在于通过“直觉地占有世界现象”来为审美活动（“审美的创造性刻画”）“收集丰富的形象和材料”；另一方面，审美活动（“审美的创造性刻画”）必然要涉及“情感”（“非客体化行为”）。至于二者如何在胡塞尔现象学理论框架内融合为一，则是一个有待进一步思考与论证的问题。

由上可见，就“生成”看，意象生成活动与胡塞尔的现象生成活动（意向性行为）具有差别，实难等同。若将眼光从胡塞尔的“意向性”转向海德格尔的“意向性”，则意象生成活动与海德格尔的现象生成活动差别更大。胡塞尔的“意向性”局限在意识领域，海德格尔则将“意向性”扩展至生存领域。这一“扩展”有两方面的理论后果：其一，海德格尔所理解的现象已不同于胡塞尔理解的现象。胡塞尔虽然注意到“意向边缘域”之于意向性行为的重要意义，但他仍将“现象”认定为存在者层面的意向活动及其构成物——意向对象，即便是其后期的“生活世界”亦是如此，正如张祥龙所言：“由于他（按：指胡塞尔）将这本是纯境域的生活世界最终归为‘先验的主体性’，将其产生的意义作观念（Idee）或意向对象式的理解，视域构成的思想被大打折扣，并没有被发挥到极致。”[②]而海德格尔则充分发挥了胡塞尔

① ［德］胡塞尔：《胡塞尔选集》，倪梁康编，上海三联书店，1997，第1204页。

② 张祥龙：《从现象学到孔夫子》，商务印书馆，2011，第429页。

的“意向边缘域”思想，他将现象认定为存在层面的“世界境域”。其二，海德格尔所理解的现象“发生”已不同于胡塞尔理解的现象“构成”，在胡塞尔处，现象（“意向对象”）是由意识主体的意向性行为所构成，同时通过主体的“直观”而显现，而在海德格尔处，现象（“世界境域”）则是此在与世界互构发生，同时通过此在的“领会”而显现。

叶朗的意象理论本身包含着“境域”思想，如他常用“意象世界”这样的概念：审美意象“是一个完整的、充满意蕴、充满情趣的感性世界”①,“意象世界必然是带有情感性质的世界”②,“‘意象’显现的不是一个孤立的物的实体，而是显现一个生活世界”③。但在实际论述中，与胡塞尔一样，他的关注点仍是“象”而非“境”，仍是“象”的被审美主体所构成而非“境”的发生、显现，他借“意向性行为”理论阐述意象生成时，这一点表现得特别明显：“审美对象（意象世界）的产生离不开人的意识活动的意向性行为，离不开意向性构成的生发机制：人的意识不断激活各种感觉材料和情感要素，从而构成（显现）一个充满意蕴的审美意象”④,“意象世界总是被构成的，它不能离开审美活动，不能离开意向性构成的生发机制”⑤,“美（意象世界）是人的创造（‘于天地之外，别构一种灵奇’），意象世界不是物理世界，是对‘物’的实体性的超越”⑥。这里的关键在于胡塞尔和叶朗尚未完全挣脱主客二元思维的束缚，存在着明显的“先分后合”的意向，而海德格尔的境域构成思想实已超脱主客二元思维的困囿。就此而言，张祥龙对于王国维、朱光潜、宗白华的“批评”也适用于叶朗：“王国维的‘境界’说中含有对中文的诗境和语境的深切体会。但也似乎受到了叔本华、尼采、柏格森的影响，因而既有境域特性，又未化开‘主观’。……朱光潜似乎主要受到西方传统哲学（黑格尔、克罗齐）思想方式

① 叶朗：《美学原理》，北京大学出版社，2009，第 59 页。
② 叶朗：《美学原理》，北京大学出版社，2009，第 63 页。
③ 叶朗：《美学原理》，北京大学出版社，2009，第 68 页。
④ 叶朗：《美学原理》，北京大学出版社，2009，第 72 页。
⑤ 叶朗：《美学原理》，北京大学出版社，2009，第 72 页。
⑥ 叶朗：《美学原理》，北京大学出版社，2009，第 73 页。

的影响，所以他讲的直观‘形象’与‘距离’、‘情感’也并未相互通贯。……宗白华美学思想中的‘境’的突出地位是朱光潜先生的‘意象’说所缺少的，但即便在宗先生那里，主客在根本处似乎还是分为两边的……”①

二、意象与现象在“性质”上的异同

就“性质”看，意象与现象之同体现在二者皆有非实体性、生成性和意蕴性，关于前两点，叶朗曾说：“我们说的‘意象’是在审美活动中生成的，是非现成化的，是不能脱离审美活动的，‘意象’是对于实体化的物理世界的超越，这些特点与现象学的‘现象’是相通的。”② 现将二者之同分述如下：

其一，二者都具有非实体性。

叶朗认为“审美意象”具有非实体性：“审美意象不是一种物理的实在，也不是一个抽象的理念世界”，“审美意象不是一个既成的、实体化的存在”。③他从两方面来讨论审美意象的非实体性：“不存在一种实体化的、外在于人的‘美’”④，他通过对柳宗元的“美不自美，因人而彰”命题的阐释来进行；“不存在一种实体化的、纯粹主观的‘美’”⑤，他通过对马祖道一的“心不自心，因色故有”命题的阐释来进行。在叶朗看来，审美意象既不是外在于人的实体化存在，也不是纯粹主观的在“心”中的实体化存在，而是在物理世界之外构建的一个情景交融的世界。联系“美学大讨论”中的几派观点，可以说，叶朗既反对蔡仪的“美在客观”说，也反对吕莹和高尔泰的“美在主观”说，他认同朱光潜的“美在主客观的统一”“美感的世界纯粹是意象世界”等观点并有意“接着讲”。

依张祥龙，胡塞尔和海德格尔的“现象”也具非实体性。前期胡塞尔的“现象”指意向活动和意向对象，前者作为活动，其非实体性不言自明，后者

① 张祥龙：《从现象学到孔夫子》，商务印书馆，2011，第 441 页。
② 叶朗：《美学原理》，北京大学出版社，2009，第 68 页。
③ 叶朗：《美学原理》，北京大学出版社，2009，第 59 页。
④ 叶朗：《美学原理》，北京大学出版社，2009，第 43 页。
⑤ 叶朗：《美学原理》，北京大学出版社，2009，第 52 页。

作为对象，它为意向性行为所构成，是“超出实项内容的内在的被给予者”①，只能存在于意向活动之中，也是一种非实体化的存在。后期胡塞尔将“意向边缘域”扩大为“生活世界”，作为“现象”的“生活世界”既不是实体化的、外在于人的，也不是实体化的、纯粹主观的，而是一个主客不分的、非实体性的、浑融的“最紧张和原发的体验世界或纯构成的世界”②。海德格尔心中的“现象”指“世界境域”：“海德格尔充分吸收了现象学中所包含的意向性构成，尤其是视域（境域）构成的思想，但去除了其中那些还不尽乎纯的‘观念化’‘先验主体化’的倾向。在他那里，视域本身而不是投射出这视域的主体和由这视域构成的意向对象、观念本质成了最本原的中心。”③这个先于主客分别的混沌“世界境域”既非实体化的、外在于人的，也非实体化的、纯粹主观的，它也是一个主客不分的、非实体性的、浑融的“最紧张和原发的体验世界或纯构成世界”。

其二，二者都具有生成性。

叶朗认为审美意象具有生成性：“审美意象不是一个既成的、实体化的存在（无论是外在于人的实体化的存在，还是纯粹主观的在‘心’中的实体化的存在），而是在审美活动的过程中生成的。柳宗元说：‘美不自美，因人而彰。’‘彰’就是生成。”④可从两方面来理解这种“生成性”：一方面，审美意象不是现成的而是生成的：“审美意象离不开审美活动，它只能存在于审美活动之中”⑤，“意象世界总是被构成的，它不能离开审美活动，不能离开意向性构成的生发机制”⑥。另一方面，审美意象不是僵固的而是活跃的：审美意象“是情景交融而创造的一个独特的宇宙，一个显示人生的意味、情趣和价值的虚灵的世界，是心灵与自然完全合一的鸢飞鱼跃、活泼玲珑、渊然而深

① 张祥龙：《从现象学到孔夫子》，商务印书馆，2011，第424页。
② 张祥龙：《从现象学到孔夫子》，商务印书馆，2011，第35页。
③ 张祥龙：《从现象学到孔夫子》，商务印书馆，2011，第430页。
④ 叶朗：《美学原理》，北京大学出版社，2009，第59页。
⑤ 叶朗：《美学原理》，北京大学出版社，2009，第71页。
⑥ 叶朗：《美学原理》，北京大学出版社，2009，第72页。

的灵境”[①]。这充分表明了审美意象所具有的生生不息、生动活跃的特点。

依张祥龙，胡塞尔和海德格尔的“现象”也具有生成性。“‘现象’（Phäenomen）对于胡塞尔指显现（Erscheinen）活动本身，又指在这显现之中显现着的东西（Erscheinende）”[②]，“显现活动”（意向活动）的生成性体现为其具有动态的构成性；“显现着的东西”的生成性体现在它是在意向活动中被构造而生成的“意向对象”。后期胡塞尔所提出的“生活世界”作为“现象”也不是现成的而是生成的，“生活世界”绝非现成物的集合（“这种‘世界’永远比这世界中所有的物质的、心理的和精神上的现成物的总合还要多”[③]），而是“最紧张和原发的体验世界或纯构成的世界”[④]。海德格尔的“现象”指“世界境域”，他在《存在与时间》中区分了四种“世界”概念，“世界1”指“能够现成存在于世界之内的存在者的总体”[⑤]，“世界3”指“一个实际上的此在作为此在‘生活’‘在其中’的东西”[⑥]。他明确表示“世界这个词作为术语，我们专门在第3项中规定的含义上使用”[⑦]。可见，海德格尔所说的“世界3”绝非现成的而是生成的，他后来更是以“世界与大地的争执”“物物化世界”“世界化”等说法来表征“世界”的生成性。

其三，二者都具有意蕴性。

叶朗认为审美意象具有意蕴性：“审美意象不是一种物理的实在，也不是一个抽象的理念世界，而是一个完整的、充满意蕴、充满情趣的感性世界”[⑧]，“审美意象首先是一个感性世界，……但是这个感性世界，不同于外界物理存在

① 叶朗：《美学原理》，北京大学出版社，2009，第58页。
② 张祥龙：《从现象学到孔夫子》，商务印书馆，2011，第423页。
③ 张祥龙：《从现象学到孔夫子》，商务印书馆，2011，第36页。
④ 张祥龙：《从现象学到孔夫子》，商务印书馆，2011，第35页。
⑤ [德]海德格尔：《存在与时间》，陈嘉映、王庆节译，生活·读书·新知三联书店，2014，第76页。
⑥ [德]海德格尔：《存在与时间》，陈嘉映、王庆节译，生活·读书·新知三联书店，2014，第76页。
⑦ [德]海德格尔：《存在与时间》，陈嘉映、王庆节译，生活·读书·新知三联书店，2014，第77页。
⑧ 叶朗：《美学原理》，北京大学出版社，2009，第59页。

的感性世界，因为它是带有情感性质的感性世界，是有意蕴的世界”①。“意蕴”特指“情感”（“情趣”）：“这种以情感性质的形式所揭示的世界的意义，就是审美意象的意蕴。所以审美意象必然是一个情景交融的世界。”②

依张祥龙，胡塞尔和海德格尔的“现象”也具意蕴性。在胡塞尔看来，意识活动的特点“就是总也不安分，总要依据现有的实项（reell）内容而统握或抛投出个浮现于实项之上的、有稳定性和普遍性的意义，构造出个超实项的观念之物或意向对象”③。作为“现象”的“意向对象”乃是“意义”与“直观”的契合，因此“现象”必然具有意蕴性。后期胡塞尔提出的“生活世界”作为“现象”也具有意蕴性：“只有这生活世界对于人来讲才是可理解的、给予意义的和自明的”④，“它是一切有意义活动的发源处”⑤。海德格尔认为“意蕴”构成了“世界”的结构：“那些关联在自身中勾缠联络而形成源始的整体，此在就在这种赋予含义中使自己先行对自己的在世有所领会。它们作为这种赋予含义恰是如其所是的存在。我们把这种含义的关联整体称为意蕴。它就是构成了世界的结构的东西……”⑥

就“性质”看，意象与现象之异体现如下：

其一，意象与现象虽皆为“意”之象，但是二者之“意”在内涵上有所不同：意象之意是“情感”，现象之意是“意义”。叶朗曾说：“意象世界必然是带有情感性质的世界，是一个价值世界。这一层含义，有的现象学美学家如杜夫海纳有很好的论述，我们在前面曾引过他的话，但是就现象学的‘现象’这个概念本身来说，它并不包含这层含义，甚至还可以说，它是排斥这层含义的。”⑦可见，叶朗认为意象之意乃是“情感”（“情趣”），下列说法亦可

① 叶朗：《美学原理》，北京大学出版社，2009，第 62 页。
② 叶朗：《美学原理》，北京大学出版社，2009，第 62 页。
③ 张祥龙：《从现象学到孔夫子》，商务印书馆，2011，第 414 页。
④ 张祥龙：《从现象学到孔夫子》，商务印书馆，2011，第 35 页。
⑤ 张祥龙：《从现象学到孔夫子》，商务印书馆，2011，第 37 页。
⑥［德］海德格尔：《存在与时间》，陈嘉映、王庆节译，生活·读书·新知三联书店，2014，第 102 页。
⑦ 叶朗：《美学原理》，北京大学出版社，2009，第 68 页。

为证："审美意象不是一种物理的实在，也不是一个抽象的理念世界，而是一个完整的、充满意蕴、充满情趣的感性世界，也就是中国美学所说的情景相融的世界"①，"审美意象必然是一个情景交融的世界"②，"意象世界必然是带有情感性质的世界"③。

依张祥龙，"现象"之意与"意象"之意有所不同。胡塞尔认为"（意向性行为）总要依据现有的实项（reell）内容而统握或抛投出个浮现于实项之上的、有稳定性和普遍性的意义，构造出个超实项的观念之物或意向对象"④，此"意义"指有稳定性和普遍性的"含义"而非"情感"。后期胡塞尔提出的"生活世界"作为"现象"是有"意义"的，此"意义"也不是单纯"情感"，而是情理未分的"意义之源"。海德格尔的"世界境域"具有意蕴，意蕴构成了"世界"之结构，但"意蕴"也非单纯"情感"，而是情理浑融的"含义"。海德格尔认为"现身"和"领会"是组建此在去是它的"此"的两种同等源始的方式："领会同现身一样源始地构成此之在。"⑤二者相交融："现身向来有其领会，即使现身抑制着领会。领会总是带有情绪的领会。"⑥"领会总是带有情绪的领会"表明"领会"既非单纯"理智"，也非单纯"情感"，而是情理浑融的"筹划"。"领会"将此在之在向着"为何之故"和"意蕴"两方筹划。领会向着意蕴筹划即"领会"为它自己"赋予含义"，含义的关联整体便是"意蕴"，而"意蕴就是世界本身向之展开的东西"⑦。这表明"意蕴"绝非单纯"情感"，而是情理浑融的"含义"。

---

① 叶朗：《美学原理》，北京大学出版社，2009，第59页。
② 叶朗：《美学原理》，北京大学出版社，2009，第62页。
③ 叶朗：《美学原理》，北京大学出版社，2009，第63页。
④ 张祥龙：《从现象学到孔夫子》，北京：商务印书馆，2011，第414页。
⑤［德］海德格尔：《存在与时间》，陈嘉映、王庆节译，生活·读书·新知三联书店，2014，第166页。
⑥［德］海德格尔：《存在与时间》，陈嘉映、王庆节译，生活·读书·新知三联书店，2014，第166页。
⑦［德］海德格尔：《存在与时间》，陈嘉映、王庆节译，生活·读书·新知三联书店，2014，第167页。

其二，意象与现象虽皆为有意之“象”，但二者之“象”有所不同。一是种类不同。叶朗认为审美意象是直观的感性世界：“这个完整的、充满意蕴的感性世界，就是审美意象”[①]，“审美意象首先是一个感性世界，它诉诸人的感性直观”[②]。而胡塞尔的现象之象既包括可直观的感性对象，也包括可直观的范畴对象。如张祥龙所阐述：“除了有感觉直观之外，还可以有‘范畴直观’，即构成那些不能被感觉到的意向对象……胡塞尔讲的范畴直观尽管也是奠基于感觉直观之上的，但它本身毕竟是直观，是一气呵成的意向性构成。”[③]可见，在胡塞尔处，有两种直观：“感觉直观”和“范畴直观”。这两种直观构成两种不同的“意向对象”：“可直观的感性对象”和“可直观的范畴对象”。产生差异的原因在于：叶朗是从美学角度看待意象，不论是从学科诞生看，还是从实际情形看，美学乃是“感性学”；而胡塞尔是从认识论角度看待现象，认识不能止于“感性直观”层面，应上升到“范畴直观”层面。

二是范围不同。这是就意象与海德格尔的“现象”相比而言的。海德格尔的现象与前期胡塞尔的现象有别：第一，存在现象与存在者现象。海德格尔的现象是指在存在者中被遮蔽的存在，胡塞尔的现象是指存在者层面的意识活动以及在这种活动中被构造出来的意向对象。第二，本然现象与构造现象。海德格尔的现象是存在的本然状态，它自行发生，无须人的意识来构造；胡塞尔的现象则是人的意识活动的构造物。明乎此，则叶朗的意象与海德格尔的现象相比，区别便很明显：一、意象是存在者，现象是存在；二、意象是被审美者的情感所构造而成的情景交融之象，而现象是本然存在的情、境、象交构的“世界境域”。可见，二者在范围上有广狭之别。胡塞尔与叶朗关注的重点仍是“象”，前期胡塞尔的“现象”自不待言，其后期的“生活世界”也有“象”“域”夹缠倾向，如张祥龙所言：“尽管胡塞尔的‘生活世界’学说将他以前的现象学理论中的‘构成边缘域’的思想扩大到了‘世界’这样

① 叶朗：《美学原理》，北京大学出版社，2009，第61页。
② 叶朗：《美学原理》，北京大学出版社，2009，第62页。
③ 张祥龙：《从现象学到孔夫子》，商务印书馆，2011，第425页。

的总体规模，……但深究之下，这个学说包含有他以前的先验现象学的几乎全部重要的思维特点，比如还原（悬置）、意向性的构成结构、功能性的主客两极等等。其中尤以对于生活世界本性的构成域式的和先验主体式的两种理解之间的紧张关系为突出特点。”① 叶朗虽常用“意象世界”概念，但他讨论的重点仍是“意象”。海德格尔的情、境、象交构的“世界境域”（尤其是其后期的“天地神人四重整体”）挣脱了胡塞尔的“先验主体性”，是纯构成域式的“现象”，它与中国古典美学的“意境”概念具有对应性。

其三，意象与现象虽都是意象之融合，但二者的融合形态有所不同：意象是意象交融，现象是意包容象。叶朗认同中国传统美学关于意象的规定：“中国传统美学给予‘意象’的最一般的规定，是‘情景交融’。中国传统美学认为，‘情’‘景’的统一乃是审美意象的基本结构。”② 他提醒我们注意，“情”“景”不是互相外在的两个实体化的东西，而是“情”“景”的欣合和畅、一气流通。若联系王夫之的观点，则可说，“情”“景”交融的形态既能是“情中景”（意中象），也能是“景中情”（象中意）。

现象学的“现象”则是“意”包容“象”，它乃是“意中象”。前期胡塞尔的现象指意向活动和意向对象，就意向对象看，它是意向活动的构成物，是含义意向得到“充实”的结果，含义意向的充实过程也就是认识的过程。被直观所充实的含义意向构成“意向对象”，这表明“意向对象”乃是“意中象”。后期胡塞尔的“生活世界”，依张祥龙的阐述，其最基本特点之一是“主体性”：“这世界总是‘我的’或‘我们的’世界。”③ “生活世界”作为“现象”也是“意中象”，只不过此“意”已不是早期的“含义”，而是类似于海德格尔的“意蕴”。依张祥龙的阐述，“海德格尔充分吸收了现象学中所包含的意向性构成，尤其是视域（境域）构成的思想，但去除了其中那些还不尽乎纯的‘观念化’、‘先验主体化’的倾向”④。“世界视域”作为此在领会筹划

① 张祥龙：《从现象学到孔夫子》，商务印书馆，2011，第31—32页。
② 叶朗：《美学原理》，北京大学出版社，2009，第55页。
③ 张祥龙：《从现象学到孔夫子》，商务印书馆，2011，第37页。
④ 张祥龙：《从现象学到孔夫子》，商务印书馆，2011，第430页。

的“意蕴”，也是“意中象”（更准确的说法应为“意中域”或“意中境”）。

三、意象与现象在“意义”上的异同

就“意义”而言，意象与现象之同体现为如下：

第一，二者皆能显现“真”。

叶朗认为，意象世界“显现真实”。可做如下解读：一、何谓“真实”？“真就是自然。这个自然，不是我们一般说的自然界，而是存在的本来面貌。这个自然，这个存在的本来面貌，它是有生命的，是与人类的生存和命运紧密相连的，因而是充满了情趣的。”[①]“我们一般说的自然界”指的是与人相对的客观物质世界，而“存在的本来面貌”则是充满生气、一气运化、万物一体的乐的世界。叶朗认为中国美学的“真”（“自然”）与现象学的“生活世界”是相通的：“由胡塞尔提出的、由海德格尔以及其他许多现当代思想家（包括中国的学者）阐发的这个‘生活世界’的概念，与我们前面谈到的中国美学的‘真’（‘自然’）的概念是相通的。”[②]二、“意象”为何能够显现“真实”？一方面，“真实”（“生活世界”）往往被掩盖（遮蔽）：“由于人们习惯于用主客二分的思维模式看待世界，因而这个生活世界，这个本原的世界，往往被掩盖（遮蔽）了。为了揭示这个被遮蔽的真实世界，人们必须创造一个‘意象世界’”[③]；另一方面，叶朗认同王夫之的如下观点：“王夫之一再强调，意象世界是‘现量’，‘现量’是‘显现真实’、‘如所存而显之’。”[④]合起来说，因为“真实”往往被遮蔽，而“意象”作为“现量”“如所存而显之”，所以意象能够显现（揭示）“真实”。三、“意象”如何显现“真实”？这需要通过人的创造：“通过人的创造，真实（自然）的本来面貌得到显现。反过来就是说，要想显示真实（自然）的本来面貌，必须通过人的创造。”[⑤]而人（审

① 叶朗：《美学原理》，北京大学出版社，2009，第74页。
② 叶朗：《美学原理》，北京大学出版社，2009，第76页。
③ 叶朗：《美学原理》，北京大学出版社，2009，第76页。
④ 叶朗：《美学原理》，北京大学出版社，2009，第73页。
⑤ 叶朗：《美学原理》，北京大学出版社，2009，第76—77页。

美者）通过“审美体验”来创造“意象”：“审美体验是与生命、与人生紧密相连的直接的经验，它是瞬间的直觉，在瞬间的直觉中创造一个意象世界（一个充满意蕴的完整的感性世界），从而显现（照亮）一个本然的生活世界。”[①]

在现象学家看来，现象本身即是“真”的。现象学意义上的“现象”与传统哲学所理解的“现象”重要区别之一就在于，前者具有真理性，而后者不具有真理性。正如张祥龙所言：“无论是经验论者（洛克、贝克莱、休谟）还是唯理论者（柏拉图、笛卡尔、莱布尼兹等），都将现象看做由人的感官所受到的刺激而产生的感觉观念、印象、感觉材料，以及由它们直接混合而成的还未受反思概念规范的复合观念。……这样的现象就与‘本质’（Wesen, essence）、实体（substance）对应；被看作是认识的一个起点，却无真理可言，因为它无确定性、条理性和客观性。”[②] 相反，胡塞尔所理解的“现象”（包括意向活动与意向对象）超越了传统哲学的“本质”与“现象”的二元区分，它们本身就具有确定性、条理性和客观性，亦即具有真理性。虽然胡塞尔注意到了作为实项内容重要参与因素之一的“域式”现象（“意向边缘域”），但他前期所理解的“现象”主要还是一种“象式”现象，后期胡塞尔所理解的“现象”更偏于“域式”现象，这着重体现于其“生活世界”概念的提出与探讨：“胡塞尔的‘生活世界’学说将他以前的现象学理论中的‘构成边缘域’的思想扩大到了‘世界’这样的总体规模。”[③] 在胡塞尔看来，“知觉地给予的、日常的生活世界是唯一真实的世界”[④]。海德格尔的“现象”乃是“世界境域”，他关于“世界”的看法虽然有一个变化过程：从《存在与时间》中的“世界”，到《林中路》中的“世界与大地的争执”，直至《演讲与论文集》之中的“天地神人”四重整体，但是万变不离其宗——其“世界境域”（现象）实指存在之真理。可见，不管是胡塞尔的“现象”，还是海德格尔的“现象”，

① 叶朗：《美学原理》，北京大学出版社，2009，第 98 页。
② 张祥龙：《从现象学到孔夫子》，商务印书馆，2011，第 423—424 页。
③ 张祥龙：《从现象学到孔夫子》，商务印书馆，2011，第 31 页。
④ ［德］胡塞尔：《胡塞尔全集》第六卷，第 49 页。转引自张庆熊：《熊十力的新唯识论与胡塞尔的现象学》，上海人民出版社，1995，第 127 页。

它们本身即是“真”的：或是具有真理性，或是真理本身。

第二，二者都是超越与复归的统一。

叶朗认为，“意象”是超越与复归的统一：“美（意象世界）一方面是超越，是对‘自我’的超越，是对‘物’的实体性的超越，是对主客二分的超越，另一方面是复归，是回到存在的本然状态，是回到自然的境域，是回到人生的家园，因而也是回到人生的自由的境界。美是超越与复归的统一。”[①] 所谓“超越与复归的统一”意为超越即复归，复归即超越，二者是一而二、二而一的关系。可从以下三方面理解叶朗所谓的“超越”：其一，超越什么？叶先生提出三大超越：超越自我、超越物、超越主客二分，“自我”为“主”，“物”为“客”，所以前两点超越可合并进第三点即超越主客二分。其二，为何超越？或者说主客二分有何问题？概言之，叶朗认为，主客二分遮蔽了“生活世界”。“生活世界”是最基本的经验世界，是最本原的世界，是人的精神家园，“由于人们习惯于从主客二分的思维模式看待世界，所以生活世界这个本原的世界被遮蔽了。为了揭示这个真实的世界，人们必须创造一个‘意象世界’”[②]。从主客二分的思维模式看待世界，世界就以“对象化世界”面貌呈现出来：“在世俗生活中，我们习惯于用主客二分的眼光看待世界。世界上的一切事物对于我们都是认识的对象或利用的对象。人与人之间，人与万物之间，就有了间隔。人被局限在‘自我’的有限的天地之中，有如关进了一个牢笼。”[③] 这样，“对象化世界”就遮蔽了“生活世界”。其三，如何超越？上述引文表明，超越之途乃是“创造意象世界”，通过创造意象世界来“揭示”生活世界。如何创造意象世界？在叶朗看来，审美者应该具有一种“审美态度”（审美心胸），通过“审美体验”亦即“瞬间的直觉”创造一个意象世界。所谓“审美心胸”指超越主客关系模式、进入天人合一审美境界的条件，西方美学的“心理距离”、中国古典美学的“平常心”“童心”“闲

① 叶朗：《美学原理》，北京大学出版社，2009，第 79 页。
② 叶朗：《美学原理》，北京大学出版社，2009，第 83 页。
③ 叶朗：《美学原理》，北京大学出版社，2009，第 78 页。

心”，都是关于“审美态度”的理论。只有具备这种审美态度，人才能进入审美活动，才能成为审美者，进而生发美感即审美体验，美感即瞬间的直觉，审美者“在瞬间的直觉中创造一个意象世界（一个充满意蕴的完整的感性世界），从而显现（照亮）一个本然的生活世界”[①]。

依张祥龙，在胡塞尔和海德格尔那里，“现象”其实也是超越与复归的统一。不管是后期胡塞尔还是海德格尔都有明确的超越“自然世界”复归“生活世界”的思想倾向，也就是说，在他们这里，超越也即复归，复归也即超越，二者也是一而二，二而一的关系。也可从以下三方面理解现象学所谓的“超越”：其一，超越什么？不管是胡塞尔的“现象”，还是海德格尔的“现象”，都是对传统哲学主客二元模式的超越，因为“自然世界”正是在此思维模式下产生的。其二，为何超越？胡塞尔提出现象学的直接思想动因就是超越传统哲学的主客二元模式。在他看来，主客二元模式面临着一个无法妥善解决的认识论难题：认识主体（意识）如何超出自身从而“切中”认识对象？换句话说，即主客二元模式将意识与对象一刀划开，但在如何解释二者之合上却束手无策。胡塞尔创建的现象学哲学便有意解决这个难题。其三，如何超越？胡塞尔继承并发展布伦塔诺的“意向性”学说，提出了关于意识活动的新看法：“意识活动从根本上讲是一种意向性的（intentional）活动或行为（Akt）。这种活动的特点就是总也不安分，总要依据现有的实项（reell）内容而统握或抛投出个浮现于实项之上的、有稳定性和普遍性的意义，构造出个超实项的观念之物或意向对象，并通过这意义和观念指向某个东西。”[②]从这种观点来看，认识活动就不再是内在主体认识外在客体，而是意识以意向性活动通过“立义”统合“实项内容”来构造意向对象，这在很大程度上解决了传统哲学关于主体与客体“易分难合”的难题。但是由于胡塞尔始终不肯放弃笛卡儿“我思”（先验主体性）这一阿基米德点，所以他并未能从根本上超越主客二元模式，即便是其后期的“生活世界”概念，也仍然如此，

① 叶朗：《美学原理》，北京大学出版社，2009，第98页。

② 张祥龙：《从现象学到孔夫子》，商务印书馆，2011，第414页。

因为他曾明确表示“人类及其生活世界只是‘先验主体性的自身客观化’而已”[①]。海德格尔则不然，他充分利用了胡塞尔提供的思想契机，“将胡塞尔的‘意向性行为的构成’彻底化、‘存在论’化了，以至超出了一般意义上的个人意识，透入人的原发的实际生活体验中。在一切传统哲学预设的二元分别、包括主体与客体的分别之先，那混混沌沌的实际生活体验里已有意义生发的构成机制，所以尽管是‘不做区别的’、‘自足的’，却已是‘充满了意义的’”[②]先于主客之分的“原发的实际生活体验”即“世界境域”亦即“真理”，这种原发的“发生式真理”为主客二元框架中的“符合式真理”奠基：没有“发生式真理”（“世界境域”）的显现，传统哲学所谓的主客符合便无从谈起。这就从根本上超越了主客二元模式。

就“意义”而言，意象与现象也具有差异性，体现如下：

第一，分与合。在叶朗这里，“意象世界”与“生活世界”是二分的。下列说法可以为证：“意象世界照亮一个真实的世界”[③]，“意象世界是‘现量’，‘现量’是‘显现真实’‘如所存而显之’——在意象世界中，世界如它本来存在的那个样子呈现出来了”[④]，“为了揭示这个被遮蔽的真实世界，人们必须创造一个‘意象世界’”[⑤]。“意象世界”照亮、显现、揭示“生活世界”都表明二者虽然本质相关，虽然都是真与美的统一，但并非同一。而在胡塞尔和海德格尔这里，“现象”与“生活世界”是同一的，它本身既真又美。先看胡塞尔，一方面，胡塞尔的“生活世界”是其“意向边缘域”思想的扩大版，它作为“现象”是“唯一真实的世界”；另一方面，联系其“艺术直观与现象学直观相近”的观点，可以说直观行为所构造的“意向对象”本身也是美的。再看海德格尔，一方面，海德格尔心目中的“现象”即“世界境域”（“生活世界”）实指存在之真理；另一方面，“美是作为无蔽的真理的一种现身方

① 张祥龙：《从现象学到孔夫子》，商务印书馆，2011，第47页。
② 张祥龙：《从现象学到孔夫子》，商务印书馆，2011，第414页。
③ 叶朗：《美学原理》，北京大学出版社，2009，第73页。
④ 叶朗：《美学原理》，北京大学出版社，2009，第73页。
⑤ 叶朗：《美学原理》，北京大学出版社，2009，第76页。

式”“美属于真理的自行发生”等说法表明，真理的发生本身即是美，而艺术是真理发生方式之一，“艺术是真理自行设置入作品”。

第二，主体性与去主体性。叶朗认为“意象世界是人的创造”，“为了揭示生活世界，人们必须创造一个意象世界”，“意象世界照亮一个真实的世界”，这些说法都具有浓厚的主体性意味。而在海德格尔这里，世界境域本身即是存在之真理，而真理的现身即是美，艺术是真理自行设置入作品，艺术家是一条为了作品的产生而在创作中自我消亡的通道，这些说法都具有明确的反主体性意味。叶朗之所以将“意象世界”和“生活世界”二分，认为只有“意象世界”才能照亮、显现、揭示“生活世界”，从理论资源的角度看，其原因在于他吸收并综合了胡塞尔和海德格尔两人的观点，下列说法就是很好的体现：“意象世界是人的创造，同时又是存在（生活世界）本身的敞亮（去蔽）。一方面是人的创造，一方面是存在的敞亮，这两个方面是统一的。”[①] 一方面，“意象世界是人的创造”明显吸收了胡塞尔意识主体通过意向性行为构造“意向对象”的思想；另一方面，“意象世界是存在的敞亮”与海德格尔的“美是作为无蔽的真理的一种现身方式”“艺术是真理自行设置入作品”等说法具有本质相关性。而实际上，主体的构造与真理的发生二者之间是存在矛盾的。

结语

张祥龙认为现象学所呈示出来的“新的方法论视野首先具有美学含义”[②]，倪梁康也曾说“如今无论是在西方还是东方，人们都越来越有兴趣把胡塞尔的超越论现象学，至少是其中的某些部分与审美问题联系在一起考虑”[③]。但由于“胡塞尔自己从未集中讨论过‘审美体验’以及与此相关的‘审

① 叶朗：《美学原理》，北京大学出版社，2009，第 76 页。

② 张祥龙：《从现象学到孔夫子》，商务印书馆，2011，第 413 页。

③ 倪梁康：《意识的向度——以胡塞尔为轴心的现象学问题研究》，商务印书馆，2019，第 273 页。

美观点'"[①]，所以"现象学方法的美学开展绝不是一件现成转换的事情，而是一种真正的探索"[②]。中国当代美学家通过融合中国传统意象美学与西方现象学美学资源，以建构具有中国特色的美学本体论，也是一种"真正的探索"。但毋庸讳言，现有的探索也远未臻于完善。要想推进两种资源"融合"工作向纵深发展，可能要注意以下三点：第一，关注差异。现象学是一个有源有流的"运动"，经历代学者的发展，相关理论成果多元庞杂。虽然"现象学精神"（"面对实事本身"）贯穿此"运动"之中，但不同理论家的观点也颇有差异。想要"融合"意象美学与现象学美学，首先须注意现象学内部的这种理论差异性，对于"意象"美学的理解亦应如此。第二，清晰界定。在意识到"现象"和"意象"概念在不同理论家那里的差异性的基础上，应对它们的内涵与外延及其演变做出清晰界定与梳理。第三，细致辨析。在关注差异和清晰界定的前提下，对"意象"与"现象"的异同点做出深度辨析，进而探讨二者深层融通的可能性。

本文为湖南省教育厅优秀青年项目"胡塞尔意识现象学视域内的审美意象理论研究"（20B389）阶段性成果

（作者单位：湖南师范大学文学院）

① 倪梁康：《意识的向度——以胡塞尔为轴心的现象学问题研究》，商务印书馆，2019，第 273 页。

② 张祥龙：《从现象学到孔夫子》，商务印书馆，2011，第 413 页。

文学理论的科学反思与重塑

何丽

21 世纪文学理论重新兴起之时，面临着文学理论的改造与重组。文学理论的改造可借鉴杜威对哲学进行改造的学术立场，即将“价值判断”的语用功能建构置换“价值”的语义阐释，将文学理论改造成为对文学生产能提供智慧的学问。新的文学理论的建构要破除理论的绝对性、单一性和玄学性，建构一种大理论与小理论并存互补，概念关键词具有现代性、历史性和开放性的文学理论。

一、问题的提出

尽管伊格尔顿在《理论之后》宣告“文化理论的黄金时期早已消失”“‘理论’已经终结”[①]，尽管西方“反理论”之声不绝于耳，但是与此相反的却是文学理论在 21 世纪之初悄然复兴。接受美学之父沃尔夫冈·伊瑟尔在他的著作《怎样做理论》中开宗明义地指出：“理论的兴起标志着批评历史的转变，这一转变的重要性足可与 19 世纪伊始亚里士多德诗学为哲学美学所取代相提并论。”[②]

21 世纪文学理论兴起的缘由，伊瑟尔认为主要有三点：“首先来自人们对艺术本体这一信念越来越怀疑，其次是印象式批评造成的混乱越来越大，

① ［英］特里·伊格尔顿：《理论之后》，商正译，商务印书馆，2009，第 3 页。
② ［德］沃尔夫冈·伊瑟尔：《怎样做理论》，朱刚、谷婷婷、潘玉莎译，南京大学出版社，2008，第 1—2 页。

最后是对意义的追寻和由此产生的阐释冲突。”[1] 从伊瑟尔对理论的兴起缘由的分析看，文学理论的兴起绝不是重拾 18 世纪确立的、19 世纪占据主导地位的美学所奠定的文学艺术原则，而是要建构一种能够反映当代文学艺术发展诉求的文学理论。但是和日益发展、变化的文学艺术现实相比，中国所流行的诸多文学理论版本显得是那样滞后、保守和教条。为了能重新焕发文学理论的生命力，当代的文学理论是否也面临着改造？如果答案是肯定的，文学理论如何改造？文学理论的改造既是时代赋予我们的理论使命，也是一项新的有待探索的课题，我们是否可以通过杜威对哲学的改造、微观政治学与法国的年鉴学派方法对社会学与史学的改造获得某些启迪？正是基于这种学术联想，启发了我对当前我国文学理论改造问题的某些思考。

约翰·杜威是美国实用主义哲学大师，他在 20 世纪初至 40 年代发表了一系列关于“评价理论”的文章，掀起了一股被誉为“哥白尼式的革命”，即进行“哲学的改造”和“改造后的哲学”建构的热潮[2]。这场革命的对象是整个古典哲学。杜威在年轻的时候对柏拉图、亚里士多德的古典哲学做过深入研究，但是越深入研究他就越感觉到哲学陷入形而上的虚幻之中，不明确哲学的任务是什么。在杜威看来，古典哲学最为要害的问题是回避现实，遁入形而上学的抽象玄思和冥想之中。古典哲学之所以走上了静默玄思虚幻的治学之路，主要源于古希腊的贵族文明。古希腊的城邦制，阶层分工极为明确，工匠技艺都由奴隶承担，城邦中的自由人高高在上，仅从事自由经济，他们有足够的物质基础和条件从事科学、哲学和文学艺术活动。在古希腊，从事文明事业的贵族和自由人，一方面蔑视工匠的技艺劳动，另一方面又极力抬高思维、精神活动，把人生的全部价值限定在思维领域上，把对终极真理的探索看得高于一切。柏拉图毕生沉湎于他的理想王国，终其一生构筑他的理念世界。早在 17 世纪，经验归纳法之父培根在回忆学习古

① ［德］沃尔夫冈·伊瑟尔：《怎样做理论》，朱刚、谷婷婷、潘玉莎译，南京大学出版社，2008，第 5 页。

② ［美］约翰·杜威：《评价理论》，冯平、余泽娜等译，上海译文出版社，2007，第 1 页。

典哲学体会时就说过，他 16 岁时对亚里士多德和柏拉图的哲学不满，其原因在于他们都长于形而上的辩驳和争论，不能产生为人类生活谋福利的实践效果。古希腊社会贬低实践劳动的痼疾，导致了“理论和‘实践’的完全分裂”[①]。由古希腊哲学开创的远离现实的玄学之路，随着现代性的分化，专业的功能化愈演愈烈，以至于雄霸西方文明两千多年，似乎成为天经地义的治学之路。杜威说，古典哲学，无论何种派别，但“有一点是共同的：他们总是喜欢把某种东西说成是固定的、不变的，因而是超出时间范围——也就是永恒的。为了成为某种被认为是普遍的或囊括一切的东西。这种永恒的存在被说成高于和超出空间内一切变化。在这一点上，哲学家以一种一般化的形式反映了流行的信念”[②]。比如传统的价值哲学，在它看来，“价值”是事物的一种普遍的、确定的、永恒的本质，特别是对于理性的人来说是其追求的终极真理。因此作为专门研究价值的哲学，只有弄清楚何谓价值，何谓价值的终极本质，价值哲学的存在才具合法性。为维护学科的自主性，对“价值”的形而上研究就成为重中之重，“价值”概念成为其逻辑起点和主题化的题材也就天经地义了。于是，传统的价值哲学围绕着“价值”的本质研究了两千多年，也争论了两千多年，到头来对价值的认识仍然莫衷一是，众说纷纭。传统价值哲学对价值终极本质的诉求，结果是陷入文字游戏的玄想之中。杜威则认为，对价值的感受是人的本能，无须靠哲学诉诸人的价值感，真正的、有利于人类行动的价值哲学不是对“价值”的语义探索，而是对“价值”的语用诉求，即“价值判断”。人本能上都有价值感受，但追求何种价值、如何去追求，这就涉及对价值的评价和判断。从这层意义上来说，“价值判断”不是一个脱离人生存的环境、条件和人的行动的终极判断，而是一个实践问题。哲学的改造最根本的要义就在于实践“能为人的行动提供智慧”，也就是杜威反复强调的通过智慧指导行动而创造的结果[③]。正是基于这一原则，杜

① 衣俊卿：《社会历史理论的微观视域（上）》，中央编译出版社，2011，第 185 页。
② 衣俊卿：《社会历史理论的微观视域（上）》，中央编译出版社，2011，第 186 页。
③ ［美］约翰·杜威：《评价理论》，冯平、余泽娜等译，上海译文出版社，2007，第 15 页。

威一改价值哲学称谓，用“价值判断”置换“价值”，用“评价理论”替代“价值哲学”，可见用心之良苦！

20世纪人类社会出现了许多困境和难题，尤其是第一次世界大战的爆发彻底打破了人们对西方现代性的幻想，消解了历史进步性的乐观主义，社会笼罩在一片深深的危机感、焦虑感、冲突感和不确定性之中。然而一向号称“给人以智慧”的哲学面对社会的难题与困境却束手无策，无能为力，也陷入了困境。据杜威分析，当时的哲学也想走出困境，但开出的药方不是“关注形式”，就是靠“通过增加一些知识渊博的学者，去研究对困扰人类的现实问题毫不相关的过去”来解决问题①。这种回避现实、隔靴搔痒的办法丝毫不能回应现实难题，更谈不上“哲学的改造”。杜威指出，“这种回避乃是过去体系的诸多缺陷之一，正是这些体系本身使自己在解决当今难题上一文不值”②。那么，哲学的改造最根本的问题，也是唯一正确途径就是立足于变动不居的现实，面对从“各种变化中产生出来的问题”。也就是说，新的哲学不是从理性出发，而是从理智出发；不是从概念入手，而是从问题入手；不是在沉思静默中构筑体系，而是在行动中为人类提供智慧；不是沉溺于终极的、普遍的、永恒的本质追问与争论，而是把“观察、假设理论和实践检验”方法“引入到任何以人和道德为主题的研究中去”③。一句话，哲学的根本改造就是“重新直面现实生活，介入现实生活，影响现实生活”④，以实现“为人类生活提供智慧”⑤的根本目的。

杜威的哲学改造为当代文学理论的改造提供了十分有益的经验。笔者认为，最重要的经验是启示我们如何将文学的语义阐释转向语用功能的建构。

① [美]约翰·杜威，等：《实用主义》，杨玉成、崔人元编译，世界知识出版社，2007，第183—184页。

② [美]约翰·杜威，等：《实用主义》，杨玉成、崔人元编译，世界知识出版社，2007，第184页。

③ [美]约翰·杜威，等：《实用主义》，杨玉成、崔人元编译，世界知识出版社，2007，第184页。

④ [美]约翰·杜威：《评价理论》，冯平、余泽娜等译，上海译文出版社，2007，第4页。

⑤ [美]约翰·杜威：《评价理论》，冯平、余泽娜等译，上海译文出版社，2007，第2页。

语用学是语言学的一个门类，最早由美国哲学家莫里斯于 1938 年提出来。莫里斯认为，符号学包括句法学、语义学和语用学三个门类，语用学主要研究符号与解释者的关系。后来，随着语用学的发展，对语用学定义的阐释就呈现出十分复杂的局面。但是，无论对语用学的理解如何不同，在强调语境和功能这两点上，基本是一致的。文学理论从语义阐释转向语用功能的建构，就在于：文学理论作为一门关于文学的基本原理的科学，它的理论体系构成特点与所有的形而上学理论体系一样，需要具有一系列的文学理论基本概念、基本原理和理论逻辑方法，它也离不开对文学一般规律和本质的追问，因此它离不开对概念、原理的语义阐释。如果完全否定了文学理论作为理论学科的上述特征，文学理论将不复存在。但是，与杜威对传统哲学的评价同理，如果文学理论一味地对概念进行语义阐释，追求概念的明晰和精确，恪守对美的终极真理的解释，不遗余力地从概念到概念、从原理到原理地逻辑推理，那么就会陷入概念的游戏。语用功能的建构要求：第一步，对文学理论的概念、原理的阐释，应该从各种概念、原理提出的彼时彼地的语境出发，考察在特定语境中的该概念、原理的问题意识、问题取向和所蕴含的意义。第二步，将同一语境中不同的提法进行比较、甄别，综合出具有较大涵盖面的概念和原理。第三步，从历时性的角度，勾勒出概念和原理发展、演变的历史。这样，一种文学理论，就从概念和原理的语义阐释转向了功能价值的建构。这种语用功能价值的建构，它的优长之处在于：一是给予文学理论生产的语境以重要地位。二是应用了动态的比较方法，将文学理论置于文学理论场域、社会历史场域中观照理论的生产，扩展了理论阐释的空间和阐释的灵动性。三是增强了文学理论生产的问题意识和实践性品格。四是给予理论的接受者以思考、比较和创新的契机与空间。语用学方法是建立在同解释者的关联上的一种方法，离开解释者，语义的效应根本无法实现。同理，文学理论生产的目标，一是回应与指导文学艺术创作；二是普及文学艺术知识；三是建构文学理论史。这三个目标的实现，仅仅依赖于从抽象到抽象的语义阐释，万难到达；只有时时刻刻以语用的对象——解释者为中心，最终目的才可能达成。当然，文学理论的语用解释者是一个广义的概念，包括文学艺术的创作者、普及文学艺术知识的接受者和从事观念史、理论史研究的学者。文学理论的语用面对的是这种广义的解释者，语用的效应取决于广义的解释者所处的语境、文化需求、价值诉求、审美趣味等诸方面的条件。所以，文学理论的生产其实是一种文学价值、社会价值的生产。从文学理论的语用性功能角度出发，我们在编写教材时，就不应该对“什么是文学”做不厌其烦甚至津津乐道的定于一尊的语义阐释，而应从历史的、发展的、过程的、动态的多维度去阐释“文学”性质发生、发展、变化的历程，内质的延异，尤其是文学内质的当代延异和当代形态。对什么是文学做这样语用功能的建构，尽管不能提供一个标准的、永恒的答案，但可以最大限度地启发人们的想象力、判断力，在这个意义上来说，文学理论也就实现了由“文学价值”的语义阐释转换为“文学价值的判断”。这种转换正是文学理论改造的必然诉求，也是文学理论创新的必由之路。

二、微观政治学与文学理论的小理论

“后意识形态环境”致力于差异和偶然的政治规划的实施，从政治角度，首先促使传统的总体性、中心化的宏观政治，向芸芸众生的生活世界的微观政治转型。

何谓宏观政治？宏观政治，亦即传统意义上的政治，主要强调国家政治、政党政治、统治阶级的政治，以国家制度、法律、军队加以实施，突出表现为阶级斗争、精英执政、突发的政治事件。它始终是一种总体化、中心化的宏大叙事。

何谓微观政治？微观政治是处于社会边缘的人和事，为获得自我政治身份的政治，它渗透于芸芸众生的“衣食住行、饮食男女、婚丧嫁娶、日常交往”[①] 的日常生活世界的方方面面，呈现出大众的民主性、反抗的游击性、表

① 衣俊卿：《社会历史理论的微观视域（上）》，中央编译出版社，2011，第 59 页。

现形式的反讽性、娱乐性。相对宏观政治，它始终是他者的政治。

宏观政治和微观政治并不是今天文人学科杜撰的非分之物，其实自人类社会建立国家、产生政治以来，宏观政治和微观政治就相悖立而并存，只不过几千年来，人类的历史都是被宏观政治主宰的，微观政治始终都是在夹缝中艰难喘息，不过从未被泯灭。20 世纪初，被苏联宏观政治打入冷门的巴赫金，通过对拉伯雷的《巨人传》的深度解读，还原了自中世纪、文艺复兴时期以来的宗教狂欢节、愚人节民众尽情施展微观政治威力的壮阔情景。福柯一生的学术研究都集中在西方文明史的另类史上，他揭示了“在精神病院、军队、学校、监狱、性、人文学科等特殊领域和边缘领域”中“无所不在、无所不包的微观权力机制”[①]。真正把微观政治纳入学术研究主题之中，还得力于 20 世纪初的法国历史学的年鉴学派新史学。

20 世纪 20 年代，西方“出现了一场社会、社会观念和整体意义上的社会科学的危机”[②]。法国学者雅克·勒高夫分析认为：经济学一方面被数学化，另一方面陷入单一的经济决定论；社会学因西方的工人阶级的边缘化，阶级概念需要重新定位，以阶级研究为核心的社会科学遭遇难题；以研究民族之间区分为对象的人种学，在非殖民化日益扩张的现实下，其学科的边界跨越到人类学；历史陷入“实证主义历史学”[③]和“历史化的历史学”的纷争[④]。在社会科学陷入危机之际，年鉴学派新史学在摧毁实证主义历史学的历史观和方法论的前提下率先突围。实证主义历史学恪守物理学的纯客观性，“把历史学简化为文献的收集和考证”，以线性的历史因果决定论解释历史事件，把个人，尤其是历史上的“军政首脑、部长、外交家等”看作“历史的创造者”，视之为“历史分析的最后单位”，偏爱政治史、外交史、国家史、阶级斗争史和帝王将相史，只注重短时段的偶然突发的大事件[⑤]。“实证主义历史

① 衣俊卿：《社会历史理论的微观视域（上）》，中央编译出版社，2011，第 61 页。
② 衣俊卿：《社会历史理论的微观视域（上）》，中央编译出版社，2011，第 181 页。
③ 衣俊卿：《社会历史理论的微观视域（上）》，中央编译出版社，2011，第 180—181 页。
④ 衣俊卿：《社会历史理论的微观视域（上）》，中央编译出版社，2011，第 218 页。
⑤ 衣俊卿：《社会历史理论的微观视域（上）》，中央编译出版社，2011，第 219—221 页。

学”恪守的是总体性、中性化、宏大叙事的传统历史宗旨，只注重宏观政治，走的是一条精英的、贵族的历史之路。

法国年鉴学派新史学与其针锋相对，他们首先强调历史不是帝王将相、精英贵族的个人、单一的历史，“历史是关于以往人们一切活动所留下的行踪的知识”，“‘历史学家分析和重构的历史’事实是复杂的，难以穷尽的”[①]。这样，“群体、范畴、阶级、城乡、资产阶级、艺人乃至农民和工人，都成了历史舞台上的‘集体’英雄”[②]，历史也就成了“无名无姓的、深刻的和沉默的历史”[③]。为此，年鉴学派走上了一条融经济学、社会学、政治学、宗教学、社会心理学、人类学、地理学等学科为一体的跨学科研究之路，开辟了“家庭史、爱情史、配偶史、对儿童的态度史、群体社交史及死亡史等这一系列新开拓的研究领域”[④]，兴起或建构了历史人类学、历史心理学、心态史学、地理历史学等历史新门类，极大地丰富了历史学的研究对象，将原本就充满了丰富性、复杂性、大众性的历史呈现于世。年鉴学派在学术上极重要的贡献在于，它将单一的历史变为“一系列宽广视面”的复数历史[⑤]，使历史的研究对象从精英贵族转向平民百姓、芸芸众生，研究的重心从宏观政治转向微观政治，真正实现了史学的生活转向。

在20世纪20年代，法国的年鉴学派新史学开创性的学术思想，对整个20世纪的学术研究产生了巨大影响，甚至促使方法论发生根本转变。福柯是直接的受益者。福柯在《知识考古学》的引言中全面深刻地总结了法国的年鉴学派新史学的方法，并运用这种方法开辟了独特的微观政治的学术研究。德勒兹、拉克劳、墨菲、雅索普等都成功地进行了微观政治的研究。在某种意义上，可以说，20世纪的学术研究从宏观政治向微观政治的转向是21世纪的重要特征。

① 衣俊卿：《社会历史理论的微观视域（上）》，中央编译出版社，2011，第219页。
② 衣俊卿：《社会历史理论的微观视域（上）》，中央编译出版社，2011，第220页。
③ 衣俊卿：《社会历史理论的微观视域（上）》，中央编译出版社，2011，第221页。
④ 衣俊卿：《社会历史理论的微观视域（上）》，中央编译出版社，2011，第199页。
⑤ 衣俊卿：《社会历史理论的微观视域（上）》，中央编译出版社，2011，第199页。

伴随着整个社会的日常生活的转向、大众文化和大众媒体文化的兴起与蓬勃发展，作为具有社会主人翁地位的大众，或曰公民的微观政治的诉求，如民间叙事、民俗叙事、身体叙事、网络叙事、身份叙事、福利叙事、民主叙事等叙事类型迅速兴起。这些微观的政治叙事通常是自发的、散在的，体现在老百姓的吃喝拉撒睡的日常生活中，且还常常以一种后现代的拼贴、反讽、悖论、自否等形式，在自娱自乐的喜剧社会场域中显现。但这些叙事却表达了芸芸众生的政治体验、政治诉求、政治身份的建构，以实现其对民主的渴求。一般来说，宏观政治学或社会学，对这种微观政治叙事不予关注，甚或打压。但在后意识形态环境下，微观政治叙事的地位以及它所蕴藏的巨大能量，对社会的稳定来说，已不可小觑。西方的公民社会早已将文化的表征纳入政治和社会的重大管理事务之中，西方马克思主义著名思想家葛兰西早在 20 世纪 20 年代就提出“文化权力”这一具有划时代意义的观念。今天，中国的政治和社会管理所关注的农民工问题、边缘弱势群体问题、医改问题、网络媒体问题、社区问题等，应该说是向微观政治迈出了可喜的一大步，值得认真总结经验，使中国的微观政治在社会事务管理方面建构起一套既有利于充分激发出大众的主人翁潜力，又行之有效的体制与规范；既确保大众的、多元的、差异的权利诉求能够得以满足，又使社会管理能为整个社会提供得以实现大众多元诉求的安全系数。

20 世纪的学术研究从宏观政治向微观政治转向的大趋势，迫使文学艺术理论生产突破疆域，扩大学科研究的内容和方法。在传统文学理论那里，政治学的宏观政治表现为文学的基本原理和规律这种本体论的宏观研究。本体论是以揭示事物的本质为己任的，在本体论看来，事物的本质是事物之所是的根据，是一个学科独立自主性之标志，是学科研究内容的重中之重，当然也是学科研究的大理论。我们大学目前通用的文学理论教材基本上看重文学本体论的阐释，告诫学生一定要弄懂“文学理论的研究对象是什么？它和整个文艺学的关系是怎样的？它的基本任务是什么？它具有怎样的性质和品格？”① 由于强调本体论，中国的文学理论教材体系构架这几年虽说有所变动，但基本上还是离不开文学本质、文学活动、文学创作、文学作品构成和文学接受这五大部分。这五部分内容的核心是本质论，其余部分都是从不同的角度来印证本质论，而且各个部分都停留在文学本质的宏观论证上，论证所使用的方法基本上是假设演绎法，即先提出一个主题先行的关于文学本质的假设，然后用推理加例证的方法加以宏观论证。至于在文学本质问题上的学术纷争，不同见解和不确定的、复杂的因素早就被排除在外。一部文学理论教材，呈现出来的理论只能是单一的、绝对的、永恒的、终极的大理论。这种理论教条且无味，对作家的创作、学生的鉴赏毫无益处，更谈不上解决文学艺术发展中出现的难题。安托万·孔帕尼翁对此曾说过：“理论包含着某种真理，所以它充满魅力，但它不可能包含所有的真理，因为文学现实无法全然理论化。”② 之所以说“文学现实无法全然理论化”，是因为文学与哲学、社会学、政治学、伦理学等人文学科相比，对生活的涵盖面、包容面，都是其他科学无法比拟的，更何况，文学所尊奉的对象是具有生命、感觉、感情、理智的人，文学所面对的是异常具体的、丰富的、复杂的、多变的人的生活。这种诗意盎然的原生态的本真生活怎么可能被完全理论化、规范化，更不可能成为“被制度化、条理化，蜕变为一种刻板僵化的教学小技巧”的文学的理论化 ③。

面对丰富多彩的文学实践，文学理论的改造迫在眉睫。如果说要想将文学理论改造成“对文学行动提供智慧”的学问，那么我们就要建立一种大理论与小理论相结合的文学理论体系。对文学理论来说，我认为文学理论的小理论有两方面的指向，第一个指向是小理论体现出来的是跨越文学边界的、从现实文化和日常生活中涌现出来的各种叙事，如民间叙事、民俗叙事、身

① 童庆炳：《文学理论教程》，高等教育出版社，1992，第 1 页。

② ［法］安托万·孔帕尼翁：《理论的幽灵——文学与常识》，吴泓缈、汪捷宇译，南京大学出版社，2017，第 244 页。

③ ［法］安托万·孔帕尼翁：《理论的幽灵——文学与常识》，吴泓缈、汪捷宇译，南京大学出版社，2017，第 3—4 页。

体叙事、网络叙事、身份叙事、福利叙事、民主叙事、女性叙事、后殖民叙事等等。这些叙事相对于本质论的大叙事而言，显然是小叙事、小理论，却是文学理论不可或缺的，在某种程度上来说，是与文学之所以为文学密切相关的叙事。这些小叙事都是当代人，尤其是当代边缘人群、亚文化群体，甚至是另类人群的政治诉求。这些政治诉求散见于日常生活的方方面面，充斥在时空的每一个角落，预示着生活潜流的发展动向，它虽然混沌驳杂、动荡不安，但蕴藏着巨大的能量。用混沌理论来解释，这些小叙事，是事物相变中的一个个偶然因素，它相当于噪声，虽微小，但一旦在某种条件和机遇的号召下，四面八方的噪声迅速汇集放大到足以引起事物的相变的能量时，事物就不以人的意志为转移地发生相变。混沌理论揭示了事物发生相变时，是有多种选择的。事物向哪个方向发展，不取决于必然的因素，而是取决于偶然的因素。从这个意义上来说，“无序是事物发展之源”。

作为文学，尤其是当代文学，它在书写阶级斗争史、国家史、英雄史这样的宏观政治前提下，还应书写诸多小叙事构成的微观政治。那么作为对文学进行理论化的文学理论，能够对这些事物相变的小叙事熟视无睹，抑或置若罔闻吗?！英国学者朱利安·沃尔弗雷斯在述介 21 世纪批评时，既不使用编年史的方法，也不根据批评的思潮和流派作介绍，而是独辟蹊径，选择了微观政治学的小叙事，即“身份、对话、空间和地点、批评的声音、物质性与非物质性”这五个叙事主题或母题。他认为这五个母题“或多或少地以间接的方式提及近年来涌现的某些批评热点，这些热点又在继续为人文学科提供着不同的认识论关注点，而这一切在很大程度上又是批评和文化研究日益具有跨学科性质的结果”①。应该说，朱利安·沃尔弗雷斯为我们文学理论开辟小理论的研究提供了宝贵的经验。

文学理论的小理论另一个指向是我们通常说的多元的批评流派和方法。安托万·孔帕尼翁在《理论的幽灵——文学与常识》一书的序言中，专门列

① [英] 朱利安·沃尔弗雷斯：《21 世纪批评述介》，张琼、张冲译，南京大学出版社，2009，第 5 页。

了一小节，题目叫“单一理论或多个理论”。这一小节所占篇幅仅仅一页而已，然而在极简洁的表述中却揭示了多元文学理论的真谛。他认为，过去我们一直都相信世界上只有一种理论，即单数的理论，殊不知理论是由理论家创建的，“有多少个理论家就有多少种理论”[①]。之所以“有多少个理论家就有多少种理论”，除了因理论家的个人“信念、教条、意识形态”不同外，主要源于理论的反思、批判品格。理论从根本上说“是非规范性的”[②]，它不提供经院说教，而是进行“理论探索”。“理论探索”是在理论与常识、理论与理论之间的冲突、对立中，在不断质疑、反思、批判中进行的。唯有这种质疑、反思和批判，理论才能成熟发展。所以，安托万·孔帕尼翁特别看重理论的反思、批判品格，由衷地赞赏这种理论，他指出：“真正有成效的理论只能是反躬自问并对自己话语进行质疑的理论……理论的作用是被穿越，被舍弃，被人退后几步审视，而不是为了后退。”[③]如此等等，不一一列举。我们的文学理论如果真正在质疑和批判中建构，那么文学理论的流派和方法必然呈现出多样性、多元化。伊瑟尔的《怎样做理论》一书，为我们建构小理论的文学理论提供了范例。他在“理论模式”一节中表明，理论的多元化是由于“每一个理论都将艺术纳入到一种认知框架之下，而这一框架又必然对作品的理解加以限制。一种概念所遗漏的方面，往往会被另一种方法所吸纳，而后者当然又会产生本身的局限，如此类推，以至无穷”[④]。根据这样的学术立场，他用了 10 章的篇幅对 20 世纪涌现出来的现象学、阐释学理论、格式塔理论、接受美学、符号学理论、精神分析理论、马克思主义、解构主义、人类学理论、杜威的《艺术即经验》、女性主义诗学、后殖民话语一一做了评介。在

---

① [法]安托万·孔帕尼翁：《理论的幽灵——文学与常识》，吴泓缈、汪捷宇译，南京大学出版社，2017，第 15 页。

② [法]安托万·孔帕尼翁：《理论的幽灵——文学与常识》，吴泓缈、汪捷宇译，南京大学出版社，2017，第 11 页。

③ [法]安托万·孔帕尼翁：《理论的幽灵——文学与常识》，吴泓缈、汪捷宇译，南京大学出版社，2017，第 247 页。

④ [德]沃尔夫冈·伊瑟尔：《怎样做理论》，朱刚、谷婷婷、潘玉莎译，南京大学出版社，2008，第 9 页。

体例上，除了阐释上述理论的内质外，还探讨了“理论中引出的方法”①，剖析了实例的分析运用。这种体例的设置，一是通过各种理论的评介，梳理出理论发展中相互对立、相互吸纳又相互超越的内在逻辑性；二是表明了定于一尊的单一理论时代一去不复返，这个时代是多元的、差异的时代，西方启蒙时代建立的宏大叙事、总体化、单一化原则早已失去了合法性，理论的多元性、相对性已是不争的事实，文学艺术理论亦当如此。所以，伊瑟尔断言：“美学将艺术提升到人类成就的最高点，却在 20 世纪开始衰落，原因是艺术的整体概念此时站不住脚了。艺术作品不可能依附于任何形而上的基础之上，更不可能有可以界定的本质……”② 文学理论小理论的芬芳喷涌，正基于此！

三、文学理论概念的塑形与重组

文学理论是关于文学艺术的基本理论，它以形而上的追思、概念的标识、命题的建构、理论形态的构型进行文学理论的生产，其中概念（或曰关键词）就像构建理论大厦的砖石一样，起着最基础的作用。概念的反思性、建构性、涵盖度、生成度，对于文学理论构建的科学性、共识性和创造性至关重要。从西方百年文论史看，关键词的生产层出不穷，星光灿烂，照亮了文艺学的星空，如陌生化、艺术程序、悖论、自否、文本细读、无意识、集体无意识、神话原型批评、意识形态国家机器、症候阅读、文化霸权、文本、文化政治、权力话语、知识考古学、谱系学、延异、踪迹、文化工业、单面人、表征性阐释、意识形态生产、机械复制时代等等。中国改革开放以来的文论，同样提出了审美意识形态、实践美学、生态美学、新理性精神、文化诗学等关键词。这些概念的生产具有创新性品格，具有重大意义。在笔者看来：第一，关键词是一个流派、一种理论、一种方法或一位文论家创新的独特标志，比如结构之于结构主义、陌生化之于俄国形式主义、文本细读之于新批评、无意识

① ［德］沃尔夫冈·伊瑟尔：《怎样做理论》，朱刚、谷婷婷、潘玉莎译，南京大学出版社，2008，第 25 页。

② ［德］沃尔夫冈·伊瑟尔：《怎样做理论》，朱刚、谷婷婷、潘玉莎译，南京大学出版社，2008，第 3 页。

之于精神分析、集体无意识之于神话原型批评、意识形态国家机器之于阿尔都塞、权力话语之于福柯、延异之于德里达、文化霸权之于葛兰西、单面人之于马尔库塞、机械复制时代之于本雅明、意识形态生产之于伊格尔顿等等。这些关键词是他们理论独创性的最突出的标志。第二，关键词大量地浓缩了一个流派或理论的精微要义、精确的边界标志，凸显出独一无二性。比如福柯的权力话语，将 20 世纪学术语言转向的精髓与权力、政治、体制和文化相关联，解释了西方自启蒙运动以来理性主义文化和权力联姻孕就的国家政治统治的新机制和新策略，揭示了政治权力以话语的形式对公民实行统治的虚假性。第三，经典的关键词一般都具有理论的前瞻性。如葛兰西的文化霸权是在 20 世纪初提出来的，但它预示的是政治斗争的新形式——文化政治，不仅为西方马克思主义理论确立了以文化批判为焦点的理论基础，而且一直影响到文化转向和后马克思主义斗争的目标与趋势。随着资本主义进入跨国资本主义的后现代时期，一方面，现代性的自反性产生的种种悖论与困境，带来了尖锐的社会矛盾，引起了各个阶层的不满，兴起了各种反抗现代资本主义的运动；另一方面，资本主义的福利制度致使作为斗争先锋的工人阶级丧失了先进性，不再有能力充当斗争的领导者，只能与社会各个阶层联合起来，开展生态运动、女权运动、亚文化运动。这些由社会各个阶层联合的运动是一种社群的文化斗争形式，也是一种他者反抗文化霸权的运动。所以，葛兰西的文化霸权理论，至今不仅没有过时，反而继续为他者的文化政治斗争提供理论资源。

在中国，钱中文先生提出的新理性精神，不仅是对消费文化、大众文化和媒介文化带来的非理性思潮的一种反驳与疗救，而且也是对后现代社会之后，人类精神和文化出路的一种前瞻性的理论指引。20 世纪 70 年代以来，西方社会进入后现代时期，在思想文化上，一股反思、批判、颠覆理性主义文化的解构主义思潮轰然而起，其势头之猛、波及之广、影响力之大，都难以估量。从积极意义上看，解构主义思潮从文化思想上对资本主义的批判是深刻而又无情的；从消极层面上看，当解构主义思潮走向极端，相对主义、虚无主义、非理性便应运而生，导致文化艺术走上了反文化、反艺术之路。西方诸多思想家和学者为之担忧和焦虑，他们纷纷开出挽救人类命运的药方。以格里芬为首的思想家提出了建设性后现代主义理论，但大多数学者，如齐美尔、马克斯·韦伯、贝尔等都主张建构新的宗教救治解构主义思潮带来的负面效应和消费文化、大众文化带来的弊端。在丹尼尔·贝尔看来，当代资本主义由经济、文化和政治三大轴心导致的矛盾是体制的矛盾、不可化解的矛盾，陷入现代性的双重羁绊，人类的社会世界自我膨胀、欲望横流、魔鬼狂欢，传统宗教衰败，人们“在‘恐惧和战栗’中生活”。这样的社会世界里，人类如何重现曾有的辉煌？丹尼尔·贝尔认为主要靠意义价值系统来修复。后工业时代的意义价值系统包括宗教、文化和工作三方面：在西方社会，宗教被赋予了“看守着魔鬼的大门”和“提供跟过去的延续性”的不朽功能[①]。在传统社会，宗教通过信仰和上帝的力量发挥宗教的道德修养功能，将人的种种欲望生成的魔鬼驱除门外。但是到了后工业社会，现代主义和后现代主义文化将消费欲望、性解放欲望、自我张扬等欲望合法化，开始“接受它，探索它，着迷于它，把它（正确地）看做某种创造力的源泉”[②]。传统宗教驱除魔鬼的功能似乎已然失效，贝尔则认为，尽管传统宗教在今天衰败，但社会世界还要借助宗教的力量确立当代的价值和意义，传统彼岸世界的神灵宗教必须世俗化，回到此岸，重建宗教的权威。西方学者开出的宗教疗方，在某种意义上看，带有乌托邦性质，在实践上无补于世，只是学者的一厢情愿。钱中文先生提出的新理性精神，单刀直入，揭示后工业社会出现的反理性主义思潮和欲望横流的文化现实，以一种开放的、包容的、当代性的新的理性精神回应现实，与西方学者开出的宗教疗方相比，既具有强烈的针对性、现实性和实践性，又重新确证了人类的理性智慧的合法性，并根据当代的学术新思维，赋予理性以新的内涵和新的阐释。完全可以这样

① ［美］丹尼尔·贝尔：《资本主义文化矛盾》，严蓓雯译，江苏人民出版社，2007，第157页。

② ［美］丹尼尔·贝尔：《资本主义文化矛盾》，严蓓雯译，江苏人民出版社，2007，第168页。

说，新理性精神建构了一种时代的、生成的、辩证有机的新的理性理论。

总之，20 世纪以来，中西文论都提出了很多具有创新性的概念、关键词，但我们也不能否认，在概念和关键词的生产中，也存在着不少认识论障碍，束缚了理论的创新。在笔者看来，其中最大的认识论障碍是一种静止的、绝对的、单一的存在论概念思维。法国著名的科学哲学家乔治·康吉莱姆针对这种认识论障碍提出："科学的历史不应是传记的简单集合，更不该是由奇闻逸事点缀的年表。它应是关于科学概念塑形 (formation)、变形 (déformation) 和修正 (rectification) 的历史。"[①] 在以往的文学理论概念生产中，我们太注重单一性、精确性、明晰性和恒定性，忽略了概念的历史性、反思性和生成性，致使文学理论的概念教条而又僵化，文学理论的生命活力消弭殆尽。如果想要概念的生产充满活力与创造性，那么就必须破除静止的存在论，树立动态的生成论。任何概念和关键词的提出，首先是回应社会现实和理论现实涌现的问题，也是对这些问题的解决提供理论说明。概念和关键词是特定时代综合语境的产物，它必须具有时代语境的合法身份和某时段的合理性与科学性，一旦语境发生变化，概念和关键词的真理性就将失去效力。学术史上，从来没有一劳永逸、万古不变、放之四海而皆准的概念和关键词。如果要想概念和关键词具有生命活力、具有可阐释性，就必须使之顺应历史的变化，不断地进行塑形、变形和修正，赋予它以新的活力。文学理论史上，文学是什么的问题既是一个老生常谈的话题，又是一个争论不休的问题。一种观点认为，文学之所以为文学，就一定有其独特的本质。什么是文学的问题，就是要明晰地给定一个适合所有时代、所有文学样式的文学概念。我们通行的文学概论教材就是这种体例。另一种观点则认为文学具有不可定义性。德里达在 1989 年的一次访谈中明确提出："文学是一种允许人们以任何方式讲述任何事情的建制"[②]，"即便称作'文学'的现象是某年某日历史地出现于欧

① ［法］皮埃尔·马舍雷：《从康吉莱姆到福柯：规范的力量》，刘冰菁译，重庆大学出版社，2016，第 33 页。

② ［法］雅克·德里达：《文学行动》，赵兴国等译，中国社会科学出版社，1998，第 3 页。

洲，这也不意味着人们就能严格地鉴别文学客体。它并不表示有了一种文学的本质，它甚至表示完全相反的意思”①。两种文学本质观中，前者的观点是本质主义的说法，德里达的观点显然是反本质主义的。

除了上述两种针尖对麦芒的对立观点外，20 世纪 80 年代兴起了第三种观点，其代表人物主要是乔纳森·卡勒、安托万·孔帕尼翁、沃尔夫冈·伊瑟尔、彼得·威德森、拉曼·塞尔登、铃木贞美等学者。第三种观点既不同意本质主义将文学禁锢于永恒的万古不变的枷锁中，也不认同文学的无边泛化，主张动态的、历史的、复数的、生成性的概念观，他们强调：

第一，概念的现代性。

“文学”一词不是自古有之，而是 19 世纪以后才出现的。乔纳森·卡勒说：“literature”这个词，在欧洲的古代是指“著作”或“书本知识”，只是到了 1800 年后，才赋予了文学的含义。即便如此，在大学或普通学校，仍没有文学专业，只把 literature 当作语言和修辞方面的经典案例来对待，使之附属于包括“演讲、布道、历史和哲学”②在内的大学科。伊格尔顿在谈英国文学的兴起时，也指出：18 世纪的英国，文学的概念“仅限于‘创造性’或‘想象性’作品”，“诗，以及哲学、历史、随笔和书信”均列入文学之中。一直到 19 世纪，才产生现代意义的文学概念。即便如此，在牛津大学和剑桥大学，英国文学长期以来都未被列为独特学科，一直到第一次世界大战期间，才被认同。在日本，据铃木贞美考证，现代意义的文学概念和文学史是在第二次世界大战被完全确立下来的。依据上述史料，我们完全可以这样说，现代意义的文学概念，或说纯文学概念的出现是在 19 世纪，它是西方现代性分化的产物，是现代性功能专门化才赋予了文学作为独特学科的特质。所以，文学概念也是生成发展的。

第二，概念的历史性。

① [法] 雅克·德里达：《文学行动》，赵兴国等译，中国社会科学出版社，1998，第 8 页。
② [美] 乔纳森·卡勒：《当代学术入门：文学理论》，李平译，辽宁教育出版社，1998，第 22 页。

20 世纪 70 年代，西方兴起了观念史的研究，如英国伯林的《反潮流：观念史论文集》、法国安托万·孔帕尼翁的《反现代派——从约瑟夫·德·迈斯特到罗兰·巴特》、英国的彼得·威德森的《现代西方文学观念简史》、法国罗杰·法约尔的《批评：方法与历史》、日本铃木贞美的《文学的概念》等等。观念史的研究是考察某种概念、观念或理论生产的历史，试图从历史性的角度，探讨同一观念、概念或理论在不同历史时期的不同表现形态和内涵，从而在动态的、流变的、历史的多种因素合力效应下，揭示它的生成机制。观念史的研究，注重观念生成的历史维度和各种历史的、政治的、文化的、意识形态的作用，但它与庸俗历史学不同之处在于它聚焦于某一概念、观念或理论，是以概念、观念或理论的内在性为观念生产场的中心，或焦点，目的在于揭示某一概念、观念或理论的质性、内涵的塑形、变形和修正的历史。日本铃木贞美的《文学的概念》为我们提供了一个值得借鉴的典范。铃木贞美首先从“文学有什么用”这个问题入手，来肯定探讨文学这一概念的必要性和价值。20 世纪，文学逐渐遇冷、被边缘化，萨特认为“在一个饿死的婴儿面前”谈论文学“没有任何意义”；20 世纪 20 年代，日本的“无产阶级文学”将文学“定位成政治宣传的工具”[①]，有的将文学限定在“狭义书籍”的范围，把“口头作品（广播与戏剧）”、大众文学排除在外[②]。到了 20 世纪八九十年代，文学终结论问世，日本文学也面临同样的语境，“‘纯文学’与‘大众文学’的藩篱实际上已经被拆除”[③]，但学术界却还在为此争论不休。文学面临衰退和文学边界的扩容，需要对文学概念重新审视、重组。铃木贞美对雷蒙·威廉斯的历史主义方法的欣赏，促使她“对自己所归属的文化现实和成为自己研究基础的知识体系进行相对作业”，即运用“历史相对比”的方法，进行文学概念的历史考证[④]。但是，铃木贞美走的不是一条实证主义的考证之路，而是重组“具有历史感的人文学”，

① ［日］铃木贞美：《文学的概念》，王成译，中央编译出版社，2011，第 2 页。
② ［日］铃木贞美：《文学的概念》，王成译，中央编译出版社，2011，第 3 页。
③ ［日］铃木贞美：《文学的概念》，王成译，中央编译出版社，2011，第 5 页。
④ ［日］铃木贞美：《文学的概念》，王成译，中央编译出版社，2011，第 4 页。

为此，她要以历史之维，澄清因缺乏“历史感”而“引起根本性的谬误和颠倒却没有意识到的一些观点”[①]。在《文学的概念》第一章，铃木贞美考察了日本 1928 年出版的《文艺大辞典》、1994 年出版的《广辞苑》词典、1995 年出版的《大辞林》、1975 年出版的《日本国语大辞典》、雷蒙·威廉斯《关键词：文化与社会的词汇》中有关“Literature”的条目、1989 年出版的《现代英语辞典》中有关文学概念的不同解释，发现无论是日本还是西方，“文学”都是最难定义的词语之一，阐释多样，歧义丛生。铃木贞美认为，对文学难以定义的原因，一是界定概念范畴的方法不明确；二是价值观不同，各种思潮的影响也不同；三是思维习惯成形，难以发现问题。为了全面地梳理日本关于文学的概念史，铃木贞美从各个角度进行考证：对英语文学（Literature）概念、中国文学概念传入日本的历史、日本的文学史、观念与制度对文学定义的影响、概念自身的斗争情况、日本近代文学的确立和发展等多维度、多时段、多因素状况进行条分缕析、精微透视，提出了“文学”概念的重组策略，即超越近代化 = 西欧化、反近代 = 传统主义、纯文学与大众文学、文学与艺术的种种对立，“通往文艺史的方向”[②]。铃木贞美的《文学的概念》由于从动态的、流变的、历史的多重因素考察文学概念的生成机制，呈现了日本绘制的文学概念的历史画卷，又以当代意识、开放的学术视野对文学概念重新进行思考，最终获得世界学术界的好评。据译者王成介绍，《文学的概念》“得到美国中坚学者们过高的赞誉，他们称赞这是一部把日本文学研究导向一个新台阶的著作”[③]。

第三，当代意识、开放视野。

文学艺术既是心灵的窗口，更是时代的晴雨表。正如刘勰所言：“文变染乎世情，兴废系乎时序。”自古以来，文学总是随着时代变化而变化、发展而发展。文学是一种“建制”，虽说“文学作为历史性建制有自己的惯例、规则，等等，但这种虚构的建制还给予原则上讲述一切的权利，允许摆脱

① ［日］铃木贞美：《文学的概念》，王成译，中央编译出版社，2011，第 8 页。
② ［日］铃木贞美：《文学的概念》，王成译，中央编译出版社，2011，第 323 页。
③ ［日］铃木贞美：《文学的概念》，王成译，中央编译出版社，2011，第 1 页。

规则、置换规则，因而去制定、创造甚而去怀疑自然与制度、自然与传统法、自然与历史之间的传统的差别”[①]，但它毕竟是历史的、经济的、政治的、文化的、意识形态的、文学艺术的建制，因而不存在整齐划一的、永恒不变的纯文学，那么，从历史维度看，对文学的定义就千差万别、良莠不齐，这是文学概念的常态。反之，幻想放之四海而皆准的、绝对的、普遍性的概念，才是特例。文学的建制特性，使我们在对待文学概念的生产问题时，一定要有当代意识、开放视野和创造性的胆识。只有这样，才能科学地引领文学艺术实践的健康发展。沃尔夫冈·伊瑟尔在20世纪60年代，曾经是接受美学的领军人物，当时，他还恪守文学的审美性。但是到了21世纪，面临文学艺术和文学理论生产的巨大变革，他能够站在时代的前沿，对文学理论的生产提出了很有见地的新的洞见。在《怎样做理论》中，他对当代理论衰落的原因做出透彻分析，提出建构多元化的理论的主张，并对20世纪兴起的英伽登的现象学理论、伽达默尔的阐释学理论、韦特海默的格式塔理论、伊瑟尔的接受理论、艾柯的符号学理论、艾伦茨威格和拉康的精神分析理论、威廉斯的马克思主义理论、米勒的解构主义理论、冈斯的人类学理论、杜威的审美经验理论、肖沃特的女性主义诗学以及萨义德的后殖民话语等一一进行解读，其中还结合了一些实例作为佐证，充分展示了这些理论所具有的阐释潜力。拉曼·塞尔登、彼得·威德森与彼得·布鲁克撰写的《当代文学理论导读》不仅要求我们正视“过去20年来发生的惊天动地的变化已经极大地改变了‘当代文学理论’的面貌”这一现实，还告诫我们不能把文学理论再定性为传统所聚焦的经典、精英著作、思想的汇集，而是更要认识到“单数的、大写的‘理论’迅速地发展成小写的、众多的‘理论’”[②]，并进而“孵化出了大量的、多样的实践部落，或者说理论化的实践”[③]。他们的关注超过

① [法]雅克·德里达：《文学行动》，赵兴国等译，中国社会科学出版社，1998，第4页。
② [英]拉曼·塞尔登，彼得·威德森，彼得·布鲁克：《当代文学理论导读》，刘象愚译，北京大学出版社，2006，第2页。
③ [英]拉曼·塞尔登，彼得·威德森，彼得·布鲁克：《当代文学理论导读》，刘象愚译，北京大学出版社，2006，第9页。

了传统文学定义范围的文化理论，如后现代主义、后殖民主义、同性恋与酷儿理论等发展成果，肯定了它们所具有的思想价值，认为“这些理论在全球范围内促进了对一切话语形式的重新阐释和调整，成了激进的文化政治的一部分”[①]。一方面，提醒学界，理论化要保持以文学为核心，要“始终注意在广阔多变的文化史进程中保持一个文学的焦点”；另一方面，又要保持当代意识和开放的视野，跳出理论的象牙塔，使理论应用于实践：“理论是要被使用的、批评的，而不是为了理论自身而被抽象地研究的。”[②] 这就要处理好理论与批评的关系，不能使理论高高在上，也不能将理论与批评对立起来，而是要让两者相互交往、相互对话。所有这些洞见，都体现出《当代文学理论导读》的作者高屋建瓴的学术视野、开放的思想意识、审时度势的学术眼光和科学的建构思维。

总之，在概念和关键词的生产中，持一种动态的、历史的、复数的、生成性的概念观或方法论，既不被本质主义束缚手脚、禁锢思想的创造力，又不会以一种极端的激进方式或绝对的相对主义和虚无主义，消解文学、解构文学理论，而是在恪守文学艺术的焦点上，不断地“修正、变形和重组”文学艺术的概念生产，让文学理论摆脱危机，激发创造潜能，创造出一个个充满活力的文学艺术的概念和关键词。

（作者单位：哥伦比亚大学通识教育学院）

① ［英］拉曼·塞尔登，彼得·威德森，彼得·布鲁克：《当代文学理论导读》，刘象愚译，北京大学出版社，2006，第10页。

② ［英］拉曼·塞尔登，彼得·威德森，彼得·布鲁克：《当代文学理论导读》，刘象愚译，北京大学出版社，2006，第10—11页。

论毛泽东诗词中江河意象的政治意蕴和审美意蕴

张伟

一、“两个标准”的内涵与现实针对性

1942年5月，毛泽东召集文艺工作者开了三次座谈会，发表《在延安文艺座谈会上的讲话》（以下简称《讲话》）。《讲话》是毛泽东文艺思想的核心和灵魂，从根本上指明了党领导文艺工作的政治方向，是解放战争时期文化建设领域的纲领性文件。召开这次座谈会，目的是“研究文艺工作和一般革命工作的关系，求得革命文艺的正确发展，求得革命文艺对其他革命工作的更好的协助，借以打倒我们民族的敌人，完成民族解放的任务”①。毛泽东指出，在当前的革命工作中，文艺工作具有战略性意义。除了手里有枪的军队，“我们还要有文化的军队，这是团结自己、战胜敌人必不可少的一支军队”②。针对文艺批评，毛泽东在《讲话》中提出了著名的“两个标准”。

“文艺批评有两个标准，一个是政治标准，一个是艺术标准。按照政治标准来说，一切利于抗日和团结的，鼓励群众同心同德的，反对倒退、促成进步的东西，便都是好的；而一切不利于抗日和团结的，鼓动群众离心离德的，反对进步、拉着人们倒退的东西，便都是坏的……按着艺术标准

---

① 毛泽东：《毛泽东选集》（第三卷），人民出版社，1991，第847页。

② 毛泽东：《毛泽东选集》（第三卷），人民出版社，1991，第847页。早在1936年，毛泽东《临江仙·赠丁玲同志》中赞美丁玲“纤笔一枝谁与似？三千毛瑟精兵”就已经表达了类似观念。

来说，一切艺术性较高的，是好的，或较好的；艺术性较低的，则是坏的，或较坏的。这种分别，当然也要看社会效果……又是政治标准，又是艺术标准，这两者的关系怎么样呢？……各个阶级社会中的各个阶级都有不同的政治标准和不同的艺术标准。但是任何阶级社会中的任何阶级，总是以政治标准放在第一位，以艺术标准放在第二位的……我们的要求则是政治和艺术的统一，内容和形式的统一，革命的政治内容和尽可能完美的艺术形式的统一。”①

这段话指出了政治标准、艺术标准的内涵以及两者之间的关系。毛泽东所说的符合政治标准的文艺作品，是指“一切利于抗日和团结的，鼓励群众同心同德的，反对倒退、促成进步的东西”。毛泽东在《讲话》中指出，文艺是为最广大的人民大众的。1940 年 1 月，毛泽东在《新民主主义论》中将新民主主义的文化定性为“无产阶级领导的人民大众的反帝反封建的文化”②。可见，从 1940 年到 1945 年，毛泽东对于文化战线的思考是一贯的，他所指的政治标准就是指文艺工作要为了人民、服务抗战。

那么艺术标准是指什么呢？简而言之，就是效果。《讲话》指出：“判断一个作家，也是这样。真正的好心，必须顾及效果，总结经验，研究方法，在创作上就叫做表现的手法。”③要想达到好的效果，文艺工作者就要用心琢磨文学的表现手法，研究艺术的形式，使作品能够达到宣传和教育的目的。

在“两个标准”的关系问题上，毛泽东指出，政治标准与艺术标准之间不是平行的、并列的关系，而是“以政治标准放在第一位，以艺术标准放在第二位的”，“文艺服从于政治”④。但他同时也指出，“文艺是从属于政治的，但又反转来给予伟大的影响于政治”⑤，“我们的要求则是政治和艺术的统一，内容和形式的统一，革命的政治内容和尽可能完美的艺术形式的统一”。

① 毛泽东：《毛泽东选集》（第三卷），人民出版社，1991，第 868—870 页。
② 毛泽东：《毛泽东选集》（第二卷），人民出版社，1991，第 698 页。
③ 毛泽东：《毛泽东选集》（第三卷），人民出版社，1991，第 874 页。
④ 毛泽东：《毛泽东选集》（第三卷），人民出版社，1991，第 867 页。
⑤ 毛泽东：《毛泽东选集》（第三卷），人民出版社，1991，第 866 页。

这就要求“两个标准”既有轻重、主次之分，也要辩证统一。

革命文艺的初衷是为人民大众服务，而人民大众的水平是参差不齐的，因此必须有多样性。毛泽东说：“无论高级的或初级的，我们的文学艺术都是为人民大众的，首先是为工农兵的，为工农兵而创作，为工农兵所利用的。”[①]“艺术性也是从低级的到高级的。……艺术性高的我们要，低的我们也要。像墙报、娃娃画娃娃，我们也要，那是萌芽，有发展的可能性，有根在那里……墙报、民歌、民间故事，我们也需要看看。”[②]用文艺批评的话来说，就是要雅俗兼备，才能适应人民群众多样化的精神文化需求。

毛泽东的文艺批评在延安和左翼作家中产生深远的影响，新中国成立之后成为全国性的文艺纲领。在这一文艺思想的指导下产生的文学作品，我们通常称之为延安文学和“十七年文学”。延安文学和“十七年文学”诞生了一批文艺经典，在思想性和艺术表现力上都取得了很高的成就，但也产生了一些问题。如强调政治标准第一，某些作品塑造的人物高大上，不接地气，形象扁平，不够立体丰富。实际上毛泽东虽然把艺术标准放在第二位，指出艺术标准从低到高，但并不是要文艺工作者降低对艺术标准的要求，而是让他们向民间艺术学习，向老百姓学习，创作出各阶层都喜闻乐见的文艺作品。不过，单纯从理论上分析如何把握好“两个标准”，确实是一个难题。

值得庆幸的是，毛泽东不仅以“两个标准”要求文艺工作者，他的文学创作也为如何实现“政治和艺术的统一”“艺术服从于政治”进行了示范。分析他的诗词创作，对于理解其文艺思想有所裨益。江河是古典诗词中常见的意象，毛泽东在诗词创作中赋予江河意象以鲜明的时代精神和丰富的政治意蕴，创造了独具特色的江河意象。本文拟以毛泽东诗词中的江河意象为切入点，分析其诗词中江河意象的政治意蕴与艺术意蕴，探析毛泽东文艺思想和创作实践对当下文学批评与创作的启示。

---

① 毛泽东：《毛泽东选集》（第三卷），人民出版社，1991，第863页。

② 毛泽东：《毛泽东文集》（第二卷），人民出版社，1993，第429—430页。

二、江河意象的政治意蕴

毛泽东诗词中江河意象的政治意蕴主要体现在为什么人写（接受对象）、写什么（创作对象）、立场和态度三个方面。

从接受对象来看，毛泽东诗词的潜在读者是广大人民群众。毛泽东一方面号召文艺工作者与工农兵相结合，另一方面，他以工农兵的思想为思想，以工农兵的习惯为习惯，创作了大量反映革命战争和社会主义建设伟大征程的诗篇。

《〈词六首〉引言》说："这些词是在一九二九至一九三一年在马背上哼成的。文采不佳，却反映了那个时期革命人民群众和革命战士们的心情舒快状态，作为史料，是可以的。"[①]"在马背上哼成的"，意指毛泽东在长征途中所作的诗词多为即兴所作。这则引言的对象分别是《清平乐·蒋桂战争》《采桑子·重阳》《减字木兰花·广昌路上》《蝶恋花·从汀州向长沙》《渔家傲·反第一次大"围剿"》《渔家傲·反第二次大"围剿"》。《渔家傲·反第二次大"围剿"》云："七百里驱十五日，赣水苍茫闽山碧，横扫千军如卷席。"毛泽东以赣水、闽山作为红军十五日急行军七百里的见证人，以赣水之"苍茫"、闽山之"碧"、以冷色调与红军热火朝天的急行军形成了气氛上的冷、暖的对比。"横扫千军如卷席"突出了革命战士的动作之迅疾、战况之顺利。此诗并未刻意塑造高大形象，而急行军的场面与诗中流露的"革命人民群众和革命战士们的心情舒快状态"跃然纸上。表现革命者奋斗精神的还有《水调歌头·重上井冈山》（1965）"可上九天揽月，可下五洋捉鳖，谈笑凯歌还"。对无产阶级革命战士而言，世上没有什么困难可言，上天下海，揽月捉鳖，无所不能，谈笑之间便胜利回还。

从诗歌的抒情主人公来看，毛泽东诗词的抒情主人公大多数为"非常我"。周啸天说："简言之，抒情主人公有三种情况：一种情况，抒情主人公为'我'，即作者本人，如陆游《钗头凤》的抒情主人公就是陆游本人。

① 上海辞书出版社文学鉴赏辞典编纂中心：《毛泽东诗词鉴赏辞典》，上海辞书出版社，2011，第238页。

另一种情况，抒情主人公为‘非我’，即不是作者本人，诗词中的代言体就是如此，如《新婚别》中的抒情主人公就不是杜甫。第三种情况，抒情主人公为‘非常我’，即包含我，却不等于我，如唐王梵志诗中的‘我’，就是泛指的我。毛泽东诗词主题重大，大部分作品所反映和表现的，是中国有史以来最伟大、最深刻的一场历史变革，以及在这场历史变革中的革命豪情。其抒情主人公往往是一个大我，一个群体……句中的‘我’便是与百万工农结合的大我，都不等同于毛泽东本人，但一定包含他本人。”①毋庸讳言，毛泽东有一部分诗词的抒情主人公的确是作者本人，如《菩萨蛮·黄鹤楼》《清平乐·会昌》《五古·挽易昌陶》《虞美人·枕上》等。②但大多数时候，毛泽东诗词中的抒情主人公是“非常我”。这是因为他有意识地突出了人民性，将个人的感受与广大工农的感受相结合，塑造出“大我”的抒情主人公形象。毛泽东诗词中涉及重大题材的作品，如《沁园春·雪》《七律·人民解放军占领南京》《七律·长征》等，诗歌的抒情主人公都是“非常我”。如《沁园春·雪》批注：“反封建主义，批判二千年封建主义的一个反动侧面……末三句，是指无产阶级。”③毛泽东在批注中明确指出这阕词具有政治意蕴。在塑造“大我”抒情主人公方面，毛泽东的表现方法具有示范意义。

从创作对象来看，毛泽东的经历与革命战争和现代化建设紧密联系，其诗词反映了革命战争和社会主义建设的形势。在与革命战争相关的诗歌中，江河是革命斗争的历史见证者。如《五律·喜闻捷报》云：“秋风度河上，大野入苍穹。”诗序曰：“中秋步运河上，闻西北野战军收复蟠龙作。”

---

① 上海辞书出版社文学鉴赏辞典编纂中心：《毛泽东诗词鉴赏辞典》，上海辞书出版社，2011，第91页。

② 比如《清平乐·会昌》“莫道君行早”，毛泽东对外文出版社的英译者解释：“‘君行早’的‘君’，指我自己，不是复数，要照单数译。会昌有高山，天不亮我就去爬山。”上海辞书出版社文学鉴赏辞典编纂中心：《毛泽东诗词鉴赏辞典》，上海辞书出版社，2011，第240页。

③ 上海辞书出版社文学鉴赏辞典编纂中心：《毛泽东诗词鉴赏辞典》，上海辞书出版社，2011，第237页。

《七律·人民解放军占领南京》:“钟山风雨起苍黄，百万雄师过大江。”《七律·长征》:“金沙水拍云崖暖，大渡桥横铁索寒。”《忆秦娥·娄山关》:“从头越。苍山如海，残阳如血。”毛泽东有意识地用具体的江河代指江西、湖南、福建、四川等地名，通过山川大河串起红军长征路线图，书写了大气磅礴的战争史诗和人民战争的颂歌。这些诗歌中的江河意象与具体战事相关，都被赋予了鲜明的时代精神。

毛泽东写作与社会主义建设相关的诗歌时，有意赋予江河以力量和激情，表现人民改造旧社会、建设新社会的愉悦心情。《七律·答友人》云:“洞庭波涛连天雪，长岛人歌动地诗。”李元洛认为:“以上二句是说，湖南社会主义建设的形势有如洞庭湖的波涛汹涌连天，在长沙的友人为此而吟出了震动大地的豪迈诗篇。”[1]《满江红·和郭沫若同志》:“四海翻腾云水怒，五洲震荡风雷激。”林一顺说:“以上二句喻言人民革命运动和民族解放运动在全世界兴起，其势有如四海云水翻腾之怒、五洲风荡雷震之激。”[2]《七律·和周世钊同志》:“春江浩荡暂徘徊，又踏层峰望眼开。风起绿洲吹浪去，雨从青野山上来。”“风起绿洲吹浪去”，以欣欣向荣的景象象征当时国内的形势。《七律二首·送瘟神》:“坐地日行八万里，巡天遥看一千河。”毛泽东解释说:“巡天，即谓我们这个太阳系（地球在内）每日每时都在银河系里穿来穿去。银河一河也，河则无限，‘一千’言其多而已。我们人类只是‘巡’在一条河中，‘看’则可以无数。”[3]银河是古人对星辰的想象，将广袤的宇宙比喻为“一千河”，源于毛泽东神奇的想象，含有对旧社会改造的飞速前进的意味。

总的来说，毛泽东诗词的潜在对象是人民大众，抒情主人公是“非常我”。他通过对江河意象的描绘，歌颂革命战争和建设过程中人民英勇奋斗

① 上海辞书出版社文学鉴赏辞典编纂中心:《毛泽东诗词鉴赏辞典》，上海辞书出版社，2011，第161页。

② 上海辞书出版社文学鉴赏辞典编纂中心:《毛泽东诗词鉴赏辞典》，上海辞书出版社，2011，第185页。

③ 上海辞书出版社文学鉴赏辞典编纂中心:《毛泽东诗词鉴赏辞典》，上海辞书出版社，2011，第145页。

的精神，鼓舞人民同心同德地和敌人做斗争、同心同德地参与社会主义建设，这使得他的诗词富于时代精神与政治意蕴。

三、江河意象的审美意蕴

如果说政治标准主要是解决为什么人服务的问题，那么艺术标准主要是解决用什么样的形式、如何服务的问题。

毛泽东诗词中江河意象的审美意蕴主要表现在以下四个方面：

第一，善用比兴。毛泽东非常重视形象思维的作用。1965 年 7 月，他在写给陈毅的信中说："又诗要用形象思维，不能如散文那样直说，所以比、兴两法是不能不用的。赋也可以用，如杜甫之《北征》，可谓'敷陈其事而直言之也'，然其中亦有比、兴。"[①]

在比的用法中，毛泽东诗词中有一些写法是习以为常的，如以浪比稻："喜看稻菽千重浪，遍地英雄下夕烟。"（《七律·到韶山》）更多的时候，是将比喻与其他艺术手法相结合。如《七绝·观潮》"千里波涛滚滚来，雪花飞向钓鱼台。人山纷赞阵容阔，铁马杀敌从容回"。这是将比喻与典故相结合，化用了陆游的诗句"夜阑卧听风吹雨，铁马冰河入梦来"。铁马通常用来借指军队，此处用来形容钱塘江潮水涌来时波涛汹涌之状，如闻"十万军声"。《七律二首·送瘟神》其二将比喻与拟人相结合。"红雨随心翻作浪，青山着意化为桥。""红雨"即飞花。以雨比落花表现了落花之多，"翻作浪"强调花在风吹拂之下的动态，"随心"则赋予花以人类的情感。这样写不仅叙述了落花飘落这个事实，而且细致地描绘了花飘落的动态、情感。《七律·长征》"五岭逶迤腾细浪"采用比喻和夸张的双重手法。把山比作细浪的写法将翻越五岭的困难渺小化，突出红军战士不怕困难、不惧牺牲的英雄气概。

"兴"有兴寄、比兴兼用和感兴三种。兴寄往往出现在词尾。《五古·挽易昌陶》是青年毛泽东祭奠友人的挽诗。"望灵荐杯酒，惨淡看铭旌。惆怅

① 上海辞书出版社文学鉴赏辞典编纂中心编：《毛泽东诗词鉴赏辞典》，上海辞书出版社，2011，第 234 页。

中何寄，江天水一泓。”作者将愁寄托于湘江之中，以水承载愁思。《菩萨蛮·黄鹤楼》：“烟雨莽苍苍，龟蛇锁大江……把酒酹滔滔，心潮逐浪高。”毛泽东批注：“一九二七年，大革命失败的前夕，心情苍凉，一时不知如何是好，这是那年的春季。夏季，八月七号，党的紧急会议，决定武装反抗，从此找到了出路。”① “心潮逐浪高”是指心潮与浪呼应，与浪比高，借以表达苍凉的心境。这种写法兼有比兴。《忆秦娥·娄山关》则是感兴。“从头越。苍山如海，残阳如血。”苍山、残阳与作者的心境契合，从而呈现灵感勃发的状态，这种状态即叶嘉莹所说的“感兴”。作者对自然景物有所感兴，读者也能从诗句中获得兴发感动的力量。

第二，以故为新，创造“今典”。“今典”是毛泽东有意熔古典诗词与当下生活于一炉的产物，是其诗词的独特之处。毛泽东在写给陈毅的信中说：“要作今诗，则要用形象思维方法，反映阶级斗争与生产斗争，古典绝不能要。”② 其实毛泽东诗词中用典之处并不少。毛泽东用典的特色在于以故为新，表现当下的事件。如《七律二首·送瘟神》其一“牛郎欲问瘟神事，一样悲欢逐逝波”。毛泽东解释说：“牛郎晋人。血吸虫病，蛊病，俗名鼓胀病，周秦汉累见书传。牛郎自然关心他的乡人，要问瘟神情况如何了。”③ 牛郎历史上实有其人，血吸虫病历史上实有其病，但牛郎问瘟神血吸虫病如何则并不见于史书，是毛泽东将历史与现实结合的产物，这就是以故为新，创造“今典”。又如《水调歌头·游泳》“更立西江石壁，截断巫山云雨，高峡出平湖”，“巫山云雨”出自宋玉的《高唐对》。这句词一破一立，表明旧社会封建帝王骄奢淫逸的生活将一去不复返，新建的三峡水电站将利用自然之力发电，造福人民。“今典”的好处是生动地反映当下的社会状况，充分做到传统与当

① 上海辞书出版社文学鉴赏辞典编纂中心：《毛泽东诗词鉴赏辞典》，上海辞书出版社，2011，第 237 页。

② 上海辞书出版社文学鉴赏辞典编纂中心：《毛泽东诗词鉴赏辞典》，上海辞书出版社，2011，第 234 页。

③ 上海辞书出版社文学鉴赏辞典编纂中心：《毛泽东诗词鉴赏辞典》，上海辞书出版社，2011，第 145 页。

下的有机融合。

第三，以俗为雅，注重艺术形式的多样性。毛泽东诗词有极典雅的（如《沁园春·雪》），也有一些大白话。毛泽东说："但用白话写诗，几十年来，迄无成功。民歌中倒是有一些好的。将来趋势，很可能从民歌中吸收养料和形式，发展成为一套吸引广大读者的新体诗歌。"[①] 毛泽东吟咏屈原的诗有典型的民歌特点。"手中握有杀人刀"，用大白话形象地定义了屈子作品的特征——"对腐败的统治者投以批判的匕首"[②]；"一跃冲向万里涛"用"跃""冲"突出了屈原在悲愤绝望中自沉汨罗江而死的悲剧性，表达了屈原向黑暗势力抗争的气概和视死如归的精神。诗句简单明了而富有斗争性，充满力量。

第四，挖掘形象的深层含义。毛泽东不仅从形象上对江河加以描绘，更注重挖掘其哲学意蕴，使描写江河的诗句具有高远的意境和雄壮的力量。水在中国传统文化中具有象征性意义。《论语·雍也》篇云："知者乐水，仁者乐山；知者动，仁者静；知者乐，仁者寿。"[③] 朱熹说"知者达于事理而周流无滞，有似于水，故乐水"[④]。毛泽东诗中的水除有"达于事理而周流无滞"的哲学意蕴外，还富于力量，体现了"敢教日月换新天"的精神。正如吴心怡所说："毛泽东的诗词里经常描绘到各种自然环境下的水的形态。这些水，极少是平静舒缓的，更多数则是汹涌澎湃，充满豪情。水在毛泽东的笔下，无疑是力量的象征。大江大海那种无坚不摧的力量，恰恰与一代伟人的精神气质非常契合。"[⑤] 如《七律·答友人》："洞庭波涌连天雪，长岛人歌动地诗。"《满江红·和郭沫若同志》："四海翻腾云水怒，五洲震荡风雷激。"《七律·洪都》："年年后浪推前浪，江草江花处处鲜。"这些诗句从不同层面表现了水

① 上海辞书出版社文学鉴赏辞典编纂中心：《毛泽东诗词鉴赏辞典》，上海辞书出版社，2011，第 234 页。
② 上海辞书出版社文学鉴赏辞典编纂中心：《毛泽东诗词鉴赏辞典》，上海辞书出版社，2011，第 168 页。
③ [宋]朱熹：《四书章句集注》，中华书局，1983，第 90 页。
④ [宋]朱熹：《四书章句集注》，中华书局，1983，第 90 页。
⑤ 上海辞书出版社文学鉴赏辞典编纂中心：《毛泽东诗词鉴赏辞典》，上海辞书出版社，2011，第 142 页。

的力量，反映了大自然新陈代谢的力量，展现了社会与革命的新面貌。在毛泽东看来，革命力量永远都是新鲜的，是无穷无尽的，就像川流不息的水一样。革命者虽不可避免地老去，但革命事业后继有人，充满希望。

力量感不仅体现在事实上的江河意象之中，也体现在作为喻体的江河意象之中。《虞美人·枕上》形容愁堆积在枕边，就像江海波浪翻滚。"堆来枕上愁何状，江海翻波浪。"这首词是毛泽东与妻子杨开慧分别之后所作。以水写愁的做法在某种程度上是对古典诗词中同类手法的化用，但将愁赋予翻江倒海的力量，则是毛泽东对古典诗歌意象的创新，体现了他对妻子的思念之深、思念之苦。《十六字令三首》其二云："山，倒海翻江卷巨澜。奔腾急，万马战犹酣。"王毅说："本句可以作直喻理解，谓群山起伏，犹如江海巨澜翻卷。若作转喻理解，与下句'万马战犹酣'连文，谓群山纠结，如千骑万马交互冲杀，势如倒海翻江，似亦可通。"[①] 山是静态的，毛泽东以动喻静，化静为动，写出了山的力量感。

借用李泽厚的话来说，毛泽东的诗词是独特的"人生之诗"。"它表达和满足的不只是情感，而且还是知性和理性，它似乎是某些深藏永恒性情感的思辨、反思，这'人生之诗'是人类高层次的自我意识，是人意识其自己存在的最高方式，从而拥有永恒的魅力。"[②]

四、"两个标准"对当下文艺创作与批评的启示

从以上论述来看，毛泽东的旧体诗词中的江河意象既有丰富的政治意蕴，又有深厚的审美意蕴，可见其创作与批评是一致的。从毛泽东的文艺思想和文学创作中，我们可以得到五个方面的启示：

其一，文艺批评和文学创作要坚守中华民族立场，关注中国当下发生的事件，回应时代关切。毛泽东的文学批评和创作实践具有鲜明的当下性，

① 上海辞书出版社文学鉴赏辞典编纂中心：《毛泽东诗词鉴赏辞典》，上海辞书出版社，2011，第65页。

② 李泽厚：《华夏美学·美学四讲》，生活·读书·新知三联出版社，2008，第245页。

他通过江河的意象，将当下的复杂历史事件进行了传神的表达。文学创作的源泉是人类的社会生活。当下中国正处在飞速发展期，现实主义题材的文艺创作大有可为。文艺工作者对现实应有介入和关怀，摒弃为写作而写作的观念，应当响应生活的召唤，对现实问题做出思考，创作反映时代精神，写出时代气象的优秀作品。

其二，坚持以人民为中心、为人民服务的创作导向。只有解决好了“为什么人服务”的问题，才能理顺文艺创作中的诸多问题，如“暴露文学”、讽刺笔法、动机和效果的关系、传承和创新的关系等。毛泽东的诗词既有暴露丑恶，也有歌颂光明。暴露国民党反动派、侵略者的外强中干；歌颂人民大众的大无畏精神和改天换地的创造精神。毛泽东不讳言人民群众也有缺点，但不主张用暴露的方式。他说：“人民大众也是有缺点的，这些缺点应当用人民内部的批评和自我批评来克服，而进行这种批评和自我批评也是文艺的最重要任务之一。但这不应该说是什么‘暴露人民’。对于人民，基本上是一个教育和提高他们的问题。除非是反革命文艺家，才有所谓人民是‘天生愚蠢的’，革命群众是‘专制暴徒’之类的描写。”[①]

其三，就艺术标准而言，既要有多元化的艺术表现形式，也要有批判精神。就创作而言，毛泽东诗词借鉴了旧体诗词的形式，又在意象、典故、意蕴等多方面有所创新。就思想而言，毛泽东在《讲话》中强调：“我们必须继承一切优秀的文学艺术遗产，批判地吸收其中一切有益的东西，作为我们从此时此地的人民生活中的文学艺术原料创作作品时候的借鉴……我们决不可拒绝继承和借鉴古人和外国人，哪怕是封建阶级和资产阶级的东西。但是继承和借鉴决不可以变成替代自己的创造，这是决不能替代的。”[②]1944 年，毛泽东在《文化工作中的统一战线》中指出：“在艺术工作方面，不但要有话剧，而且要有秦腔和秧歌。不但要有新秦腔、新秧歌，而且要利用旧戏

① 毛泽东：《毛泽东选集》（第三卷），人民出版社，1991，第 872 页。
② 毛泽东：《毛泽东选集》（第三卷），人民出版社，1991，第 860 页。

班，利用在秧歌队总数中占百分之九十的旧秧歌队，逐步地加以改造。”[①] 话剧最早出现在辛亥革命前夕，是外来戏剧形式，英文名 Drama，时人称之为“新剧”或“文明戏”。秦腔、秧歌是陕北的传统艺术形式。毛泽东的主张反映了古为今用、洋为中用的观念。他同时强调，借鉴古人和外国人的东西，要有批判精神，否则只知硬搬和模仿，乃是“最没有出息的最害人的文学教条主义和艺术教条主义”[②]。

其四，就艺术标准而言，要注重效果。文学艺术的效果（社会效应），就是看人民群众喜欢不喜欢，接受不接受。强调文学的社会效应是马克思主义美学艺术论的核心观念。李泽厚指出：“马克思主义美学的艺术论有个一贯的基本特色，就是以艺术的社会效应作为核心或主题。……直到现在，我们说艺术是上层建筑，艺术是对社会生活的反映，又反作用于社会，艺术为人民、为社会主义服务，等等，都仍是围绕着艺术对社会的效应关系讲的……马克思主义美学主要是一种讲艺术与社会的功利关系的理论，是一种艺术的社会功利论。”[③] 毛泽东的文艺理论建立在辩证唯物主义的基础上。他说：“我们是无产阶级的革命的功利主义者，我们是以占全人口百分之九十以上的最广大群众的目前利益和将来利益的统一为出发点的，所以我们是以最广和最远为目标的革命的功利主义者，而不是只看到局部和目前的狭隘的功利主义者。”[④] 毛泽东自谦其《七律二首·送瘟神》略等于“招贴画”。招贴画（类似墙报）的形式虽然艺术水平不高，但人民群众能看懂，能起到教育民众的作用，所以也是需要的。毛泽东之所以连夜创作《七律二首·送瘟神》，就是为消灭血吸虫加油鼓劲，让全国人民相信，在党中央的正确领导下，血吸虫必定从华夏大地销声匿迹。

其五，从“两个标准”的结合来看。在创作方面，毛泽东以旧体诗词

① 毛泽东：《毛泽东选集》（第三卷），人民出版社，1991，第 1012 页。
② 毛泽东：《毛泽东选集》（第三卷），人民出版社，1991，第 860 页。
③ 李泽厚：《华夏美学·美学四讲》，生活·读书·新知三联书店，2008，第 249—250 页。
④ 毛泽东：《毛泽东选集》（第三卷），人民出版社，1991，第 864 页。

的形式表达革命斗争和社会主义建设的内容，为如何赓继传统、转化传统，使传统焕发新生做出了典范；在批评方面，毛泽东将马克思主义文艺理论与中华优秀传统文化有机融合，提出了为人民服务的文艺思想。毛泽东的“两个标准”具有可操作性，他本人的诗词创作就是最佳诠释。当下，文艺理论和实践存在脱节现象。文学理论、文学批评和文学创作要想取得长足的进步，理论家、批评家和文艺工作的创作者要在为什么人写、写什么、如何写上达成共识，真正做到理论与实践的辩证统一、有机结合。在这一点上，毛泽东的文学理论和诗词实践为当下的文学理论、文学批评如何指导文学创作，提供了有益的借鉴。

值得注意的是，习近平总书记的文艺思想与毛泽东同志关于文艺工作的重要论述一脉相承，与建设社会主义文化强国的重大时代课题紧密相连，实现了党的文艺理论的重大飞跃，主要体现在坚持马克思主义文艺观的人民立场，彰显深厚的人民性、具有强烈的实践性和鲜明的时代性。对此，文艺工作者应引起高度重视，并以多姿多彩的文艺实践实现文艺的繁荣。

结语

沈德潜《说诗晬语》云：“有第一等襟抱、第一等学识，斯有第一等真诗。”[①] 毛泽东有第一等的理念、意志和胸襟怀抱，其诗具有高远、雄浑的特征，有“第一等真诗”的气象。毛泽东的诗词创作与文艺思想是一致的，其诗词中的江河意象兼有政治意蕴和审美意蕴，富有鲜明的时代特征。毛泽东的文艺思想和诗词创作实践为当下的文学理论、文学批评和创作实践提供了宝贵的启示，具有借鉴意义。

（作者单位：湖南省社会科学院文学研究所）

① ［清］沈德潜：《说诗晬语笺注》，王宏林笺注，人民文学出版社，2011，第 14 页。

哲学论辩的民主之维:《普罗泰戈拉》叙事结构解析

陈英

《普罗泰戈拉》属柏拉图早期重要作品，是可与《会饮》媲美、参与人数众多、剧情曲折的大型对话。相比较于晚期成熟的思想体系，柏拉图此阶段借助苏格拉底式反讽表达出来的反思批判意识尤为突出。如施特劳斯指出，柏拉图对话更适合作为剧本阅读，他总是善于把自己的教诲隐藏在剧中人的对话中，因此理解柏拉图应同时关注柏拉图言说的形式与内容，并且“因为内容的意义依赖于形式，相比较于内容，更应注意形式”[①]。形式与内容不可分离最典型地体现在《普罗泰戈拉》篇中。《普罗泰戈拉》对话重在突出对话共同体对美德与善的共同思考，柏拉图对美德是否可教、何为美德等问题并没有给出肯定论断，仅在讨论过程中提供了至关重要的思考线索，这些线索引导读者做出理性判断与选择，与作者文本意指产生共鸣。作为借助形式言说内容的经典作品，通过分析《普罗泰戈拉》的剧情结构，有助于我们把握柏拉图非独断论的理性言说方式，更好地领悟柏拉图作为现代理性奠基者的哲学思想。

一、对话剧幕排布与场景寓示

《普罗泰戈拉》是由苏格拉底亲自回忆转述的对话。柏拉图对话中，由苏格拉底本人转述的对话仅有两篇，《普罗泰戈拉》与《欧绪德谟篇》，主题

① Leo Strauss.The City and Men,The University of Chicago Press,1964,P52.

都涉及对智术的反思与质疑。转述对话涉及转述现场与对话现场的转换，而苏格拉底在转述中又详细描述了他与普罗泰戈拉进行对话的起因，即在苏格拉底家中，发生了他与希波克拉底的前奏对话。柏拉图多数对话直入主题，并没有对场景多作描述，但《普罗泰戈拉》不仅涉及对话场景多处变化，并且对现场场景有细致描述。柏拉图在《斐德罗》中陈述文章写作的基本原则，文章结构是一个有机体，“每个部分都要与整体相适合”。[①] 显然，《普罗泰戈拉》对话场景的转换与描述并非随意为之，而是与整篇对话所表达的内容紧密相关。

作为哲学话剧，《普罗泰戈拉》分为四个剧幕，对话随剧幕场景变换展开。第一剧幕苏格拉底与朋友偶遇，朋友主动向苏格拉底打招呼，并询问苏格拉底是否从漂亮的阿尔基比亚德处而来。因此询问，爱欲以隐匿的方式出场，暗示苏格拉底对漂亮的阿尔基比亚德有爱欲。苏格拉底否定了朋友的假设，并表示相比于阿尔基比亚德，普罗泰戈拉更有吸引力。大家普遍认为普罗泰戈拉是拥有智慧者，因此，普罗泰戈拉代表一种智慧，苏格拉底表明自己对普罗泰戈拉的爱欲，也是表明自己对智慧的爱欲。朋友表现出对对话的强烈兴趣，这亦涉及爱欲关注点的转移。一个有转述的欲望，一个有倾听的欲望，双方达成一致，进而苏格拉底肯定，“这对双方都有好处”。“都有好处”这一判断在文中有多次出现。对话主题是美德，当普罗泰戈拉在论证美德的普遍性时，提到邻家拥有美德对大家都好，此处苏格拉底转述对话，传播美德，同样提到这一行为对大家都好。

第二剧幕转向苏格拉底家。作为一个有强烈求知欲的上进青年，希波克拉底破晓时分把苏格拉底从睡眠中唤醒，急于向苏格拉底求助，如何从普罗泰戈拉处获取智慧。对希波克拉底的急切有两处细节描写，一是顾不上抓逃跑的奴隶，二是尽管夜很深，还是想马上来找苏格拉底，不过转而考虑到太晚，所以第二天清早赶来。正是希波克拉底考虑到环境因素与他人感觉，

① ［古希腊］柏拉图：《柏拉图全集·第二卷》，王晓朝译，人民出版社，2003，第 183 页。

他与苏格拉底的对话时间从晚上转为清晨。比较《普罗泰戈拉》与《会饮》对话发生时间，前者在早上，苏格拉底处，后者在晚上，阿伽通得奖的晚宴。阿伽通是一位悲剧诗人，作为诗人，似乎对爱欲有天然灵敏的感知力，《会饮》主题是爱欲，切合这样一个场景，再者，爱欲是人类的自然性情，夜幕降临之时，似乎也正是爱欲显露自身之时。《普罗泰戈拉》主题是美德，美德引导行为。清晨是一天的开始，也是生活的开始，对美德的思考理应置于生活之前，置于一切行动开始之前。理性的行为受目的引导，在去向普罗泰戈拉学习之前，苏格拉底问希波克拉底想成为什么样的人，因为只有明确目标，方能明确自己所需。美德与一种值得赞赏、值得肯定、值得追随的目标相关，只有先明白自己想要成为什么样的人，什么样的行为值得肯定，以此引导，方能过上值得过的生活，也就是德性的生活。

第三剧幕转到卡地亚家，普罗泰戈拉的寄住地。对于雅典人而言，普罗泰戈拉是一个异乡人。用普罗泰戈拉自己的话来说："一个异邦人访问强大的城邦，劝说他们最在乎前途的青年背弃自己的亲朋好友，不管是年老的还是年轻的，来同他住在一起，一心想从他的谈话中受到教育，这样做当然要格外小心。因为这样的行为会引起各种形式的妒忌和敌意，乃至成为阴谋的对象。"[①] 一个异邦人传授年轻人美德，这意味着美德从他方而来，而他劝说有前途的青年背弃自己的亲朋好友，这种行为是否可归为美德，则值得商榷。异邦人的身份暗示普罗泰戈拉相对于美德而言的寄居人身份，美德并不是普罗泰戈拉的目标，借美德之名赚钱并获得声望才是他的真正目标，因而，普罗泰戈拉把自己作为智者同时又谨慎地避免了他人的敌意视为一种成功，而不是不惧危险与怀疑，勇敢地传播真正的美德。这一点与其后苏格拉底对勇敢的探究相互呼应。

苏格拉底对进入普罗泰戈拉寄居地所见场景有详细描述："普罗泰戈拉在门廊里散步，一长串人跟着他"，"他们小心谨慎地留意不让自己的脚步超

① ［古希腊］柏拉图：《柏拉图全集·第一卷》，王晓朝译，人民出版社，2002，第 437 页。

到普罗泰戈拉的前面”。[①] 透过苏格拉底的描述，我们可以看到，这是一个由普罗泰戈拉主宰而其他人自然驯服的场所，只有权威与顺从，没有讨论与质疑，吸引人们围绕在普罗泰戈拉身边的不是他所言说的内容，而是他像“奥菲斯一样美妙的声音”，人们也不是被引导着思考与讨论，而“像是被符咒镇住了似的跟着来到这里”。这是对话前普罗泰戈拉所处话语场域，以普罗泰戈拉为中心由内而外辐射的权威秩序。比较苏格拉底对话前所处场景，边走边聊，有问有答，所讨论问题与希波克拉底来到苏格拉底处的目的紧密相关，与希波克拉底的爱欲与生活紧密相关，苏格拉底提出问题，引导思考，但没有权威的布道，只有启发式的对话。可以说，苏格拉底与希波克拉底的对话提供了苏格拉底对话的一个范例。或许对话并没有就提出的问题获得确定的答案，但就问题的走向达成共识。

第四剧幕进入正式谈话，现场中心化秩序暂时摆置，在场诸人围成一个圈子公开交谈。在这里，苏格拉底用了一点小小的诡计。对话前，除以普罗泰戈拉为中心形成的大圈子外，另有以希庇亚与普罗狄科为中心形成的两个小圈子。苏格拉底看出普罗泰戈拉想在普罗狄科与希庇亚面前炫耀技艺，从征服中获得荣耀，因此提议请普罗狄科、希庇亚和其他人一起来听谈话。普罗泰戈拉欣然接受了苏格拉底的提议。卡地亚提议“让大家像平常一样围成一个圈”，所有人都表示同意，最后谈话就以大家围坐的形式展开。至此，三个中心化圈子解散，重组为一个围坐的圈子，因苏格拉底的加入，这一重组的圈子并非以普罗泰戈拉为中心，尽管普罗泰戈拉希望维护自己中心的位置，但在苏格拉底式的对话中，参与者从来都不是处于边缘的被动倾听者，苏格拉底作为一个哲人，也从来不是一个盲目的权威服从者。两种不同的行为模式与预期处于同一对话圈，从一开始就为后来两人的冲突埋下了伏笔。

① ［古希腊］柏拉图：《柏拉图全集·第一卷》，王晓朝译，人民出版社，2002，第 435 页。

二、对话者冲突及其剧情推演

苏格拉底是有名的哲学家，普罗泰戈拉是有名的智者，两人的对话代表哲学与智术的对话。智术不同于哲学。施特劳斯指出两者之间的不同："在古典观点看来，智术并不是伪哲学，而是哲学阙如的一种特殊模式，更准确地说，智术就是哲学被那些有望更聪慧即那些模糊地意识到哲学高于所有其他追求的人用于非哲学的目的。"① 智术具哲学之形而无哲学之实，哲学追求共同理解，智术借哲学之名追求威望。哲学与智术的冲突贯彻《普罗泰戈拉》对话始终，以此为索引，对话分为四个剧段，从两人初始貌合神离的交流，到无法调解的冲突，再到在场者参与调解，最后到两人互换角色重回对话平台。

第一剧段，苏格拉底初探普罗泰戈拉，以貌似谦逊的态度请教，普罗泰戈拉并不拒绝交流。普罗泰戈拉先充满自信地发表长段言论，言明智者作为教育家存在的风险以及自己作为智者的成功，表明自己完全配得上众人的追随。当苏格拉底说明来意，问及普罗泰戈拉能够教授希波克拉底什么，普罗泰戈拉回答能使希波克拉底越来越好。越来越好是一个无所指的模糊回答，因此苏格拉底继续追问，在哪方面变得越来越好。对于苏格拉底的追问，普罗泰戈拉暂未表示反感，并称自己能够教人"恰当地照料他的私人事务与国家事务"，苏格拉底称之为政治技艺，即把人教育成良好的公民。此阶段，当谈话不触及核心问题，两人维持礼节上的和谐。

第二剧段，苏格拉底与普罗泰戈拉矛盾爆发，随着探究问题的深入，两人从貌合神离发展为无法调解的冲突，苏格拉底甚至一度中断对话，提出起身离开。苏格拉底提出两条理由质疑美德是否可教，并请普罗泰戈拉为美德可教做出证明。苏格拉底的理由其一是所有人都能就城邦的政治事务发表自己的看法，每一个人都是美德的行家，这说明美德不需教；其二是父亲总想把最好的给自己的儿子，但不能把自己的美德传授给儿子，这说明美

① 刘小枫：《苏格拉底问题与现代性——施特劳斯讲演与论文集：卷二》，华夏出版社，2008，第 216 页。

德不可教。苏格拉底奉承普罗泰戈拉："普罗泰戈拉，基于这些事实，我们相信美德不可教。但是听了你的话，我的怀疑发生了动摇，认为真理可能在你那里，因为我把你当作一个经验丰富、学识渊博、有着原创思想的人。"[①]《会饮》中，柏拉图区分了奉承与赞颂，前者是无知的言好，后者是有知的言好，前者无根据而后者有根据。谈话之前，没有经过审查，苏格拉底并不能真正判断普罗泰戈拉是不是"学识渊博、有着原创思想的人"，谈话之后，经过审查的普罗泰戈拉更被证明不是一个"学识渊博、有着原创思想的人"，因此，苏格拉底此话是奉承而不是赞颂。苏格拉底以奉承引出普罗泰戈拉的演讲欲，两人维持貌合神离的谈话场。

普罗泰戈拉给出长篇演讲作为证明。演讲分为两个部分，一是以神话形式解释为什么每个人都拥有一份美德，一是从经验事实上指出人们的许多行为表明他们相信美德可教。长篇演讲仅仅解释了苏格拉底两个反驳证据的合理性与事实性，并不能视为对美德可教的完备证明。苏格拉底不置可否，转换主题，问到美德的统一性问题，即正义、节制、虔诚等德性与美德的关系。显然，苏格拉底意识到，如果美德可教，其中必有使美德可教的某种共性，苏格拉底所问正指向对这一共性的探索。当苏格拉底问及正义与虔诚之间的相似与区分之时，普罗泰戈拉为掩盖自己的无知表现出认识上的随意性："我真的无法承认正义就是虔诚，虔诚就是正义，我认为它们有区别。然而，这又有什么关系？如果你愿意，那么就让我们假定正义就是虔诚，虔诚就是正义好了。"[②]苏格拉底则持完全相反的态度："这不是我喜欢不喜欢的问题，也不是我想要怎样就怎样的问题，而是你和我在一起进行考察。如果我们取消了那些假定，那么我想我们的论证就得到了最公正的检验。"[③]普罗泰戈拉放任自己停留于经验认识，停留于主观认识的杂多，不追求确定知识与统一认识，这种随意性在对话中多处表现，而苏格拉底则要求超越主观，达到

---

① [古希腊]柏拉图：《柏拉图全集·第一卷》，王晓朝译，人民出版社，2002，第441页。
② [古希腊]柏拉图：《柏拉图全集·第一卷》，王晓朝译，人民出版社，2002，第453页。
③ [古希腊]柏拉图：《柏拉图全集·第一卷》，王晓朝译，人民出版社，2002，第453页。

普遍一致的认识。这种认知差异成为普罗泰戈拉与苏格拉底的冲突根源。

普罗泰戈拉停留于经验领域的对答出现明显的自相矛盾。普罗泰戈拉仅关注到正义、虔诚与智慧在经验层面的差异，而拒绝思考他们之间存在某种共性，因此，当苏格拉底问是否“一个实施不正义行为的人会有节制地实施这个行为”时，普罗泰戈拉回答，“在我看来，同意这种看法是可耻的”，显然他意识到有节制地实施不正义行为并不是一种值得赞颂的行为，但同时他又意识到“有许多人对此会表示同意”，即不能排除经验上这样的行为多有发生。普罗泰戈拉的美德知识不能圆满地解释这种行为冲突，当他意识到这点，开始变得“有点发难”，并有所“抱怨”。苏格拉底继续询问，希望对事物之好做出明确界定，普罗泰戈拉再一次返回经验生活的杂多，发表长篇大论，对“好”做出相对主义的描述。至此，苏格拉底与普罗泰戈拉无法调和的冲突显露无余。苏格拉底意识到，普罗泰戈拉仅停留于描述经验现象的对话不利于问题的进一步讨论，虽然苏格拉底以自己无法跟随长篇大论为由，但冲突的根由并不是长篇大论与简短演讲的问题，而是普罗泰戈拉运用修辞术逃避对问题的直接回答。因此，苏格拉底提出中断对话，准备离开。

第三剧段，旁听者出场，表示要求对话继续的意愿，并参与调解。卡里亚、阿尔基比亚德、普罗狄科、希庇亚等都发表关注谈话方法的在场者见解，并最终一致同意苏格拉底的提议，两人互换问答角色。第三剧段因在场者的参与，构建了一个“探究者共同体”[①]，普罗泰戈拉迫于共同体压力，同意进入苏格拉底的对话平台，循着苏格拉底的方法，讨论取代争论，权威表演回归探究问题。此时，苏格拉底与普罗泰戈拉的冲突虽然得到调解，但两人的差异依然存在，并且因为苏格拉底的不断探究与普罗泰戈拉的无可回避，这种差异在接下来两人的对话中彻底显露出来。此一剧段是理解苏格拉底式对话的关键，具体分析见下节。

第四剧段，根据苏格拉底的提议，二人互换问答角色，首先由普罗泰戈拉提问，苏格拉底回答，其后苏格拉底提问，普罗泰戈拉回答。普罗泰

① 刘小枫：《谁来教育老师：〈普罗塔戈拉〉发微》，华夏出版社，2015，第 94 页。

戈拉引导问题转向西蒙尼得的诗，指出诗人的自相矛盾，苏格拉底首先运用智术师的方法，通过词语区分与歧义进行辩驳，最后从整体上重新解释诗意蕴含的美德意义；苏格拉底则重提美德的统一性问题，两人就知识的力量获得共识，以此为出发点，最终结论指向美德就是知识。对话的结束如同苏格拉底大多数对话，并没有给出明确结论，苏格拉底仅指出，如果假定美德可教，则“只有把它说成是知识最容易把它说成是可教的”，而就“美德本身与它的基本性质”则存疑待谈。在两人的问答中，苏格拉底完成了对普罗泰戈拉的考查，苏格拉底坚持哲人追求事实真相的精神，普罗泰戈拉维持智者的伪善。

哲学与智术遵循两种不同的方法，这就是“煽情与对话之间的区分”。苏格拉底与普罗泰戈拉一个注重单向度的演讲，一个注重探究式的对话；一个突出语言修辞，一个以问题为中心。演讲显然并不是对话，如果依从普罗泰戈拉的方式，我们将看到苏格拉底与普罗泰戈拉各自发表一篇表达个人意见的演讲，而不是真正的对话，也不是真正的论辩与思考。普罗泰戈拉拒绝交流与探求共识的努力，这一目标显然只有依从苏格拉底方能实现。

三、在场者身份转换与第三方调解

《普罗泰戈拉》是一个在场者众多的对话，文中提到的名字就有十多个，其中多人出现于柏拉图其他对话之中。《会饮》也是一个参与者众多的大型对话，主要参与者都参与了对话的主题发言，表明自己对爱欲的赞颂，各个发言循序渐进，逐步过渡到苏格拉底的最后总结陈述。《普罗泰戈拉》主要发言者只有苏格拉底与普罗泰戈拉两人，在场者并没有就对话主题发表个人看法，但当苏格拉底与普罗泰戈拉出现冲突之时，在场者在调解冲突中起到关键作用，可以说，没有在场者的参与，这场对话将无疾而终。在场者作为对话参与的第三方，以旁听者的身份陈述自己对谈话方式的见解，为我们理解《普罗泰戈拉》意欲表达的共识或共同理解主题提供了关键线索。

前奏对话中，苏格拉底即暗示在场者可能起到的作用。当苏格拉底与希波克拉底对话结束之时，两人对智者并没有获得清楚的认识。苏格拉底提议："我们既然打算去听普罗泰戈拉谈话，那么就去好了，因为他不是一个人在那里，我们听了他的谈话以后，还可以与其他人一道商量。埃利斯的希庇亚在那里，科斯的普罗狄科也在那里，还有其他许多聪明人。"① "与其他人一道商量"意味着苏格拉底希望获得多数人的共识。后文中，苏格拉底借助荷马之言再次点明了这一点："当荷马说'两个人一起行走，有一个人会先拿主意'的时候，他讲到了事情的要害之处。然而，我们全都感觉得到，无论是在行动中，还是在言语和思想上，若有人做伴就可以增强我们的力量。但荷马接着又说，'但若只有一个人拿主意'，这就促使我们思考，为什么这个人要马上去寻找另一个人，对他说明自己的想法，从他那里得到确认，而如果找不到这样的人，他的想法就得不到检验。"② 冈萨雷斯把苏格拉底提供的这种方法界定为一种达成共同理解的辩证法③，在苏格拉底看来，同伴之间达成共识即使不是本质的但也是"更可取的哲学方法"。共同理解最理想的状态在于多方达成统一共识，但当对话双方出现无法调解的视角与方法冲突之时，进入对话圈中多数人的共同理解就是可选择的方式。因为普罗泰戈拉的相对主义立场，苏格拉底与普罗泰戈拉两人无法进入共同理解的对话平台，对话圈中第三者出场必不可少。

《普罗泰戈拉》在场者的出场方式有两种：一是苏格拉底与普罗泰戈拉对话无法进行之时，在场者以中间人与调解人的身份发表自己的看法；一是苏格拉底在回答普罗泰戈拉提问时，转向在场者寻求共识。第三剧段，当苏格拉底发现无法与普罗泰戈拉进行对话并准备离开之时，在场者作为中间人调解两人冲突。卡里亚最先出手挽留苏格拉底，但认为普罗泰戈拉有权利选择自己言说的方式，他不能明白使对话中断的真正原因，不能认识公开

---

① ［古希腊］柏拉图：《柏拉图全集·第一卷》，王晓朝译，人民出版社，2002，第434—435页。

② ［古希腊］柏拉图：《柏拉图全集·第一卷》，王晓朝译，人民出版社，2002，第473页。

③ 刘小枫：《谁来教育老师：〈普罗塔戈拉〉发微》，华夏出版社，2015，第70页。

演讲与同伴谈话之间的根本差异；阿尔基比亚德支持苏格拉底，认为所有人都有权说出自己的想法，他虽然看到了两人方法上的不同，但不能认识到对话需要合作意向；克里底亚明确他们作为中间人的目的，意在调解冲突，合作是使对话继续的一个前提；普罗狄科发表言论，指出作为听众的判断规则，并不是平等地分配注意力，而是更重视较聪明的发言，这一规则确立了听众的主体意向。普罗狄科同时区分了讨论与争论，显然，讨论是更聪明的对话方式，作为在场者，有主体意识的理性听众更希望听到讨论，而不是争论。希庇亚把在场者纳入同一个理性共同体的圈子，在这样一个圈子中，讨论而不是争吵与其名声相符。

普罗狄科与希庇亚都看到了苏格拉底与普罗泰戈拉的根本差异所在，并作为旁观者意识到以理解为基础的讨论而不是以言辞为基础的争论更有助于“懂得事物的本性”。在这里，我们可以思考一个问题，同样作为智者，普罗狄科与希庇亚却能够意识到讨论的好处，并试图调解苏格拉底与普罗泰戈拉的冲突，使二人进入真正的讨论，而作为更有影响力且被认为更聪明的智者，普罗泰戈拉却不愿意放弃自己的表演风格，进入苏格拉底的对话平台。为什么会这样？原因或许与普罗狄科和希庇亚在对话前后所处位置的变化相关。根据苏格拉底初入卡地亚家所见，彼时智者普罗狄科与希庇亚都置于谈话圈子的中心，以权威方式解答他人的提问，彼时谈话风格亦是单向度的演讲。但作为对话的在场者，他们从对话中心位置退却，成为旁听者，这一位置使他们能从听者的立场思考，希望听到对认识事物有实质内容的讨论，而非言辞的争论。不过，作为智者，他们习惯权威地解释事物，少与人平等地讨论事情，所以，希庇亚为解决二人争端提供的方法亦是采用权威的方法，由第三方仲裁判断二人谈话是否适度。

苏格拉底当即指出这一方法的不现实，鉴于普罗泰戈拉已经建立的权威，如果以普罗泰戈拉的权威都无法裁决两人的冲突，还有更大的权威让普罗泰戈拉服从吗？在普罗泰戈拉的自视中，至少现场不存在这样的权威，并且以权威监督权威，难免不导致另一场冲突。苏格拉底提供了解决问题的可行方法："为了使我们的讨论能够继续下去，我倒有个建议。如果普罗泰戈拉不愿回答问题，那么就让他提问，让我来回答，同时我还会谦虚地试着告诉他该如何回答问题。等我回答完他想要提出的所有问题，到那时候再让他试着向我做出同样的解释。如果到那时他仍旧不想回答问题，那么你们和我可以像现在这样一起请求他别把这场讨论糟蹋了。要做到这一点，我们并不需要一名裁判，而你们也可以一起盯着我们。"① 苏格拉底的方法并不需要一名裁判，只需要大家现场盯着，使对话双方遵循对话规则，在场者成为规则实施的监督者，则双方能够展开真正的对话。当然，这一规则需要得到在场者认同，大家一致同意苏格拉底的建议。"达成共识是完成的标准。"② 以共识作为准则在苏格拉底的行为中多处体现，如进入卡地亚家前他与希波克拉底也有就向普罗泰戈拉请教的问题达成共识。

在苏格拉底回答普罗泰戈拉提问的环节，拉普罗狄科进入对话行列。普罗狄科作为调解人发言时，从概念上区分了讨论与争吵、尊敬与赞扬。对语言做出精细区分显然是智者常用的辩术之一。苏格拉底把普罗狄科拉入对话，正是以普罗狄科的辩术为武器，对普罗泰戈拉进行回击。苏格拉底明确说出了他的这一策略："我请求你别让我们的西摩尼得被普罗泰戈拉包围，就像发起另一场特洛伊战争。请把你的本事用出来，就好像我们刚才听到你对'希望'和'欲望'，以及诸如此类的语词，做出精细和优雅的区别。"③ 智者的武器最适合用来进行语言战斗，《欧绪德谟篇》中柏拉图亦强调了这一点：他们"能够同样成功地驳斥任何说的话，无论这话是对还是错！"④ 接下来苏格拉底客串了一回智者，与普罗狄科以对话的方式区分"变成"与"是"，把

① [古希腊]柏拉图：《柏拉图全集·第一卷》，王晓朝译，人民出版社，2002，第461—462页。

② Alex Long: "Character and Consensus in Plato's 'Protagoras'", The Cambridge Classical Journal, 2005, Vol.51,p9.

③ [古希腊]柏拉图：《柏拉图全集·第一卷》，王晓朝译，人民出版社，2002，第463—464页。

④ [古希腊]柏拉图：《柏拉图全集·第二卷》，王晓朝译，人民出版社，2003，第3页。

西蒙尼得诗中的“难”暴力曲解为方言“坏”，思路都局限于言辞领域，用普罗狄科之盾回击普罗泰戈拉之矛。

参与者的主要作用体现在第三剧段，推动对话继续，引导探索有成效的对话方式。由苏格拉底最后提出的方法确定了真正的“探究者共同体”。冈萨雷斯给予高度评价：“对该对话这部分的重要成就，怎么评价都不为过。苏格拉底提出了一种‘对话’意义上的‘共同性’或‘共同体’，它不仅避免了普罗泰戈拉式相对主义的‘平等’（它可能使得真正的对话不再可能），而且还避免受制于某种外在的、独白式且绝对的标准（和智慧一样，这种知识可能使对话成为多余）。它也被视为那种实现了真正正义的共同体。”[①] 在这一共同体中，如果对话双方都有责任“相互审查”，并且把“注意力集中在问题之上”，那么，作为共同体成员的在场者，他们提供了维护共同体的黏合力量，其集体意识迫使对话成员不能完全依照个人主观意愿行事，他们对对话规则进行选择与判断，监督对话以既定规则进行。在苏格拉底与普罗泰戈拉接下来的对话中，普罗泰戈拉多次迫于探究者共同体的压力，不得不跟随苏格拉底，勉强坚持对话的探究运行。

四、对话者角色互换及其哲学与智术的不同偏好

根据苏格拉底提出的方案，苏格拉底与普罗泰戈拉互换问答角色。两人提问的方式与问题关注方向皆有不同。苏格拉底所提问题都是自己感到困惑并欲探究的问题，简单、明了、直入主题，如问普罗泰戈拉能教给希波克拉底什么、美德是否可教、美德是不是一个整体等。普罗泰戈拉则把问题引向诗歌领域，他给出理由，认为“一个人的教育的最重要部分是成为诗歌方面的权威”。但这一理由显得牵强，苏格拉底之后给予了驳斥，指出揣摩诗人的意思并非表达自己真实的看法，而且对诗歌的理解无法排除主观因素的影响，无法做出确定的论证。普罗泰戈拉的提问方式也并非为自己解惑，而是用来刁难苏格拉底，打败苏格拉底，他先设立一个陷阱，引诱苏格拉

① 刘小枫：《谁来教育老师：〈普罗塔戈拉〉发微》，华夏出版社，2015，第 95 页。

底肯定西蒙尼得的诗写得好，接下来却指出，诗人一面说“要变成一个好人一方面真的很难”，另一面又指责庇塔库斯所说“要做一个高尚的人很难”并不对，前后矛盾。一首观点前后矛盾的诗能评价写得好吗？普罗泰戈拉自认所提问题与美德相关，但所言之事“变成一个好人”与“要做一个高尚的人”看似在言美德，其实并不是在言“如何变成一个好人”或“做一个高尚的人”，而是在言两种不一致的言辞说法。普罗泰戈拉所提问题只有美德之名，而无美德之实，不是讨论真正的美德问题，仅停留于语言辩驳。

苏格拉底以两种方式回复普罗泰戈拉的提问，智术的方式与哲学的方式。在苏格拉底的回复中，智术与哲学的差异再一次显现出来。苏格拉底首先借助普罗狄科对语词的区分，通过词语分析来反击普罗泰戈拉的攻击。苏格拉底拉普罗狄科同盟时给出理由：“普罗狄科，西摩尼得是你的同胞公民，你当然得为他说话。”[①] 以同胞为理由维护西蒙尼得的正确性，这显然具有主观性，与苏格拉底前者所言“这不是我喜不喜欢的问题”相比，态度截然不同。进一步，苏格拉底重新诠释西蒙尼得所理解的庇塔库斯“做一个高尚的人很难”，曲意解释“难”为“坏”。可以肯定，苏格拉底此处曲解是刻意为之，借以表达两层含义：其一，苏格拉底明言，这是“为了争取时间来考虑这位诗人的意思”，语言游戏归根结底只是一种手段，苏格拉底运用这种手段的目的是争取时间，然而普罗泰戈拉运用这种手段的目的则是挣钱；其二，苏格拉底曲解西蒙尼得对庇塔库斯所言“难”的理解，这一解释包含语言的两重意解，一重在西蒙尼得对庇塔库斯的意解，一重在苏格拉底对西蒙尼得的意解，脱离与现实的相关性，这种语言的意解具有任意性，这正印证了苏格拉底之后的评价，对诗歌的个人理解总是难以得出确定性的结论。

普罗泰戈拉左右摇摆的立场也再一次显露出来。普罗泰戈拉否定苏格拉底的语词曲解，他强调“我非常明白西蒙尼得说的‘难’的意思与我们的用法是一样的”，但他的这一强调背后蕴含的深意却并不是普罗泰戈拉式的，而是苏格拉底式的。对比普罗泰戈拉在回答苏格拉底“好是否对我们有益”

① ［古希腊］柏拉图：《柏拉图全集·第一卷》，王晓朝译，人民出版社，2002，第 463 页。

时所言，彼处他从主观上把“好”理解为相对的，但此处却用“与我们的用法是一样的”这一客观标准抵制苏格拉底的词意曲解。这在细节上证明了苏格拉底总结陈词中所言，两人是“荒唐的一对”，观点立场前后对调。

苏格拉底没有逃避问题，承认自己前者所言仅是戏言，这与普罗泰戈拉又形成鲜明对比。苏格拉底接下来给出了自己对诗歌的真实理解，与此同时，也给出了对美德的哲学反思。如同文中多次区分“变成”与“是”，苏格拉底指出，诗的真正意思是否定庇塔库斯，强调“不是做一个好人难”，“而是变成一个好人难”。苏格拉底继续解释，为什么西蒙尼得说“不是做一个好人难，而是变成一个好人难”，因为“变成”是一个不得不克服各种阻挠的过程，生活总是不断面对困难、诱惑与选择。问题经过这样一种继续解释，由普罗泰戈拉提出仅具美德之形的问题，在苏格拉底手中重回对美德论题的真正思考。苏格拉底对诗的整个理解，不再关注诗人用词的偶然性，而是诠释诗歌用诸如此类的词语表达了怎样的美德见解，并从中引出“无人自愿作恶”这一苏格拉底的格言。

再一次进入苏格拉底提问环节，他重回美德的统一性问题，具体而言，即智慧、节制、勇敢、正义、虔诚是统一于美德，还是各自独立。探究问题的深入继续放大两人思维方式的差异，相比较于普罗泰戈拉徒负美德之师之名，苏格拉底的言行更符合美德之师之实。以勇敢为例，苏格拉底开始探究美德各部分与美德的关系。苏格拉底指出，支配人的是知识（两人已经就此达成共识），但作为一条普遍的行为法则，多数人却并不如此认为，他们更多依循快乐、痛苦或其他方式行事。苏格拉底要求解释民众的这种矛盾行为，普罗泰戈拉则认为无须“理会那些普通人的观点，他们说话从来不经过思考”，苏格拉底坚持这样一种探究有助于发现“勇敢如何与美德的其他部分相连”。实际上，苏格拉底的问题以美德的一致性与普遍性为前提，而普罗泰戈拉显然并没有意识到美德具有一致性，所以才会置民众不一致的行为方式于不顾。普罗泰戈拉显然也没有意识到自己此时的立场与之前的立场相矛盾，在论证为什么每个人都拥有美德之时，普罗泰戈拉曾有言，“我们的邻居成为正义的和有美德的，那是我们的福气，因此每个人都乐意对他人谈论这件事，告诉他如何保持正义和遵守法律”[①]。

苏格拉底试图给人们杂多的行为建立一致且普遍的行为法则，其中有一条，人们的所有行为都趋乐避苦。对应于人们的善恶认同，快乐被认为是好的，也是善的，在此前提下，如何理解人们不一致的行为模式？苏格拉底解释，这种不一致归结为人们的无知，不能认识到什么是真正的快乐，什么是真正的好与善。恶作为善的对立面，痛苦即是恶，没有人会认识到恶而又自愿行恶。同样，普罗泰戈拉前者所言经验现象的相对性也在这一框架下得到解释，为什么有的快乐，如物欲的暂时快乐并不能认为是好的，有些痛苦如医药并不能认为是坏的？这并不是快乐本身的问题，而是因为暂时的物欲快乐会带来未来身体不健康的长久痛苦，相反，医药则去除疾病，带来健康的快乐。此种模式下，当快乐与痛苦可以相互并存、相互转化，衡量的技艺显然就是必要的，在天平的两方，只有正确认识到快乐与痛苦何者更重，方能做出正确的选择。在这一解释框架下，勇敢并不是无畏，“而是关于什么应该害怕什么不应该害怕的知识”，普罗泰戈拉之前反驳苏格拉底，提出并非所有自信都是勇敢，这一问题现在也得到解释，无知的自信并非勇敢。

至此，苏格拉底为美德统一于知识做出论证。当美德即是知识，则美德可教，当美德是高尚的，值得所有人追求，则雅典市民只想守着金钱，而不愿意送他们的子弟师从美德之师，是无知与错误的行为选择。这一结论显然有利于普罗泰戈拉的事业发展，然而，苏格拉底的所有论证又与普罗泰戈拉的相对主义立场格格不入。因此，最后当苏格拉底指出两人前后颠倒的立场之时，普罗泰戈拉维持着自己一贯的虚伪，对苏格拉底进行了唯心的奉承，把苏格拉底奉为“我们时代最杰出的哲学家之一”，但借口“得去干些别的事”而不愿意继续与苏格拉底“再谈这些事”。

① ［古希腊］柏拉图：《柏拉图全集 · 第一卷》，王晓朝译，人民出版社，2002，第 448 页。

五、以哲学的对话审视修辞的独断：苏格拉底的考查

对话的整个主旋律在苏格拉底对普罗泰戈拉的考查。苏格拉底问及希波克拉底时指出，相对于智术师所提供的知识，他更需要“知道如何去评价智术师的裨益或危害”。立足希波克拉底的利益，苏格拉底承担起评价的职责。在苏格拉底的考查中，普罗泰戈拉是怎样的人？智者究竟拥有怎样的知识？对这些问题苏格拉底并没有明言，但对话中的普罗泰戈拉自负、谨慎、犹疑、随性，有夸夸其谈的言辞，没有一致坚定的思想，普罗泰戈拉的所知呈现在普罗泰戈拉的言行中，需要作者根据所见自己总结。对话中，柏拉图以苏格拉底例示哲人的思维路向，以普罗泰戈拉例示智者的思维路向，对于这两种思维路向，柏拉图也没有以权威的语调命令读者应该怎样，或不应该怎样，而是“使哲学的学子获得自我意识，并迫使他们自己做出思考”，通过对话“将所有这一切摆在他们眼前，并引出那些决定性要点，供其肯定抑或否定”。[①]

具体而言，苏格拉底的考查至少让希波克拉底领悟到以下三个问题的答案。其一，希波克拉底抱怨普罗泰戈拉隐藏自己的智慧，那么在对话中，普罗泰戈拉是否隐藏了自己的智慧？由普罗泰戈拉的言行给出的回答是否定的。苏格拉底起始询问普罗泰戈拉是愿意在众人面前谈话还是私下谈话，普罗泰戈拉欣然同意在众人面前谈话，并同意苏格拉底把所有人召集起来，显然，普罗泰戈拉有意在众人面前展示自己，并且这种展示对吸引跟随者也大有益处；回答苏格拉底的提问之时，普罗泰戈拉多次发表长篇大论，展示自己的演讲口才，博得众人喝彩，可见普罗泰戈拉在尽量展示自己所能。但同时，普罗泰戈拉又在不断地用言辞逃避问题，拒绝承认自己的无知，前后立场自相矛盾而不自知，此处，普罗泰戈拉隐藏的似乎不是自己的智慧，而是自己的无知。

其二，智者拥有怎样的知识？这是苏格拉底引导希波克拉底思考的问题，学习的一个客观条件在于老师能够教给你什么。普罗泰戈拉在对话中表

① [德]施莱尔马赫：《论柏拉图对话》，黄瑞成译，华夏出版社，2011，第 123 页。

现出怎样的知识与能力？首先，无可置疑，普罗泰戈拉有华丽的演讲口才。然而，普罗泰戈拉的演讲口才不是用来思考与传播真正的美德，而是用来混淆并掩盖真正需要思考的问题，用来逞口舌之利，传播似是而非的言论。柏拉图并不否认语言与诗歌在教化中的作用。《理想国》中，柏拉图肯定诗歌与音乐在培养良好的公民美德中所起的作用，但诗歌与音乐应服务于培养普遍的善，是普遍的善决定诗歌和音乐的内容与形式，而非诗歌与音乐决定什么是普遍的善。普罗泰戈拉展示的口才恰恰颠倒了本末，语言用于口舌之争亦违背了美德的本义。再者，普罗泰戈拉拥有用以博得名望的谨慎与小心。普罗泰戈拉自诩，当其他智术师或只能隐藏自己的智慧，或引来城邦的敌视，他却因为自己的谨慎与小心而获得众人的追随。与苏格拉底对话时，普罗泰戈拉也总是谨慎地回避苏格拉底的追问，不正面回答问题，不敢暴露自己的无知。但这种不知何物应当惧怕的谨慎正是勇敢的对立面，是胆怯。普罗泰戈拉对话中的表现是一个胆小鬼，而一个胆小鬼、一个缺失美德的人如何能成为美德之师？

其三，我们应该如何理解美德，获得怎样的美德知识？苏格拉底并没有对美德下一个明确的定义，但对话中为我们思考何为美德提供了三条线索：首先，伪善不是美德，只有美德之言而无美德之行，这不是真正的普遍的善，鉴于伪善能以欺骗的方式获得名望，因而不能通过名望确认美德，而应该通过培育真正的美德获得名副其实的名望；其次，美德必然是内在一致的，各部分之间没有内在的矛盾与冲突，也就是说，不存在与智慧、节制、正义、虔诚相背离的勇敢，贯彻美德的行为是一致的行为，德性的生活是一致的生活；最后，美德以知识为基础，如同正确的行为选择需要度量何种行为可带来真正的、持久的快乐，美德需要度量何者为真正的、普遍的善，善恶不分则无以为美德。智者的缺陷正在于缺乏区分善恶的知识。

（作者单位：湖南社会科学院哲学研究所）